수난이대

수난이대 하근찬 전집 1

초판 1쇄 발행 2021년 10월 15일

지은이 하근찬
펴낸이 강수걸
기획실장 이수현
편집장 권경옥
편집 신지은 강나래 김리연 윤소희
디자인 권문경 조은비
경영관리 공여진
펴낸곳 산지니
등록 2005년 2월 7일 제333-3370000251002005000001호
주소 부산시 해운대구 수영강변대로 140 BCC 613호
전화 051-504-7070 | 팩스 051-507-7543
홈페이지 www.sanzinibook.com
전자우편 sanzini@sanzinibook.com
블로그 http://sanzinibook.tistory.com

ISBN 978-89-6545-750-3 04810
ISBN 978-89-6545-749-7 (세트)

* 책값은 뒤표지에 있습니다.
* 잘못 만들어진 책은 구입처에서 교환해드립니다.
* 본 전집은 문화체육관광부가 주최하고 한국문화예술위원회가 주관하며 국민체육진흥공단에서 후원하는 2021년 한국작고문인선양사업의 일환으로 제작되었습니다.

하근찬 전집 1

수난이대

산지니

발간사

밑바닥을 향한 진실한 시선

세상은 속도에 차이는 있겠지만 늘 변해왔다. 그 변화에 사람들은 순응하기도 하고 저항하기도 하면서 발걸음을 맞춰왔다. 좋은 작가에게 우리가 거는 기대가 있다면, '새로운 눈'으로 세상의 변화를 보여주는 것이다. 작가가 보여주는 세계는 새로운 세상의 창조와 같다. 작가가 개성적으로 바라보는 창조적 관점은 세계에 새로운 옷을 입히는 것과 같기 때문이다.

하근찬은 한국전쟁 이후의 상처를 민중의 관점에서 어루만지면서 '치유의 서사'를 펼쳐 보인 좋은 작가다. 그는 전쟁 이후의 혼란한 세계 속에서 '새로운 눈'으로 창조적 소설 작품을 써낸 존재다. 진실을 향한 집념을 가진 작가는 좋은 작품들을 남긴다. 하근찬은 '새로운 눈'과 '진실을 향한 집념'으로 사실의 기록자에 머물지 않고 진정한 창작자가 되었다.

작가는 맑고 정상적인 눈을 가져야 한다. 건강한 눈으로 항상 세상을 골고루 넓게, 그리고 똑바로 바라보아야 한다. 똑바로 바라본다는 것은 바꾸어 말하면 어떤 현상의 밑바닥에 흐르는 진실을 꿰뚫어 보아야 한다는 뜻이다.

세상을 골고루 넓게 바라보는 것도 중요하지만, 똑바로 바라보는, 즉 꿰뚫어 보는 안광이 작가에게는 더욱 중요하다. 그렇지 않고서는 세상이 빚어내는 갖가지 일들의 의미를 파악할 수가 없는 것이다.(하근찬, 「진실을 꿰뚫어야 하는 안광(眼光)」, 『내 안에 내가 있다』, 엔터, 1997, 274쪽.)

하근찬은 세상을 바라보는 '눈'에는 두 가지가 있다고 보았다. 하나는 '세상을 골고루 넓게' 바라보는 눈이고, 또 하나는 '세상을 똑바로' 바라보는 눈이다. 그렇다면 작가가 강조하는 '똑바로 바라보는 눈'이란 무엇일까? 그것은 나타나는 현상에만 머물지 않고, 그 현상의 밑바닥에 있는 원인을 꿰뚫는 혜안을 말한다. '사건이 있었네!'에서, '왜 이 사건이 일어났을까?'라고 질문하는 탐구정신이기도 하다. 하근찬은 '바로 본다는 것'은 보이는 것에만 시선을 두지 않고, "밑바닥에 흐르는 진실"을 밝히는 것이라고 했다. 진실을 위해서는 깊이, 그리고 많이 생각해야 하고, 현상 이면에 담긴 원리와 작용하는 힘을 밝혀내는 노력을 해야 한다.

하근찬은 밑바닥에 흐르는 진실을 탐구한 작가였다. 웅숭깊은 그의 이 시선과 거룩한 문학적 성취는 한국문단에서 보기 드문 문학적 자산이다. 그럼에도 그의 문학세계를 전체적으로 살필 수 있는 전집이 없었으며, 참고할 만한 좋은 선집도 간행되지 못했다는 것은 참으로 안타까운 일이었다.

하근찬 탄생 90주년을 맞아 구성된 '하근찬 문학전집' 간행위원회는 다음과 같은 목표를 설정하였다.

첫째, 하근찬 작품 세계 전체를 충실히 복원하고자 했다. 그간 하근찬의 소설세계는 단편적으로만 알려져 있었다. 하근찬의 등단작 「수난이대」는 일제강점기와 한국전쟁으로 이어져온 민중의 상처를 상징적으로 치유한 수작이다. 그러나 그의 문학세계는 「수난이대」로만 수렴되는 경향이 있었다. 하근찬은 「수난이대」 이후에도 2002년까지 집필 활동을 하면서, 단편집 6권과 장편소설 12편을 창작했고 미완의 장편소설 3편을 남겼다. 문업(文業)만으로도 45년을 이어온 큰 작가였다. '하근찬 문학전집' 간행위원회는 하근찬의 작품 세계를 '중단편 전집' 8권과 '장편 전집' 13권으로 나눠 총 21권을 간행함으로써, 초기의 하근찬 문학에 국한되지 않는 전체적 복원을 기획했다.

둘째, 하근찬 문학세계의 체계적 정리, 원본에 충실한 편집, 발굴 작품 수록을 통해 자료적 가치를 확보하려고 노력했다. 하근찬 문학전집은 '중단편 전집'과 '장편 전집'으로 구분하여 간행했다. 먼저 '중단편 전집'은 단행본 발표 순서인 『수난이대』, 『흰 종이수염』, 『일본도』, 『서울 개구리』, 『화가 남궁 씨의 수염』을 저본으로 삼았다. 이때 각 작품집에 중복 수록된 작품은 제외하여 편집하였다. 또한 단행본에 수록되지 않은 알려지지 않은 하근찬의 작품들도 발굴하여 별도로 엮어냈다. 이를 통해 전집의 자료적 가치를 높였다. 다음으로, 장편의 경우 하근찬 작가의 대표작인 『야호』, 『달섬 이야기』, 『월례소전』, 『산에 들에』 뿐만 아니라, 미완으로 남아 있는 『직녀기』, 『산중 눈보라』, 『은장도 이야기』까지 간행하여 전체 문학세계를 조망할 수 있도록 했다.

셋째, 젊은 세대들의 감각과 해석을 반영하여 그의 문학에 새로운 생명력을 불어넣고자 했다. 하근찬의 작품세계가 펼쳐 보이고 있는 한국현대사의 진실한 풍경들도 젊은 세대들에 의해 읽히지 않으면 의미가 반감될 수밖에 없다. 하근찬 문학의 새로운 해석의 발판을 마련하기 위해, 젊은 연구자들의 충실하고 의미 있는 해설을 덧붙였다. 또한, 개작, 제목 바뀜, 재수록 등을 작품 연보에서 제시하여 실증적 가치를 높이기 위해서도 노력했다.

한 작가의 문학적 평가는 전집이 간행되었을 때 비로소 그 발판이 마련된다고 한다. 1957년에 등단, 집필기간만도 45년의 문업을 이루어온 장인적 작가에 대한 본격적 연구의 발판이 60여 년이 지난 이제야 비로소 마련되었다는 것은 안타까운 일이다. 하근찬의 문학세계에 대한 새로운 조명이 2021년 문학전집 간행과 함께 활기를 띨 수 있기를 기대한다.

2021.10.

『하근찬 문학전집』 간행위원회

송주현 · 오창은 · 이정숙 · 이중기

일러두기

1) 『하근찬 중단편전집』과 『하근찬 장편전집』은 하근찬의 소설세계를 일반 독자들에게 널리 소개하고, 그 문학적 의미가 현대적으로 재해석되도록 하는 데 목적이 있다.

2) 이 책의 작품 수록 순서는 단행본으로 발간된 순서에 따랐으며, 출전을 작품의 끝부분에 밝혀두었다.

3) 작가가 지문에서 사용한 방언과 비표준어는 작품을 훼손하지 않는 범위 내에서 현대어로 바꾸었으며, 작가가 의도적으로 구분해서 사용한 '목덜미'와 '목줄기'는 그대로 살렸다.
예 : 밑둥(밑동), 끄나불(끄나풀), 성냥곽(성냥갑), 넓데데한(넙데데한),
아리숭(아리송), 열적어(열없어), 나꿔채다(낚아채다), 후줄그레한(후줄근한),
열어제끼다(열어젖히다) 등.

4) 작가 고유의 표현은 그대로 살렸다.
예 : 오리막(오르막), 고깃전(어물전), 변솟간(변소), 동넷방(동네 방),
생각키는/생각히는(생각나는) 등.

5) 한 작품에서 같은 뜻의 단어를 표준어와 비표준어 또는 방언을 혼용해서 사용한 경우 하나로 통일했다.
예 : 뒤안/뒤란 → 뒤안, 복받치는/북받치는 → 복받치는,
홀홀단신/혈혈단신 → 혈혈단신, 질급/질겁 → 질겁,
부시시/부스스 → 부스스, 돋우다/돋구다 → 돋우다 등.

6) 명백한 오류에 해당하는 표현과 문장은 바로잡았다.
예 : 병신스럽게 → 병신같이, 고물스런 → 고물 같은,
못지않는 것 → 못지않은 것, 엄청나는 → 엄청난, 마지못하는 듯 → 마지못한 듯,
대추만씩한 열매 → 대추만큼씩 한 열매 등.

7) 영어 표현의 경우 현행 '외래어표기법'에 따르는 것을 원칙으로 했다.

차례

수난이대

진수가 돌아온다. 진수가 살아서 돌아온다. 아무개는 전사했다는 통지가 왔고, 아무개는 죽었는지 살았는지 통 소식이 없는데, 우리 진수는 살아서 오늘 돌아오는 것이다. 생각할수록 어깻바람이 날 일이다. 그래 그런지 몰라도 박만도는 여느 때 같으면 아무래도 한두 군데 앉아 쉬어야 넘어설 수 있는 용머리재를 단숨에 올라채고 만 것이다. 가슴이 펄럭거리고 허벅지가 뻐근했다. 그러나 그는 고갯마루에서도 쉴 생각을 하지 않았다. 들 건너 멀리 바라보이는 정거장에서 연기가 몰씬몰씬 피어오르며, 삐익— 기적소리가 들려왔기 때문이다. 아들이 타고 내려올 기차는 점심때가 가까워야 도착한다는 것을 모르는 바 아니다. 해가 이제 겨우 산등성이 위로 한 뼘가량 떠올랐으니, 오정이 되려면 아직 차례 멀은 것이다. 그러나 그는 공연히 마음이 바빴다. 까짓것 잠시 앉아 쉬면 뭐 할끼고. 손가락으로 한쪽 콧구멍을 찍 누르면서 팽! 마른코를 풀어 던졌다. 그리고 휘청휘청 고갯길을 내려가는 것이다.

내리막은 오리막*('오르막'의 방언)에 비하면 아무것도 아니었다. 대구 팔을 흔들라치면 절로 굴러 내려가는 것이다. 만도는 오른쪽 팔만을 앞뒤로 흔들고 있었다. 왼쪽 팔은 조끼주머니에 아무렇게나 쑤셔 넣고 있는 것이다. 삼대독자가 죽다니 말이 되나. 살아서 돌아와야 일이 옳고말고. 그런데 병원에서 나온다하니 어디를 좀 다치기는 다친 모양이지만, 설마 나같이 이렇게사 되지 않았겠지. 만도는 왼쪽 조끼주머니에 꽂힌 소맷자락을 내려다보았다. 그 소맷자락 속에는 아무 것도 들은 것이 없었다. 그저 소맷자락만이 어깨 밑으로 덜렁 처져있는 것이다. 그래서 노상 그쪽은 조끼주머니 속에 꽂혀있는 것이다. 볼기짝이나 장딴지 같은 데를 총알이 약간 스쳐갔을 따름이겠지. 나처럼 팔뚝 하나가 몽땅 달아날 지경이었다면 그 엄살스런 놈이 견뎌냈을 턱이 없고말고. 슬며시 걱정이 되기도 하는 듯 그는 속으로 이런 소리를 주워섬겼다.

내리막길은 빨랐다. 벌써 고갯마루가 저만큼 높이 쳐다보이는 것이다. 산모퉁이를 돌아서면 이제 들판이다. 내리막길을 쏘아 내려온 기운 그대로 만도는 들길을 잰걸음 쳐나가다가 개천 둑에 이르러서야 걸음을 멈추었다. 외나무다리가 놓여있는 조그마한 시냇물이었다. 한여름 장마철에는 들어설라치면 배꼽이 묻히는 수도 있었지마는, 요즈막엔 무릎이 잠길 듯 말 듯한 물인 것이다. 가을이 깊어지면서부터 물은 밑바닥이 환히 들여다 보일만큼 맑아져갔다. 소리도 없이 미끄러져 내려가는 물을 가만히 내려다보고 있으면 절로 잇뿌리가 시려온다.

만도는 물기슭에 내려가서 쭈그리고 앉아 한 손으로 고의춤을 풀어헤쳤다. 오줌을 찌익— 깔기는 것이다. 거울 면처럼 맑은 물 위에 오줌이 가서 부글부글 끓어오르며 뿌우연 거품을 이루자, 여기 저기서 물고기 떼가 모여든다. 제법 엄지손가락만큼씩 한 피라미도 여러 마리다. 한 바가지 잡아서 회 쳐놓고 한 잔 쭈욱 들이켰으면…… 군침이 목구멍에서 꿀꺽했다. 고기떼를 향해서 마른코를 팽 팽 풀어 던지고, 그는 외나무다리를 조심히 디뎠다.

길이가 얼마 되지 않는 다리였으나, 아래로 물을 내려다보면 제법 어찔했다. 그는 이 외나무다리를 퍽 조심한다. 언젠가 한 번 읍에서 술이 꽤 되어가지고 흥청거리며 돌아오다가 물에 굴러 떨어진 일이 있었던 것이다. 지나치는 사람이 없었기에 망정이지, 누가 보았더라면 큰 웃음거리가 될 뻔했었다. 발목 하나를 약간 접쳤을 뿐 크게 다친 데는 없었다. 이른 가을철이었기 때문에 옷을 벗어 둑에 늘어놓고 말릴 수는 있었으나, 여간 창피스러운 것이 아니었다. 옷이 말짱 젖었다거나, 옷이 마를 때까지 발가벗고 기다려야 한다거나 해서가 아니었다. 팔뚝 하나가 몽땅 잘라져 나간 흉측한 몸뚱어리를 하늘 앞에 드러내 놓고 있어야 했기 때문이었다. 지나치는 사람이 있을라치면 하는 수 없이 물속으로 뛰어 들어가서 얼굴만 내놓고 앉아 있었다. 물이 선득해서 아래턱이 덜덜거렸으나, 오그라붙는 사타구니께를 한 손으로 꽉 움켜쥐고 버티는 수밖에 없었다.

"흐흐흐……"

그때 일을 생각하면 지금도 곧 웃음이 터져 나오는 것이다. 하늘로 쳐들린 콧구멍이 연신 벌름거렸다.

개천을 건너서 논두렁길을 한참 부지런히 걸어가노라면 읍으로 들어가는 한길이 나선다. 도로변에 먼지를 부옇게 덮어쓰고 도사리고 앉아 있는 초가집은 주막이다. 만도가 읍에 나올 때마다 꼭 한 번씩 들르곤 하는 단골집인 것이다. 이 집 눈썹이 짙은 여편네와는 예사로 농을 주고받는 사이다.

술방*(술을 파는 집. 주막) 문턱을 넘어서며 만도가,

"서방님 들어가신다."

하면, 여편네는,

"아이 문둥아, 어서 오너라."

하는 것이 인사처럼 되어 있다. 만도는 여간 언짢은 일이 있어도 이 여편네의 궁둥이 곁에 가서 앉으면 속이 저절로 쑥 내려가는 것이다.

주막 앞을 지나치면서 만도는 술방 문을 열어볼까 했으나, 방문 앞에 신이 여러 켤레 널려 있고, 방 안에서 웃음소리가 요란하기 때문에 돌아오는 길에 들르기로 했다. 신작로에 나서면 금시 읍이었다. 만도는 읍 들머리에서 잠시 망설이다가 정거장 쪽과는 반대되는 방향으로 걸음을 옮겼다. 장거리*(장터거리)를 찾아가는 것이었다. 진수가 돌아오는데 고등어나 한 손 사가지고 가야될 거 아니가 싶어서였다. 장날은 아니었으나, 고깃전*(어물전)에는 없는 고기가 없었다. 이것을 살까하면 저것이 좋아 보이고, 그것을 사러 가면 또 그 옆의 것이 먹음직해 보이고. 한참 이리저리 서성거리다가 결국은 고등어 한 손을 샀다. 그것을 달랑달랑 들고 정거장을 향해 가는데, 겨드랑 밑이 간질간질해 왔다. 그러나 한쪽 밖에 없는 손에 고등어를 들었으니 참 딱했다. 어깻죽지를 연신 위아래로 움직거리는 수밖에 없었다.

정거장 대합실에 들어선 만도는 먼저 벽에 걸린 시계부터 바라보았다. 두 시 이십 분이었다. 벌써 두 시 이십 분이라니, 내가 잘못 보았나? 아무리 두 눈을 씻고 보아도 시계는 틀림없는 두 시 이십 분이다. 한쪽 걸상에 가서 궁둥이를 붙이면서도 곧장 미심쩍어 했다. 두 시 이십 분이라니. 그럼 벌써 점심때가 지났단 말인가. 말도 아닌 것이다. 자세히 보니 시계는 유리가 깨어졌고, 먼지가 꺼멓게 앉아 있었다. 그러면 그렇지, 엉터리였다. 벌써 그렇게 되었을 리가 없는 것이다.

"여보이소, 지금 몇 싱교?"

맞은편에 앉은 양복장이한테 물어보았다.

"열 시 사십 분이요."

"예, 그렁교."

만도는 고개를 굽신하고는 두 눈을 연신 껌벅거렸다. 열 시 사십 분이라, 보자, 그럼 아직도 한 시간이나 넘어 남았구나. 그는 안심이 되는 듯 후유 숨을 내쉬었다. 궐련을 한 개 빼물고 불을 댕겼다. 정거장 대합실에 와서 이렇게 도사리고 앉아 있노라면, 만도는 곧잘 생각히는*(생각나는) 일이 한 가지 있었다. 그 일이 머리에 떠오르면 등골을 찬 기운이 쫙 스쳐 내려가는 것이었다. 다섯 개의 손가락이 시퍼렇게 굳어진, 이끼 낀 나무토막 같은 팔뚝이 지금도 저만큼 눈앞에 보이는 듯했다.

바로 이 정거장 마당에 백 명 남짓한 사람들이 모여 웅성거리고 있었다. 그 중에는 만도도 섞여 있었다. 기차를 기다리고 있는 것이었으나, 그들은 모두 자기네들이 어디로 가는지 알지를 못했다. 그저 차를 타라면 탈 사람들이었다. 징용에 끌려 나가는 사람들이었다. 그러니까 지금으로부터 십이삼 년 옛날의 이야기인 것이다.

북해도 탄광으로 갈 것이라는 사람도 있었고, 틀림없이 남양군도로 간다는 사람도 있었다. 더러는 만주로 갔으면 좋겠다고 하기도 했다. 만도는 북해도가 아니면 남양군도일 것이고, 거기도 아니면 만주겠지. 설마 저희들이 하늘 밖으로야 끌고 가겠느냐고, 아무렇지도 않은 듯이 그 들창코로 담배연기를 푹푹 내뿜고 있었다. 그러나 마음이 좀 덜 좋은 것은 마누라가 저쪽 변소 모퉁이 벚나무 밑에 우두커니 서서 한눈도 안 팔고 이쪽만을 바라보고 있는 때문이었다. 그래서 그는 주머니 속에 성냥을 두고도 옆 사람에게 불을 빌리자고 하며 슬며시 돌아서버리곤 했다. 호옴*(플랫폼)으로 나가면서 뒤를 돌아보니 마누라는 울 밖에 서서 수건으로 코를 눌러대고 있었다. 만도는 코허리가 찡했다. 기차가 꽥꽥 소리를 지르면서 덜커덩! 하고 움직이기 시작했을 때는 정말 기분이 덜 좋았다. 눈앞이 뿌우옇게 흐려지는 것을 어쩌지 못했다. 그러나 정거장이 가맣게 멀어져가고, 차창 밖으로 새로운 풍경이 휙휙 날아들자 그만 아무렇지도 않아지는 것이었다. 오히려 기분이 유쾌해지는 것 같기도 했다.

바다를 본 것도 처음이었고, 그처럼 큰 배에 몸을 실어 본 것은 더구나 처음이었다. 배 밑창에 엎드려서 꽥꽥 게워내는 사람들이 많았으나, 만도는 그저 골이 좀 띵했을 뿐 아무렇지도 않았다. 더러는 하루에 두 개씩 주는 주먹밥을 남기기도 했으나, 그는 한꺼번에 하루 것을 뚝딱해도 시원찮았다. 모두들 내릴 준비를 하라는 명령이 떨어진 것은 사흘째 되는 날 황혼 때였다. 제각기 봇짐을 챙기기에 바빴다. 만도도 호박덩이만 한 보따리를 옆구리에 덜렁 찼다. 갑판 위에 올라가보니 하늘은 활활 타오르고 있고, 바닷물은 불에 녹은 쇠처럼 벌겋게 출렁거리고 있었다. 지금 막 태양이 물 위로 뚝 떨어져가는 중이었다. 햇덩어리가 어쩌면 그렇게 크고 붉은지 정말 처음이었다. 그리고 바다 위에 주황빛으로 번쩍거리는 커다란 산이 둥둥 떠 있는 것이었다. 무시무시하도록 황홀한 광경에 모두들 딱 벌어진 입을 다물 줄 몰랐다. 만도는 양 어깨를 버쩍 들어 올리면서 히야― 고함을 질렀다. 그러나 섬에서 그들을 기다리고 있는 것은 숨 막히는 더위와 강제노동과, 그리고 잠자리 만큼씩이나 한 모기떼…… 그런 것뿐이었다.

섬에다가 비행장을 닦는 것이었다. 모기에게 물려 혹이 된 자리를 벅벅 긁으며, 비 오듯 쏟아지는 땀을 무릅쓰고 아침부터 해가 떨어질 때까지 산을 허물어 내고, 흙을 나르고 하기란 고향에서 농사일에 뼈가 굳어진 몸에도 이만저만한 고역이 아니었다. 물도 입에 맞지 않았고, 음식도 이내 변하곤 해서, 도저히 견디어낼 것 같지가 않았다. 게다가 병까지 돌았다. 일을 하다가도 벌떡 자빠지기가 예사였다. 그러나 만도는 아침저녁으로 약간씩 설사를 했을 뿐 넘어지지는 않았다. 물도 차츰 입에 맞아갔고, 고된 일도 날이 감에 따라 몸에 배어드는 것이었다. 밤에 날개를 치며 몰려드는 모기떼만 아니면 그냥저냥 배겨내겠는데, 정말 그놈의 모기들만은 질색이었다.

사람의 힘이란 무서운 것이었다. 그처럼 험난하던 산과 산 틈바구니에 비행장을 다듬어 내고야 말았던 것이다. 그러나 일은 그것으로 끝나는 것이 아니고, 오히려 더 벅찬 일이 닥치는 것이었다.

연합군의 비행기가 날아들면서부터 일은 밤중까지 계속되었다. 산허리에 굴을 파 들어가는 작업이었다. 비행기를 집어넣을 굴이었고, 그리고 모든 시설을 다 굴속으로 옮겨야 하는 것이었다.

여기저기서 다이너마이트 튀는 소리가 산을 흔들어댔다. 앵앵앵— 하고 공습경보가 나면 일을 하던 손을 놓고 모두 굴 바닥에 납작납작 엎드려 있어야 했다. 비행기가 돌아갈 때까지 그러고 있는 것이었다. 어떤 때는 근 한 시간 가까이나 엎드려 있어야 하는 때도 있었는데, 차라리 그것이 얼마나 편한지 몰랐다. 그래서 더러는 공습이 있기를 은근히 기다리기도 했다. 때로는 공습경보의 사이렌을 듣지 못하고 그냥 일을 계속하는 수도 있었다. 그럴 때는 모두 큰 손해를 보았다고 야단들이었다. 어떻게 된 셈인지 사이렌이 미처 울리기도 전에 비행기가 산등성이를 넘어 달려드는 수도 있었다. 그럴 때는 정말 질겁을 하는 것이었다. 가장 많은 손해를 입는 것도 그런 경우였다. 만도가 한쪽 팔뚝을 잃어버린 것도 바로 그런 때의 일이었다.

여느 날과 다름없이 굴속에서 바위를 허물어내고 있었다. 바위 틈서리에 구멍을 뚫어서 다이너마이트 장치를 하는 판이었다. 장치가 다 되면 모두 바깥으로 나가고, 한 사람만 남아서 불을 댕기는 것이다. 그리고 그것이 터지기 전에 얼른 밖으로 뛰어나와야 한다. 만도가 불을 댕길 차례였다. 모두들 바깥으로 나가버린 다음 그는 성냥을 꺼냈다. 그런데 웬 영문인지 기분이 꺼림칙했다. 모기에게 물린 자리가 자꾸 쑥쑥 쑤시는 것이었다. 긁적긁적 긁어댔으나 도무지 시원한 맛이 없었다. 그는 이맛살을 찌푸리면서 성냥을 득! 그었다. 그래 그런지 몰라도 불은 이내 픽 하고 꺼져버렸다. 성냥 알맹이 네 개째에야 겨우 심지에 불이 댕겨졌다. 심지에 불이 붙는 것을 보자, 그는 얼른 몸을 굴 밖으로 날렸다. 바깥으로 막 나서려는 때였다. 산이 무너지는 듯한 소리와 함께 사나운 바람이 귓전을 후려갈기는 것이었다. 만도는 정신이 아찔했다. 공습이었던 것이다. 산등성이를 넘어 달려든 비행기가 머리 위로 아슬아슬하게 지나가는 것이었다. 미처 정신을 차리기도 전에 또 한 대가 뒤따라 날아드는 것이 아닌가. 만도는 그만 넋을 잃고 굴 안으로 도로 달려 들어갔다. 달려 들어가서 굴 바닥에 아무렇게나 팍 엎드리고 말았다. 그 순간이었다. 쾅! 굴 안이 미어지는 듯하면서 다이너마이트가 터졌다. 만도의 두 눈에서 불이 번쩍했다.

만도가 어렴풋이 눈을 떠보니, 바로 거기 눈앞에 누구의 것인지 모를 팔뚝이 하나 아무렇게나 떨어져 있었다. 손가락이 시퍼렇게 굳어져서 마치 이끼 낀 나무토막처럼 보이는 팔뚝이었다. 만도는 그것이 자기의 어깨에 붙어 있던 것인 줄을 알자 그만 으악! 정신을 잃어버렸다.

재차 눈을 떴을 때는 그는 푹신한 담요 위에 누워 있었고, 한쪽 어깻죽지가 못 견디게 쿡쿡 쑤셔댔다. 절단수술은 이미 끝난 뒤였다.

꽤액— 기차소리였다. 멀리 산모퉁이를 돌아오는가 보다. 만도는 자리를 털고 벌떡 일어서며 옆에 놓아 둔 고등어를 집어 들었다. 기적소리가 가까워질수록 가슴이 울렁거렸다. 대합실 밖으로 뛰어나가 호옴이 잘 보이는 울타리 쪽으로 가서 발돋움을 했다. 땡땡땡…… 종이 울리고, 잠시 후 차는 소리를 지르면서 달려들었다. 기관차의 옆구리에서는 김이 픽픽 풍겨 나왔다. 만도의 얼굴은 바짝 긴장이 되었다. 시커먼 열차 속에서 꾸역꾸역 사람들이 쏟아져 나왔다. 꽤 많은 손님이 내리는 것이었다. 만도의 두 눈은 곧장 이리저리 굴렀다. 그러나 아들의 모습은 쉽사리 눈에 띄지 않았다. 저쪽 출찰구로 밀려가는 사람의 물결 속에 두 개의 지팡이를 짚고 절룩거리면서 걸어 나가는 상이군인이 있었으나, 만도는 그 사람에게 주의가 가지는 않았다. 기차에서 내릴 사람은 모두 내렸는가보다. 이제 미처 차에 오르지 못한 사람들이 호옴을 이리저리 서성거리고 있을 뿐인 것이다. 그놈이 거짓으로 편지를 띄웠을 리는 없을 터인데. 만도는 자꾸 가슴이 떨렸다. 이상한 일이다, 하고 있을 때였다. 분명히 뒤에서,

"아부지!"

부르는 소리가 들렸다. 만도는 깜짝 놀라며 얼른 뒤를 돌아보았다. 그 순간 만도의 두 눈은 무섭도록 크게 떠지고, 입은 딱 벌어졌다. 틀림없는 아들이었으나, 옛날과 같은 진수는 아니었다. 양쪽 겨드랑이에 지팡이를 끼고 서 있는데, 스쳐가는 바람결에 한쪽 바짓가랑이가 펄럭거리는 것이 아닌가. 만도는 눈앞이 노오래지는 것을 어쩌지 못했다. 한참 동안 그저 멍멍하기만 하다가, 코허리가 찡해지면서 두 눈에 뜨거운 것이 핑 도는 것이었다.

"에라이 이놈아!"

만도의 입술에서 모지게 튀어나온 첫마디였다. 떨리는 목소리였다. 고등어를 든 손이 불끈 주먹을 쥐고 있었다.

"이기 무슨 꼴이고, 이기!"

"아부지!"

"이놈아, 이놈아—"

만도의 들창코가 크게 벌름거리다가 훌쩍 물코를 들이마셨다. 진수의 두 눈에서는 어느 결에 눈물이 지르르 흘러내리고 있었다. 만도는 모든 게 진수의 잘못이기나 한 듯 험한 얼굴로,

"가자, 어서!"

무뚝뚝한 한마디를 던지고는 성큼성큼 앞장을 서는 것이었다. 진수는 입술에 내려와 묻는 짭짤한 것을 혀끝으로 날름 핥아버리고 절름절름 아버지의 뒤를 따랐다. 앞장서 가는 만도는 뒤따라오는 진수를 한 번도 돌아보지 않았다. 한눈을 파는 법도 없었다. 무겁디무거운 짐을 진 사람처럼 땅바닥만 내려다보며, 이따금 끙끙거리면서 부지런히 걸어만 가는 것이다. 지팡이에 몸을 의지하고 걷는 진수가 성한 사람의, 게다가 부지런히 걷는 걸음을 당해낼 수는 도저히 없었다. 한 걸음 두 걸음씩 뒤지기 시작한 것이 그만 작은 소리로 불러서는 들리지 않을 만큼 떨어져버리고 말았다. 진수는 목구멍으로 왈칵 넘어오려는 뜨거운 기운을 참느라고 어금니를 야물게 깨물어보기도 했다. 그리고 두 개의 지팡이와 한 개의 다리를 열심히 움직여댔다.

앞서 가던 만도는 주막집 앞에 이르자 비로소 한 번 뒤를 돌아보았다. 진수는 오다가 나무 밑에 서서 오줌을 누고 있었다. 지팡이는 땅바닥에 던져놓고, 한쪽 손으로는 볼일을 보고, 한쪽 손으로는 나무 둥치를 안고 있는 꼬락서니가 을씨년스럽기 이를 데 없다. 만도는 눈살을 찌푸리며, 으음— 신음소리 비슷한 무거운 소리를 토했다. 그리고 술방 앞으로 가서 방문을 왈칵 잡아당겼다.

기역자판 안쪽에 도사리고 앉아서 속옷을 뒤집어 이를 잡고 있

던 여편네가 킥! 웃으며 후닥닥 옷섶을 여민다. 그러나 만도는 웃지를 않았다. 방문턱을 넘어서면서도 서방님 들어가신다는 소리를 지르지도 않았다. 이처럼 뚝뚝한 얼굴을 하고 이 술방에 들어서기란 아마 처음 일일 것이다. 여편네가 멋도 모르고,

"오늘은 서방님 아닌가배."

하고 킬룩 웃었으나, 만도는 으음— 또 무거운 신음소리를 토하고는 기역자판 앞에 가서 쭈그리고 앉기가 바쁘게,

"빨리빨리"

재촉이었다.

"핫다나, 어지간이도 바쁜가배."

"빨리 곱배기로 한 사발 달라니까구마."

"오늘은 와 이카노?"

여편네가 건네주는 술 사발을 받아들며 만도는 후유— 한숨을 크게 내쉬었다. 그리고 입을 얼른 사발로 가져갔다. 꿀꿀꿀 잘도 넘어간다. 그 큰 사발을 단숨에 비워버리고는 도로 여편네 앞으로 불쑥 내민다. 그렇게 거들빼기*('연거푸'의 방언)로 석 잔을 해치우고서야 으으윽 게트림을 했다. 여편네가 눈을 휘둥그레 가지고 혀를 내둘렀다. 빈속에 술을 그처럼 때려마시고 보니 금세 눈두덩이 확확 달아오르고, 귀뿌리가 발갛게 익어갔다. 술기가 얼근하게 돌자 이제 좀 속이 풀리는 듯 방문을 열고 바깥을 내다보았다. 진수는 이마에 땀을 척척 흘리면서 절름절름 저만큼 오고 있었다.

"진수야!"

버럭 소리를 질렀다.

"좀 쉬었다 가자."

“…….”

진수는 아무런 대꾸도 없이 어기적어기적 다가왔다.

다가와서 방문턱에 걸터앉으니까, 여편네가 보고,

“방으로 좀 들어오이소”

한다.

“여기 좋심더.”

그는 수세미 같은 손수건으로 이마와 코언저리를 아무렇게나 훔친다.

“마, 아무데서나 묵어라. 저, 국수 한 그릇 말아 주소.”

“야.”

“곱배기로 잘 좀. 참기름도 치소, 잉?”

“야아.”

여편네는 코로 히죽 웃으면서 만도의 옆구리를 살짝 꼬집고는, 소쿠리에서 삶은 국수 두 뭉텅이를 집어 든다.

진수가 국수를 훌훌 끌어넣고 있을 때, 여편네는 만도의 귓전으로 얼굴을 살짝 갖다 댄다.

“아들이가?”

만도는 고개를 약간 앞뒤로 끄덕거렸을 뿐 좋은 기색을 하지 않았다. 진수가 국물을 훌쩍 들이마시고 나자 만도는,

“한 그릇 더 묵을래?”

한다.

“아니예.”

“한 그릇 더 묵지 와?”

“그만 묵을랍니더.”

진수는 입을 썩 닦으며 부스스 자리에서 일어났다.

주막을 나선 그들 부자는 논두렁길로 접어들었다. 아까와 같이 만도가 앞장을 서는 것이 아니라, 이번에는 진수를 앞세웠다. 지팡이를 짚고 기우뚱기우뚱 앞서가는 아들의 뒷모습을 바라보며, 팔뚝이 하나밖에 없는 아버지가 느릿느릿 따라가는 것이다. 손에 매달린 고등어가 자꾸 달랑달랑 춤을 춘다.

너무 급하게 들어부어서 그런지 만도의 뱃속에서는 우글우글 술이 끓고, 다리가 휘청거린다. 콧구멍으로 더운 숨을 훅훅 내뿜어본다. 정신이 아른하다. 좋다.

"진수야!"

"예?"

"니 우짜다가 그래 댔노?"

"전쟁하다가 이래 안 댔심니꾜. 수류탄 쪼가리에 맞았심더."

"수류탄 쪼가리에?"

"예."

"음—"

"얼른 낫지 않고 막 썩어 들어가기 때문에 군의관이 짤라버립디더. 병원에서예."

"……."

"아부지!"

"와?

"이래 가지고 나 우째 살까 싶습니더."

"우째 살긴 뭘 우째 살아. 목숨만 붙어 있으면 다 사는 기다. 그런 소리 하지 마라."

"……."

"나 봐라. 팔뚝이 하나 없어도 잘만 안 사나. 남 봄에 좀 덜 좋아서 그렇지, 살기사 와 못 살아."

"차라리 아부지같이 팔이 하나 없는 편이 낫겠어예. 다리가 없어 놓니 첫째 걸어댕기기에 불편해서 똑 죽겠심더."

"야야, 안 그렇다. 걸어댕기기만 하면 뭐 하노. 손을 지대로 놀려야 일이 뜻대로 되지."

"그럴까예?"

"그렇다니까. 그러니까 집에 앉아서 할 일은 니가 하고, 나댕기메 할일은 내가 하고, 그라면 안 되겠나, 그제?"

"예."

진수는 가벼운 한숨을 내쉬며 아버지를 돌아보았다. 만도는 돌아보는 아들의 얼굴을 향해서 지그시 웃어 주었다. 술을 마시고나면 이내 오줌이 마려워진다. 만도는 길가에 아무렇게나 쭈그리고 앉아서 고등어 묶음을 입에 물려고 한다. 그것을 본 진수가,

"아부지 그 고등어 이리 주이소."

한다.

팔이 하나밖에 없는 몸으로 물건을 손에 든 채 소변을 볼 수는 없는 것이다. 아버지가 볼일을 마칠 때까지 진수는 저만큼 떨어져 서서, 지팡이를 한쪽 손에 모아 쥐고 다른 손으로는 고등어를 들고 있었다. 볼일을 다 본 만도는 얼른 가서 아들의 손에서 고등어를 다시 받아든다.

개천 둑에 이르렀다. 외나무다리가 놓여 있는 그 시냇물이다. 진수는 슬그머니 걱정이 되었다. 물은 그렇게 깊은 것 같지 않지만,

밑바닥이 모래흙이어서 지팡이를 짚고 건너가기가 만만할 것 같지 않기 때문이다. 외나무다리 위로는 도저히 건너갈 재주가 없고…….

진수는 하는 수 없이 둑에 퍼지고 앉아서 바짓가랑이를 걷어 올리기 시작했다. 만도는 잠시 멀뚱히 서서 아들의 하는 수작을 내려다보고 있다가,

"진수야, 그만두고, 자아, 업자."

했다.

"업고 건너면 일이 다 되는 거 앙이가. 자아, 이거 받아라."

고등어 묶음을 진수 앞으로 내민다.

"……."

진수는 퍽 난처해하면서, 못 이기는 듯이 그것을 받아들었다. 만도는 등을 아들 앞에 갖다 대고, 하나밖에 없는 팔을 뒤로 번쩍 내밀며,

"자아, 어서!"

했다.

진수는 지팡이와 고등어를 각각 한 손에 쥐고, 아버지의 등으로 가서 슬그머니 업혔다. 만도는 팔뚝을 뒤로 돌려서 아들의 하나뿐인 다리를 꼭 안았다. 그리고,

"팔로 내 목을 감아야 될 끼다."

했다.

진수는 무척 황송한 듯 한쪽 눈을 찍 감으면서, 고등어와 지팡이를 든 두 팔로 아버지의 굵은 목줄기를 부등켜안았다. 만도는 아랫배에 힘을 주며 끙! 하고 일어났다. 아랫도리가 약간 후들거렸으나

걸어갈 만은 했다.

외나무다리 위로 조심조심 발을 내디디며 만도는 속으로, 이제 새파랗게 젊은 놈이 벌써 이게 무슨 꼴이고, 세상을 잘못 만나서 진수 니 신세도 참 똥이다 똥, 이런 소리를 주워섬겼고, 아버지의 등에 업힌 진수는 곧장 미안스러운 얼굴을 하며, 나꺼정 이렇게 되다니 아부지도 참 복도 더럽게 없지, 차라리 내가 죽어버렸더라면 나았을 낀데…… 하고 중얼거렸다.

만도는 아직 술기가 약간 있었으나, 용케 몸을 가누며 아들을 업고 외나무다리를 조심조심 건너가는 것이었다.

눈앞에 우뚝 솟은 용머리재가 이 광경을 가만히 내려다보고 있었다.

《한국일보》(1957. 1)

나룻배 이야기

마을 앞으로 강물이 흐르고 있다. 폭이 넓고 물이 깊은 이 강은 여간한 홍수, 한발이 아니고는 흐린다거나 줄어드는 일이 없다. 노상 청청한 물이 우쭐렁우쭐렁 넘쳐흐른다.

마을 뒤는 산이다. 산이라기보다는 구릉이라고 할까. 도토리나무가 드문드문 서 있는 언덕이다. 초가가 스물아홉 채, 기와집이 두 채, 그러나 마을은 늘 고요하기만 하다. 밤이면 더욱 그러하다. 강가에 매놓은 나룻배의 뱃전을 때리는 물결소리와 뒤 언덕 도토리나무 위를 불어가는 바람소리가 있을 뿐이다. 초저녁 닭이라도 운다든지, 혹은 먼 밤하늘을 향해서 컹컹 개라도 짖는다면 그것은 참 대견한 일이 아닐 수 없다. 이렇듯 한적하기만 한 마을에 별안간 무슨 일이 생겼는지 어제 오늘 이틀 밤을 노랫소리가 끊이지 않는다. 오늘은 해가 있을 적부터 시작이더니, 이렇게 달이 중천에 왔는데도 상기 그칠 줄 모른다. 그치기는커녕 양산도야 도라지야 하던 것이, 문둥이 장타령을 치르고, 이제 칭칭이로 옮아붙는 판이다.

나룻배 사공 삼바우네 집 마당에서다. 동네 젊은 사내들은 거의 다 모였다. 마당 한가운데 서서 칭칭이를 메기는 것은 두칠이다. 굵은 목덜미에 발끈발끈 핏대가 설라치면 밤하늘이 쩌렁쩌렁 울려나간다. 그 어기차고 익살스러운 사사조(四四調)의 사설이 끊일 때마다 후렴꾼들은 얼른 받아서 칭칭이를 부르며 제멋에 겨워 돌아가는 것이다.

> 하늘에는 별도 많고 치이나칭칭나아네
> 읍내에는 갈보도 많다 치이나칭칭나아네

그 가운데 유난히 머리를 흔들고 팔을 내젓고 해쌓는 것은 삼바우 아들 용팔이다. 말하자면 작은 사공인 것이다. 어찌나 소리를 내지르는지 카랑카랑 목이 쉬어간다. 그리고 남들 머리 위로 완연히 얼굴 하나가 더 솟아오른 천달이는 곧장 비슬거리며 돌아가고 있다. 남달리 큰 키가 유달리 취했나 보다.

> 천달이야 키다리야 치이나칭칭나아네
> 용팔이야 똥팔이야 치이나칭칭나아네
> 인제 가면 언제 올꼬 치이나칭칭나아네
> 살아 올똥 죽어 올똥 치이나칭칭나아네

하늘에는 커다란 달무리가 하나 그려져 있다.

방 안 호롱불 밑에서 내일 신고 갈 오라비의 양말을 꿰매고 있던 갑분이는 가만히 한숨을 쉬며 바늘을 놓는다. 두칠이의 목소리가 가슴에 물결을 일게 하여 견딜 수가 없는 것이다. 울고 싶었다. 이 봄 들어 열여덟, 까닭도 없이 때때로 마음을 건잡을 수 없는 그녀는 그만 툭툭 털고 일어섰다. 아버지 삼바우는 아랫배까지 드러내놓은 채 큰대자로 나자빠져서 코를 골고 있다. 드르릉드르릉 코가 울릴 적마다 벌건 뱃가죽이 펄럭거리고, 거기 어린애 주먹만 한 배꼽이 붙어서 오르락내리락 한다. 입에서는 술 냄새가 훅훅 풍긴다. 갑분이는 낯을 붉히며 얼른 이불을 내려 아버지의 배꼽을 덮어준다. 그리고 부엌으로 통하는 샛문을 열고 어둠 속으로 살금*('살짝'의 방언) 내려선다.

두칠이의 사설은 차츰 구슬프게 흘러나온다. 이마에는 땀방울이 맺혀 반짝거린다. 천달이는 맥이 풀린 도깨비처럼 비슬비슬 한쪽으로 물러나왔으나, 용팔이만은 아직도 소리소리 지르며 후렴꾼들에 묻혀 돌아가고 있다.

천달이는 장가들어 치이나칭칭나아네
총각 신세 면했지만 치이나칭칭나아네
똥팔이야 너와 나는 치이나칭칭나아네
장가 한 번 못가보고 치이나칭칭나아네

부엌문에 몸을 숨기고 서서 갑분이는 두칠이를 향해 곧장 안타까운 시선을 던진다. 그런 줄도 모르고 두칠이는 꽥꽥 소리만 대고 질러댄다. 오금이 바짝 달아오른 갑분이는 앞니를 뽀도독 깨물며 문짝을 살며시 떼밀었다. 삐그그그 문이 운다. 그러나 힐끗 이쪽을 돌아본 것은 두칠이가 아니라 오빠 용팔이다. 지랄이다. 갑분이는 얼른 얼굴을 감추었다. 어둠 속에서도 낯이 화끈 달아오른다. 바보 자식 같으니…… 쫓아나가서 두칠이를 막 꼬집어주고 싶다. 견딜 수가 없다. 아랫입술을 질끈 씹으며 갑분이는 쓰러지듯 벽에 얼굴을 묻었다. 그리고 그녀는 가볍게 어깨를 들먹거리며 훌쩍훌쩍 느끼기 시작했다.

칭칭이는 애절한 여음을 남기며 밤하늘로 밤하늘로 사라져간다.

전쟁이란 웬 말이냐 치이나칭칭나아네
젊은 청춘이 원통하다 치이나칭칭나아네

달이 떨어져 갔다. 강물이 희뿌옇게 밝아 오르기 시작했다. 봄이긴 하지만 새벽바람은 아직 싸늘하다. 삼바우는 고의춤을 추켜올리며 나루터로 내려선다. 용팔이와 갑분이가 뒤를 따른다. 용팔이는 눈을 비비며 곧장 하품이고, 오라비의 보따리를 든 갑분이는 오스스 떨리어 목을 움츠린다. 물결이 와서 나룻배의 뱃전을 찰싹찰싹 씻어쌓는다. 아직 아무도 나와 있지 않다. 좀 일렀던 것일까. 삼바우는 코를 풀어 던졌다.

얼마 후, 두칠이가 그의 어머니를 부축하고 비탈길을 내려왔다. 갑분이는 얼른 옷섶을 여몄다. 두칠이는 머리에 수건을 질끈 동여매었고, 조그마한 보따리를 옆구리에 발끈 차고 있다. 가뜬한 차림이다. 그러나 간밤의 놀이가 너무 겨웠던지 몸이 무거워 보인다. 아들에게 부축되어 겨우 발을 떼놓는 모량댁은 목에서 곧장 가래가 끓는다.

"모랑댁이도 참 뭐 할라꼬 여기까지 나오는게? 아픈 사람이……."

삼바우는 그들 모자에게로 다가가며 벌쭉 웃는다. 모랑댁은 곧 자지러질 듯이,

"이 양반아, 아이고 이 일을 우짜능교? 우짬 좋응교? 앙이?"

"우짜긴 뭘 우짜능게. 전장에 나간다고 사람이 어디 간대로 다 죽능교. 그카지 마소. 다 잘 돌아올끼구마."

"후유— 내사 몬 살겠다."

캑캑 가래를 추스르며 눈물을 짠다. 두 눈자위가 움푹 꺼진 것이 마치 인대구리*(해골) 같다.

"어매는 백줴*(괜히. '터무니없이' 또는 '드러내놓고 억지로'의 뜻을 나타내는 말. 본말은 '白晝에') 또 야단이네, 내 참!"

두칠이도 콧마루가 찡했다. 그러나 갑분이의 감정이 괸 나긋한 두 눈과 마주치자 야릇한 기운이 온몸을 흐른다. 후끈하다. 가만히 서 있을 수가 없다.

"이 자식 천달인 와 아직 안 나오노?"

훌쩍 둑으로 뛰어 올라가서 마을을 향해 냅다 고함을 지른다.

"천달아! 이누묵 자식, 시간 없다!"

온 새벽이 쩌렁 울린다. 삼바우는 히들히들 웃으며 고개를 끄덕인다. 사내 녀석은 꼭 됐다 싶은 것이다.

천달이 일행은 세 사람이다. 마누라 순녀와 아버지 양 생원. 그리고 누렁이란 놈이 꼬리를 치며 앞장서 나왔다. 천달이는 간밤에 술이 과했던 데다가 잠자리마저 곱게 하지 못한 탓인지 두 눈에 벌건 핏발이 섰고, 순녀 역시 눈두덩이 보송보송 부어올랐다. 시집온 지

다섯 달, 그러나 그녀는 벌써 가벼운 몸이 아니다. 얼른 봐도 아랫배가 눈에 띈다. 지난 밤, 남편의 손이 와서 배를 슬슬 어루만지며 아무쪼록 힘에 겨운 일은 하지 말고 몸을 조심히 가져야 된다고 했을 때, 그녀는 그만 흑흑 베갯머리를 적셨던 것이다. 기둥처럼 믿고 사는 외동아들을 군대에 빼앗기게 된 양 생원의 괴로운 눈언저리에도 꾀죄죄 물기가 묻었다. 그러나 머리 위에 갓만은 언제나처럼 단정히 얹혀 있다.

"새댁이도 읍내까지 같이 가능교?"

삼바우의 묻는 말에 양 생원은 으음 하고 무겁게 고개를 끄덕인다. 삼바우는 좋아서 벙실 웃는다.

"자아, 어서들 올라타라. 시간 늦을라. 양 생원 자아 어서 오르시이소."

갑분이와 모랑댁만 남고 차례차례 배에 오른다. 삼바우는 닻줄을 푼다.

배가 미끄러지기 시작하자, 물 위에 비친 희뿌연 새벽하늘이 뱃머리에서 양쪽으로 갈라지며 곱게 부서진다. 나루터가 차츰 멀어져간다. 모랑댁과 갑분이는 넋을 잃은 사람처럼 멀뚱히 서서 이쪽을 바라보고 있다. 누렁이란 놈은 연방 꼬리를 흔들며 물기슭을 쏘댄다.

점점 작아져가는 어머니와 갑분이의 모습을 하염없이 바라보고 있던 두칠이는 별안간 아흐으— 하고 소리를 질렀다. 어둡고 무거운 것이 마음을 짓눌렀던 것일까? 혹은 야릇한 불길이 다시 가슴을 태웠던 것일까? 그는 불끈 주먹을 쥐고 뱃전을 쾅! 뚜들겼다. 그리고 울부짖듯 노래를 부르기 시작한다.

무명지 깨물어서
붉은 피를 흘려서

마치 발작을 하는 사람 같다. 모두 놀란 얼굴로 두칠이를 바라본다. 순녀는 휘둥그레진 두 눈을 얼른 내리감고 외면을 한다. 용팔이는 킥! 웃더니, 신이 나는 듯 한쪽 손을 내저으며 두칠이의 노래에 휩쓸려든다. 천달이도 병신같이 웅크리고 앉아 있을 수만은 없었는지 고개를 끄덕이며 입을 달싹거린다. 아버지와 마누라가 있어서 좀 멋쩍기는 했지마는.

태극기 그려놓고
천세만세 부르자.
한 글자 쓰는 사연
두 글자 쓰는 사연

뱃전을 두들기고 발로 밑바닥을 구르고 하는 바람에 배가 사뭇 기우뚱거린다. 온 강변이 요란하다.

대한민국 국군 되기
소원합니다아아—

그러나 그들은 모두 우는 상판이다.

삼바우네들이 읍내에 도착한 것은 해가 높이 떠올랐을 무렵이었다. 집합장소인 국민학교 운동장에는 소집된 장정들이 모여 우글거리고 있었다. 장정 이외의 사람들은 일체 출입이 금지되어 있었다. 총을 둘러 멘 군인들이 울타리에 붙어 서 있는 것이었다. 삼바우네도 교문 앞에서 헤어지는 수밖에 없었다.

"어딜 가든동 서이 꼭 손을 잡고 댕기래이. 떨어지지 말고, 잉?"

삼바우는 마지막 이렇게 당부했고, 양 생원은,

"조심들 해라, 부디."

'부디'에 힘을 주고는 무거운 숨을 내쉬었다. 천달이가 아버지 앞에 공손히 허리를 꺾었을 때, 순녀는 돌아서서 옷고름으로 눈구석을 찍어내고 있었다.

"집하압!"

호각소리에 이어 요란한 구령이 떨어졌다. 장정들은 줄줄이 열을 지어 늘어서기 시작했다. 까만 장정의 무더기 속으로 묻혀 들어간 용팔이들을 찾느라고, 삼바우는 울 너머로 곧장 발돋움을 했다. 양 생원과 순녀도 안타까이 두 눈을 깜작거렸다. 장정들의 정렬이 끝나자 유독 큰 키 하나가 눈에 띄었다. 삼바우는 그것을 가리키며,

"저기 있구마, 저기!"

하고, 소리쳤다.

"있지요? 보이능게?"

"으음."

그러나 양 생원은 별로 신통한 얼굴이 아니었다.

"천달이는 키가 커서 이런 때 좋구마는, 우리 용팔이는 암만 봐도 못 찾겠노. 헤 참!"

순녀는 귓바퀴를 살짝 물들이며 웃는다.

긴 하루해가 뉘엿뉘엿 저물어 갈 무렵에야 장정들은 학교 운동장을 떴다. 윗도리를 벌겋게 벗어 들고 머리에 흰 수건들을 동여맨 장정들이 깍지를 끼고 줄줄이 교문을 쏟아져 나오자, 바깥에서 먼 눈으로만 바라보고 있던 가족들이 우르르 벌떼처럼 몰려들었다.

"용팔아! 어딨노, 앙이? 용팔아! 용팔아!"

술이 꽤나 된 삼바우는 대고 큰소리로 아들을 불렀고, 눈언저리가 불그레 상기된 양 생원도 천달이를 찾느라고 갓이야 기울어지든 말든이다. 얼굴에 먼지가 보얗게 앉은 순녀도 장정들의 벌건 행렬 속에서 남편을 찾아내려고 헐떡거린다. 인솔 장교의 요란한 호각소리, 몰려드는 사람들을 제지하느라고 빽빽 질러대는 인솔병들의 고함소리, 서로 부르는 소리, 대답하는 소리, 우는 소리…… 아우성소리와 먼지를 휘몰고 사람의 사태는 정거장으로 흘렀다.

장정들을 말짱 집어삼킨 시꺼먼 화물열차가 냅다 소리를 지르며 덜커덩 움직이기 시작하자, 아우성은 절정에 이르렀다. 마치 끓어오르는 도가니 속인 듯했다. 그러나 기차가 멀어져감에 따라 흥분은 차츰 한숨으로 바뀌어 갔다. 점점 작아져가는 기차를 멍청하게 바라보고 있던 삼바우는 이제야 생각이 나는 듯 손을 번쩍 높이 쳐들며,

"만세이!"

하고 고함을 지른다. 그러자 그만 고의춤이 아래로 훑어지면서 그 큰 배꼽이 툭 불거져 나왔다. 당황하지 않을 수 없다. 만세를 집어치우고 힝 웃는다. 그리고 후닥닥 바지를 끌어올린다. 양 생원은 비뚤어진 갓 따위는 아랑곳없이 곧장 신음소리고, 순녀는 돌아서서 흐느끼고 있다. 그녀의 아랫배는 오늘 따라 유난히 무거워만 보

인다.

강기슭 넓은 들에 보리가 익어 누렇게 물결치는가 했더니, 어느덧 시퍼런 빛이 온 벌판을 뒤덮었고, 뙤약볕이 쏟아져 내렸다. 삼바우는 뙤약볕 속에서도 날마다 배를 저었다.

물에서 퐁당퐁당 멱을 감는 아이들이 차츰 드물어지자, 햇볕이 엷어지고, 여기저기서 새보는 소리가 일어났다. 마을 뒤 언덕의 도토리나무에 누릇누릇 단풍이 드는 어느 날 순녀는, 생남을 했다. 양 생원은 손자의 고추를 어루만지며 어찌나 좋은지 이름도 대열(大悅)이라고 붙였다. 그러나 아들 천달이의 안부를 모르는 양 생원은 절로 한숨이 쉬어졌다. 천달이뿐 아니라, 두칠이 용팔이한테서도 떠나간 이후로 전혀 소식이 없었다.

도토리가 말짱 떨어지자, 하늘에 기러기가 묻어들었고, 희뜩희뜩 눈 잎사귀가 휘날려 왔다. 그리고 동네에 참 슬픈 일이 하나 생겼다. 모량댁이 세상을 떠나고 만 것이다. 방 안에 한 방 피를 토해 놓고 쓰러지면서도 모량댁은 곧장 두칠이를 목메어 불렀다는 것이다. 두칠이의 어린 동생들이 참 불쌍하게 되었다고, 갑분이는 누구보다도 정말 가슴 아파했다.

함박눈이 마을을 덮었다. 하루는 또 총을 맨 순경 한 사람과 면서기에 틀림없는 양복장이 하나가 강가에 와서 섰다. 삼바우는 가슴이 덜컥 내려앉았다. 지난봄의 일이 생각났던 것이다. 그러나 그들을 나룻배에 태우지 않을 수 없었다. 마을에 들어온 그들은 아무개 아무개네 집이 어디냐고 하면서 눈에 묻힌 골무샅*('골목'의 전북 방언)을 돌아다녔다. 그런 일이 있은 사흘 후, 또 두 사람의 젊은이가 소리를 지르면서 마을을 떠나갔다. 영장이 나왔던 것이다. 동식이와 수만이었다.

어느덧 설도 지나고 모랑댁의 무덤 위에 덮였던 눈도 곱게 녹아 내렸다. 그리고 산과 들에 다시 봄이 노랗게 무르익었다.

노고지리*('종다리'의 옛말)가 울어대는 나른한 오후였다. 삼바우는 읍에 나가는 마을 사람들을 실어다주고 그 자리에 배를 매었다. 그리고 배 안에 비스듬히 기대앉아서 물 건너 마을 쪽을 하염없이 바라보며, 우리 갑분이란 년 올 가을엔 짝을 맞춰줘야 할 낀데…… 고게 벌써 엉덩이가 여간 바라지지 않았다니까, 이런 생각을 한다. 사람은 두칠이가 꼭 됐는데, 동생들 때문에 앞으로 일이 클 끼라…… 아으윽, 하품이 나온다. 눈두덩이 무거워온다. 삼바우는 허벅지를 득득 긁으며 스르르 잠구렁*(깊은 잠)으로 떨어져갔다.

얼마를 잤을까? 삼바우는 얼굴을 찡그리며 부스스 눈을 떴다. 인기척이 있었던 것이다. 웬 그늘 밑이었다. 손등으로 이마에 맺힌 땀을 씻으며 보니 그것은 그늘이 아니라, 무슨 그림자였다. 얼른 돌아보았다. 사람이었다.

"으악!"

그러나 삼바우는 놀라 벌떡 소스라쳤다. 겨드랑이 밑으로 식은 땀이 줄 흐른다.

"이기 누고?"

"냅니더."

코 먹은 소리였다.

"……."

"모르겠능교?"

"?"

"두칠이구마."

"뭣?"

"……."

"두칠이라?"

그것은 두칠이가 아니었다. 도깨비였다. 눈이 하나밖에 없었다. 코가 대추같이 녹아 붙었고, 귀도 한 개는 고사리처럼 말려들었다. 온 얼굴이 서투른 다리미질을 해놓은 것 같았다. 뻰들뻰들 윤이 나는 뻘건 살점이 목덜미까지 흘러내렸다. 후줄근한 군복을 걸치고 있었고, 이 좋은 봄날에 무슨 놈의 장갑을 한 짝 끼고 있었다. 그리고 한 손에는 개라도 때려눕힐 그런 몽둥이를 지팡이 삼고 있는 것이었다. 이것이 어찌 두칠이란 말인가. 당치도 않은 소리였다. 그러나 자세히 보니 정말 어딘지 좀 두칠인 것 같기도 했다.

"나 이 모양 됐심더."

한 개 남은 눈깔에 이슬이 어린다. 그러나 그는 벌겋게 웃고 있다. 틀림없었다. 그것은 틀림없는 두칠이었다. 기가 막힐 사실이다.

"아이구, 이누묵 자식아!"

삼바우는 덥석 두칠이의 팔을 가서 잡았다. 순간 그는 또 한 번 놀라지 않을 수 없었다. 무슨 놈의 팔뚝이 이렇게도 여물고 뻣뻣한 팔뚝이 있단 말인가? 꼭 무슨 나무막대기였다.

"팔은?"

"그거 아잉교."

"……?"

"흐흐흐……."

두칠이는 훌렁 소맷자락을 걷어붙였다. 불쑥 눈앞에 튀어나온 것을 보자,

"저런, 쯧쯧쯧……."

삼바우는 미간에 거꾸로 여덟팔자를 그렸다.

"신세 조졌심더."

"……."

"앙 죽고 살아낭기 한입니더. 흑!"

두칠이는 훌쭉 코를 들이마신다. 한 줄기 뜨거운 것이 기어이 이지러진 얼굴 위로 지렁이처럼 기어 내린다. 흰 장갑을 낀, 사금파리 같은 노란 빛깔의 팔뚝에 햇빛이 와서 반짝거린다. 두칠이의 얼굴에서 눈물 자국이 마르기를 기다려 삼바우는 가만히 입을 열었다.

"우리 용팔인 우째 됐노, 응이?"

"잘 모릅니더."

"와?"

"같이 앙 있었구마. 훈련받을 때부터 앙 갈맀능교."

"헤헤 참! 내가 뭐라 카더노. 꼭 손을 잡고 댕기라 안 카더나. 그럼 천달이는?"

"천달이캉은 훈련은 한 소대서 받았는데, 나중에 갈렸구마."

"참! 동식이 하고 수만이 만냈나? 가들도 군대 나갔다."

"언제요?"

"보자…… 작년 섣달인가? 못 만냈나?"

"몽 만냈구마."

"같은 국군에 있음서도 못 만냈나? 가들은 너거들 만내서 한테

있을라 캐쌓던데……."

"힝힝힝……."

두칠이는 코에서 바람이 새는 소리로 웃어버린다.

도깨비가 되어 돌아온 두칠이를 싣고 나룻배는 마을을 향해 서서히 물살을 가르기 시작했다. 두칠이는 감개가 무량한 듯 고향 마을을 바라보며 곧장 하나밖에 안 남은 눈깔을 껌벅거린다.

"대체 니 우짜다 그래 됐노?"

"후유…… 말도 마이소. 엉망진창이구마. 막 죽심더. 개보다도 몽하구마. 파랭이*(파리)보다도 몽하구마."

"……."

"뻥! 대포 한 방에 사람이 얼매나 죽는동 아능교?"

"한 백 명이나 죽나?"

"그렇게사 앙 죽지만, 자우간 많이 죽심더. 뻥! 하면 하늘로 훅훅 날라가버리누마. 뻭따구도 몽 찾누마. 말도 몽합니더."

"쯧쯧쯧……."

"그래 죽는 건 그래도 호강이구마. 지뢰랑 기 있는데……."

"지뢰가 뭐고?"

"그렁 기 있심더. 밟으면 툭 터지는 폭탄인데, 나도 구만 그걸 앙 밟았능교."

"쯧쯧, 뭐 할라고 밟았노, 그런 걸."

"힝힝…… 그걸 밟고 팔다리가 떨어져서 몸뚱이만 떼굴떼굴 구불다가 죽는 사람도 있고……."

"저런 수가 있나."

"배가 툭 터져서 줄줄 쏟아지는 창자를 끄러넣으며 죽는 사람도 있고…….”

“어이구 몸씨리야!”

“엉망진창이구마. 말도 마이소.”

두칠이는 입에 거품을 물고 떠들어대고, 삼바우는 아래턱을 덜덜 떤다. 배는 어느덧 나루터를 향해 미끄러져 들어가고 있다.

“참? 우리 어매 잘 있능교? 동생들이랑?”

“두칠이의 묻는 말에 삼바우는 입에서 나오는 대로 얼른,

“잘 있다.”

한다. 그리고 그는 두 눈을 껌벅거리며 으음 하고 꿀컥 침을 삼킨다.

배에서 내려 지팡이를 짚고 비탈길을 걸어 올라가는 두칠이는 발도 한 쪽을 잘쑥잘쑥 절고 있었다. 저거 어매도 죽고, 저래 가지고 앞으로 우째야 되노? 삼바우는 눈시울이 화끈 달아오른다. 멀쩡한 놈을 데려다가 저게 무슨 꼬라지고, 세상에…… 분한 생각에 아랫도리가 후들 떨린다. 그러나 후유우 노여움은 한숨이 되어 쏟아지는 수밖에 없다. 그럼 인제 우리 갑분이를 누구한테 치워묵노? 입맛이 떨떨하다.

“등신이지 글쎄, 그놈의 지랜가 지랄인가 그걸 뭐할라꼬 밟노 말이다. 내 참!”

삼바우는 코를 팽 푼다. 그리고 그것을 강물에다가 냅다 때기장*(‘패대기치다’의 방언)친다.

봄이 가고 여름. 한동안 실성한 사람처럼 지팡이인지 뭔지 모를 그 나무막대기를 휘두르며 마을을 쏘다녀쌓던 두칠이가 하루아침

얌전히 강을 건너가더니 사흘 만에 돌아왔다. 손에는 보따리가 들려 있었고, 호주머니에서는 돈이 쏟아져 나왔다. 코 묻은 돈이긴 했으나, 만만치가 않았다. 그리고 보따리에는 눈깔사탕, 성냥, 혹은 연필자루 등속이 남아 있었다.

그 후로부터 두칠이는 쉴 사이 없이 강을 건너다녔다. 입성도 차츰 단정해 갔다. 하나 갑분이는 무섭고 서럽기만 했다.

여름이 가니 가을, 대열이의 돌잔치가 있었다. 대열이는 돌상머리에서 가위를 집어 들고 짜박짜박 걸음마를 했다. 퍽 숙성한 아이였다. 애비가 집에 있었더라면 얼마나 좋아할꼬? 하고 마을 사람들이 입을 뗄 때마다 순녀는 가슴이 무거웠다. 먼 하늘가로 하염없이 눈이 팔리곤 했다. 가을이 깊었으나, 갑분이의 혼사는 없었다. 오라비가 돌아올 때까지는 아버지와 함께 살겠다고 마다했던 것이다.

겨울이 왔다. 여느 해보다 별나게도 추운 겨울이었다. 그러나 삼바우는 낮이면 노상 강물 위에 있었다. 새끼발가락이 한 개 얼었으나, 용팔이를 생각하면 그런 것쯤 아무것도 아니었다.

봄, 올해는 네 사람의 장정이 징병검사를 받게 되었다. 읍에 가서 신체검사를 마치고 돌아온 그들은 공연히 큰소리로 떠들어댔다. 셋은 갑종, 하나는 무종(戊種)이었다. 갑종들은 무종이란 놈을 얼마나 부러워하는지 몰랐고, 무종은 무슨 큰 벼슬이라도 얻은 듯이 좋아했다.

여름. 그리고 가을. 대열이는 이제 제법 말재주도 늘었다. 할아버지를 아직 '하부이'라고 부르기는 했지마는.

첫서리가 보얗게 내린 어느 날 아침나절, 읍으로부터 오는 길에 멀리 자전거가 한 대 나타났다. 삼바우는 나룻배를 몰아 물가에 갖다 대놓고, 가까워오는 자전거를 기다렸다. 그것은 안면이 있는 자전거였다. 빨간 자전거였다. 편지가 오는구나, 삼바우는 가슴이 뛰었다. 혹시 우리 용팔이한테서나……. 자전거에서 내리는 배달부는 낯이 선 사람이었다.

"여보이소, 저 마을이 강동리 2구 맞지요?"

"야, 맞구마. 편지 어디서 왔능교?"

"양봉재라는 사람 있능게?"

"야, 있구마, 천달이 저거 어르신네구마. 어디서 왔능교?"

"에에……."

배달부는 편지를 뒤집는다.

"천달이한테서 왔능교?"

"아니요. 군수한테서 왔구마."

"군수라니요?"

"군수도 모르능게? 고을 원님 말이구마."

"구운수?"

삼바우의 두 눈은 퉁방울처럼 휘둥그레진다.

"정말로 카능게? 부러 카능게?"

"이 양반 보소. 내가 어디 할 일이 없어서 장난하로 댕기는 사람인 줄 아능게? 허허……."

"하아 군수한테서……."

참 희한한 일도 다 있다는 듯 삼바우의 벌어진 입은 쉬 다물리지가 않는다. 배달부의 자전거를 번쩍 들어 배에 올려주며,

"나한테는 없능교, 편지? 배삼바우구마."

"그 집 하나뿐이구마."

서운했다. 그러나 삼바우는 노를 저으면서도, 군수한테서 편지가 오다니, 양 생원 인제 팔자 고치는 거 아니가? 곧장 감격스러웠다. 한편 어떻게 생각하면, 양 생원한테 군수라니…… 너무 당치가 않아 슬그머니 겁이 나기도 했다.

마을에서 울음소리가 일어난 것은 그로부터 잠시 후의 일이었다. 물론 양 생원네 집이었다. 온 집안이 그대로 울음의 도가니였다. 난데없는 곡성에 마을은 발칵 뒤집히었다. 순녀의 피나는 울음소리는 유독 마을 사람들의 간장을 끊었다. 대열이도 덩달아 삐이삐이 소리를 질렀다. 천달이가 뭐 어쩌고…… 빼다귀가 뭐 어쩌고저쩌고……. 사람들은 서로 귀에 입을 대고 쑥덕거렸다. 마을은 밤이 되어도 뒤숭숭했다. 목이 잠겨 이제 부서진 풀무소리 같은 곡성이 그래도 끊일락 이을락 한이 없었다. 뒤 언덕 도토리나무 잎새를 털고 지나가는 바람소리도 별나게 스산하기만 했다.

며칠 뒤, 이른 새벽. 양 생원네는 강을 건너 읍내로 들어갔다. 삼바우는 멀어져 가는 그들의 뒷모습을 바라보며 크게 한숨을 쉬었다.

순녀의 등에 업힌 대열이는 곧장 엄마에게,

"엄마야 우이 어디 가노?"

"읍내 간다."

"읍내가 머꼬?"

"……."

"앙? 엄마."

"읍내가 읍내지 뭐까 봐. 저어기 가면 읍내라고 있다."

"머 하로 가노?"

"……."

"앙?"

"……."

순녀는 뭐라고 대답할 말이 없었다. 땅이 한쪽으로 기울어지는 듯 어지럽기만 했다. 엄마의 대답이 없으니, 할아버지를 돌아본다.

"……."

"하부이! 우이 머 하로 가노?"

"……."

"하부이 니도 모르나?"

"……."

벌그레 부어오른 두 눈을 무겁게 내리감을 따름, 할아버지 역시 아무런 대꾸가 없다. 대열이는 울상이 되어 킹킹 칭얼거리다가 그만 엄마의 등짝을 마구 때려준다.

그날 저녁답은 왜 그렇게 하늘이 타는지 몰랐다. 벌건 불길이 구름을 태우며 온 벌판으로 쏟아져 내렸다. 강물도 꽃자주색으로 출렁거리고, 불어오는 바람에도 붉은 빛깔이 물들어 있었다. 이처럼 무섭게 저물어가는 황혼 속으로 양 생원네는 돌아왔다. 양 생원은 목에 띠를 걸고 네모반듯한 상자를 하나 받쳐 안고 있었다. 상자는 하얀 보에 싸여 있었다. 순녀는 고무신을 벗어 들고 맨발이었다. 그녀의 입술은 까맣게 질려 있었고, 양 생원의 얼굴에는 두 봉우리의 광대뼈가 엄청나게 불거져 올랐다. 엄마의 궁둥이에 매달린 대열이는 달랑달랑 종아리를 흔들며 돼지새끼처럼 잠이 들어 있었다. 모두 지칠 대로 지쳐 있었다.

후다닥 배에서 뛰어내린 삼바우는 양 생원 앞으로 달려가서,

"인자 오시능교?"

여느 날보다 정중히 머리를 숙였다. 그리고 쯧쯧쯧 혀를 차면서 양 생원이 안고 있는 상자를 자기가 받아 들려고 했다. 으응! 하고 양 생원은 고개를 크게 한 번 가로 저어버린다. 배에 오르자 순녀는 대열이를 내려 품에 안았다. 대열이는 보송보송한 눈을 비비면서 잠을 깼다. 사방을 둘레둘레 살피다가 목을 움츠리며,

"춥다 엄마."

한다. 나룻배는 기우뚱거리며 물이랑을 가르기 시작한다. 꽃자주색으로 출렁거리던 물빛도 어느덧 보라색으로 바뀌었고, 하늘을 태우던 불꽃도 이제 힘없이 사위어간다. 하얀 상자를 안고 혼이 나간 사람처럼 멀뚱히 앉아 있는 할아버지와 눈이 마주치자 대열이는 방긋 웃는다.

"하부이! 그거 하양 거 머꼬?"

"……."

"그 안에 머 든노?"

"……."

"참 종 기가?"

그러자 그만 순녀는 울상을 하고,

"뭐 이런 기 다 있노."

대열이의 종아리를 꽉 꼬집어준다. 그리고 할아버지의 상자가 보이지 않도록 얼른 돌아앉아버린다. 엄마에게 종아리를 꼬집힌 대열이는,

"아얏! 아프다."

하고, 주둥이를 빼문다. 삼바우는 킥 솟구치는 웃음을 참지 못했다.

"호호흑!"

그러나 얼른 혓바닥을 지레 물었다. 목덜미를 벌겋게 붉히며 참 미안한 일이라고 생각한다.

나루터에 마을 사람들이 허옇게 나와 섰다. 그것을 본 대열이는 금세,

"엄마야, 저기 사암 많다."

"히야…… 많다. 우리 기다리나?"

"……."

순녀는 복받쳐 오르는 설움을 이기지 못하여 왈칵 목을 놓아버린다.

"아이구우 아이구우 우째애 살꼬. 누굴 믿고오 살아갈꼬 흐흐흑……."

대열이는 눈이 똥그레지며,

"엄마 니 와 우노?"

"흐흐흑…… 흑, 아이구 아이구우……."

"우지 마라, 힝!"

대열이도 그만 삐이 울음을 빼문다. 양 생원은 으으음 하고, 훌쭉 코를 들이마시며 외면을 해버린다. 삼바우의 두 눈에도 껌적껌적 물기가 어린다. 망할 놈의 세상, 망할 놈의 세상……. 노를 잡은 손이 자꾸 거칠어진다.

"내 팔자야, 내 팔자야아아 으흐흑……."

순녀의 울음소리는 스산한 가을바람에 실려 물 아래로 물 아래로 흘러간다.

나루터에 나와 서 있는 마을 사람들도 모두 한숨에 젖어 있었다. 빌어먹을 세상이지, 하필 와 남의 집 외동아들을 잡아가노 말이다. 이런 소리를 주워섬기는 노인도 있고, 어떤 노파는 관셈보사알 하고, 가슴 앞에 두 손을 모으기도 했다. 갑분이의 탐스런 얼굴에도 그늘이 서리었고, 두칠이의 도깨비 같은 얼굴도 오늘은 거기 섞여 있었다. 그러나 두칠이만은 입언저리에 얄궂은 웃음을 띠우고 있다. 흥, 유골이라! 저 안에 든 것이 천달이 뼈다귀라 그 말씀이지, 흥! 흥! 목덜미로 흘러내린 뻰들뻰들한 살점이 곧장 실룩거린다. 누렁이란 놈도 물가에 내려서서 주둥이를 하늘로 쳐들고 컹컹컹 짖어댄다.

유골이 배에서 내리자, 나루터는 잠시 걷잡을 수 없이 들끓었다. 양 생원의 손목을 가서 붙잡고, 이 사람아, 이 사람아, 하고 한숨을 짓는 노인. 위로를 한답시고 떠들어대는 노파들. 순녀의 울음을 달래며 찔끔찔끔 눈물을 짜는 아낙네가 있는가 하면, 옷고름에 물코를 푸는 큰애기*('처녀'의 방언)가 있고, 우는 아이가 있고, 짖는 개가 있고……. 그러나 두칠이는 연방 얼굴을 실룩거리며,

"머 보통이지, 보통이지……."

하고, 중얼거렸다. 그러나 그의 하나 남은 눈깔에도 눈물은 어리어 있었다. 유골이 마을을 향하자, 사람들은 줄을 지어 그 뒤를 따랐다. 땅거미가 자욱하게 깔리고 있었다.

사흘 뒤, 유골은 도토리나무 숲속에 묻히었다.

몇 토막의 유골을 땅에 묻는 날, 삼바우는 팔을 걷어붙이고 누구보다도 서둘러 일을 했다. 그리고 누구보다도 많은 막걸리를 마

셨다.

오전 술이 되고 보니 취기가 빨랐다. 얼굴이 호닥호닥 상쾌하게 타오르고, 콧구멍에서 향긋한 냄새가 훅훅 풍겼다. 읍에 나가는 사람들을 싣고 배가 물 위에서 흔들릴 때, 그는 구성지게 콧노래를 흥얼거리기까지 했다.

사람들이 내리자, 삼바우는 배를 매고 물기슭에 서서 고의춤을 훌렁 까 헤쳤다. 배꼽이 툭 불거져 나온다. 배꼽도 술에 익어서 빨갛다. 술이 들어가면 어찌 그리 오줌이 잦은지. 물씬물씬 김이 오르는 오줌발이 포물선을 그으며 줄기차게 뻗어나가 강물을 갈긴다. 허연 거품이 부글부글 끓어오른다. 참 시원도 하다. 손에 뿌듯이 힘을 주며 오줌발을 냅다 휘둘러댄다. 포물선은 더욱 먼 곳까지 뻗어나가 큰 반원을 그리며 소나기처럼 쏟아진다. 삼바우는 콧구멍을 벌름거리며 히힝! 웃었다. 자기에게도 아직 얼마든지 힘이 남아 있다는 생각이 가슴을 벅차게 했던 것이다. 누구캉 한바탕 씨름이라도 해봤음야…… 이런 엉뚱한 생각이 들기도 했다. 오줌 방울을 툭툭 떨고 고의춤을 여몄다.

배에서 내린 사람들이 하얗게 돌아간 밭모퉁이를 까만 그림자가 두 개 걸어오고 있는 것이 보였다. 삼바우는 이마에 손을 얹고 그쪽을 바라보며 으으윽! 크게 트림을 했다. 혹시 우리 용팔이 아니가? 용팔이가 오면 혼자 올 낀데…… 보자, 동식이캉 같이 오는 거 아니가? 그렇잖으면 동식이하고 수만이 가들 둘인강? 삼바우는 두 눈을 곧장 껌벅거린다. 그러나 점점 가까워지는데 보니, 그것은 용팔이도 아니고, 동식이도 수만이도 아니다. 자세히 보니, 하나는 총을 어깨에 메고 있고, 하나는 양복장이에 틀림없다.

"익크!"

삼바우는 가슴이 덜컥했다. 결코 반가운 사람들이 아니었던 것이다. 또 오는구나. 또 누굴 데려갈라고……. 술기와 함께 온 몸의 피가 얼굴로 치솟는 듯했다. 입술도 부들부들 떨렸다. 벌써 몇이나 데려갔노 말이다. 데려가서 두칠이는 그 꼬라지를 만들어 놓았지, 천달이는 돌려준다는 것이 빼다귀뿐이지, 더구나 우리 용팔이한테서는 소식도 없지, 동식이, 수만이도 마찬가지고, 그만하면 됐지, 또 누굴 데려갈라고, 염치도 없는 것들 같으니……. 삼바우는 뿌드득 어금니를 문다.

"안 되지, 안 돼!"

주먹을 불끈 쥐고, 한쪽 발로 땅을 쾅! 내리구른다. 기세가 이만저만 아니다. 그러나 어찌된 영문인지 총을 멘 사람과 양복장이의 얼굴이 또렷하게 바라보일 만큼 가까워지자, 그만 아랫도리가 후들후들 흔들리는 것이 아닌가. 뿌드득 물었던 어금니도 덜덜 떨리고, 주먹에서도 손가락들이 제가끔 힘없이 풀려나간다. 하는 수 없다는 생각이 들자, 두 눈에 뜨거운 것이 핑 돈다. 그러나 그 순간, 참 희한한 생각이 하나 뒤통수를 갈기고 지나갔다.

"옳지!"

삼바우는 궁둥이를 탁 치고, 고의춤을 불끈 추켜올렸다.

"좋은 수고 말고!"

얼른 닻줄을 풀어 배 안에 던지고, 가볍게 몸을 날렸다. 그리고 후닥닥 노를 잡고 마구 물을 휘젓는다. 깜짝 놀란 배는 어지럽게 흔들리다가 머리를 불끈 물 위로 쳐든다. 삼바우는 아랫입술을 질끈질끈 깨물며 있는 힘을 다한다. 이마에 기름 같은 땀이 끈적끈적

내배인다. 배는 자세를 가다듬고 신나게 내닫는다.

강 길을 끊어버리고 만 것이다.

손님도 태우지 않고 부리나케 떠나는 배를 보자, 두 사람은 눈을 휘둥그레 가지고 달려오며 냅다 고함을 지른다.

"여보! 아 여보오—"

"여기 탈 사람 있소! 좀 기다리쇼!"

그러나 삼바우는 입언저리로 흘러내리는 땀방울을 혀끝으로 씩 핥으며 고소하게 웃는다. 어디 탈 테면 한 번 타보지, 흥! 콧방귀를 팡 뀌어준다.

"아 저놈의 영감쟁이가 돌았나? 우쨌노?"

"아 이리 빨리 배를 안 갖다 댈끼가?"

두 사람은 얼굴이 빨개가지고 주먹으로 삿대질을 해쌓는다.

삼바우는 이만저만 통쾌하지가 않았다. 자기에게도 이런 용기가 있었는가 싶으니 스스로 놀랍기도 했다. 안 되지, 안 돼, 안 되고말고. 마을에서 나룻배를 만들 때는 마을 사람들 편리하라고 만들었지, 누가 저거 자식 잡아가라고 만든 줄 아나? 흥! 안 되지 안 돼.

그러나 삼바우는 차츰 술이 깨는 듯 오스스 떨리어 왔다.

《사상계》(1959. 7)

홍소(哄笑)

초가을 아침나절이었다. 시골 신작로를 빨간 빛깔의 자전거가 한 대 달리고 있었다. 길바닥이 고르질 못해서 자전거는 곧장 헐떡거리며 찌릉찌릉 울었다.

조판수(趙判守)였다. 커다란 가방을 메고, 둥근 모자를 눌러쓴 판수는 대고 페달을 밟으며

"참 좋은 날씨네."

하고, 중얼거렸다.

정말 구름 한 점 없는 하늘이다. 들은 누렇게 물들어가고 있다.

"오늘이 일요일이라지? 어디 낚시질이라도 갔으면야……."

판수에게는 일요일이라는 게 별로 없었다. 연중무휴라고 해도 과언이 아니었다. 어쩌다가 이런 직업의 몸이 되었는지, 더러 한심스러울 때도 있었다. 그러나 그는 딴 생각 한 번 먹어보지 않고, 비가 오나 눈이 오나 줄곧 이 커다란 가방을 메고 다녔다. 삼십여 년

동안 이 가방을 메고, 마을에서 마을로, 이 집에서 저 집으로 문패를 찾아다니며 늙어온 것이다. 고달픈 세월이었다. 그런대로 입에 거미줄만은 면할 수가 있어 좋았다. 3,4월 보릿고개 같은 때, 더러 굶어죽느니 어쩌니 하고 비명을 지르는 판국이면, 이런 직업이나마 붙들고 살아가는 게 여간 대견하고 고맙지가 않았다. 두 아들을 중학교까지 마쳐주었고, 올봄에는 딸년까지 중학 입학을 시킨 것을 생각하면 오히려 코가 우뚝해지기도 했다. 앞으로 전쟁이 끝나서, 군에 나간 큰아들 춘식이가 돌아와 일자리를 구하고, 작은아들이 또 군에 갔다가 나와서 벌이를 하고 그리고, 딸이 중학을 마치고, 좋은 자리에 시집을 가게 될 때까지 아니 그보다 더 오래오래까지, 판수는 이 가방과 모자를 내놓지 않으리라 단단히 마음먹고 있는 것이다.

언덕 모롱이를 돌아서니, 뿌연 먼지를 날리며 버스가 한 대 달려오고 있었다. 기찻길이 없는 탓으로 신작로에는 버스가 많았다. 삼십 분마다 한 번이라던가 했다.

판수는 재빨리 자전거를 몰아 논길로 미끄러져 들었다.

수암리(水岩里)로 가는 것이다. 달구지가 하나 다닐 수 있을 만한 길이었다. 길 양편에는 벼이삭이 바람에 나부끼며 익어가고 있다. 메뚜기들이 뛰어쌓는다. 푸르륵 하고 날아오르는 것은 방아깨비였다. 커다란 방아깨비가 한 마리 날아와서 어깨에 척 앉는 것이 아닌가. 판수는 방아깨비란 놈을 돌아보며 빙긋이 웃는다.

"후여— 딱딱 후여—"

"아랫녘 새는 아랫녘으로, 후여 딱딱 후여—"

어디에선지 새 보는 소리가 들려오기도 한다.

동구 앞 정자나무 그늘에서 판수는 자전거를 내렸다. 그리고 커다란 가방 안에서 편지뭉치를 꺼내어 수암리 것을 뽑았다. 석 장이었다. 두 장은 1구(一區) 것, 한 장은 2구 것이다. 판수는 나무 밑에 자전거를 세워놓고 마을로 들어섰다. 어디서 보고 달려왔는지 꼬마둥이들이 두서넛 졸래졸래 뒤를 따른다.

어떤 집 문간에 가서 판수는,

"편지요—"

했다.

삼십여 년을 이 고장에서 우편배달 노릇을 해온 터이라, 그는 어느 마을 누구라고 하면 그 집 문이 어느 쪽으로 붙었으며, 대문인지 사립문인지까지도 얼른 알아낼 수가 있었다.

소리를 듣고 나온 것은 머리가 허연 영감이었다. 결코 낯선 얼굴은 아닌 것이다.

"노인, 안녕하신교? 편지 왔구마."

"어디서 왔는게?"

판수는 편지를 뒤집어 뒷겉봉을 본다.

"육군본부서 왔심더."

"육군본부서?"

"예."

"육군본부서 웬 편지가 다……."

영감은 편지를 받아 매끈매끈한 겉봉을 만지작거리더니,

"여보소!"

하고, 돌아서서 가려는 판수를 불러 세웠다.

"수고스럽지만 이거 뜯어서 좀 읽어 봐 주소. 요새 내가 눈이 침

침해서…….”

편지를 도로 내민다.

“예, 그럽시더.”

판수는 편지를 받아 봉을 뜯었다. 그리고 알맹이를 끄집어냈다. 안에서 나온 것은 노란 빛깔의 종이였다. 그것을 펴들고 판수는 눈으로 훑어 내려간다. 영감은 멀뚱히 서서 판수의 얼굴을 바라보고만 있다. 따라온 꼬마둥이들은 판수가 둘러메고 있는 가방에 살짝 손을 대보기도 하며,

“참 크다, 그쟈?”

“이 안에 뭐 들었노?”

“편지 안 들었나. 이 사람 편지 주는 사람이다. 아나?”

하고, 재잘거려쌓는다.

편지를 훑어 내려가던 판수는 그만,

“으?”

했다. 그리고,

“하하—”

하고, 쯧쯧쯧 혀를 찬다. 영감은 대고 눈을 깜작거리며,

“와? 뭐라고 써 있는게?”

한다.

“박춘식이가 누군교?”

“우리 큰손자 아닌교. 와? 춘식이가 어쨌는게?”

“군대에 나갔는교?”

“그렇구마.”

“흠.”

판수는 잠시 고개를 끄덕거리기만 하더니, 하는 수가 없는 듯,

"전사했구마."

하고, 뇌까렸다.

"전사? 전사가 뭔게?"

"죽었단 말입니더. 전쟁하다가……."

"뭐라? 죽었다고?"

영감은 두 눈을 번쩍 뜨며 냅다 소리를 질렀다.

"우리 춘식이가 죽어?"

난데없는 소리에 놀라 안에서 식구들이 우르르 뛰어나온다.

"아니, 그기 정말이가? 정말이가?"

영감은 판수의 손에서 그 종이를 빼앗다시피 했다. 그리고 눈에서 멀리 갖다 비추어본다. 온 얼굴에 주름살이 쪼글쪼글 떤다.

"음."

영감은 그만 땅이 꺼질 듯한 신음소리를 했다. 그러자, 달려 나온 노파와 젊은 아낙네가 왈칵 목을 놓는다.

"아이고 우야꼬—"

"이 일을 우야꼬—"

"아이고 아이고 아이고—"

판수는 매우 난처했다. 마치 자기에게 무슨 잘못이라도 있는 듯 어쩔 줄을 몰라 하다가, 그만 슬금슬금 자리를 떴다. 꼬마둥이들은 어찌된 영문인가 하고 서로 얼굴을 마주보며 입에 손가락을 빼물기도 했다.

울음소리에 쫓기듯이 판수는 허둥지둥 고샅을 돌아서며,

"박춘식이라…… 성만 틀리는구나. 아이구 우리 춘식이는 잘 있

는지, 우리 춘식이는……."
하고, 중얼거렸다. 그리고, 다음 집을 찾아가며 편지봉투를 뒤집어 본다.

"이?"

역시 육군본부인 것이다. 매끈매끈하고 두꺼운 봉투지에 육군본부라는 넉 자가 선명하게 인쇄되어 있는 것이 아닌가.

"흐흠."

판수는 2구 것도 마저 뒤를 보았다. 역시 마찬가지 넉 자였다. 오늘 수암리에 온 편지는 다 전사통지서인 것이다. 판수는 등골을 타고 지렁이가 기어 내리는 듯했다. 가볍게 몸을 떨었다.

"아이구 우리 춘식이는 우째 됐는가 모르겠네. 우째 됐는가……."

둘째 번 집에 가서는,

"편지요."

소리를 지르고는 얼른 그것을 대문 안으로 던져버렸다. 그리고 후닥닥 돌아섰다. 무슨 못할 짓이라도 저지르고 다니는 듯 공연히 가슴이 두근거렸다.

정자나무 밑으로 돌아온 판수는 무거운 몸을 자전거에 실었다. 2구를 향해 가는 것이다. 이 길은 1구로 오는 길 절반 남짓밖에 안 되었다. 자칫하면 자전거 바퀴가 논으로 굴러 들어가게 마련이었다. 그러나 판수는,

"우리 춘식이는, 아아 우리 춘식이는 잘 있는지 몰라. 잘 있는지……."

곧장 아들 걱정이었다.

2구는 노파가 혼자 뜰방*('뜰'의 전북 방언.)에 덩그러니 앉아 있는

집이었다.

"편지구마."

하자, 맨발로 달려 나오며,

"우리 아들한테서 왔는게?"

하고, 반긴다.

"모르겠구마."

판수는 저도 모르게 퉁명스러운 소리가 튀어나왔다.

"좀 봐 주소 와."

그러나, 판수는 편지봉투를 사립문에 살짝 꽂아놓기가 바쁘게 얼른 돌아서 버렸다. 노파는 두 눈의 흰자위를 크게 드러내놓으며,

"애구 뭐 저런 인생이 다 있노. 그것 좀 읽어 봐주면 눈깔이 빠지나 우짜노. 에라이 이놈아! 가다가 쇠똥에라도 미끄러져 삐리라."

마구 욕지거리를 뱉어 붙인다. 고약한 노릇이다. 하나, 판수는 입맛만 쩝쩝 다시며 뒤도 돌아보지 않고 대고 걸음을 옮겼다.

수암리를 돌아서 신작로에 나왔을 때는 해가 어느덧 중천에 와 있었다.

신작로 가에 주막이 하나 있다. 마루에 술동이가 놓여 있고, 상이 놓여 있고, 주인 아낙네가 넓적다리를 드러내놓고 앉아서 파리를 날리고 있다. 판수의 단골 주막인 것이다. 이쪽 방면으로 배달을 나오는 날이면 그는 이 주막에 자전거를 맡겨놓고, 걸어서 이 마을 저 마을 용무를 마친 다음, 귀로에는 으레 대포를 한 잔 들이켜는 것이다. 비가 오든 눈이 오든 꼭 한 잔이었다. 컬컬한 목에 막걸리 한 잔을 걸치고, 해가 떨어져가는 길을 건들건들 자전거를 몰라치면 하루의 고달픔도 어디론지 사라지고 마는 것이었다.

그러나, 오늘은 그게 아니었다. 주막 앞에서 자전거를 내린 판수는 가방을 둘러멘 채 마루에 가서 털썩 궁둥이를 놓으며,

"나 술 좀……."

했다. 아무래도 몇 잔 들이켜지 않고는 못 배기겠는 것이다. 뜻밖의 일에 아낙네는 눈을 크게 뜨며,

"오늘은 우짠 일인교?"

하고, 웃는다.

"그저……."

"오래 사니 조 주사 아침 술 먹는 걸 다 보겠네."

"그런 수도 있지."

"사발로?"

"암."

아낙네는 쪽박으로 술동이를 휘휘 내젓는다. 구수한 막걸리 냄새가 물씬 코를 찌른다. 판수는 침을 꿀꺽 삼켰다. 뿌연 술이 철철 넘치는 사발을 받아들자 판수는 대뜸 입을 가져갔다. 꿀꿀꿀…… 잘도 넘어간다. 판수는 단숨에 그릇을 말려버렸다.

"으—"

그리고 빈 사발을 내밀며,

"하나 더."

한다.

"더?"

"암."

"오늘 정말 웬일인교?"

"웬일은 무슨 웬일."

“인젠 살림 고마 살 모양이지.”
아낙네는 앞니를 드러 내놓으며 지그시 웃는다.
거푸 그렇게 석 잔을 들이켜고 나서야 판수는,
“내 참 오늘은 별 지랄 같은 편질 다 본다니까.”
했다.
“무슨 편진데예?”
“지랄 같은 편지라니까.”
“편지에 지랄 같은 편지도 다 있능교?”
“육군본부서 온 긴데 말이지, 군대에 나간 사람 죽었다는 편지 앙이가.”
“저런, 뉘 집 아들이 죽었능교?”
“수암리에서 서이나 죽었어. 박춘식이라는 청년도 죽고…….”
“아이구, 박 영감네 손자가 죽었구나. 저런 수가 있나.”
“보자, 또 있을 기라.”
판수는 가방에서 편지 뭉치를 꺼내어 뒷겉봉에 육군본부라고 씌어 있는 놈을 헤아려보았다.
“아직도 아홉 장이나 된다니까.”
“아홉 장이나?”
“이것뿐 아니지.”
“또 있능교?”
“있고말고, 이건 이 면 기고, 다른 면에는 더 많지.”
“오늘 곳곳에 울음보가 터지느라고 야단이겠네. 그죠?”
“참 별놈의 세상이지.”
판수는 으윽! 트림을 했다. 눈두덩이 후끈후끈 달아오르기 시작한다.

자전거를 주막에 맡겨 놓고 신작로로 나섰다. 햇빛이 눈에 부시다. 아랫도리가 약간 휘청거린다.

뚜뚜— 버스가 한 대 달려온다. 판수는 얼른 길가로 비켜섰다. 버스는 주막 앞에서 정거를 했다. 문이 열리며 맥고모자를 쓴 사람이 내린다. 손에는 줄였다 늘였다 하는 값진 낚싯대를 들었고, 옆구리에는 예쁘장한 광주리를 차고 있다. 그 사람을 보자, 판수는 얼른 자세를 바로잡았다. 그리고 허리를 꺾으며,

"국장님 낚시질 나오시능교?"

했다.

"아 조 씨, 오늘 이쪽인가?"

"예."

"난 저 냇물에 가볼까 하는데, 고기가 있는지 몰라."

"있고말고예. 우짜면 은어도 잡힐 깁니더."

"그래? 흠—"

국장은 유들유들한 코로 웃으며 냇물을 향해 논둑길로 들어선다.

"국장님, 그럼 잘 다녀오시이소."

"아, 수고하게."

국장의 뒷모습이 저만치 멀어지자 판수는,

"은어가 있긴 뭐가 있어."

하고, 한쪽 눈을 찔끔 감았다가 뜨며 씽긋 웃었다.

대낮이 가까워지니 가을이라곤 하지만 볕이 제법 두꺼웠다. 판수는 모자를 뒤로 젖혀 쓰고, 한쪽 손에 편지뭉치를 든 채 코로 노랫

가락을 흥얼거리며 휘청휘청 걸었다. 한꺼번에 막걸리를 세 사발이나 마신 터이라 곧장 오줌이 마려워왔다. 판수는 서서 아무렇게나 고의춤을 풀어헤쳤다. 그리고, 좍좍 냅다 휘둘렀다. 벼 잎사귀에 붙었던 메뚜기들이 물벼락을 피하느라고 토닥토닥 튀어쌓는다.

"히히히……."

기분이 좋은 것이다.

얼마를 가니 냇물이 나섰다. 자갈을 씻으며 맑은 물이 찰찰찰 시원하게 흘러내리고 있는 여울이었다. 햇빛이 물 위에 떨어져 눈부시게 부서지곤 한다. 띄엄띄엄 디딤돌이 놓여 있다.

판수는 곧장 콧노래를 흥얼거리며 디딤돌을 징검징검 뛰기 시작했다. 돌을 네댓 개 뛰었을 때였다. 찌찌찌— 물가에 서 있는 버드나무에서 늦매미가 요란하게 소리를 질렀다. 그래서 그런지는 모르나, 판수는 그만 비틀 하며 한쪽 발이 돌에서 미끄러져 내렸다. 철버덩! 물에 빠지고 만 것이다. 차라리 시원하고 좋았다. 그러나, 그게 아니었다. 손에 쥔 편지뭉치에서 편지 한 장이 그만 물에 떨어지고 만 것이다.

삼십여 년 동안 우편배달 노릇을 해왔지만, 판수는 아직까지 엽서 한 장을 무책임하게 어째 버린 일이 없었다. 신작로에서 몇십 리나 떨어져 있는 두메에까지도 편지 한 장을 직접 전해 주러 땀을 뻘뻘 흘리며 찾아가는 그였다. 그런 그인지라, 편지가 물에 떨어졌으니 야단이 아닐 수 없는 것이다. 더구나 날쌘 물살에 실려 마구 떠내려가고 있지 않은가.

"저런! 저런! 저런!"

판수는 후다닥 물속으로 뛰어들어 첨벙첨벙 냅다 편지를 쫓는다. 커다란 가방이 덜렁덜렁 춤을 춘다.

팔을 내뻗으면 얼른 잡을 수 있을 만큼 편지와의 거리가 가까워졌다. 그런데 어찌된 영문일까? 판수는 그만 우뚝 멈추어서고 만다. 멈추어 서서 숨을 헐떡거리며 그것을 멀뚱히 바라보고만 있다. 육군본부라는 네 글자가 물에 젖어 유난스레 까맣게 돋아 올라보였던 것이다.

편지는 물결을 타고 가볍게 나부끼며 다시 멀어져간다. 멀리 사라져가는 편지를 멀뚱히 바라보고 있던 판수는 무슨 생각이 떠올랐는지,

"옳지!"

한다. 그리고 무슨 대단한 결심이라도 하는 듯 어금니를 꽉 지레물며 코로 숨을 크게 들이마셨다가 훅 내뿜는다. 달콤한 술내가 물씬 쏟아져 나온다. 판수는 두 눈을 대고 껌적거리며 손에 든 편지뭉치를 한 장 한 장 뒤적이기 시작했다. 뒷겉봉에 육군본부라고 씌어 있는 놈이 나오자, 그것을 썩 잡아 뽑는다. 그리고,

"에라잇!"

하고, 소리를 내지르며 냅다 물 위에 떼기장을 쳐버린다. 그러나, 무게가 없는 것이고 보니 가볍게 물 위에 떠내려간다. 판수는 또 편지뭉치를 뒤져 육군본부를 찾아냈다.

"에라이! 요놈도……."

떼기장이다. 그리고 또 찾아낸다.

"요놈도!"

또 찾아내어,

"요놈도!"

또 찾아,

"요놈!"

또,

"요놈!"

또,

"요놈!"

……이렇게 아홉 장을 모조리 물에 띄워버렸다. 물살을 타고 아홉 장의 육군본부가 일렬종대로 동실동실 떠내려간다. 참 희한하다. 판수는 그만,

"왓핫핫하……."

크게 웃음을 터뜨렸다. 통쾌하기 짝이 없는 것이다. 오십여 년이라는 세월을 살아 왔지만, 이런 통쾌한 맛은 단 한 번도 느껴 보지 못한 판수였다. 그래서 그는 입을 쩍쩍 벌리며 속이 후련하도록 웃어젖혔다.

"왓핫핫하…… 으왓핫핫하……."

한참을 이렇게 실성한 사람처럼 웃어젖히던 판수는 인기척에 놀라 뒤를 돌아보았다. 징검다리를 건너려던 노인이 지팡이를 짚고 서서,

"저 체부가 돌았나, 우쨌노?"

하고, 중얼거렸던 것이다. 노인과 시선이 마주치자 판수는 얼굴이 화끈했다. 왈칵 쑥스러운 생각이 드는 것이었다.

그리고, 다음 순간 그는,

"아뿔싸!"

싶었다.

'저 노인이 안 봤는가 몰라. 안 봤는가…….'

술기가 말끔 가시는 듯했다. 두 다리에 휘감기는 물이 별안간 몹시 차갑게 느껴졌다. 그는 가볍게 몸을 떨며,

"아 내가 술이 좀 과했던 모양이지."

어쩌고 하면서 밖으로 나간다.

판수가 물에서 나오는 걸 보자, 노인은 입속으로 뭐라고 중얼거리며 징검다리를 조심조심 건너기 시작한다.

밖으로 나온 판수는 풀밭에 아무렇게나 궁둥이를 내던지고 앉아서 발을 빼었다. 그리고, 아랫도리를 벗어서 물을 짜며 편지들이 떠내려간 냇물을 멀리 바라본다.

'괜찮을까 몰라?'

슬그머니 걱정이 되기도 하는 것이다. 찌— 찌— 찌— 매미란 놈이 또 시끌짝하게 울어댄다.

아홉 장의 전사 통지서는 물살에 실려 아래로 아래로 흘러간다. 처음에는 일렬종대였으나, 차츰 흩어져 제멋대로였다. 얼마를 그렇게 떠내려갔는지 모른다. 맨 앞장을 서 가던 놈이 그만 무엇엔지 살짝 걸려 뱅 맴을 돌았다. 낚싯줄이었다.

"으! 이기 뭐고?"

국장이었던 것이다. 아까 버스에서 내린 국장이 여기에 자리를 잡고 앉아 있는 것이었다. 육군본부라는 넉 자가 뱅 맴을 돌더니, 그 자리에 떠서 가만히 나부낀다.

"웬 편지가 이렇게 떠내려 올까? 육군본부라……."

국장은 얼굴을 앞으로 쑥 내밀며 편지를 멀뚱히 바라본다. 이어서 또 한 장이 떠내려 오자 국장은,

"이게 어떻게 된 일이고?"

벌떡 궁둥이를 들었다. 그리고, 아랫다리를 걷어붙이더니, 덤벙 물속으로 내려섰다.

석 장, 넉 장, 다섯 장, 여섯 장…… 동실동실 자꾸 떠내려 오는 것이 아닌가.

"허허— 이런 수가 있나. 이런 수가……."

국장의 두 눈은 그만 휘둥그레지고 말았다. 허벅다리까지 잠기는 물속에 버티고 서서 유들유들한 콧구멍을 곧장 벌름거리며 떠내려 오는 편지를 차례차례 주워 올렸다. 두 장은 어쩌다가 그만 놓치고 말았다. 주워 올린 편지를 한 장 한 장 살펴보더니, 국장은 이맛살을 찌푸리며,

"판수란 놈, 이놈 고약한 놈이로구나. 안 되겠는데, 안 되겠어. 그냥 뒀다간 큰일 나겠다니까."

했다.

물에서 올라온 국장은 그 일곱 장의 육군본부를 풀밭에 나란히 펴놓고 말리며 곧장 눈알을 굴렁거렸다.

"배달부란 놈이 편지를 물에 내버리다니, 허 내 참, 별놈을 다 보겠네. 별놈을 다 봐. 가뜩이나 육군본부에서 보낸 편지를야…… 내 참!"

이튿날 저녁, 판수는 우체국 뒷골목에 있는 탁주 집에 앉아 있었다. 두 사람의 동료와 함께였다. 모서리가 닳아빠진 조그마한 상을 가운데 놓고 앉아서 술들을 마시고 있는 것이었다.

"판수, 뭐 하노. 어서 좀 들어."

박 씨였다. 판수보다 일곱 달인가 먼저 우체국으로 들어와 줄곧 배달부 노릇으로 늙어온 사람이었다. 말하자면 판수의 칠 개월 선배인 것이다. 오늘 판수가 면직을 당했다는 말을 듣고 누구보다도 놀란 것은 이 박 씨였다. 배달에서 돌아온 그는 그 말을 듣자 그만 눈앞이 아찔했다. 얼굴에서 핏기가 가시는 듯했다. 남의 일 같지가 않은 것이었다. 파면의 이유가 근무태만, 배달 불능이라고 하는 데는 딱 어처구니가 없었다. 그러나, 자세한 얘기를 듣고 보니, 정말 뭐라고 변명할 여지가 없는 것이었다.

판수는 앞에 놓인 잔을 들더니 눈을 지그시 내리감고 단숨에 벌컥벌컥 들이켜 버렸다. 그러자, 얼른 주전자를 들어 판수의 잔에다가 다시 술을 가득 치는 사람은 서 군(徐君)이었다. 우체국에 들어온 지가 일 년 남짓밖에 안 되는 애송이인 것이다. 주로 전보 배달 같은 것을 맡고 있었다. 평소에 판수를 남달리 따랐고, 판수 역시 그를 퍽 아껴주었다.

술이 제법 얼근해지자, 박 씨가 입을 열었다.

"아침에 국장실에 불려 들어가길래 무슨 일인가 싶으긴 했지만, 설마 이런 일이 있을 줄이사 누가 알았노 말이다. 어제, 아침술을 먹었더라면서?"

"……."

"와 갑자기 안 먹던 아침술은 먹고…… 내 참!"

약간 원망스러운 듯한 어조였다. 판수는 넋이 나간 사람처럼 멀뚱히 앉아만 있다.

"아무리 술을 먹었더라도 그기 무슨 짓이고. 그 편질 일곱 장이나 주웠다니 글쎄, 누가 가만히 있겠노 말이다."

그러자, 두 눈기슭이 발갛게 달아오른 서 군이,

"그렇지만 파면은 너무 안 한교."

하고, 불쑥 뇌까렸다.

"물론 너무하지. 하지만, 그런 짓을 해놓았으니 할 말이 있나 말이다. 그저 잘못했다고 비는 수밖에……."

그제야 판수는 두 눈을 껌벅거리며,

"새(혀)가 빠지도록 안 빌었나."

한다.

"그래도 안 된다 카더나?"

"집에서 편안히 쉬라 안 카나. 이제 늙기도 했으니……."

"늙기도 했으니? 뭐 그런 자식이 있노. 환갑을 지냈나, 진갑을 지냈나. 늙긴 뭐가 늙었다 말이고."

박 씨는 늙었다는 말에 대단히 화가 났다.

"저는 스무 살 처먹었나, 서른 살 처먹었나. 다 같이 늙어 가는 자식이……."

이마에서 굵은 주름살이 꿈틀꿈틀 기기도 했다. 서 군도 덩달아서,

"짜식, 대가리를 까버립시더."

하고, 열을 올린다.

한참 동안 정신없이 술들을 마셨다.

술자리가 거의 되어 갈 무렵이었다. 벌겋다 못해 퍼렇게 굳어진 판수는 혀 짧은 소리로,

"늙었으니 집에서 편안히 쉬라 칸다니까. 편안히……."

하고, 중얼거렸다. 그리고 두 눈을 무겁게 내리감았다가 뜨며,

"좋지, 집에서 편안히 쉬면 좋고말고……."

했다. 그리고, 젓가락으로 무쪽을 쿡 찍어 올리며 별안간,

"헛헛헛허……."

웃음을 터뜨렸다.

"편안히 쉬면 좋고말고, 편안히 쉬면, 엇헛헛허……."

서 군은 벌겋게 상기 된 두 눈으로 판수를 가만히 지켜보고 있고, 박 씨는,

"음—"

하고, 잔을 들어 또 벌컥벌컥 들이켜 댄다.

"편안히 쉬라고? 엇헛헛허…… 편안히? 으엇헛헛헛허……."

꼭 실성한 사람 같았다. 양쪽 볼을 타고 두 줄기 찝찔한 것이 지렁이처럼 기어 내리기 시작했다.

"으엇헛헛헛허……."

울고 있는 것이었다.

《현대문학》(1960. 9)

분(糞)

면사무소라는 것이 꼭 귤 궤를 여러 개 여기저기 엎어놓은 것 같은 형국을 하고 있었다. 이 궤짝은 농지계, 저 궤짝은 병사계 식으로 사무실이 여러 낱으로 나누어져 있는 것이었다.

여간 불편할 것 같지가 않았다. 그러나 당분간은 어쩔 수 없는 노릇인 듯했다. 인민군들이 쫓겨 올라가면서 본청사에 그만 불을 질러버렸던 것이다. 그러니 자연 면장실도 따로 한 개의 궤짝으로 독립되어 있게 마련이었다. 전에 농구(農具) 창고로 쓰던 조그마한 건물이었다. 여러 개의 궤짝 중에서 그래도 제일 반듯할 뿐 아니라, 제법 현관이랍시고 아담하게 만들어져 있기까지 했다.

면사무소 바로 앞에 대추나무집이 있었다. 밥을 파는 집이었다. 물론 술도 팔았다. 면사무소와 이 대추나무집은 좋은 대조가 되었다. 면사무소가 그처럼 어설픈 꼴을 하고 있는 데 비해서 이 밥집은 제법 의젓하게 도사리고 있는 것이었다. 두두룩한 초가지붕이 우선 마음을 놓이게 했고, 밀면 삐거덕 하고 소리를 내는, 약간 기울어진 듯한 낡은 대문이 또한 그럴싸했다. 부엌에 걸린 솥도 여간 크지가 않았다. 밥솥, 국솥해서 네 개나 되는 솥이 죄다 물 두 동이 들이였다. 그 큰 가마솥들을 얼마나 씻고 닦고 했는지 한결같이 까만 윤이 반질반질 흘렀다.

덕이네의 솜씨였다. 덕이네는 이 집 부엌데기였다.

해거름이었다. 덕이네는 우물에서 저녁쌀을 씻고 있었다. 대추나무 그림자가 장독대를 덮고, 우물까지 번져 나와 덕이네의 어깨에 걸쳐졌다. 여느 날보다 좀 늦는 듯했다. 머리에 수건을 쓰고 행주치마를 두른 덕이네는 걷어붙인 팔을 가볍게 놀렸다. 그러나 조금도 서둘러대는 것 같지가 않았다.

그러고 있을 때였다. 안에서 부르는 소리가 들렸다. 덕이네는 행주치마에 두 손을 닦으며 일어섰다.

반장과 순경이었다. 순경은 앉고, 반장은 서 있었다. 주인 화산댁이도 마루 끝에 나와 있었다. 화산댁이는 노란 얼굴을 하고, 무슨 종잇조각을 한 장 들여다보고 있는 것이었다. 무슨 일일까? 덕이네는 가만히 머리에서 수건을 벗겼다. 덕이네를 보자, 반장은 딱한 듯한 표정을 지었고, 화산댁이 역시 묘하게 굳어진 얼굴을 했다. 그러나 순경만은 예사로웠다. 못 보던 사람이었다.

"당신이 박호덕이 어머닌가요?"

"예."

덕이네는 조심스럽게 숨을 몰아쉬었다.

"도장 내시오."

"……."

"도장 없소?"

"예, 없심더."

곧장 행주치마로 두 손을 감싸 쥐었다.

"그럼 지장이라도 찍으시오."

"……."

반장이 인주를 내밀었다. 영문을 알 수가 없었다. 하라는 대로 엄지손가락에 인주를 묻혀가지고, 찍으라는 곳에 살짝 눌렀다. 그러고 나자, 순경은 종잇조각 한 장을 주며,

"내일 모레 아침 여덟 시에 학교 운동장으로 집합이구마."

했다. 무엇을 어쩌라는 것인지 도무지 어리벙벙하기만 했다.

순경과 반장이 대문 밖으로 사라지고 나자, 덕이네는 나한테 다 무슨 고지서가 나올까 싶으며, 종잇조각을 들여다보았다. 보아야 알 까닭이 없었다. 그저 검은 것은 글자 정도였다. 그러나 얼른 눈에 띄는 것이 있었다. 붉은 선이었다. 두 줄기의 붉은 선이 선명하게 대각선을 긋고 있었다.

"빨간 줄이 두 개 쳐졌네예. 이기 뭡니꼬?"

화산댁이를 바라보았다.

"아이 이 사람아, 야단났네, 야단났어."

"와예?"

"그기 뭔지 아는가?"

"뭡니꼬?"

"호덕이 데려가는 영장 아니가, 영장."

"영장?"

"그래, 군대 나가는 영장 말이다."

"아이고 우짜노."

덕이네는 가슴에서 무엇이 뚝 떨어지는 것 같았다. 두 눈을 대고 깜작거렸다.

"우리 동철이한테도 나왔다니까."

"동철이도예?"

"이거 보래."

화산댁이의 손에 쥐인 종잇조각에도 분명히 붉은 선이 두 줄기 그어져 있었다.

"이 일을 우짜는교? 예? 형님요. 예?"

덕이네는 화산댁이 곁으로 바싹 다가앉았다. 영장을 쥔 손이 자꾸 떨리었다. 절로 한숨이 쏟아져 나왔다.

어쩌면 덕이네는 이 세상에 한숨을 쉬러 온 사람인지도 몰랐다. 열일곱에 벌써 그녀는 한숨을 쉬지 않으면 안 되었었다. 서방이 돌림병으로 덜컥 죽어버리고 말았던 것이다.

살색은 좀 검은 편이었으나, 눈매가 고운 탓이었는지, 혹은 굶기를 밥 먹듯 하는 집에 태어난 탓이었는지, 그녀는 아직 귀밑에 보얀 솜털이 가시기도 전에 남의 집 사람이 되고 말았다. 울면서 집을 떠났었다. 그러나 열일곱이 되던 봄, 그녀는 보름달 같은 아들을 낳았다. 젖을 물릴 때마다 누가 보면 얼굴이 붉어지곤 했으나, 결코 싫지가 않았다. 아이가 제법 어미 아비를 알아보고 방긋방긋 웃어쌓을 무렵, 그만 그 얄궂은 돌림병이 돌았던 것이다. 서방을 땅에 묻는 날, 그녀는 그저 얼떨떨하기만 했다. 그러나 그날 저녁, 그녀는 꺼질 듯한 한숨을 쉬지 않을 수 없었다. 호롱불 밑이었다. 시름

없이 앉았다가 아이에게 젖을 물렸더니, 아이가 엄마의 얼굴을 쳐다보며 방긋방긋 자꾸 웃어대는 것이 아닌가. 코허리가 시큰해지며, 저도 모르게 콧물이 줄 흘러내렸다. 설움이 왈칵 복받치는 것이었다. "아이고 불쌍해라, 불쌍해라" 하고, 그녀는 한바탕 목 놓아 울었다. 그러고 나서 후유우 무너지는 듯 한숨을 쉬었던 것이다.

열일곱 살 먹은 과부, 이웃 사람들이 쯧쯧쯧 혀를 찰 만도 했다. 빠득빠득 삼 년을 혼자 살았다. 먹을 것만 있으면 덕이를 키우며 살 수 있을 것 같았다. 그러나 먹을 것이 없었다. 덕이가 배가 고프다고 칭얼거릴 때마다 그녀는 가슴이 메는 듯했다. 이따금은 덕이에게 손질을 해놓고, 돌아서서 치맛자락으로 콧물을 풀었다. 그리고 한숨을 쉬었다. 하는 수가 없었다. 다시 서방을 얻는 수밖에 없었다. 노총각이었다. 남의 집 머슴이었다. 머슴이든 뭐든 덕이의 배를 채워줄 수가 있어서 좋았다. 그리고 밤이면 그전 서방한테서는 느낄 수 없던 야릇한 흥분을 겪게 되어 더욱 좋았다. 사는 것 같았다. 그러나 세상은 그녀의 서방을 언제까지나 그녀 곁에 놓아두지는 않았다. 북해도 탄광으로 끌고 가버린 것이었다. 징용인지 뭔지가 나왔던 것이다. 칠 년— 어찌된 영문인지 아이를 배지는 못했으나, 정이 들대로 들어 있었다. 서방이 떠나던 날 새벽이었다. 이불 속에서였다. 그녀는 서방의 널따란 가슴패기를 어루만지며, 안타까워 못 견디었다.

"언제 돌아올라는교?"

"보내주면 돌아오지."

"언제 보내줄라는지……?"

"글쎄."

"북해도는 춥다는데, 발가락 안 얼도록 하이세이."

"응."

"그리고 꼭 돌아오이세이."

"응."

"꼭!"

"응."

대답이사 수월했다. 그러나 서방은 영영 돌아오지 않고 말았다. 해방이 되자, 남들은 기차 불통에 매달려서까지 돌아왔는데, 어떻게 된 영문인지 서방은 도무지 소식도 없었다. 봄에 국민학교를 졸업한 호덕이와 번갈아가며, 하루에도 몇 차례씩이나 정거장엘 다녔는지 몰랐다.

마침내 그녀는 한숨과 함께 모든 것을 팔자소관으로 돌려버렸다. 호덕이 나이 열다섯— 이제 고생도 얼마 남지 않았다고, 어금니를 지레 물었다. 그리고 찾아든 곳이 대추나무집이었다. 고된 부엌살이였으나 별로 괴로운 줄을 몰랐다. 호덕이가 이발소에 일자리를 얻게 된 뒤부터는 한 번 씻어도 될 가마솥을 두 번 세 번 문지르고 닦았다. 아들이 이발소에서 손님의 머리를 씻어주고 받은 첫 월급을 들고 왔을 때, 그녀는 그만 저도 모르게 목멘 소리로 "관셈보살!" 하고 뇌었다. 그녀가 염불을 입에 담기는 이것이 처음이었다. 손님의 머리를 맡아 씻던 호덕이가 면도질을 담당하게 되자, 그녀의 솥 씻는 가락도 더욱 신이 났다. 그리고 어느 해 봄, 호덕이의 이마에 처음으로 여드름이 뾰족뾰족 돋아났을 때, 그녀는 무슨 대단한 것이라도 발견한 듯 "손대지 말고 가만히 놔둬래이" 하고 대견해서 못 견디었다. 이렇게 그녀의 소망이 조금씩 이루어져가는 판인데, 전쟁이 일어났다. 북쪽에서 난리가 휩쓸어온다는 바람에 그녀는 눈앞이 아찔했다. 호덕이를 앞세우고 누구보다도 잰걸음으로 피란을 갔다. 다행히 면사무소를 불사르는 정도로 난리가 도로 멀어져 갔기 때문에, 호덕이는 다시 이발소의 면도칼을 잡게 되었고, 그녀는 대추나무집의 부지깽이를 도로 쥘 수가 있었다. 얼마나 감수했는지 몰랐다.

호덕이 나이 이제 스물하나— 덕이네는 길에서 만나는 처녀들이 예사로 보이지가 않았다. 참한 색싯감을 골라서 내년 가을쯤은 장가를 들여야지, 그래서 한 집안을 이루고 손자를 보아서, 좀 사는 것 같이 살아야지. 남들처럼. 그녀의 소망이란 단지 그것뿐이었다.

그 보잘것없는 소망마저 어쩌면 또 한숨으로 사라져버릴는지 모를 일이 아닌가. 두 줄기 붉은 선이 그어진 종이. 기가 막혔다.

덕이네는 어떻게 쌀을 안쳤는지, 어떻게 불을 지폈는지, 도무지 어리벙벙하기만 했다. 오지게 한 대 얻어맞고 넋이 뜬 사람 같았다. 아무렇게나 퍼져 앉아서 부지깽이로 대고 솔가지를 아궁이에 쑤셔 넣었다. 활활활 타오르는 불길이 얼굴을 화닥화닥 달구었으나, 뜨거운지 어쩐지도 몰랐다.

삐거덕 하고 부엌문이 열렸다. 화산댁이였다. 콧등이 보얗도록 분을 바르고, 나들이옷을 입고 있었다. 손에는 저자바구니를 들었다.

"나 장 좀 봐 올 테니까, 물 끓여서 얼른 닭 한 마리 잡게."

"닭예?"

"응."

"뭐 할라고예? 동철이 고아 줄라 카능교?"

"아니."

"그럼예?"

"면장 어른 좀 불러다가 구워삶아야겠어. 지서 주임하고……."

"……."

"우째해서든지 보류를 시켜야지, 전장에 내보내다니 말이 되는가. 백마고지라던가 뭐라던가 거기 갖다가 막 들이붓는다 카는데…… 우째해서든지 빼내야지."

"형님요!"

덕이네는 귀가 번쩍 뜨이는 것 같았다.

"우리 덕이도 좀 빼내주이소."

"……."

"예? 형님요."

"둘이나 될는지 모르지. 좌우간 구워삶아 보세. 어서 닭이나 잡아 뜯게."

"예."

피지지 하고 솥에서 밥물이 흘러내렸다. 덕이네는 아궁이의 불을 누르고, 얼른 일어났다. 가슴이 두근거렸다. 구워삶아야지. 그래서 어떻게 해서든지 빼내야 되고말고. 덕이네는 번쩍 물동이를 들어 올렸다.

물을 길어다가 솥에 붓고, 장작을 지폈다. 그리고 닭의장으로 갔다. 닭들은 모이라도 주러 오는 줄 알고 빨간 벼슬을 쳐들며 꾸꾸꾸꾸 하고, 덕이네를 반겼다. 닭의장 안으로 들어선 덕이네는 아무 놈이나 한 마리 손에 닿는 대로 덥석 덮쳤다. 놀란 닭들이 한꺼번에 소리를 지르며 이리 날고, 저리 튕기고 했다. 꽤액 꼭꼭 꼬꾸댁

꼬꾸댁……. 붙들린 닭은 곧 죽는 시늉이었다. 덕이네는 닭의 두 날갯죽지를 접어들고, 닭의장을 나와 뒤란으로 돌아갔다.

덕이네는 아직까지 닭의 목을 비틀어 본 일이 없었다. 그러나 오늘만은 어찌된 셈인지 비틀면 비틀 수 있을 것 같았다. 어금니를 물었다. 그리고 닭의 모가지를 거머쥐었다. 전장에 내보내다니 말이 되는가. 어떻게 해서든지 빼내야 되고말고. 덕이네의 손등에 푸른 힘줄이 발끈 솟아올랐다. 모가지를 비틀린 닭은 두 다리를 냅다 휘저어댔다. 관세음보살! 덕이네는 눈깔이 비져 나올 것 같은 닭의 모가지를 발로 꾹꾹 짓눌렀다. 꽃같이 곱던 벼슬이 차츰 푸르죽죽하게 굳어져갔다. 덕이네는 등에 소름이 좍 흘렀다.

"관셈보살, 관셈보살……."

부엌으로 돌아온 덕이네는 옹배기에 펄펄 끓는 물을 퍼서 닭을 그 속에 담그었다. 그리고 북북 털을 뜯어나갔다. 살이 올라서 토실토실했다. 팔자도 좋지. 이런 것만 먹어쌓으니 살이 안 찌려 해야 안 찔 수가 있나. 덕이네는 문득 면장의 기름기가 흐르는 유들유들한 아랫배 생각이 떠올랐다. 그 미끈둥하던 아랫도리, 덕이네는 귀밑을 살짝 붉혔다. 생각하면 부끄러운 일이 아닐 수 없었다.

늦은 봄, 어느 날 밤이었다. 엷은 안개가 곱게 서려 있었다. 보름 가까운 달은 커다란 달무리를 두르고, 대추나무 위에 둥실 떠 있었다. 어디에서인지 고양이 우는 소리가 들려오곤 했다.

덕이네는 좀처럼 잠을 이룰 수가 없었다. 호덕이는 어디서 놀다가 자는지, 돌아오질 않았다. 부엌 건너 큰방에서는 면장의 껄껄껄 웃어대는 소리와 화산댁이의 간드러지는 목소리가 언제까지나 끝날 줄을 몰랐다. 단 둘이 무슨 놈의 술을 저렇게 오래 마시고 있는지. 덕이네는 음— 하고 돌아누웠다. 그리고 이불을 휘감아 안았으나 조금도 시원하지가 않았다. 윗목에 떠다놓은 찬물을 자꾸 켜댔다. 오줌이 마려워 왔다. 물그릇 옆에 요강이 놓여 있었다. 그러나 덕이네는 웬일인지 요강에 올라앉고 싶지가 않았다. 문을 열고 밖으로 나갔다.

봄밤은 아늑하게 깊어가고 있었다. 우물 옆 장독대에 놓인 항아리들이 달빛에 젖어 엷은 안개 속에 그림처럼 떠올라 보였다. 덕이네는 우물을 돌아 대추나무 밑으로 갔다. 나무 그림자가 땅에 수를 놓은 듯 곱게 그려져 있었다. 덕이네는 치마를 걷어 올리고, 가만히 쪼그리고 앉았다. 까만 물줄기가 땅에 그려진 나무 그림자 위로 요리조리 흘러나가기 시작했다. 뻗어나가는 오줌줄기를 하염없이 바라보고 있던 덕이네는 별안간 "네 팔자야—" 하고 한숨을 쉬었다. 북해도로 끌려가서 돌아오지 않는 서방 생각이 왈칵 치밀었던 것이다. 그 널따란 가슴패기가 못 견디게 그리웠다. 어디선지 밤새의 날개 치는 소리가 푸드득푸드득 들려왔다. 후유우 한숨과 함께 일어나 옷을 여몄다. 그리고 우물을 돌아 마당으로 들어섰다.

마당으로 들어선 덕이네는 무엇에 놀랐는지 "엄마야!" 하고, 소리를 지르며 주춤 그 자리에 멈추어 섰다. 별안간 좍— 하고, 물줄기가 포물선을 그으며 앞을 가로막았던 것이다. 오줌줄기였다. 면장이었다. 술이 거나하게 된 면장이 토방에 서서 건들거리며 마당을 향해 아무렇게나 오줌을 깔겨대는 것이었다. 덕이네는 어쩔 줄을 몰랐다. 그러자 면장이 힐끗 돌아보며 혀 짧은 소리를 했다.

"덕이네가?"

"……."

"응? 덕이네지?"

"아이 참 면장 어른도……."

덕이네는 오줌줄기를 피해 달아나며 살짝 눈을 흘겨주었다.

방으로 돌아온 덕이네는 걷잡을 수 없이 가슴이 울렁거렸다. 어쩌면 좋을는지 알 수가 없었다. 울고 싶었다. 아무렇게나 이불 위에 엎어져버렸다. 큰방의 술자리는 이제 끝이 나는 듯 문 열리는 소리가 들렸다. 술상 내놓는 소리가 들렸다. 그리고 문 닫히는 소리가 들렸다. 면장은 집으로 돌아가지 않는 모양이었다. 덕이네는 공연히 이불 섶을 질근질근 물어 씹었다. 참 괴로운 밤이었다. 제물에 지친 그녀는 벌렁 아무렇게나 네 활개를 내던져버렸다.

얼마를 잤는지 모른다. 덕이네는 가슴이 답답하고 숨이 막히는 듯해서, 부스스 눈을 떴다. 누군가의 더운 입김이 얼굴에 퍼부어지고 있었다. 술내가 훅 코를 찔렀다. 덕이네는 얼른 얼굴을 돌렸다. 달이 떨어져가는 듯 서쪽 봉창이 훤했다. 덕이네는 으응— 하고, 돌아누우려 했다. 그러나 돌아누워지지가 않았다.

"나여 나, 가만있어. 가만……."

면장의 목소리였다. 덕이네는 어둠 속에서도 귀뿌리가 화끈 달아올랐다. 가슴이 두근두근 걷잡을 수 없이 뛰었다. 천정이 한쪽으로 너부시 기울어지는 것 같았다. 꿈같았다. 지그시 두 눈을 감아버리고 말았다. 뒤꼍에서 고양이가 울고 있었다.

꼭 한 번, 이런 일이 있은 뒤부터는 면장은 덕이네를 볼라치면 슬그머니 외면을 해버리는 것이었다. 덕이네 역시 쑥스러워서 똑바로 얼굴을 들 수가 없었다.

상 한복판에 커다란 닭고기 냄비를 놓았다. 그리고 그 둘레에 육회 접시, 송이 접시, 은행 접시를 놓았다. 명란젓도 조금 놓았다. 술은 집에서 특별히 빚은 국화주였다.

상을 들어 올리니 팔이 뻐근했다. 덕이네는 마루에 조심스레 상을 갖다 내려놓으며, "형님요, 문 여이소" 하고, 나지막한 소리로 말했다. 방문이 열렸다. 일어서 나오는 화산댁이의 뾰족한 버선코가 유난히 희었다. 덕이네는 화산댁이의 부축을 받으며, 상을 들고 방으로 들어갔다. 촛불이 나불거렸다. 면장은 담배를 물고 점잖게 벽에 기대앉아 있었고, 그 옆에서 지서 주임은 화투장을 만지작거리고 있었다. 상이 들어오자, 지서 주임은 얼른 화투장을 걷어치웠다. 방 한가운데에 상을 놓고, 덕이네는 조심스럽게 물러나왔다.

부엌으로 돌아온 덕이네는 대강 치울 것을 치웠다. 그리고 샛문께로 가서 살짝 붙어 섰다. 뭐라고 이야기가 나오는지, 엿듣지 않고는 못 배기겠는 것이었다. 처음에는 그저 지나가는 시시한 세상 이야기였다. 그러나 덕이네는 가만히 귀를 기울이고 있었다. 언제 무슨 말이 나올는지 모르기 때문이었다.

얼마 후, 샛문이 열리며 빈 주전자가 나왔다. 덕이네는 주전자를 받아 술을 채워 들여보냈다. 술이 거듭됨에 따라 화제가 차츰 지저분해져갔다. 혀들이 조금씩 꼬부라져갔다. 그리고 너절한 소리 끝에 너털너털 웃음이 터져 나왔다. 주전자가 세 번째 들어갔을 때, 면장은 화산댁이에게 노래를 청했다.

"노래사 문제 있습니꾜. 그런데 노래하기 전에 한 가지 부탁을 드려야 되겠심더."

옳지! 이제 나오는구나. 덕이네는 가만히 숨을 죽이며, 두 눈을 대고 깜작거렸다.

"갑자기 무슨 부탁은……?"

"저…… 다름이 아니라 말입니더, 우리 동철이 좀 살려줘야겠심더."

"동철일 살려주다니?"

"야단났심더. 오늘 영장이 안 나왔습니꾜. 우짜면 좋을지 모르겠심더. 내일 모레 출발이라는데, 우짜든지 좀 빼내 주이소. 전장에 내보내 죽이다니 정말 기가 찹니더."

"군대에 나간다고 어디 다 죽는가요?"

지서 주임이었다.

"아이 참, 주임 어른 그카시지 마이소. 부모 된 마음은 다 안 그렇심니꾜. 우짭니꾜. 살려 주이소. 홋홋호."

"헛헛허…… 내가 어디 죽이고 살리고 하는 사람입니까?"

그러자 면장이 에햄! 헛기침을 했다.

"국가를 위해서 아들을 전장에 내보내는 일이 당연하지, 당연해."

"참내, 면장 어른도 그러시깁니꾜? 언제부터 그렇게……."

"헛헛허…… 자아 이 사람아, 술이나 치게. 어떻게 안 되겠는가. 주임 어른과 내가 들어서 안 되는 일이 있던가? 그러나 이 일은 우리가 직접 하는 일이 아니니, 이것이 좀 들어야 될걸, 이것."

이것이라니? 덕이네는 안타까웠다. 얼른 손가락 끝에 침을 묻혀 가지고, 문종이를 살짝 눌렀다. 뚫어진 구멍으로 안을 들여다보았다. 동그라미였다. 두 손가락으로 동그라미를 만들어 보이고 있는 것이었다.

"물론이지예. 그거사 다 요량하고 있으니까, 우짜든지 빼내만 주이소. 그저 믿는 것은 두 대감님뿐입니더."

"자아 알았으니까, 이제 노래나 한자리 내놓게."

"예, 그런데 저…… 한 사람 더 부탁해도 되겠습니꾜?"

덕이네는 바짝 긴장이 되어, 이를 자그시 물었다.

"누군데?"

"우리 집 덕이네 아들 말입니더. 호덕이 말입니더. 가 한테도 안 나왔습니꾜."

"……."

면장은 고개만 대고 끄덕거렸다. 그러자 지서 주임이 약간 이맛살을 찌푸리며,

"그렇게 다 빼내버리면 그럼 누가 나간단 말인가요?"

했다. 화산댁이는 힐끗 지서 주임의 눈치를 살피며,

"호호호……."

웃었다.

"안 그런가요?"

지서 주임의 안색이 아무래도 좀 다르자, 화산댁이는 당황해서,

"예, 그렇지예, 그렇고 말고예."

했다. 그러자 면장도 덩달아서,

"그렇고말고. 그렇고말고……."

한다.

덕이네는 얼굴이 화끈 달아올랐다. 가슴에서 무엇이 와르르 무너지는 것 같았다. 맥이 탁 풀린 덕이네는 부엌 아궁이 앞에 와서 힘없이 주저앉았다. 방 안에서는 화산댁이의 노랫가락과 젓가락으로

장단 치는 소리가 구성지게 어울리기 시작했다. 덕이네는 눈시울에 뜨거운 것이 핑 돌았다. 목구멍에 복받치는 것이 있었다. 그러나 그것을 꿀꺽 삼키고 앉아 있노라니까 방문이 열리는 소리가 났다. 내다보니 지서 주임이었다. 바지 단추를 끄르며 나오고 있었다. 덕이네는 별안간 무슨 생각이 떠올랐는지, 후닥닥 자기 방으로 뛰어 들어갔다.

방에 들어온 덕이네는 머릿수건과 행주치마를 훌렁 벗어던지기가 바쁘게 깨어진 거울조각 앞으로 가서 앉았다. 화장을 하기 시작하는 것이었다. 머리를 빗어 넘겼다. 크림을 찍어 얼굴에 문지르고, 분첩으로 콧등을 마구 두들겨댔다. 얼마나 급하게 서둘렀는지 몰랐다. 그리고 동백기름을 머리에 싹싹 문혔다. 이 집에 온 이후로 이렇게 짙게 화장을 하기는 참 처음이었다.

화장을 마치고 밖으로 나온 덕이네는 부엌문 뒤에 납작 붙어 섰다. 보름을 지나, 약간 이지러진 달이 저만큼 걸려 있었다. 그러나 덕이네는 그런 건 도무지 아랑곳도 하지 않고, 큰방 쪽에만 정신을 주었다. 면장이 나오기를 기다리는 것이었다. 노랫소리와 웃음소리, 그리고 젓가락소리가 뒤섞여 흥청거렸다.

얼마 후, 방문이 열렸다. 덕이네는 가만히 숨을 죽였다. 으윽! 게트림을 하면서 뚱뚱한 몸집이 나타났다. 틀림없었다. 뜰에 내려선 면장은 연방 트림을 하며, 신을 끌고 비틀비틀 저쪽 마당가로 나가는 것이었다. 옳지! 되었다. 덕이네는 두 눈을 깜작거렸다. 그리고 면장의 오줌 누는 모습을 넌지시 바라보았다. 포물선이 달빛을 받아 반짝반짝 선명하게 그려져 보였다. 김이 물씬물씬 피어올랐다. 포물선이 차츰 오그라들자, 덕이네는 입술을 자그시 물고, 가만가

만 걸음을 옮겨갔다. 인적기가 나자, 면장은 오줌발을 툭툭 털며,

"누고?"

돌아본다.

덕이네는 두근거리는 가슴을 지그시 누르며,

"면장 어른예!"

하고, 다가갔다.

"오오 덕이네가? 덕이네지? 흠."

면장은 바지를 여밀 생각도 않고, 곧장 오줌방울을 털기만 했다. 덕이네는 얼굴을 붉히며, 얼른 면장의 소맷자락을 붙잡았다. 그리고 집 모퉁이로 이끌었다. 면장은,

"와? 으으으……."

하면서도 순순히 이끌리었다.

호젓한 집 모퉁이로 들어서자, 덕이네는 면장을 우러러보며,

"면장 어른예!"

하고, 다시 한 번 은근한 목소리로 불렀다.

"내 소원 한 가지만 들어 주이소."

"……."

"예? 면장 어른예."

"난데없이 무슨 소원은…… 으으윽!"

면장은 큰소리로 트림을 했다. 그리고 바지를 주섬주섬 여미며, 덕이네의 얼굴을 내려다보았다. 달빛을 받아, 덕이네의 콧등이 유난히 희었다. 눈매가 꽤나 곱게 보였다. 바지를 여미고 난 면장은 덕이네의 손목을 슬그머니 잡아 끌어당겼다. 덕이네는 외면을 하며 얌전히 면장의 품 안에 들어가 묻혔다. 면장은 덕이네의 허리에 팔

을 돌렸다. 그리고 지그시 힘을 주었다.

"이래 달라 말이가?"

"……."

"이기 소원이라 말이지?"

"아이 참 면장 어른도…… 다름이 아니라예— 우리 호덕이도 좀 빼내 주이소."

"……."

"동철이만 빼내주지 말고예. 그거 하나 믿고 안 삽니꼬. 그거 없으면 난 다 살았심더."

"음."

"정말입니더. 이적까지 그거 하나 믿고, 혼자 이 고생을 안 해왔습니꼬. 그런데 그걸 전장에 내보내 없애다니 정말 억울합니더. 차라리 내가 나갔으면 나갔지……."

"음."

면장의 팔이 덕이네의 허리에서 스르르 풀리었다. 덕이네는 얼른 면장의 한쪽 팔을 붙들고,

"면장 어른예! 우짭니꼬. 이 불쌍한 인생 하나 살려 주이소. 우짭니꼬. 예? 우짭니꼬"

하고, 늘어졌다.

"그래그래, 그래 보지. 음."

"아이구 고마워래이. 꼭 믿심대이. 면장 어른예, 꼭 믿심대이. 그 은혜는 죽어도 안 잊을 낍니더. 그런데 저……."

"……."

"이거 얼마나 하면 됩니꼬?"

덕이네는 두 손가락으로 동그라미를 만들어보였다.

"……."

"한 삼천 환쯤 있으면 됩니꾜?"

"헛헛헛허……."

면장은 어처구니가 없는 듯 껄껄 웃었다. 그리고 취중에도 점잖은 목소리로

"그런 쓸데없는 소린 말고, 내일 보류원서나 제출하게. 보류원서."

했다.

"보류원서가 뭡니꾜?"

"보류시켜 달라는 원서 아니가. 그래야 보류를 시켜주든동 우짜든동 하지."

"어떻게 제출합니꾜? 반장한테 물어보면 압니꾜?"

"반장보다도 직접 면 병사계로 가면 되지. 용지도 거기 있고 하니까."

"내는 것도 거기다 냅니꾜?"

"그래그래, 에이 참!"

면장은 더럽게 걸렸다는 듯 이마를 찡그렸다.

그러자, 쾅쾅쾅 대문 두들기는 소리가 요란하게 일어났다. "문 열어 도고!" 하는 고함소리가 들려왔다. 면장은 이때라는 듯이 얼른 덕이네한테서 빠져나가 그르륵 트림을 하며 안으로 들어갔다. 덕이네는 하는 수 없이 대문간으로 걸음을 옮겼다.

동철이었다. 술이 엉망이 되어가지고, 곧 쓰러질 듯 비칠거리며,

"전장에 나간다. 까짓것 막 죽일끼다. 이누묵 자식들, 에므왕*(엠

원 소총)만 도고 보자. 막 죽일끼다."
하고 뇌까려댔다. 덕이네는 동철이를 부축해서 아래채로 데리고 가며, 대고 혀를 찼다.
"쯧쯧쯧……. 어디서 이렇게 술이 취했노. 시끄럽게 마래이. 지금 면장 어른하고 지서 주임하고 큰방에 와 있대이."
"까짓 놈의 자식들 와 있으면 어떻노. 에므왕만 도고 보자. 에므왕만."
"아니다 야야. 니 보류시켜 줄라고 안 와 있나. 니는 틀림없이 보류될 끼다."
"예? 보류요?"
"그래, 니는 틀림없다. 저 봐라. 지금 한 잔 안 묵고 있나."
그러자 동철이는 큰방 쪽을 멀뚱히 돌아다보고는 아무 소리 없이 방 안으로 기어들어가는 것이었다.
동철이의 이부자리를 해주고 나오며 덕이네는,
"아이고 우리 덕이는 어떻게 될라는지 ……."
그리고 곧장,
"보류원서, 보류원서……."
하고 뇌었다.
이튿날, 덕이네는 아침부터 저녁까지 헐떡거리며 쏘다녔다. 보류원서를 제출하기 위해서였다. 면 병사계원의 말에 의하면, 보류 조항에 아무데도 해당이 되지 않을 뿐 아니라, 설혹 해당이 된다 할지라도, 지금 제출해서는 아무 소용이 없다는 것이었다. 징병검사 후 보류원서를 제출하는 일정한 기간이 있다는 것이었다. 그러나 덕이네는 면장 어른이 제출하라고 했는데 너희가 무슨 잔소리냐고, 막무가내였다. 기어이 용지를 얻어가지고, 대서방으로 달려갔다. 그리고 호적계에 가서 등본을 떼었다. 반장을 거쳤다. 이장을 거쳤다. 막 어거지였다. 그래서 서류를 뭉뚱그려가지고 병사계원 앞에 갖다 내밀었다. 계원은 코로 히죽히죽 웃으며, 서류를 뒤적거려보는 것이었다. 덕이네는,

"됐는교?"

하고, 따졌다.

"됐구마. 가서 오늘밤에 꿈이나 잘 꾸소."

계원의 코언저리에는 여전히 웃음이 흐르고 있었다.

그날 밤, 덕이네는 좀처럼 잠이 오질 않았다. 어디서 술을 마시고 왔는지, 호덕이는 벌겋게 물든 얼굴을 아무렇게나 내던지고, 드르릉드르릉 코를 골고 있었다. 이따금 푸우 하고 괴로운 듯 큰 숨을 내뿜으며 이불을 차 넘겼다. 덕이네는 차 넘기는 아들의 이불자락을 곧장 바로잡아주며, 하염없이 앉아서 염불을 외고 있었다.

"나무아미타불 관셈보살, 나무아미타불 관셈보살……."

그녀는 오늘밤에 나무아미타불과 관세음보살을 꼭 천 번 부르고, 자리에 들리라 마음먹고 있는 것이었다. 그렇게 지성으로 염불을 외고 앉아 있노라니까, 방문이 훤해 왔다. 달이 뜨는가 보았다. 훤하게 밝아 오르는 방문을 바라보던 덕이네는 별안간 무슨 생각이 났는지, 자리에서 벌떡 일어났다. 밖으로 나가는 것이었다.

알맞게 이지러진 달이 대추나무 위로 삐죽이 얼굴을 내밀고 있었다. 덕이네는 집 모퉁이로 돌아갔다. 호젓한 모퉁이에 서서, 덕이네는 옷섶을 여몄다. 그리고 두 손을 가슴 앞에 공손히 갖다 모았다.

"달님요. 우리 덕이 전장에 안 나가도록 좀 해주이소."

너부시 절을 하는 것이었다.

"달님요, 달님요. 내일 부디 좀 빼내 주이세이. 이 불쌍한 인생 하나 살려 주이세이."

어디에선지 칭칭이 부르는 소리가 밤하늘에 애절하게 울리고 있었다.

아침 여덟 시가 가까워지자, 학교운동장은 사람들로 들끓기 시작했다. 이 마을 저 마을에서, 그리고 여러 이웃 면에서, 떼를 지어 꾸역꾸역 모여들었다. 기찻길이 이곳을 지나가는 관계로 여러 이웃 면 장정들도 이 면으로 집결하게 되어 있었다. 실상 영장을 받은 장정들보다도 그 가족들이 더 많았고, 그들이 더 수선스러웠다. 장날 못지가 않았다.

동철이와 호덕이의 뒤를 따라 덕이네도 학교운동장으로 들어섰다. 화산댁이는 나오질 않았다. 덕이네는 무명보자기에 무엇을 도톰하게 싸들고 있었다. 만일의 경우를 위해서였다. 운동장가에 서 있는 플라타너스 밑으로 가서 덕이네와 호덕이는 나란히 앉았다. 그러나 머리에 태극기를 질끈 동여맨 동철이는 잠시 허리에 두 손을 짚고 섰다가, 어디론지 거드럭거리며 가는 것이었다. 멀어져가는 동철이의 뒷모습을 바라보고 있던 덕이네는 혼잣말처럼,

"자는 틀림없지."

하고, 중얼거렸다. 그리고 호덕이를 돌아보며,

"너도 보류되지 싶으다. 어젯밤 꿈이 개않더라."

"어무이도 참, 꿈이 무슨 소용이 있는교."

"와 소용이 없어. 내 꿈 참 영하대이*(신기하고 뛰어나다는 뜻의 '용하

다'). 죽은 너거 아부지가 소를 몰고 안 와 보이나. 얼마나 좋으노."

"……."

"그런데 웬 퉁소를 불면서 오더래이."

"다 소용 없구마. 사바사바를 해야지 뭐."

"그래, 사바사바도 안 해놨나. 보류원서도 내놨지러, 면장 어른한테 승낙도 받아놨지러."

"면장 어른한테요?"

"그래."

덕이네는 어쩐지 좀 켕기는 것 같았다.

"면장 어른한테 무슨 승낙을 받았는교? 어무이가."

"보류원서를 내면 보류시켜 줄라 카데. 염치 불구하고 안 부탁했띠나."

"말만 가지고 되는교. 요새 세상에……."

그러자 덕이네는 손에 든 무명보자기를 들어 보이며,

"걱정없다니까이."

하고, 히쭉 웃었다.

여덟 시라는 것이 해가 거의 중천에 왔을 때에야 집합명령이 내렸다. 운동장 정면에 놓인 지휘대 앞에 장정들은 각 면별로 줄을 지어 늘어섰다. 점호를 하는 것이었다. 그리고 그 자리에 편히 앉혀놓는 것이었다. 가족들은 멀리 떨어져서 빙 둘러서 있게 마련이었다. 그렇게 앉혀놓고는 또 아무 소식이 없었다. 도대체 무엇들을 하고 있는 것일까? 덕이네는 보자기를 쥐고 살살 교사 쪽으로 걸음을 옮겨보았다.

창문에 사람들이 매달려서 안을 들여다보느라고 야단인 곳이 한

군데 있었다. 교장실인 듯했다. 덕이네도 사람들의 어깨 너머로 안을 기웃거렸다. 군복을 입은 사람이 눈에 띄었다. 그리고 종이무더기가 눈에 띄었다. 군복을 입은 사람이 그 무더기의 종이를 하나하나 들추어나가고 있는 것이었다. 보류원서에 틀림없었다. 어떤 것은 도장을 쿡 찍어서 이쪽에 놓고, 어떤 것은 그냥 저쪽에 던져버리곤 했다. 심사를 하고 있는 중이었다. 아아 우리 덕이는 어떻게 되는고, 우리 덕이는……. 덕이네는 가슴이 벌떡거렸다. 사람들을 비집고 들어가서 유리창에 바짝 얼굴을 갖다 대었다. 군복을 입은 사람이 한 사람뿐이 아니었다. 양복을 입은 사람도 여럿 있었다. 지서주임이 보였다. 그리고 그 저쪽에 면장도 앉아 있는 것이 아닌가. 아! 면장 어른! 덕이네는 어떤 야릇한 감격 같은 것을 느꼈다. 얼굴이 절로 화닥화닥 달아오르는 것이었다. 왜 저렇게 점잖게 앉아만 있을까? 저렇게 멀찍이 떨어져 앉아서 우리 덕이 서류가 언제 넘어가는지 어떻게 아노. 덕이네는 자꾸 안타까워지기도 했다.

보류자의 호명이 시작된 것은 점심때가 훨씬 지나, 해가 서쪽으로 제법 기울어졌을 무렵이었다. 그때까지 화산댁이는 나타나지가 않았다. 아주 마음을 놓고 있는 모양이었다. 그럴 만도 했다.

서류뭉치를 든 징병관이 지휘대 위로 올라서자, 시끌시끌하던 운동장이 물을 뿌린 듯 조용해졌다. 징병관은 으흠! 하고, 위엄 있게 기침을 한 번 하고 나서,

"에에 지금부터 호명을 한다. 호명을 당한 사람은 원기 있게 대답을 하고, 에에 저쪽으로 나가서 별도로 정렬하기 바란다. 알겠나?" 했다.

"예!"

온 학교가 쩌렁 울렸다.

징병관은 손에 든 서류를 들추며 호명을 하기 시작했다. 이름을 불린 장정은 그야말로 원기왕성한 소리로 대답을 하고, 뛰어나가는 것이었다. 덕이네는 한 사람 한 사람의 이름이 떨어질 때마다 손에 땀이 쥐어지곤 했다. 면장은 지서 주임과 함께 지휘대 옆에 서서 무슨 얘기를 주고받으며, 싱글벙글 웃고 있었다. 일이 다 잘 된 모양이지? 덕이네는 면장의 웃고 있는 모습을 멀리 바라보며, 지그시 마음을 놓아보려 했다. 그러나 도무지 놓아지지가 않았다. 징병관의 손에 든 서류뭉치가 차츰 줄어들자, 입 안이 바싹바싹 마르는 것 같았다. 한 절반쯤 불렀을 때였다.

"권동철."

"예!"

별나게 큰 목소리로 대답을 하며, 벌떡 일어선 것은 태극기였다. 머리에 태극기를 질끈 동여맨 동철이는 좋아서 어쩔 줄을 모르겠는 듯 다른 사람의 발을 막 밟으며 뛰어나가는 것이었다.

"아이과야! 저누묵 자식이 남의 발은 와 밟노. 보류만 되면 남의 발도 막 밟는 긴가? 제기 참!"

어쩌고 하면서, 투덜거리는 장정도 있었다.

동철이 다음은 김 아무개였다. 그 다음은 최 아무개였다. 징병관의 손에는 이제 서류가 몇 장 남아 있질 않았다. 아이고 안 나오노, 아직 안 나오노. 덕이네는 와들와들 떨리기 시작했다.

"이상길."

"예."

"정만호."

"예!"

그리고,

"박호두."

"예!"

"예!"

두 사람이 동시에 대답을 하며 일어섰다. 하나는 호덕이었다. 여러 사람의 시선이 두 장정과 징병관에게로 쏠리었다. 덕이네는 손에 한 옴큼 식은땀을 쥐고, 징병관의 얼굴을 뚫어지게 바라보았다.

"니 이름은 뭐야?"

"박호덕입니더."

"니 이름은?"

"박호둡니다."

"박호두다, 박호두. 너는 앉어!"

호덕이는 얼굴이 홍당무가 되며, 얼른 주저앉아버렸다.

끝이었다. 징병관은 지휘대에서 유유히 내려갔다.

"아이구야꼬—"

덕이네는 저도 모르게 소리를 질렀다. 땅이 한쪽으로 빙 기울어지며 눈앞이 캄캄해지는 것이었다. 실성한 사람처럼 아이구야꼬 소리를 연발하던 덕이네는 정신을 차리고 면장 쪽을 바라보았다. 없었다. 조금 전까지 거기 서서 싱글거리고 있던 면장이 어디로 갔는지 보이지 않았다.

"어디로 갔노, 어디로 갔노……."

덕이네는 다시 정신을 못 차리고 소리를 질렀다. 그리고 어디론지 냅다 달리기 시작했다. 여러 사람들이 덕이네를 좀 이상한 눈으로 바라보았다. 그러나 이미 남의 눈 따위 아랑곳이 아니었다. 무명 보자기를 손에 들고, 뛰뚱뛰뚱 마구 달려가는 것이었다.

교사 모퉁이를 돌아서자, 변소에서 나와 승강구로 들어서는 면장의 모습이 저만큼 바라보였다.

"아이고, 저깄구나."

덕이네는 궁둥이를 좌우로 마구 흔들며, 달려가 승강구로 뛰어들었다. 면장은 찰딱찰딱 슬리퍼를 끌며, 낭하를 걸어가고 있었다. 덕이네는 신을 신은 채 낭하로 뛰어올라 쾅쾅쾅 마룻바닥을 마구 구르며, 면장의 뒤를 쫓았다.

"면장 어른예! 면장 어른예!"

덕이네는 숨이 턱까지 차는 듯했다. 힐끗 뒤를 돌아본 면장은 난처한 표정을 지으며, 걸음을 멈추었다. 덕이네는 사정없이 달려들었다.

"우째된 일입니꼬? 예! 우리 덕이는 와 안 부릅니꼬? 동철인 불렀는데, 와 안 부릅니꼬? 예? 예?"

"……."

"빼준다 캐놓고, 와 안 빼줍니꼬? 예?"

"허허, 내가 어디 빼주기가 싫어서 안 빼주나. 안 되는 걸 우짜라 말이고."

"그럼 이것 가지고 빼내 주이소. 이것 가지고……."

덕이네는 떨리는 손으로 무명보자기를 풀어헤쳤다. 안에서 나온 것은 지전 뭉치였다. 십 환짜리가 대부분이었다.

"자아 여깄심더. 이것 가지면 되겠지예? 이것 가지면……."

덕이네는 지전 뭉치를 면장 앞으로 쑥 내밀었다. 그러자 면장의 얼굴이 금세 험악하게 이지러졌다. 미간에 여덟팔자가 꿈틀거렸다.

"뭐 이런 기 다 있노. 썩 저리 물러가지 못할까!"

"……."

"안 물러갈 끼가?"

면장은 주먹을 쥐고 호령이었다.

면장의 호령소리가 쩌렁 하고, 온 낭하에 울리자, 교장실 앞에 총을 메고 섰던 순경이 저벅저벅 구두소리를 울리며 다가왔다. 알 만한 얼굴이었다. 영장을 가지고 와서, 도장을 받아 간 그 순경이었다.

"면장님, 와 그러십니까?"

"아 글쎄, 이 여자가 이걸 가지고 자기 아들 빼내달라고 안 달라 드는가. 내 참, 사람이 좋아놓으니 별꼴을 다 보지. 글쎄 이기 다 돈이라고……."

면장은 어이가 없는 듯 허어 웃었다.

"이 여자 대추나무집 식모 아닙니까?"

"맞어."

"이 여자가 돌았나……. 어디라고 여기 와서 그런 돈을 내놓고 지랄이고. 어서 저리 못 나가겠나?"

"……."

그러나 덕이네는 움직일 줄을 몰랐다. 면장의 얼굴을 원망스럽게 쏘아보는 그녀의 두 눈에 차츰 물기가 어리었다.

"아 이게 맛을 좀 봐야 알겠나……."

순경은 덕이네의 뒷덜미를 덥석 거머쥐었다. 그러자 면장은,

"음."

하고, 얼른 교장실 쪽으로 찰딱찰딱 슬리퍼를 끌었다.

순경에게 뒷덜미를 붙잡혀 승강구로 끌려 나가는 덕이네의 두 눈에서는 눈물이 비져 나오고 있었다. 덕이네를 승강구까지 끌고 나온 순경은,

"저어리 가란 말이여. 저어리!"

하고, 바깥으로 냅다 떼밀어버렸다.

하마터면 앞으로 콧방아를 찧을 뻔했다. 고무신 한 짝이 벗겨져 저만큼 굴러갔다. 덕이네는 가서 고무신을 주워 신으며,

"썩은 문둥이 자식, 문둥이 자식."

하고, 욕지거리를 뇌까려댔다. 그리고 코를 팽! 풀어 땅에 힘껏 떼기장을 쳤다. 그러자 운동장 쪽에서 와글와글 떠들썩한 소리가 들려왔다. 장정들이 출발을 하는 모양이었다. 덕이네는 또 정신없이 달렸다. 교사 모퉁이를 돌아서 보니, 윗도리를 벌겋게 벗어 붙인 장정들이 서로 팔을 끼고, 줄줄이 교문 밖으로 쏟아져나가고 있었다. 덕이네는 그만 울음이 터져 나올 것 같았다. 사정없이 소리를 지르며, 달려갔다.

"호덕아— 호덕아— 아이고 아이고— 호덕아—"

어찌나 급하게 달렸는지, 그만 신이 돌부리에 걸려 앞으로 나가 엎어지고 말았다. 그 바람에 손에 쥐었던 보자기와 지전뭉치가 보기 좋게 흩어져 깔렸다. 이발소에서 남의 수염을 밀어주고 받아 모은 십 환짜리, 남의 집 부엌에서 부지깽이를 쥐고 벌어 모은 십 환짜리, 그리고, 몇 장의 백 환짜리가 섞여 땅바닥에 흩어져 깔리자, 장정들을 따라 교문으로 쏟아져나가는 여러 사람들이 가랑잎처럼 마구 짓밟고 지나갔다.

"아이구야꼬! 우야꼬! 우야꼬— 호덕아, 호덕아—"

덕이네는 눈이 막 뒤집히는 것 같았다. 인솔병들의 호각소리가 여기저기서 신경질적으로 울렸다. 먼지가 자욱하게 일고 있었다. 해는 서천에 걸려 벌겋게 타고 있었다.

"아이고 아이고— 오오오 으윽!"

대추나무 밑에 발을 뻗고 앉아서, 덕이네는 서럽게 목을 놓았다. 달이 뜨는 듯 저쪽 담벼락이 훤해졌다. 장독대에 놓인 항아리들도 어깨로부터 차츰 선명하게 그려지기 시작했다. 달빛을 보니, 덕이네는 더욱 설움이 복받치는 것 같았다. 콧물이 줄 녹아내렸다.

"내 팔자야, 내 팔자야— 아아, 면장인동 지랄인동 문둥이 같은 자식, 문둥이 같은 자식. 으흐흑!"

호덕이가 보류되지 않았다고 해서만이 복받치는 설움은 아니었다. 생각할수록 하나부터 열까지가 모두 분하고, 한스럽기만 한 것이었다. 이런 인생을 살아서 무엇 하랴 싶기도 했다.

"십 환짜리는 돈이 아니고, 백 환짜리 천 환짜리만 돈인가? 아아아— 저리 썩 물러가라고? 아이고 분해래이. 지 좋은 거 할 때는 살살 꼬우더니이이이— 에잇! 더러운 자식, 개보다도 못한 자식! 패—"

덕이네는 땅바닥에 침을 냅다 뱉어 붙였다.

그러고 있을 때, 안에서 화산댁이가 나왔다. 동철이도 뒤따라 왔다.

"이 사람아, 와 이카노? 누가 죽었나 우쨌노. 군대에 나간다고 어디 다 죽나. 그카지 마라."

"후유우."

"몸에 해롭다. 자아 어서 방에 들어가자."

"형님요. 나 같은 인생이 살아서 뭐 하겠습니꼬?"

"백제(괜히)야, 어디 호덕이 혼자만 군대에 나갔나? 다른 사람들도 다 당하는 일인데, 그카지 마라."

그러자 동철이도 한마디 거들었다.

"군대에 나가도 후방에 돌면 안 되는교. 일선에만 안 나가면 되느마. 걱정 마이소."

그 말에 덕이네는 다시 울음을 쏟아놓았다.

"아이고 아이고— 십 환짜리는 돈이 아니라는데, 뭘 가지고 후방에 도노. 불쌍해라— 으으윽!"

"동생아 동생아, 진정해라이. 십 환짜리가 돈이 아니라니, 그건 또 무슨 소리고?"

"십 환짜리도 많이만 있으면 됩니더."

동철이었다. 화산댁이는 웃음이 나오는 것을 참으며,

"자아 이카지 말고, 방에 들어가세, 방에."

덕이네의 손을 잡아끌었다.

"후유—"

덕이네는 마지못해 무거운 몸뚱어리를 일으켜 세웠다.

자기 방으로 돌아온 덕이네는 아무렇게나 늘어져서 얼마 동안 넋두리를 하다가, 그만 침을 질 흘리며 잠이 들어버렸다. 지쳤던 것이었다.

끝없이 넓은 벌판이었다. 바람이 윙윙 무섭게 불고 있었다. 덕이네는 어딘지도 모르게 혼자 신작로를 걸어가고 있었다. 한참을 가다가보니 그것은 신작로가 아니었다. 기찻길이었다. 그리고 저만큼 앞에 시꺼먼 기차가 정거를 하고 있는 것이었다. 기차의 맨 꽁무니에 호덕이가 타고 있었다. 호덕이는 어머니를 보자, 이리 오라는 듯 곧장 손짓을 했다. 덕이네는 걸음을 빨리했다. 그러나 어찌된 영문인지, 기차는 노상 저만큼 앞에 있기만 했다. 덕이네는 달리기 시작 했다. 숨이 헐떡거렸다. 역시 마찬가지였다. 기차도 꼭 덕이네 만큼의 속도로 움직이고 있는 것이었다. 덕이네는 이를 악물고, 있는 힘을 다해 달렸다. 땀이 흘렀다. 그리고 아랫배가 조금씩 아파왔다. 기차 꽁무니에서는 여전히 손짓을 하고 있었다. 이제 보니 호덕이가 아니었다. 면장이었다. 면장이 싱글벙글 웃으면서 사람을 놀리는 듯 곧장 손짓을 하는 것이 아닌가. 덕이네는 그만 "이 문둥이 같은 자식아!" 하고, 고함을 질렀다. 왈칵 아랫배가 땅기었다. 움직일 수도 없을 만큼 땅기었다.

"아이고 배야—"

꿈이었다. 이마에 땀이 척척하게 내배어 있었다. 그리고 정말 아랫배가 뿌듯했다. 뒤가 마려운 것이었다. 그럴 수밖에 없는 일이었다. 호덕이에게 영장이 나오는 바람에 그동안 볼일 보는 것 마저 잊고 있었던 것이다. 덕이네는 자리에서 부스스 일어났다. 온몸이 노자근*(피곤하고 지쳐서 몹시 나른하다.)했다. 누구한테 실컷 얻어맞은 것 같았다. 양쪽 무르팍이 유난히 욱신거렸다. 운동장에서 엎어졌을 때 멍이라도 든 모양이었다. 간신히 몸을 일으킨 덕이네는 휴지를 한 장 찾아들고 밖으로 나갔다.

참 지랄 같은 꿈이라고 생각했다. 사람을 놀리는 듯 손짓을 하며 싱글벙글 웃어대던 면장의 얼굴이 눈앞에서 좀처럼 지워지지가 않았다. "썩은 문둥이 자식" 하고 뇌끼리며, 변소를 향해 어정어정 걸어가던 덕이네는 무슨 생각이 떠올랐는지 걸음을 멈추었다.

"옳다!"

썩 괜찮은 생각이 하나 머리에 떠올랐던 것이다.

"그래 주자. 그래 주자. 히히히……."

덕이네는 대문 쪽으로 걸음을 돌렸다. 굳게 잠긴 빗장을 빼고 문짝을 곱게 잡아당겼다. 그리고 슬그머니 밖으로 빠져나가는 것이었다.

면사무소로 들어가는 것이었다. 꼭 귤 궤를 여러 개 여기저기 엎어놓은 것 같은 면사무소는 달빛 속에 고요히 잠겨 있었다. 덕이네는 사방을 둘레둘레 살폈다. 숙직실도 불이 꺼지고 조용했다. 살금살금 걸음을 옮겼다. 면장실을 향해 가는 것이었다. 여러 개의 궤짝 중에서 그래도 제일 반듯할 뿐 아니라, 제법 아담한 현관까지 만들어져 있는 면장실 앞에 이르자, 덕이네는 이를 자그시 물며 훌렁 치마를 걷어붙였다. 치마를 걷어붙이고, 현관으로 올라섰다. 현관 한가운데에 자리 잡고 서서 고쟁이를 내렸다. 그 안의 것도 내렸다. 그리고 가만히 쪼그리고 앉는 것이었다. 무르팍이 빼근했다.

"응—"

뿌듯이 힘을 주며, 달을 쳐다보았다. 저 놈의 달도 소용이 없지. 그렇게 절을 하고 빌었는데도, 안 빼내주고…….

"응—"

빼내주기 싫어서 안 빼내주는 것이 아니라고? 안 되는 것을 어떻게 하느냐고? 흥! 말이사 좋다. 그럼 동철이는 어떻게 빼냈는고?

문둥이 같은 자식.

"응—"

면장이란 자식이 점잖질 못하고 행실이 꼭 개 같다니까. 남의 여자 자는 방에 함부로 기어들어 와서, 자기 좋은 것 할 때는 살살 달래더니, 뭐 한 가지 부탁한다고, 썩 저리 물러나가라고? 이게 다 돈이냐고?

"응— 응—"

어디 두고 보자. 제 놈이 한평생 백 환짜리 천 환짜리에 묻혀 사는가…….

"사람 팔자 알 수 없대이!"

볼일을 다 보고난 덕이네는 일어나 옷을 여몄다. 그리고 현관을 내려와 뒤를 돌아보았다. 네모반듯한 시멘트의 한복판에 뜨뜻한 것이 한 무더기 모락모락 김을 올리고 있었다. 달빛이 그것을 비스듬히 비추고 있었다.

"히히히…… 문둥이 자식, 내일 출근하다가 저걸 물컹 밟아야 될낀데……."

덕이네는 이제 반분쯤은 풀리는 듯했다. 얼른얼른 걸음을 떼놓았다. 닭 우는 소리가 들려오고 있었다.

《현대문학》(1961. 6)

왕릉과 주둔군

무덤이 하나 있다. 어찌나 큰 무덤인지 처음 보는 사람은 누구나 입을 딱 벌린다. 꼭 조그마한 산봉우리 같다. 비단결처럼 부드러운 잔디가 이 거창한 흙무덤을 곱게 덮고 있다.

박 씨의 선조 되는 어떤 임금이 묻혀 있다 한다. 그래서 사람들은 이 무덤을 박 씨 왕릉이라고 부른다. 혹은 그냥 왕릉이라고만 부르기도 한다. 능 둘레에는 소나무가 서 있다. 아름드리 노송이 빽빽이 늘어서서 하늘을 향해 서걱서걱 가지들을 흔들고 있다. 아침 해돋이 때와 저녁 해거름이면 이 일대는 참으로 아름다운 풍경이 된다. 소나무 줄기 사이로 쫙 뻗어드는 아침 햇살. 그 햇살을 받아 눈부시게 빛나는, 능의 어깨에 맺힌 이슬들. 그리고 우거진 숲 너머로 스러져가는 저녁놀은 정말 볼 만하다.

하루에 두 번씩 이맘때가 되면 꼭 이곳을 찾아 나오는 사람이 있다. 머리에 어린이 주먹만 한 상투를 튼 박 첨지(朴僉知)다. 망태기를 메고 손에 낫을 든 박 첨지는 먼저 숲속을 이리저리 누비고 다닌다. 자라난 풀이 있으면 베고, 떨어진 솔방울이나 막대기 같은 것이 있으면 줍는 것이다. 다음은 능을 한 바퀴 돌며 두두룩한 잔디를 두루 살핀다. 혹 그새라도 잡초가 돋아나 있으면 낫으로 곱게 도려내버린다. 그리고 능 곁에 앉아 허리에 찌른 담뱃대를 빼든다. 박 첨지의 콧구멍은 남달리 크다. 큰 두 구멍으로 연기를 푸우 내뿜으며 능의 위용을 우러러보는 것이다.

"일등이지. 언제 봐도 일등이라니까. 우리 조상은 참 훌륭도 했지."

박 첨지는 왕릉 건넛마을에 산다. 손바닥만 한 논배미를 부치며, 느지막이 얻은 딸 금례(今禮)와 함께 근근이 목숨을 이어가고 있다. 그러나 박 첨지는 사는 보람을 느끼고 있다. 자기네 조상이 임금이라는 자랑, 그러니까 자기네 박 씨가 일등이라는 자랑을 가슴에 지니고 상투를 기르며, 왕릉을 돌보는 것으로 큰 낙을 삼고 있는 것이다. 그래서 박 첨지를 능지기 영감이라고 부르기도 하고, 더러는 상투쟁이 영감이라고 부르기도 한다. 누가 시키는 일도 아니고 무슨 대가가 있는 것도 아닌데, 비가 오면 삿갓을 쓰고, 눈이 오면 감발을 하고, 박 첨지는 하루도 거르는 일 없이 능에 나타난다. 자기 집 마당은 지저분해도 상관없지만, 왕릉이 어질러져서는 안 되는 것이다. 그리고 하루라도 능의 위용을 우러러보지 않으면 못 견디는 것이다.

묘한 늙은이다.

이른 봄, 어느 날 새벽, 박 첨지는 목을 움츠리며 숲으로 들어섰다. 살에 감기는 바람결이 아직 쌀쌀했다. 숲속에 깔린 공기는 더욱 냉랭했다. 박 첨지는 서릿발이 희끗희끗 돋은 소나무 줄기 사이로 걸음을 옮기며 둘레둘레 사방을 살펴나갔다. 밤새 한두 개씩 떨어진 솔방울밖에는 별로 손볼 것이 없었다. 어정어정 능께로 걸어가다가,

"으?"

걸음을 멈추었다. 솔밭 저쪽, 냇물로 내려가는 빈터에 웬 낯선 물건들이 놓여 있었던 것이다. 무슨 자동차 같기는 한데 좀 괴상하게 생긴 것이 여러 개 희뿌연 서리에 젖어 있었다. 그리고 잘 보니 천막도 두어 개 눈에 띄었다. 어제 해거름까지도 아무 일이 없었는데 어찌 된 일일까? 박 첨지는 망태기를 덜렁거리며 그쪽으로 잰걸음을 쳤다. 자동차에 틀림이 없었다. 그러나 지금까지 본 일이 없는, 바퀴가 여러 개 달린, 괴상하게 큰 자동차였다. 그런 자동차가 여러 대 짐을 가득가득 싣고 있었다. 어떤 자동차의 등허리에는 무슨 연장인지 집게처럼 생긴 것이 우뚝 위로 솟구쳐 있기도 했다. 그리고 바퀴가 굵은 쇠사슬 같은 것으로 이어져 있고, 밭가는 쟁기 비슷한, 거창한 보습이 앞에 붙어 있는, 얄궂은 차도 있었다. 멀뚱히 서서 두 눈을 굴렁거리던 박 첨지는 얼른 시선을 천막 쪽으로 돌렸다. 천막 속에서 사람이 하나 나타났던 것이다. 텁없이 키가 큰 사람이었다. 바람기가 이렇게 냉랭한데 윗도리는 러닝샤스 한 장이었다. 그리고 무슨 사람인지 머리카락이 온통 물을 들인 것처럼 노랬다. 그 사람과 시선이 마주치는 순간 박 첨지는,

"이!"

놀라지 않을 수 없었다. 눈도 노란 빛깔이었던 것이다. 움푹 꺼져

들어간 두 눈자위 속에서 노르스름한 눈동자가 기분 나쁘게 반질거리고 있었다. 꼭 고양이 눈깔 같았다. 박 첨지는 자기도 모르게 한 걸음 뒤로 물러섰다. 코는 또 왜 저렇게 클까. 좁다란 얼굴을 코가 온통 다 차지하고 있는 듯했다. 그 밑에 짧은 인중과 합죽한 입, 그리고 앞으로 휘어져 나온 뾰족한 턱.

"더럽게 생겨먹었네."

박 첨지는 이맛살을 찡그리며 슬그머니 얼굴을 돌렸다. 박 첨지를 보자, 그 괴상한 사람은 씽끗 웃으며, 휙! 하고 휘파람을 날렸다. 그리고 건들건들 냇물로 내려가는 것이었다. 물 위에 동녘 하늘이 불그레 어리고 있었다.

서양 사람이 왔다. 코가 삐쭉한 서양 병정들이 왕릉 옆에 자리를 잡고 있다는 소문이 온 마을에 퍼진 것은 해가 두어 뼘가량 떠올랐을 무렵이었다. 마을 사람들은 삼삼오오 떼를 지어서 왕릉으로 쏟아져 나갔다.

아버지의 밥상이 나자, 금례는 얼른 부엌으로 날랐다. 그리고 설거지를 서둘렀다. 서양 사람들은 대체 코가 얼마나 크단 말인가. 눈이 노랗다니, 정말일까? 마음이 들떠서 일이 잘 손에 잡히지가 않았다. 그릇을 대강대강 물에 적셨다가 건져내기가 바쁘게 부엌문 밖으로 아버지를 살폈다. 박 첨지는 마루에 나와 상투를 빳빳이 세우고 앉아서 무슨 화라도 난 사람처럼 담뱃대를 빡빡 빨고 있었다. 쉬 자리에서 일어날 것 같지가 않았다. 하는 수가 없었다. 금례는 허리에 동인 각띠를 발끈 조르고 부엌 뒷문을 살며시 열었다. 그리고 울타리 구멍으로 빠졌다. 왕릉 숲에 사람들이 허옇게 끓고 있었다. 금례는 치마폭을 펄럭거리며 논길을 달렸다.

참 볼 만한 구경거리였다. 엄청나게 큰 보습을 앞에 단 얄궂은 차가 우르릉우르릉 소리를 지르며 흙을 밀고 있었다. 벌건 흙이 보습 앞에서 뭉클뭉클 보기 좋게 끓어올랐다. 높은 데 흙을 깎아다가 낮은 자리로 갖다 밀어붙이는 것이었다. 그리고 나서 끼익— 소리를 내며 그 큰 덩치가 그 자리에서 뼁 방향을 바꾸어 돌아서는 것이 아닌가.

"참 희한하지예?"

"무슨 차가 저런 차가 다 있노."

"재주도 용치예?"

"발통*('바퀴'의 방언)도 얄궂게 생겼다."

"꼭 물레방아 돌아가는 것 안 같응교. 그죠?"

"글씨."

아낙네들은 이런 소리를 주고받으며 신기해하였다. 남정네들은 남정네들대로 공론이 자자했다.

"힘도 시제."

"황소 몇 마리 힘이나 될까?"

"서너 마리 힘은 안 되겠나?"

"서너 마리? 이 사람아, 서너 마릴 가지고 저렇게 거창한 흙을 우째 밀어붙인다 말이고."

"그럼?"

"적어도 한 삼십 마리 힘은 될 끼다."

"뭐, 삼십 마리? 암만 그래도 그렇게사 안 될 끼다. 황소 한 마리 힘도 어디라고."

"허허 내……."

제일 좋아서 날뛰는 것은 역시 애들이었다. 애들의 눈에는 하나부터 열까지가 죄다 신기하고 이상스러웠다. 흙을 밀어다 붙이는 차는 물론이고, 짐을 잔뜩 싣고 있는 자동차들, 그 자동차에 그려진 별이랑, 꼬불꼬불한 글자들, 커다란 천막, 그리고 병정들의 옷에 달린 단추, 계급장, 신고 있는 구두, 심지어는 무엇을 씹고 있는 그 입놀림까지가 신기해서 못 견디었다.

"멀 저렇게 씹어쌓노?"

"글씨."

"맛있게 씹어쌓제?"

"잉, 딱딱 소리가 난다. 그자?"

"잉."

금례는 처음엔 아낙네들의 뒤에 서서 구경을 했다. 그러다가 어느덧 그녀들의 앞으로 나와 서 있었다. 속눈썹이 짙은 서글서글한 두 눈을 곧장 깜짝거리며 애들 못지않게 재미있어 했다. 가장 재미나는 것은 땅 고르는 차를 운전하고 있는 병정이었다. 작업모를 눌러쓴 그 병정은 차가 아낙네들이 서 있는 쪽으로 가까워질 때마다 휙! 휘익! 껄렁한 휘파람을 날려댔다. 그리고 혼자 뭐라고 씨부렁거리며 능글능글 곧장 웃는 것이었다. 그 웃는 눈이 분명히 노르스름한 빛깔이었다. 작업모 밑으로 나와 있는 머리카락도 치자물을 들인 것처럼 노랬다. 그리고 온 얼굴을 차지하고 있는 듯한 겁나게 큰 코. 금례는 등골이 으스스 떨리는 것 같았다. 징그럽고 얄궂었다. 그러나 어쩐 일인지 돌아서고 싶지가 않았다. 구경꾼들이 하나둘 자리를 뜨기 시작했으나, 금례는 언제까지나 그 자리에서 있었다.

"자식 참 코도 억씨기 크제."

삼단 같은 치렁치렁한 머리채를 어깨 위로 드리우고, 빨간 댕기를 곧장 만지작거리며, 저만치 멀어져 간 차가 다시 가까워져 오기를 기다리곤 했다.

서양 병정들이 능 옆에 자리를 잡은 뒤부터 박 첨지는 아침저녁 하루 두 번씩 나가던 능으로 세 번이고 네 번이고 틈이 나는 대로 가서 돌보지 않으면 마음이 놓이질 않게 되었다. 병정들이 자리 잡은 터에는 어른의 키 두 배나 됨직한 높다란 철망이 빙 둘러쳐졌다. 그러니 병정들이 나와서 능을 어쩔까 하는 걱정은 별로 없었으나, 마을 조무래기들이 말썽이었다. 병정들이 온 뒤부터 노상 능에서 들끓는 것이었다. 학교에 안 가는 것들은 아침 밥숟갈을 놓기가 바빴고, 학교에 다니는 녀석들은 돌아와 책보를 내던지기가 바빴다. 뛰어가는 동작들도 전과는 달랐다. 전에는 뛴다 해도 고작 주먹을 쥐는 정도였으나, 요즘 능으로 뛰어가는 걸 보면 고개를 까딱까딱 놀리며 토끼새끼처럼 깡총거리는 것이 일쑤였다. 입에 무엇인지 잘강잘강 씹을 것이라도 들었을 경우에는 더욱 무르팍을 높이 쳐들며 깡총거렸다. 저희들 세상을 만난 것 같았다. 저희들이야 무르팍을 올려 뛰든지 내려 뛰든지 능에서 곱게만 놀아주면 무슨 상관이 있으랴. 그러나 애들은 어디를 가나 곱게 놀아주질 않았다. 그들이 놀고 난 자리에는 으레 골칫거리가 생겨 있었다. 무엇을 했는지, 땅바닥이 여기저기 후벼 파졌는가 하면, 나뭇가지가 우지끈 부러져 있기도 하고, 종이 부스러기는 물론, 지푸라기나 새끼오리*(새끼 토막 혹은 새끼줄) 같은 것이 지저분하게 흩어져 있기도 했다. 한 번은 애들이 놀고 난 뒤치다꺼리를 하다가 박 첨지는 그만 쭉 미끄러졌다. 똥이었다. 어떤 녀석이 볼일을 보았으면 개라도 좋아하게 그대로 둘 일이지, 그게 뭐라고 풀을 뜯어서 얌전히 덮어놓았던 것이다. 박 첨지는 뒤치다꺼리를 하느라고 가뜩이나 심사가 고약한 판인데, 화가 치밀지 않을 수 없었다. 누런 것이 묻은 짚세기 바닥을 풀숲에 문질러대며,

"이누묵 손*('사내아이'의 방언 또는 손아랫사람을 가리키는 말)들, 어디 두고 보자. 밑구녁을 안 째 놓는가구마."

하고, 이맛살을 꿈틀거렸다.

그런 일이 있은 다음부터 박 첨지는 능에 나갈 때마다 큼직한 작대기를 하나 질질 끌고 나가는 것이었다.

들길에 아지랑이가 아른거리는 따스한 어느 날 오후였다. 박 첨지는 작대기를 질질 끌며

"만고강산 어으! 유라암할제……."

하고, 어슬렁어슬렁 왕릉을 향해 걸었다.

"삼신산이 어디메뇨."

제법 콧구멍을 벌름거리며 가락을 뽑아 나가던 박 첨지는 왕릉 제단에 웬 사람들이 모여 들끓고 있는 것이 눈에 띄자, 삼신산이고 뭐고 다 걷어치워 버렸다. 그리고 잰걸음을 쳤다.

서양 병정들이었다. 서양 병정들이 대여섯 사람 능 앞에 마련되어 있는 돌 제단에다가 무엇인가를 푸지게 풀어헤쳐 놓고 떠들어대며 먹고 있는 것이었다. 제단에 궁둥이를 반쯤 걸치고 앉아서 원숭이처럼 무엇을 까서는 곧장 입으로 가져가는 자가 있는가 하면,

능에 비스듬히 기대앉아서 깡통을 빨고 있는 자도 있고, 제단 가에 엎드려서 무엇인가 날름날름 핥으며 장딴지를 흔들고 있는 자, 번듯이 드러누워서 방정맞게 손짓을 해가며 휘파람을 불고 있는 자……. 저희들 세상처럼 멋대로 놀고 있었고, 그리고 마을 조무래기들이 빙 둘러서서 입에 손가락들을 물고 있는 것이 아닌가.

"음."

박 첨지는 신음소리 같은 것이 목구멍을 기어 올라오는 것을 어쩌지 못했다. 작대기를 쥔 손에 절로 힘이 주어지는 것이었다. 그러나 소나무 그늘에 우뚝 멈추어 서서 잠시 그들의 하는 수작을 지켜보았다. 능에 기대앉아서 깡통을 빨고 있던 작자가 별안간 무슨 생각이 떠올랐는지 입에서 깡통을 떼더니 마을 조무래기들을 향해 그것을 쳐드는 것이었다. 그러자 아이들은,

"나 주이소!"

"나 주이소!"

"할로 할로, 나 주이소예!"

손을 내밀며 떠들어댔다.

작자는 빙글빙글 웃으면서 깡통을 휙! 아이들 머리 위로 날렸다. 하늘로 솟아오른 깡통이 포물선을 그으며 날아가자, 아이들은 와아 소리를 지르며 앞을 다투어 몰려갔다. 깡통이 땅에 떨어지자, 아이들은 사정없이 그 위로 덮치는 것이었다.

"으앗핫핫하……."

작자는 재미가 나서 못 견디겠는 모양이었다. 그러자 제단에 궁둥이를 걸치고 앉아서 원숭이처럼 무엇을 곧장 까먹고 있던 자가,

"헤이 차식들아!"

하고, 입에 손가락을 넣더니, 후익 괴상하게 큰 휘파람을 날렸다.

깡통은 결사적인 한 아이의 차지가 되고, 딴 아이들은 괴상한 휘파람 소리에 모두 얼굴을 들었다. 얼굴이 빨갛게 상기되어 있었다. 휘파람을 분 병정은 이번에는 자기가 아이들을 향해 무엇인가를 던지기 시작했다. 빠닥빠닥한 종이에 싸인 것이 핑! 공중으로 날아오르자 아이들은 다시 와아 하고 정신없이 설쳤다.

박 첨지는 그 이상 더 보고 있을 수가 없었다. 이마에 거꾸로 여덟팔자를 세우며 작대기를 번쩍 쳐들었다. 어린애 주먹만 한 상투도 곤두섰다.

"이누묵 손들아아!"

고함 소리가 숲속에 쩌렁 울렸다.

"이 빌어묵을 손들!"

박 첨지는 콧구멍을 벌름거리며 아이들을 향해 냅다 달려가고 있었다.

박 첨지가 작대기를 쳐들고 달려오는 것을 보자, 아이들은 모두 눈이 휘둥그래졌다. 그리고 다음 순간 그들은 메뚜기 튀듯 사방으로 보기 좋게 뺑소니를 쳤다. 뺑소니를 치면서도 어떤 녀석이,

"상투쟁이 영감—"

하고, 소리를 질렀다. 그러자 다른 아이들도 일제히,

"상투쟁이 영감—"

하고, 받았다.

"아나 잡아라. 능지기 영감—"

"아나 잡아라. 능지기 영감—"

박 첨지는 화가 상투 끝까지 올라서 곧장 두 눈을 굴렁거리며 작

대기를 휘둘렀다. 그러나 숨이 차서 한 놈도 따를 수가 없었다.

이 광경을 본 서양 병정들은 모두 손뼉을 치며 웃어댔다.

"헤이 영캄! 하바하바—"

"잡아라, 잡아라—"

"후익— 후익—"

어떤 병정은 얼른 카메라를 꺼내더니 찰깍찰깍 사진을 찍어대기도 했다.

마을의 밤은 호젓했다. 가물가물 등잔불이 켜졌다가는 가물가물 한 개씩 꺼져갔다. 그리고 마을은 어둠속에 고요히 가라앉는 것이었다. 이따금 멀리 신작로를 향해 개 짖는 소리가 고요한 밤하늘을 흔들어놓을 뿐이었다.

그러나 서양 병정들이 들어온 뒤부터는 마을의 밤도 그렇게 호젓할 수만은 없었다. 이집 저집의 아랫방에서 등잔불이 아닌, 눈부시게 밝은 불빛이 쏟아져 나오기 시작했다. 그 불빛은 서양 병정들이 자리 잡은 곳으로부터 가느다란 줄을 통해서 오는 것이었다. 눈부시게 밝은 불빛이 쏟아져 나오는 방문에는 또 으레 지금까지 이 마을에서는 볼 수 없던 가지각색의 얼룩덜룩한 베 조각이 드리워졌다. 그리고 어디서 왔는지, 꼭 그 베 조각 같은 계집들이 그 방을 하나씩 차지하고 들어앉았다. 그 계집들은 밤과 낮의 구별도 없었다. 언제나 팔다리와 앞가슴을 드러내놓고 있었다. 치마는 으레 무릎 위에 오는 것이었다. 남자의 속잠방이 같은 것을 아무렇지도 않게 끼고 있기도 했다. 얼굴에는 또 왜 그렇게 요란하게 황칠*('환칠'의 방언)들을 하는지, 정말 가관이었다. 그런 꼬락서니들을 하고 예사로 마을을 쏘다니는 것이었다.

"양깔보—."

"똥깔보—."

아이들이 얌전히 입을 다물고 있을 리가 없었다. 마을 노인네들은 세상은 다된 세상이라고 한숨을 짓기도 했다. 누구보다도 비위가 상해서 못 견디는 것은 박 첨지였다. 그러잖아도 왕릉이 어지러워져서 심사가 온전칠 못한 판인데, 이건 또 어디서 낮도깨비 같은 것들까지 굴러와서 마을을 뒤흔들어 놓다니…… 가뜩이나 큰 콧구멍을 더욱 벌름거리며 이마에 거꾸로 여덟팔자를 세웠다. 박 첨지가 남달리 이맛살을 찌푸리며 못마땅해 하는 데에는 그만한 까닭이 또 있었다. 금례 때문이었다. 서양 병정들이 들어오고, 마을에 그 도깨비 같은 계집들이 몰려든 뒤로부터 어딘지 모르게 금례의 몸가짐도 조금씩 수상해지는 것 같았다. 우선 그 입술부터가 그랬다. 전에는 별로 눈에 띄게 붉지가 않았는데, 요즘은 아무래도 좀 그 빛깔이 수상한 것이다. 그 계집들처럼 그렇게 진한 빛깔은 아니었으나, 그런 종류의 붉은 빛임에는 틀림없었다. 그리고 전에는 참빗으로 빗어 넘겨 반질반질 곱기만 하던 머리숱이 요즘은 어쩐지 좀 곱슬곱슬해진 것 같았다. 가리마도 마찬가지였다. 전에는 콧잔등이로부터 직선을 그어 올라간 듯 반듯하기만 하던 가리마가 요즘은 자꾸 옆으로 비스듬히 기울어져 나가고 있는 것이다. 그리고 틈만 있으면 거울을 들여다보는 것이 일쑤고, 그렇지 않으면 이웃으로 훌쩍 뛰쳐나가는 것이었다. 그런 눈치를 챈 박 첨지는 금례를 볼 때마다 무슨 화라도 난 사람처럼 두 눈을 크게 떴고, 재떨이에 담뱃재를 떨 때에도 전에 없이 큰 소리가 나게 땅땅 두들기는 것이었다. 그러나 금례는 조금도 수그러지지가 않았다. 오히려 날이 갈수록 더 해지는 것만 같았다. 그것도 그럴 수밖에 없는 것이, 눈에 보이는 것과 귀에 들리는 것이 갈수록 어지러워지기만 하니 말이다. 무엇보다도 금례의 마음을 걷잡을 수 없게 흔들어 놓는 것은 밤마다 이웃 도깨비네 방에서 일어나는 야릇한 곡조의 노랫소리와 망측한 광경이었다. 남의 가슴 속을 공연히 지근지근하게 긁어 일으키는 것만 같은 그 근질근질한 노랫소리가 들려오면 금례는 오금이 저려서 가만히 배겨 앉아 있을 수가 없었다. 아버지의 눈을 피해서 어떻게든지 자리를 뜨고야 마는 것이었다.

베 조각을 드리워 놓았다고는 하나 그 베 조각이라는 것이 형편없이 엷은 것이고, 또 방 안의 불빛이 굉장히 밝은 것이고 보면 아무래도 실내의 광경이 방문에 비치지 않을 수가 없었다. 꼭 활동사진을 보는 것 같았다. 장승 같은 녀석이 땅개 같은 계집을 안고 빙빙 돌아가는 것이었다. 그러다가는 비스듬히 나가떨어져서 그 거창한 코로 납작한 코를 사정없이 내리누르기 시작하는 것이었다. 노랫소리도 숨이 가빠서 헐떡거리기 시작했다. 이런 광경을 거의 매일 밤이다시피 울타리 구멍으로나 담 너머로 바라보게 되는 금례인지라 그녀의 가슴 속이 온전할 리가 없었다. 침을 아무리 삼켜도 할할거리는 숨결을 누를 수가 없어, 때로는 사정없이 허벅살을 집어 뜯으며 울타리 그늘에서 벌겋게 달아오르기도 했다.

날씨가 차차 더워지기 시작하자, 그 얼룩덜룩한 베 조각이 드리워진 방문들이 밤으로도 활짝활짝 열렸다. 방문을 활짝 열어놓고도 그 수작들을 서슴지 않는 것이었다. 그뿐이 아니었다. 방 안이 답답해지자, 이번에는 시원한 밤하늘을 찾아 나서는 것이었다. 냇기슭*(냇가의 가까운 곳)이 가장 알맞은 장소였고, 왕릉의 숲속도 괜찮은 장소가 되었다. 왕릉 숲이 그런 장소가 되어가고 있다는 말을 듣자, 박 첨지는 눈에 심지를 세웠다. 그리고 입에 거품을 물며,

"개 같은 연놈들, 물건을 뽑아 놓아야지."

하고, 뇌까렸다.

왕릉을 그렇게 알뜰하게 돌보는 박 첨지였으나, 밤으로까지 찾아나가는 일은 거의 없었다. 달이 너무 밝아서 죽은 할미 생각이라도 나는 때이면 그저 바람 쐬기 겸 어정어정 걸음이 가는 대로 숲으로 나가서 달빛에 젖은 두두룩한 능의 둘레를 돌며 시름을 잊고 돌아오는 수는 더러 있었으나, 밤으로 누가 왕릉을 어쩔까 해서 찾아 나가는 일은 전혀 없었다. 그런데 세상이 지랄같이 되고 보니, 밤으로까지 보살피러 나가지 않으면 안 되게 된 것이다. 물론 작대기를 끌고 나가는 것이었다. 그러나 말이 그렇지 아무리 박 첨지라고 해도 남이 좋아하는 것을 그렇게 마구잡이로 다룰 수는 없는 일이었다. 숲속의 호젓한 그늘 같은 데서 뒹굴고 있는 것들에 대해서는 침이나 한 번 뱉고 못 본 척 지나쳐주었다. 능만 다치지 않으면 선심을 써 주는 수밖에 없는 것이었다. 박 첨지가 그렇게 선심을 쓰면 저쪽에서도 좀 체면을 차려주어야 할 일이었다. 그러나 그것들은 염치가 없었다. 어느 날 밤이었다. 하늘에는 솜을 한 뭉치씩 뜯어서 던져 놓은 것 같은 구름이 여기저기 흩어져 있었다. 그 사이로 달이 지나가고 있었다. 구름 속으로 달이 묻혀버리면 사방은 앞을 잘 분간할 수가 없을 만큼 어두워졌고, 구름 속에서 달이 비어져 나오면 사방은 다시 환하게 밝아지는, 그런 밤이었다. 박 첨지가 왕릉 숲에 이르렀을 때는 마침 달이 구름 속에 묻혀 들어간 때

여서 숲속은 어두웠다. 능의 봉우리를 바라보았으나, 그저 어둠 속에 희미한 자태가 느껴질 뿐 별다른 무엇이 눈에 띄지가 않았다. 박 첨지는 능 곁으로 가 앉아 옆구리에서 담뱃대를 뽑았다. 어디서 무슨 인기척 같은 것이 들리는 듯했으나, 박 첨지는 예사로 여기고 득! 성냥을 그어 담배에 불을 붙였다. 밤 숲에 나와 앉아 담배를 빠는 것도 별미여서, 박 첨지는 콧구멍으로 연방 연기를 내뿜었다. 그러고 앉아서 박 첨지는 난데없이 올가을에는 아무래도 데릴사위를 보아야지, 그래서 함께 왕릉을 지키고, 또 외손자를 보아서 대를 물리고…… 이런 생각을 했다. 그러고 있는데, 어디선가 킬킬킬 웃는 소리와 함께 곧 자지러지는 소리가 들렸다. 박 첨지는 입에서 담뱃대를 쑥 뽑으며 두 귀를 번쩍 세웠다. 먼 곳이 아니었다. 바로 가까운 곳에서 소리가 들려오고 있었다. 박 첨지는 숨을 죽이며 가만히 자리에서 일어났다. 머리 위에서 들리는 것 같았다. 고개를 들었다. 능 위였다. 분명히 왕릉의 두두룩한 봉우리 위에서 그 소리는 일어나고 있는 것이었다. 박 첨지는 온몸의 피가 얼굴로 치솟는 것 같았다. 바로 그때였다. 검은 구름 속에서 달이 불쑥 비어져 나왔다. 사방은 별안간 환하게 밝아졌다. 어둠 속에 자태를 감추고 있던 왕릉도 수묵으로 그린 듯이 선명하게 드러났다. 선명하게 드러난 봉우리의 맨 꼭대기를 바라보는 박 첨지의 두 눈은 무섭게 위로 찢어져 올라갔다. 온몸이 와들와들 떨렸다.

"에라잇! 개 같은 연놈들아!"

박 첨지의 어디서 그런 아귀찬 소리가 나오는지 몰랐다. 밤하늘이 쩌렁 울렸다.

"빨리 못 내려올 끼가구마!"

담뱃대를 옆구리에 쿡 찌르고 작대기를 두 손으로 불끈 틀어쥐었다. 그리고 두 다리를 벌리고 서서 능 위를 무섭게 쏘아보는 것이었다. 자지러져 가던 두 그림자도 놀랐는지 후닥닥 자리에서 뛰어 일어났다. 일어나더니, 계집은 얼른 저쪽 너머로 사라졌고, 사내 녀석은 아랫도리를 끌어 올리며,

"까뗌! 싸나가뱃치*(Gaddamn son of a bitch. '개새끼'라는 뜻)!"

하고 고함을 지르는 것이었다.

새까만 얼굴이었다. 새까만 얼굴에 하얀 이가 달빛을 받아 유난히 빛났다. 박 첨지는 작대기를 번쩍 높이 쳐들며,

"뭐가 우째? 이누묵 자식아! 이리 내려오라니까구마! 단번에 때려눕혀 놓을끼이."

하고, 소리쳤다.

그러자 새까만 얼굴은 별안간 입을 크게 벌리며,

"왓핫핫핫……."

웃어젖히는 것이었다. 그리고 나서,

"후익—."

괴상한 휘파람을 날리더니, 한 걸음 한 걸음 이쪽으로 내려오기 시작하는 것이 아닌가. 박 첨지는 온몸이 바짝 굳어지는 것 같았다. 작대기를 틀어쥔 손아귀에 더욱 힘을 주었다. 그러나 어찌된 셈인지 자꾸 팔이 떨렸다. 아랫도리도 더욱 덜덜거렸다. 한 걸음 한 걸음 내려오던 새까만 얼굴이 경사가 급해지자, 우뚝 멈추어 서더니, 두 팔을 위로 번쩍 쳐들고 곧 달려 내려와 덤벼들 시늉을 하며,

"오케이?"

소리를 지르는 것이었다. 그 두 눈은 웃음을 띠고 있기는 했으

나, 달빛을 받아 무섭게 번들거렸다.

"영감! 오케이?"

그러자 버티고 섰던 박 첨지의 두 다리가 형편없이 흔들렸다.

"뭐가 우째? 뭐가 우째?"

하면서도 곧장 슬금슬금 뒷걸음을 치는 것이었다.

새까만 얼굴은 허연 이빨을 몽땅 드러내 보이며 기분 나쁘게 웃었다. 그리고 다음 순간,

"후익—."

괴상한 휘파람소리와 함께 급한 경사를 요란스럽게 굴러 내려오는 것이었다. 꼭 한 마리의 사나운 짐승 같았다. 박 첨지는 질겁을 하고 마구 뺑소니를 치지 않을 수 없었다. 잠시 씩씩거리며 도망을 치다가 무슨 물줄기 같은 소리에 뒤를 돌아다보았다. 능 위에서 굴러 내려온 새까만 얼굴은 뒤쫓아 올 생각은 않고, 그 자리에 서서 볼일을 보고 있는 것이었다. 박 첨지가 돌아보자, 새까만 얼굴은 킬킬킬 웃으며 물건을 박 첨지 쪽으로 번쩍 쳐드는 것이 아닌가. 거창한 오줌발이었다. 오줌발이 달빛을 받아 번쩍번쩍 빛나고 있었다.

"저 개 같은 놈 보래. 이누묵 자식아—"

박 첨지는 다시 고함을 질렀다.

"이리 안 올래구마! 이리 안 올래구마!"

작대기로 공연한 땅바닥만 탕탕 두들기며,

"단번에 때리눕혀 놓을끼이. 단번에……."

하고 떵떵 울리는 것이었다.

그날 밤, 박 첨지는 밤이 으슥하도록*('이슥하다'의 방언) 잠을 이루지 못했다. 세상은 참 더럽게 된 세상이라고 두 눈을 멀뚱거리며 곧장 한숨을 쉬곤 했다. 조상네에게 죄스러워서 견딜 수가 없는 것이었다. 이 일을 어떻게 하면 좋을는지 궁리에 궁리가 꼬리를 이었다. 첫닭이 홰를 칠 무렵에 박 첨지는 무슨 묘안이라도 떠오른 듯, 옳다! 그러면 되겠구나 하고 중얼거렸다. 그제야 잠이 쏟아지는 것이었다. 이튿날 아침, 박 첨지는 상투에 물을 묻혀 새로 반듯하게 틀어 올렸다. 그리고 조반상을 물리기가 바쁘게 활개를 치며 집을 나서는 것이었다. 윗마을을 향해 가는 것이었다. 윗마을 박 진사네 대문 앞에 이르자, 박 첨지는 짚세기*('짚신'의 전북 방언)에 묻은 흙을 털었다. 그리고 조심스레 대문을 밀었다. 사랑에 앉은 박 진사는 방금 조반상을 물린 듯 그르륵 트림을 하며 긴 담뱃대에 불을 붙이고 있었다. 박 첨지를 보자,

"아침부터 우짠 일인가?"

하고, 허연 수염을 쓰다듬어 내렸다.

"진사 어른!"

박 첨지는 마루 끝에 궁둥이를 걸치며 대뜸,

"야단났심더."

했다.

"야단나다니?"

박 진사는 약간 이맛살을 찡그렸다.

"왕릉이 말이 아닙니더. 서양 병정 놈들 때문에……."

"와, 무슨 일이 있었는가?"

"아 글씨, 왕릉을 무신 저거들의 놀음 장손 줄 아는 모양이지예.

왕릉 제단에다가 음식을 벌려놓고 지랄뻥을 하는가 하면, 밤으로는 또……."

"밤으로는 뭘 우짠단 말인가?"

"아 글씨……."

"뭘 우짜는데?"

"헐레를 붙지 않겠능교. 그 빌어묵을 것들이, 왕릉 위에서……."

"뭐? 왕릉 위에서 헐레를?"

"예, 내 참 기가 막혀서……."

"음—."

박 진사의 허연 수염이 덜덜 떨렸다.

"담을 싸야 되겠심더. 아무래도……."

"……."

"뺑 둘러가며 담을 쌓아 놓아야지, 안 그러다간 절단나겠심더."

말없이 듣고 있던 박 진사는,

"그러세. 담을 쌓도록 하세."

했다. 그리고,

"고이얀 것들 같으니라구."

하고, 내뱉으며, 담뱃대로 재떨이를 땅땅 두들기는 것이었다.

박 씨 문중회의가 소집된 것은 그로부터 며칠 뒤의 일이었고, 그 모임에 붙여서 왕릉의 담쌓기 문제는 마침내 결정을 보았다. 왕릉의 둘레에 사람이 뛰어넘을 수 없을 만한 담을 쌓는다는 것은 예사로운 노릇이 아니라고 난색을 하는 이가 많았으나, 박 첨지의 열을 띤 목소리 앞엔 아무도 감히 맞서지를 못 하는 것이었다. 그래서 결국 왕릉의 담쌓는 역사의 총책임을 박 첨지가 도맡게 되었다. 부락별로 부역을 나오는 순차도 구체적으로 의합을 보았다. 회의를 가진 그 이튿날부터 담쌓기 역사는 즉각 시작되었다. 일이 시작되자 박 첨지는 누구보다도 얼굴에 활기가 넘쳤다. 순차에 따라 부역을 나오는 문중의 젊은네들의 앞장을 서서 이마에 구슬땀을 흘리는 것이었다. 아침으로도 여느 때보다 훨씬 일찍 일어났다. 날이 아직 새기도 전에 일어나서 세수를 하고, 금례를 깨우는 것이었다. 그러니까 조반도 여느 때보다도 월등히 일렀다. 남들은 이제 겨우 일어나 기지개를 켤 무렵 박 첨지는 벌써 지게를 지고 왕릉으로 나가고 있는 것이었다. 이렇게 집을 나가면 하늘에 별이 돋아나야만 돌아오는 것이었다. 그러니까 점심도 내가야만 되었다. 매일 꼭두새벽에 일어나 아침밥을 짓고, 점심을 차려서 왕릉까지 이고 나가느라고 금례도 꽤 애를 먹었다. 그러나 그 반면에 덕을 보는 점도 컸다. 종일을 안심하고 제멋대로 놀아날 수가 있는 것이었다. 금례는 아버지의 눈치를 살피는 일 없이 이웃으로 쏘다닐 수 있게 된 것을 무엇보다도 다행으로 여겼다. 밤으로 울타리 가에서나 담 너머로만 듣던 그 야릇한 곡조의 노랫소리를 직접 그 방으로 찾아가서 들을 수가 있게 되었고, 그 얄궂은 계집들과 친해져서 여러 가지 이상스러운 맛이 혀끝에 감기는 서양 병정들의 과자를 얻어 씹을 수가 있었고, 그녀들이 사용하는 갖가지 서양 화장품을 조금씩 찍어서 얼굴에 바르며 그 기가 막히는 향기에 두 눈을 스르르 감기도 했다. 그리고 그녀들이 밤으로 서양 병정과 함께 끌어안고 돌아가는 괴상한 춤을 조금씩 배우며 킬킬킬 웃어대기도 하는 것이었다. 날이 갈수록 금례의 화장은 그녀들을 닮아갔고, 치렁치렁 땋아 늘인 머리도 조금씩 조금씩 짧아져가는 것이었다.

박 첨지는 왕릉의 역사에 정신이 팔려서 금례의 그러한 변모가 잘 눈에 띄질 않았다. 저녁에 돌아오면 밥술을 놓기가 바쁘게 나가 떨어져서 드르릉드르릉 코를 골아대는 것이었다. 그러니까 금례는 저녁으로도 살금살금 마을을 다닐 수가 있었다. 서양 병정이 자러 오지 않은 방을 찾아가서 밤이 이슥토록 히히거리며 놀다가 돌아오는 것이었다. 한 번은 그렇게 이슥토록 히히거리다가 돌아오는 길에 그만 서양 병정에게 덥석 끌어안긴 일이 있었다. 골무샅을 꺾어 도는 판인데, 장승처럼 커다란 그림자가 우뚝 앞으로 다가서는 것이었다. 술내가 물씬 풍겼다. 금례는 놀라 얼른 돌아서 달아나려 했다. 그러나 이미 서양 병정은 금례의 허리를 불끈 안고 있었다. 금례는 질겁을 하고 몸을 뒤틀었다. 하나 소용이 없었다. 서양 병정은 능글능글한 코를 금례의 목덜미에 갖다가 연방 문질러 대는 것이었다. 그때 마침 마을 노인 한 사람이 에헴! 하고 골목길로 들어섰기 망정이지, 그렇지 않았더라면 무슨 변을 당했을지 모를 뻔했다. 정신없이 집으로 도망쳐 온 금례는 그날 밤 아무래도 잠을 이룰 수가 없었다. 곧장 가슴이 두근거리고 정신이 얼얼한 것이었다. 그러면서도 서양 병정이 코를 문질러 대던 목덜미께가 이상스럽게 스멀거렸다. 서양 병정의 몸에서 풍기던 노릿한 냄새도 코끝에서 야릇하게 감돌았다. 그런 일이 있은 뒤에도 금례는 두려움 없이 밤 마을을 다니는 것이었다. 으슥한 골무샅을 혼자 걸으면서 오히려 또 한 번 서양 병정과 부딪쳐 보았으면 싶은 생각이 머리를 쳐들기도 하는 것이었다.

왕릉의 담쌓기 역사는 의외에도 빨리 진척이 되지 않았다. 부역꾼들의 수효도 날이 갈수록 줄고, 일하는 품도 하루하루 시들해 갔지만, 그 거창한 능의 둘레에 담을 쌓아 올리는 일이 애당초 그렇게 만만한 일이 아니었던 것이다. 한 달이 거의 되었으나, 담은 이제 겨우 서너 뼘 가량밖에 높아지지 않았다. 그러나 박 첨지는 조금도 꺾이는 기색이 없었다.

"오늘은 또 와 이 사람들밖에 안 나왔노? 시러베 아들놈들 같으니, 조상의 무덤도 하나 옳게 지킬 생각을 못 하는 것들이 새끼사 어지간히 까질러 놓더구나."

이렇게 핏대를 세우며 부역꾼들의 앞장을 서는 것이었다. 젊은네들처럼 많은 분량의 흙을 질 수는 없었으나, 그들이 두 번 나를 때에 박 첨지는 세 번이고 네 번이고 져다 나르는 것이었다.

그렇게 박 첨지가 앞장을 서서 일을 하고 있는 어느 날 오후, 서양 병정 한 사람이 성큼성큼 이쪽을 향해서 걸어오는 것이었다. 일하던 사람들은 모두 무슨 일인가 싶어서 잠시 일손들을 멈추고 이마에 내밴 땀을 씻었다. 가까이 온 서양 병정은 박 첨지 앞으로 다가서더니 가볍게 거수경례를 붙이며 싱긋 웃는 것이었다. 모자에는 은으로 만든 것 같은 네모진 것이 두 개 반짝거리고 있었다. 다른 부역꾼들은 모두 얼굴에 웃음을 띠며 그 서양 병정을 바라보는데, 박 첨지만은 이 녀석은 또 무슨 짓을 하러 나타난 것일까 싶은지, 약간 화가 난 사람처럼 뚝뚝한 표정을 지었다. 거수경례를 붙이고 난 서양 병정은 여전히 웃음을 띤 얼굴로 손짓을 섞어가며 무어라고 띄엄띄엄 지껄이기 시작했다. 그러나 무슨 말을 하는지 알아들을 수가 없어, 모두 등신처럼 그의 손짓과 표정만 바라보고 있었다. 할 말을 다 했는지 서양 병정은,

"오케이?"

하고 다지는 것이었다.

오케이라는 말만은 모두 귀에 익은 말이어서, 서로 얼굴을 마주 보며 수군거리자, 서양 병정은,

"노인 오케이?"

또 한 번 다지는 것이었다. 부드러운 목소리로 보나, 그 표정으로 보나, 결코 해로운 일은 아닌 것 같았다. 그러나 무엇을 어쩌라는 것인지 알 수가 없어, 박 첨지는 두 눈을 껌벅거리며 멍청하게 서 있기만 했다. 그러자 젊은 축에서 누군가가,

"오케!"

하고, 덩달아 소리를 질러버렸다.

서양 병정은 대답을 한 사람 쪽을 돌아보며 빙그레 웃었다. 그리고,

"오케이, 오케이."

하고, 고개를 끄덕거리며 돌아서 가는 것이었다.

지금까지의 서양 병정들과는 어딘지 모르게 달랐다. 점잖은 품이 흘렀다.

"장교 앙이가?"

"그렇나?"

"그것도 아직 모르나? 은으로 만든 거 두 개면 대위 앙이가."

"아, 대위가? 글씨 좀 다르다 싶으더라."

젊은네들이 주고받는 소리를 들으며 박 첨지는 멀어져 가는 서양 병정의 후리후리한 뒷모습을 가만히 바라보고 있었다. 그러나 무엇 때문에 왔다 가는지, 그 속셈을 알 수가 없어 역시 불안했다.

잠시 후, 서양 병정들이 자리를 잡고 있는 곳에서 트럭 한 대가

굴러 나오기 시작했다. 등에 무엇인지 집게처럼 생긴 괴상한 기계가 우뚝 솟구쳐 있는 트럭이었다. 트럭은 정문을 빠져나와 부르릉 부르릉 소리를 지르며 냇물 쪽으로 내려가는 것이었다. 냇가에 가서 정거를 한 트럭은 등에 솟구친 기계를 움직이기 시작했다. 끼익— 하고 소리를 지르며 기계가 아가리를 짝 벌렸다. 흡사 사람의 손 같았다. 끼익— 소리와 함께 그 기계가 서서히 아래로 내려가더니 덜컥! 하고 땅에 푹 처박히는 것이었다. 그리고 다시 끼익— 위로 솟구쳐 올랐다. 솟구쳐 오르는데 보니, 그 기계의 손아귀에 흙이 가득 담겨 있는 것이 아닌가. 그 흙을 트럭 위의 궤짝에 갖다가 좔 쏟는 것이었다. 그렇게 여러 번을 되풀이하는 것이었다. 이 광경을 본 부역꾼들은 아까 그 서양 병정이 무슨 말을 하고 갔는지 비로소 짐작이 가는 것이었다. 고개를 끄덕거리며 서로 마주보고 흐뭇하게 웃었다. 박 첨지도 남달리 큰 콧구멍을 하늘로 쳐들며 흐— 웃었다.

흙을 수북하게 퍼 실은 트럭이 덜커덩덜커덩 냇가에서 기어 나와 왕릉 쪽으로 굴러오자 부역꾼들은 모두 일손을 멈추고 트럭을 맞았다. 트럭은 부역꾼들께로 와서 정거를 하더니, 부르릉— 하고 냅다 소리를 질렀다. 그러자 흙을 실은 등의 궤짝이 벌떡 곤두서는 것이 아닌가. 자갈과 흙이 한꺼번에 좌르르— 쏟아져 내렸다.

"야—"

"야—"

"희한하다. 희한해—"

모두 놀라 입을 딱 벌렸다. 박 첨지도 상투를 곧장 끄덕이며,

"좌우간 이상한 작자들이라니까. 이상한 작자들……."

하고 중얼거렸다.

담 높이가 대여섯 뼘가량 되었을 무렵, 뜻밖의 일이 일어났다. 의외의 일이었다. 박 첨지는 처음엔 자기의 눈을 의심했다. 그러나 그것은 틀림없는 사실이었다. 하룻밤 사이에 서양 병정들이 어디론지 감쪽같이 떠나버리고 만 것이었다. 여느 날처럼 누구보다도 먼저 왕릉으로 나온 박 첨지는 서양 병정들이 자리를 잡고 있던 터가 텅 비어 있는 것을 보고 깜짝 놀랐다. 그 여러 개 되던 천막도, 그렇게 많던 자동차도 어디론지 죄다 사라져버리고 없었다. 빙 둘러쳐졌던 철망도 깨끗이 걷혀 버렸다. 못 쓰게 된 판자 조각이나 종이 상자, 혹은 깡통 같은 것만 더러 흩어져 있을 따름이었다. 어쩌면 그 많은 병정들이 하룻밤 사이에 이렇게 거짓말처럼 떠나 버릴 수가 있을까? 박 첨지는 어처구니가 없어,

"허허—"

웃었다. 그리고,

"정말 이상한 작자들이라니까."

하고, 중얼거렸다.

서양 병정들이 떠나버리자 왕릉의 담쌓기 역사는 절로 흐지부지 되고 말았다. 박 첨지는 화가 나서 이 마을 저 마을을 쫓아다녔으나 결국 허사였다. 쌓아올리던 담이니 마저 쌓아올려야지 하고 말들은 했으나, 아무도 일을 하러 나와 주질 않는 것이었다. 박 첨지는 주먹을 흔들면서,

"조상의 무덤도 모르는 시러베 아들놈들! 시러베 아들놈들!"

하고, 뱉어 붙였으나, 별수가 없었다.

왕릉의 담은 대여섯 뼘 높이에서 그쳐버리고 말았다. 서양 병정들이 떠나자, 마을에서는 얼룩덜룩한 베 조각들이 하나둘 걷히기 시작했다. 짐을 꾸려가지고 그 계집들도 어디론지 떠나가는 것이었다. 그 계집들이 하나둘 마을에서 자취를 감추기 시작하자, 누구보다도 좋아하는 것은 박 첨지였다. 그 낯도깨비 같은 꼬락서니들을 보지 않게 되어 속이 다 쑥 내려간다고,

"으으윽."

게트림을 하며 콧구멍을 벌름거리는 것이었다. 이제 우리 금례도 차분해지겠지. 올가을에는 어떤 일이 있어도 서방을 맞춰주어서, 얼른 손자를 보아야지 싶은 것이었다. 그러나 천만의 말씀이었다. 박 첨지는 어느 날 아침 얼굴이 노랗게 질려버리고 말았다.

—아버님, 용서하여 주이소. 돈을 많이 벌어갖고 돌아오겠십더. 불효 여식 금례 올림

머리맡에 이런 쪽지가 놓여 있었던 것이다.

그것을 한 자 한 자 뜯어 읽고 난 박 첨지는 눈앞이 노래지는 것을 느끼며 뒤로 벌떡 넘어지고 말았다. 그로부터 꼬박 사흘 동안 박 첨지는 자리에 누워 두문불출하였다. 금례가 옷 보따리를 싸들고 양갈보들을 따라 도망을 쳤다는 소문이 마을에 퍼지자, 박 첨지는 고개를 들고 다닐 수가 없었다. 아침저녁, 왕릉으로 나갈 때도 남의 눈을 피해서 살짝 마을을 빠져나가곤 했다.

고마운 것은 세월이었다. 세월이 흘러감에 따라 차차 마을 사람들도 도망친 금례를 잊어주었고, 박 첨지도 한숨과 함께 모든 것을 팔자소관으로 돌려버릴 수가 있었다. 이따금 바람결에 금례의 소문이 흘러오기도 했으나, 그럴 때마다 박 첨지는 언제 자기에게 그

런 딸년이 있었더냐 하고, 얼굴을 돌려버리는 것이었다. 그러나 박 첨지는 아무래도 내던져버릴 수가 없는 한 가지 일이 있었다. 왕릉을 지킬 후손이 끊어진다는 사실이었다. 데릴사위를 보아서 왕릉을 돌보게 하고, 또 그 손자를 키워서 능을 지키게 하려고 했던 것이 어쩌면 이렇게 덧없이 되어 버리고 마는지 알 수가 없었다. 그래서 박 첨지는 해질녘이면 쌓아올리다 그만둔 왕릉의 담 옆에 서서 넋 나간 사람처럼 먼 산을 바라보는 버릇을 지니게 되었다. 봄철이나 가을철 같은 때 징징징— 하고 먼 마을에서 풍물 치는 소리라도 흘러올라치면 박 첨지는 한숨과 함께 언제까지나 그 자리를 떠날 줄을 모르는 것이었다. 그리고 박 첨지는 한 해 한 해 놀랄 만큼 초췌해갔다.

가을이었다. 누렇게 익은 벼이삭이 바람에 우쭐우쭐 시원한 물결을 이루고 있었다. 여기저기서 새 보는 소리가 한가롭게 들렸다. 박 첨지는 논배미에 허수아비를 한 개 만들어다 세우고 있었다. 얼굴이 거창하게 큰 허수아비였다. 그것을 논 한가운데에 꽂아놓고 밖으로 나온 박 첨지는 논둑에 앉아 담뱃대에 불을 붙였다. 그리고 빠끔빠끔 담배를 빨며 허수아비를 바라보았다.

"그놈 신수가 꼭 나 같구나. 콧구멍은 와 저렇게 우로 붙었노. 히히히……."

혼자 킬룩킬룩 웃고 있는데, 저만치 신작로에 버스가 한 대 지나가다가 서는 것이었다. 박 첨지는 무심히 그쪽으로 시선을 돌렸다. 버스에서 웬 멋쟁이 여자가 한 사람 어린아이를 데리고 내리는 것이 보였다. 두 사람을 내려놓고, 버스는 다시 부르릉— 먼지를 날리며 달려가는 것이었다. 버스에서 내린 여자는 잠시 그 자리에 서서 머리랑 옷을 매만졌다. 그리고 어린아이의 손을 잡고 논길로 접어드는 것이었다. 한 손에는 웬 빨간 빛깔의 백이 들려 있었다. 박 첨지는 웬 멋쟁이 여자가 마을을 찾아오는가 싶어서 자리에서 일어났다.

"후여 딱딱 후여—"

"아랫녘 새는 아랫녘으로, 후여 딱딱 후여—"

"후여 후여 후여—"

새 쫓는 소리가 여기저기서 시끌짝했다. 점점 가까워져 오는 여자를 바라보고 있던 박 첨지는 별안간 표정이 이지러졌다. 두 눈썹이 꿈틀꿈틀 움직이더니, 이마에 여덟팔자가 거꾸로 푹 파이는 것이었다. 가까워져 오던 여자도 박 첨지를 보자 주춤하는 것이었다. 그러더니 다음 순간 잰걸음으로 다가오며,

"아부님!"

소리를 지르는 것이었다.

금례였던 것이다. 금례는 박 첨지 앞으로 다가서며,

"아부님, 그동안……."

하고, 말끝을 흐렸다. 그리고 방긋 웃었다. 그러나 그 눈에는 분명히 눈물이 핑 돌고 있었다. 박 첨지는,

"음—."

입을 꾹 다문 채 금례의 모습을 무섭게 뜯어보는 것이었다.

그 반질반질하던 숱 좋은 머리는 어디로 가고, 꼭 새집 쑤셔놓은 것 같은 머리가 어깨를 덮고 있었다. 치마는 무릎이 곧 내다보일 것만 같은 짧은 것이었고, 굽 높은 빨간 구두를 신고 있었다. 그

리고 꼭 몇 해 전 그 낮도깨비들 같은 얼굴 화장…… 그건 그렇다 치고, 이 녀석은 도대체 어떻게 된 녀석이란 말인가? 박 첨지는 금례가 손을 잡고 있는 어린아이를 내려다보았다. 파란 운동모자를 쓰고 있었다. 그런데 눈깔이 노란 빛깔이 아닌가. 운동모자 밑으로 내다보이는 머리칼도 노릿노릿했다. 박 첨지가 어린아이를 내려다보자 금례는,

"철아, 외할아버지시다. 인사 드려."

하는 것이었다.

그러자 어린아이는 냉큼 운동모자를 벗더니, 고개를 까닥 숙이고 나서 박 첨지를 쳐다보며 노란 눈으로 생글 웃었다. 꼭 노랑 탱자 같았다. 박 첨지는 음— 하고, 그만 울상을 하며 고개를 무겁게 돌려버리는 것이었다.

금례가 서양 병정의 아이를 낳아가지고 돌아왔다는 소문이 퍼지자, 마을 사람들은 무슨 경사라도 생긴 것처럼 히히덕거리며 박 첨지네 집으로 모여들었다. 그러나 박 첨지네 사립문은 안으로 굳게 닫혀 있었다. 결국 마을 사람들은 울타리 밖에서 안을 기웃거리는 수밖에 없었다. 어린아이가 오줌이라도 누러 방문을 열고 나올라치면 마을 사람들은,

"자 얼굴 좀 보이소. 꼭 서양 병정들 닮았지예?"

"그 씨를 받았는데, 그럼 안 닮을까?"

"히히히…… 입 있는 덴 저거 어메를 좀 닮았지예?"

"그렇구만."

"귀엽게는 생겼네예."

"글씨, 박 첨지 외손자 잘 봤구만."

"핫핫하……."

"헷헷헤……."

하고, 떠들어댔다. 조무래기들은 울타리에 구멍을 뚫고 얼굴을 들이밀기도 했다.

금례가 튀기를 데리고 돌아온 날부터 꼬박 나흘 동안 박 첨지는 침식을 전폐하고 누워서 천정만 뚫어지게 바라보고 있었다. 아무리 생각해도 이제 목을 매는 수밖에 없을 것 같았다. 마을 사람들에게 낯이 없을 뿐 아니라, 조상네에게 죄스러워서도 도저히 살 수가 있을 것 같지 않았다. 닷새째 되는 날 아침, 박 첨지는 결심을 하고 자리에서 일어났다. 아버지가 일어나는 것을 보자, 금례는 얼굴에 화기가 돌았다. 세숫물을 방으로 떠다 바친다, 새 수건을 내다 바친다, 야단이었다. 그러나 박 첨지는 조금도 표정이 풀어지질 않았다. 움푹 꺼져 들어간 두 눈자위에 어두운 그림자가 그대로 서려 있었다. 그리고 물을 묻혀서 새로 반듯하게 상투를 틀어 올리는 손이 경련을 일으킨 듯 가늘게 떨렸다. 조반을 몇 술 뜨고, 담배를 몇 모금 빨았다. 그리고 박 첨지는 넋이 나간 사람처럼 멀뚱히 벽에 기대앉아 있었다. 아침나절을 그렇게 앉아 있었다. 아침나절을 그렇게 앉아 있다가 점심도 한 술 떴다. 그리고 박 첨지는 방문을 열고 비슬비슬 바깥으로 나가는 것이었다. 마지막으로 왕릉을 한 바퀴 돌아보자는 심산이었다. 어지러웠다. 그러나 박 첨지는 어금니를 물고, 마루 끝에 가 앉아서 발에 짚세기를 꿰었다. 그때였다.

"외할아버지!"

하고, 부르는 소리가 들렸다.

박 첨지는 얼른 소리 나는 쪽을 바라보았다. 물론 외손자라는 녀석이었다. 그런데 그 녀석이 어디에서 소리를 지르는가 하면 뒷간 곁에 있는 거름더미 위에서였다. 보리갈이 때 쓰려고 틈틈이 풀을 베다 쌓아 올린 두두룩한 거름더미 위에 올라가서 노란 녀석이 쪼그리고 앉았다가, 박 첨지를 보자, 날 좀 보라는 듯이 소리를 지르며 발딱 일어서는 것이었다. 그리고 조그마한 엉덩이를 좌우로 간들간들 흔들며 생글생글 웃는 것이 아닌가. 어이가 없었다. 박 첨지는 등골을 타고 내려가는 싸늘한 기운을 느끼며,

"음—."

신음소리를 했다. 그러자 노란 녀석이 빨간 혀를 쏙 내밀어 보였다. 박 첨지는 가볍게 치를 떨었다. 그리고 그 순간 죽어서는 안 된다는 생각이 번쩍 머리를 스치고 지나가는 것이었다. 죽더라도 왕릉의 담을 마저 쌓아 올려놓고 죽어야 된다는 생각이었다. 작대기나 짚고 마지막으로 왕릉을 한 바퀴 돌아보려던 박 첨지는 뒤란으로 돌아가 지게를 지고 나서는 것이었다. 금례가 그것을 보고,

"아부님, 뭐 하실라고 그러십니꾜? 몸도 편찮으신데 누워 계시지예."

근심스럽게 만류를 했으나, 박 첨지는 들은 척도 하지 않았다. 아랫도리가 약간 휘청거렸으나, 단단히 어금니를 물고 집을 나서는 것이었다. 왕릉을 향해 어정어정 걸어가던 박 첨지는 또,

"외할아버지!"

하고, 부르는 소리에 걸음을 멈추고 슬그머니 뒤를 돌아보았다. 노란 녀석이 두 손을 양쪽 호주머니에 찌르고 간들간들 따라오고 있는 것이었다. 박 첨지는 염라대왕 같은 상을 지으며 주먹 하나를 번쩍 쳐들어 보였다.

"이누묵 손아! 어딜 따라오노. 어딜……."

그러자 아이는 노란 두 눈을 동그랗게 뜨고 박 첨지를 바라보더니, 또 빨간 혓바닥을 쏙 내밀어 보이는 것이었다. 박 첨지는 하도 같잖고 어이가 없어서,

"허어."

해버렸다. 그리고,

"으음."

하며, 돌아서서 능을 향해 휘청휘청 잰걸음을 쳤다.

두두룩한 왕릉의 위용이 저만치 바라보이자, 박 첨지는 가슴이 뻐근해서 견딜 수가 없었다. 두 눈에 뜨거운 것이 핑 도는 것이었다. 전에 없던 일이었다. 박 첨지는 녹아 나오는 코를 팽! 하고 풀어 던졌다. 그리고 어금니를 지그시 물었다. 쌓아올리다가 그만둔 담은 그나마 비바람에 씻겨 군데군데 허물어져가고 있었다. 그것을 바라보는 박 첨지는 오늘따라 견딜 수 없는 노여움이 왈칵 치밀어 오르는 것이었다.

"시러베 아들놈들, 시러베 아들놈들……."

박 첨지는 곧장 중얼거리며, 냇기슭으로 내려가 지게에 흙을 퍼 담기 시작했다. 뒤따라 온 아이는 처음으로 와 보는 숲이 신기한지, 나무 사이를 요리조리 누비고 다녔다.

가을 해는 짧았다. 어느새 서녘 하늘이 물들기 시작했다. 박 첨지는 오늘의 마지막 짐을 지고 일어섰다. 아랫도리가 사정없이 흔들렸다. 그러나 박 첨지는,

"시러베 아들놈들!"

하고, 아랫배에 힘을 주며 뚜벅뚜벅 걸었다. 다리가 휘청거리고 눈

앞이 어질어질했다. 그러나 용케 몸을 가누며 걸음을 옮기는 것이었다. 때마침 먼 마을에서 징징징— 풍물 치는 소리가 은은히 흘러오기 시작했다. 박 첨지는 그 소리를 들으며 아랫배에 더욱 힘을 주었다. 흙을 부릴 장소까지 거의 이르렀을 때였다.

"외할아버지!"

아이 녀석의 부르는 소리가 들렸다. 그런데 그 소리가 바로 눈앞의 높은 곳에서 들려오는 것이 아닌가. 박 첨지는 고개를 번쩍 쳐들었다. 왕릉에서였다. 왕릉의 두두룩한 어깨쯤을 애 녀석이 기어오르고 있는 것이었다. 기어오르다가 박 첨지를 내려다보며 노란 눈으로 생글 웃는 것이었다. 박 첨지는 온몸의 피가 왈칵 얼굴로 솟구치는 것 같았다.

"저누묵 호로새끼! 이리 안 내려올 끼가! 앙?"

숲속이 쩌렁 울리도록 핏대를 세웠다. 그러나 아이는 곧장 생글생글 웃으며 빨간 혓바닥을 날름날름 내보이는 것이었다.

"앙? 안 내려올 끼가!"

박 첨지는 꼭 실성한 사람 같았다. 지게를 받칠 생각도 않고 마구 앞으로 내달으려는 것이었다. 내달아질 리가 만무했다. 아랫도리가 휘청 꺾이는 것이었다. 그리고 눈앞이 노랗게 빙 돌았다. 박 첨지는 지게를 진 채 앞으로 고목처럼 꿍! 나가떨어지고 말았다. 흙과 지게 밑에 깔린 박 첨지는 두 손을 뻗어 풀을 쥐어뜯으며 허옇게 이를 악물었다. 상투가 바르르 떨렸다. 이 광경을 내려다보며 애 녀석은,

"헤헤헤헤……."

노랗게 웃고 있었다.

징— 징징징징— 가물가물 멀어져가는 박 첨지의 귀에 먼 마을에서 흘러오는 풍물소리가 길게 여운을 남기며 사라지고 있었다.

『전후 정예작가 신작 15인집』(육민사, 1963)

산울림

산그늘이 내리기 시작했다.

산마을의 해는 짧다. 한여름이건만 해가 중천을 지나 비스듬히 기울어지면, 어느덧 날이 설핏해진다. 산이 높기 때문이다. 높은 산줄기가 북쪽에서 남쪽으로 굽이쳐 내리고 있다. 산자락에 안긴 마을은 있는 듯 없는 듯 호젓하기만 하다. 집이라고 겨우 열 가호 남짓하니, 그럴 수밖에 없다.

한 집 두 집, 연기가 나부끼기 시작한다. 저녁연기다. 산기슭을 적시며 퍼져나가는 연기 속으로 자욱하게 가라앉은 마을은 마치 수묵으로 그린 한 폭의 그림 같다.

그런데 별안간 개 짖는 소리가 이 호젓한 일모(日暮)를 뒤흔들어 놓는다. 예사로 짖는 것이 아니다. 마구 악을 써대는 소리다.

드문 일이다. 마을에 개가 세 마리 있긴 했으나, 좀처럼 짖는 소리를 들을 수가 없었다. 짖을 일이 없는 것이다. 산등성이로 불쑥 달이라도 솟아오르면 그 달을 보고 두어 번 짖어보는 그런 개들이다. 그런 개들이 난데없이 무슨 일로 이렇게 악을 써대는 것일까? 마을 사람들은 모두 눈이 휘둥그레졌다. 부엌에서 저녁을 짓던 아낙네들까지도 부지깽이를 놓고 뛰어나왔다.

"무슨 일인교?"

"글씨, 무슨 일인고?"

"무슨 큰 일이 난 모양이지?"

"글씨."

삼베치마에 손들을 닦으며 개 짖는 쪽으로 잰걸음을 친다. 집 뒤란 감나무 그늘에 가마니때기를 깔고 엎드려서 숙제를 하고 있던 종덕이도 개들이 악을 쓰는 소리에 뛰어 일어나 연필을 쥔 채 맨발로 달려 나갔다. 분명히 누렁이도 짖어대고 있는 것이다. 조금 전까지 숙제를 하는 곁에 앉아 곧장 사타구니께를 핥아쌓던 누렁이가……. 종덕이는 연필 쥔 손을 냅다 휘돌려대며 고샅을 다람쥐처럼 굴러갔다.

마을 앞, 밭둑 아래서였다. 용갑이네 검둥이와 누렁이가 한바탕 으르렁대고 있는 것이었다. 누렁이가 허연 잇바디를 드러내놓으며 검둥이를 쏘아보자, 검둥이는 두 눈이 휘둥그레 가지고 비슬비슬 뒷걸음을 치면서도 곧장 악을 써대는 것이다. 검둥이의 귀 언저리에서는 검은 피가 끈적끈적 젖어 내리고 있었다. 복실이 때문이었다. 털에 반질반질 윤기가 흐르고 미끈하게 살이 오른 윤이네 복실이를 서로 차지하려고 그러는 것이었다. 복실이는 부드러운 꼬리를 살래살래 대고 흔들어대며, 발갛게 피가 오른 궁둥이를 누렁이께로 돌리고 있었다. 그리고 타는 듯 고운 혓바닥을 뽑아 자근자근

씹고 있었다. 검둥이를 무섭게 으르대 놓고, 복실이에게로 다가가는 누렁이의 아랫도리 역시 발갛게 타고 있었다.

"히히히…… 우리 누렁이가 와 저카노?"

종덕이는 웃음이 나오는 것을 참을 수가 없었다. 그러자 누군가가,

"이놈아, 너거 누렁이 장가든다. 장가들어!"

와아 웃음이 터졌다. 아낙네들이 더 좋아서 호들갑을 떨어댄다. 킥킥킥 혹은 켈켈켈 웃어젖히더니, 그 중 누군가가,

"복실이 좋아서 저것 좀 보래!"

요망스럽게 소리를 질렀다. 그러자 또 하나가,

"검둥인 환장 지경이구만!"

하고, 받는다.

우우 이번에는 남정네들이 좋아서 더 소리를 높인다. 웃음소리는 호젓한 일모를 뒤흔들며 산허리를 타고 멀어져간다. 무슨 큰 경사라도 일어난 것 같다.

누렁이가 복실이의 등 위로 성큼 기어오르자, 검둥이는 두 눈을 뒤집어 까며 발톱으로 흙을 냅다 할퀸다. 그리고 자지러지듯이 짖어댄다. 복실이의 등 위로 기어오른 누렁이는 검둥이의 짖는 소리 따위는 이제 귀에도 안 들리는 듯 허리를 활처럼 휘어 올리며 할할거리기 시작했다.

바로 그때였다.

"이노무 개새끼야!"

고함소리와 함께 앞으로 내닫는 아이가 있었다. 용갑이었다. 커다란 돌멩이를 들고 있었다. 저희네 검둥이가 누렁이한테 눌려 쩔

쩔매는 바람에 부아통이 터진 모양이다. 얼굴이 온통 새빨개가지고 누렁이에게로 다가가더니, 두 손으로 돌멩이를 번쩍 쳐드는 것이 아닌가.

"댁끼놈—"

우렁찬 목소리였다. 손 노인이었다. 언제 나왔는지, 높다란 밭둑 위에 서서 너불너불한 수염을 쓰다듬으며 이 광경을 내려다보고 있었던 것이다.

"그 돌, 안 놀 끼가구마!"

맞은바라기 산이 쩌렁 울렸다.

손 노인의 적삼 밑으로 불쑥 튀어나온 주먹만 한 배꼽을 보자, 용갑이는 그만 기가 팍 꺾이는 것이었다. 쳐들었던 돌멩이를 아무렇게나 땅바닥에 내동댕이쳐버렸다. 그리고 울상이 되더니, 이번에는 치사스럽게 곧장 악을 쓰고 있는 저희 검둥이를 향해 냅다 달려드는 것이었다. 땅에 굴러 있는 돌멩이를 손에 닿는 대로 주워서 마구잡이로 던지는 것이다.

눈두덩을 한 대 야물게 얻어맞더니, 검둥이는 그만 죽는 시늉을 하며 빽소니를 친다. 그 뒤를 용갑이는 한사코 쫓아가며 돌질이다.

"용갑이 보통내기 아닌데."

"약이 올랐구만."

"달음박질도 잘하는데."

모두 웃었다.

단발머리 밑으로 하얀 귓밥이 살짝 내다보이는 윤이도 아낙네들 사이에 섞여 서서 손으로 입을 가리며 웃었다. 윤이는 웃을 때면 언제나 한 손으로 조그마한 입을 가린다. 그리고 윤이의 웃는 얼굴에는 언제나 보조개가 파인다. 양쪽에 다 파이는 것이 아니라, 한쪽에만 살짝 파인다.

모두 웃었으나, 종덕이만은 웃지 않았다. 숙제를 하다가 그대로 쥐고 나온 연필을 입에 물고 용갑이의 뛰어가는 뒷모습을 바라보며 두 눈을 깜작거리기만 했다. 용갑이가 두려운 것이었다. 연필심을 혀끝으로 빨며, 종덕이는 밭둑 위에 서 있는 할아버지를 힐끗 돌아보았다. 할아버지의 적삼 밑으로는 아직도 배꼽이 그대로 드러나 있었다. 종덕이는 얼른 얼굴을 돌려버렸다. 걸핏하면 적삼 밑으로 불거져 나오는 할아버지의 배꼽이 종덕이는 어쩐지 남세스러웠다.

손자 놈이사 싫어하든 말든 손 노인은 배꼽을 쑥 앞으로 밀어내 놓은 채, 너불너불한 수염을 쓰다듬어 내려서 그 끝을 가만히 모아 쥐고 있었다. 그러나 용갑이의 하는 수작을 내려다보고 있는 것은 아니었다. 먼 산줄기로 시선을 옮기고 있는 것이었다. 가만히 귀를 기울이고 있는 것이었다.

북쪽이었다. 가물가물 멀어져 간 산줄기 너머에서 무엇인가 번쩍 빛나는 것이 있었던 것이다. 번개 같았다. 그리고 지금 우루루루— 은은하게 산줄기가 울려오는 것이다. 우루루— 우루루루— 벼락이라도 떨어진 것일까? 손 노인은 모아 쥐고 있던 수염을 놓으며, 이마에 주름살을 잡았다. 아무래도 우렛소리 같지가 않은 것이다. 산이 허물어지고 있는 것 같은 소리다. 쿵 우루루루— 이번에는 분명히 우루루 소리 앞에 쿵! 하는 소리가 들린 것 같다. 손 노인은 다시 수염을 모아 쥐며,

"난리가 났다더니, 정말 난리가 쳐내려오는 긴강?"

입속말로 중얼거렸다.

"임진란 때도 여기가 피난처였다니까, 설마 우리 마실이사 무슨 일이 있겠노마는……."

우루루루— 또 울린다. 그러나 마을 사람들은 개에 정신이 팔려서 그런 소리는 도무지 들리지가 않는 모양이다.

복실이의 등 위에서 벌겋게 타오르던 누렁이가 이제 지쳤는지 풀썩 아래로 미끄러져 내린다. 그리고 머리를 복실이의 반대쪽으로 가져가며 서로 한일자가 된다. 한일자가 되더니, 질질 밀고 당기며 언제까지나 그대로다. 싱겁다.

"아이구 밥 탄내야!"

누군가가 소리를 질렀다. 그러자 모두 콧구멍을 벌름거린다. 아닌 게 아니라 밥 타는 냄새가 약간 풍겨오는 것 같다.

"글씨."

"아이구—"

"누렁이가 장가드는 바람에 오늘 저녁 누룽지깨나 묵게 생겼네."

"글씨."

다시 웃음이 터졌다. 아낙네들은 웃음소리와 함께 호들갑을 떨며 흩어진다. 산그늘이 어느덧 밭기슭까지 내려왔다.

누렁이와 복실이가 그런 경사를 치르고 난 뒤부터 종덕이는 웬일인지 윤이와 전보다 가까운 사이가 된 것 같았다. 전에는 그저 한 마을에 산다는 것과 한 학교에 다닌다는 것뿐이었다. 한 가지 더 있다면, 올봄, 3학년에 올라올 때, 우등상으로 받은 공책 한 권을 윤이에게 주었다는 것뿐이다.

종업식을 마치고 돌아오는 길에서였다. 종덕이는 상으로 받은 세 권의 공책에서 한 권을 뽑아 윤이 앞으로 내밀었다. 그러자 윤이는 두 눈을 반짝 치뜨며,

"정말?"

했다.

"정말!"

"……."

윤이는 얼른 뒤를 돌아보는 것이었다. 혹시 누가 보고 있지나 않을까 해서였다. 아무도 없는 호젓한 산모롱이였다. 벼랑에 진달래꽃만 한 무더기 타는 듯 피어 있었다.

"참 매끈매끈하다. 그지?"

공책을 받아 든 윤이는 겉장에 찍힌 우등상이라는 도장을 쓰다듬으며 방긋 웃었다. 한쪽 볼에 보조개가 유난히 또렷했다.

그러나 그것뿐이었다. 그 후로도 윤이는 색종이라도 몇 장 준다거나 하는 일이 없었다. 만나면 그저 생글 웃을 뿐이었다.

그런데 누렁이가 윤이네 집 복실이와 그런 얄궂은 짓을 하고 난 뒤부터 종덕이는 어쩐지 윤이와의 사이가 별안간 가까워진 것만 같이 여겨졌다. 종덕이가 그렇게 생각하게 된 데에는 달리 또 까닭이 있었다.

용갑이 때문이었다. 용갑이는 그런 일이 있은 뒤부터 종덕이를 보기만 하면 공연히 심술궂게 덤비는 것이었다. 저희 집 검둥이가 종덕이네 누렁이한테 쩔쩔맨 것이 아무래도 견딜 수가 없고, 윤이네 복실이를 검둥이가 차지하지 못한 것이 두고두고 분한 모양이었다.

"임마! 너 내 욕했담서?"

괜히 시비를 걸어오기도 했고,

"너 공부 잘한다고 까불지 마. 죽어!"

하고, 울림짱*('으름장'의 방언)을 놓기도 했다.

혼자서 그러면 또 괜찮았다. 마을의 다른 애들도 모두 용갑이 편인 것이다. 주먹이 제일 센 용갑이의 비위를 맞추느라고 덩달아서 한마디씩 거들어대는 것이었다. 종덕이는 슬금슬금 자식들을 피하는 수밖에 없었다.

한 번은 등교하는 길에서였다. 자식들이 언제나 그렇게 심술궂게 덤비기 때문에 종덕이는 그들보다 한 걸음 앞서 집을 나서기가 일쑤였는데, 그날은 무슨 일로 좀 늦었다. 혹시 지각이나 하지 않을까 하고 잰걸음을 쳐 산모롱이를 돌아가니, 저만치 앞서 윤이가 혼자 걸어가고 있었다. 윤이의 단발머리는 뒤에서 보면 유별나게 까맣다. 종덕이는 윤이의 뒷모습이 그날따라 웬일인지 몹시도 좋았다. 그래서 마구 쫓아가기 시작했다. 허리에 질끈 동여맨 책보 속에서 딸강딸강 연필들 나부대는 소리가 났다. 앞서 가던 윤이가 걸음을 멈추고 뒤를 돌아본다.

"같이 가자. 윤이야."

"빨리 와. 학교 늦어."

"안 늦어."

종덕이는 숨을 헐떡거리며 윤이의 곁으로 가서 나란히 걷기 시작했다. 이슬에 젖은 소나무 가지 사이로 아침 햇살이 쏟아져 내린다. 길바닥에 쏟아져 깔리는 눈부신 햇살을 밟으며 종덕이와 윤이는 의좋게 오누이처럼 걸어간다. 윤이의 흰 운동화가 햇살을 받아

유난히 하얗다. 종덕이는 검정 고무신이다. 종덕이는 윤이의 하얀 운동화를 내려다보며,

"새로 샀나?"

묻는다.

"응, 우라부지가 사 왔어. 장에서……."

"얼마 주었대?"

"몰라. 비싸다 카더라."

윤이는 길바닥에 굴러 있는 솔방울을 자랑스럽게 툭 차며,

"니도 운동화 하나 사 달라 캐."

한다.

그러자 종덕이는 윤이의 운동화에 차여서 또르르 굴러가는 솔방울을 쫓아가서 까만 고무신으로 냅다 질러버리며,

"봐라. 난 고무신이라도 저렇게 멀리 가지."

싱글 웃는다. 종덕이의 발에 차여 핑그르르 굴러나가는 솔방울을 바라보던 윤이가 별안간 무슨 생각이 떠올랐는지,

"참, 용갑이 자식 나쁜 자식이여."

한다.

"그럼, 그 자식 얼마나 나쁜 자식이라고. 와, 우짜더노?"

"우리 복실일 막 안 차나. 새끼 뱄는데……."

"뭐, 새끼 뱄어?"

"응, 새끼 뱄다. 우리 복실이."

"야아, 신난다."

종덕이는 공연히 좋아서 소리를 지른다. 윤이네 집 개가 새끼를 뱄는데, 종덕이 제가 그렇게 신이 나는 것은 저희 집 누렁이가 장가

를 들어서 배게 했기 때문인 것이다. 윤이는 한쪽 볼에 살짝 보조개를 지었다.

"윤이야!"

"응?"

"너거 복실이 새끼 나면 말이지……."

"응."

"너하고 나하고 말이지……."

"응."

"저…… 머 되는동 아나?"

"머 되다니?"

"개 사돈 된다. 개 사돈."

"개 사돈?"

"그래."

"개 사돈이 머고?"

"개 사돈 모르나? 우리 집 누렁이하고 너거 집 복실이하고 시집가고 장개가서 새끼 낳으니까, 우린 개 사돈이라 말이다."

"아이고 지랄!"

"핫핫핫……"

종덕이가 웃자, 윤이도 까르르 따라 웃는다. 푸드득! 하고 산비둘기가 한 마리 날개를 털며 날아오른다.

호젓한 산길을 지나 들길에 나서니, 저만치 앞에 아이들이 학교엘 가다가 말고 무엇을 발견했는지 길가에서 웅성거리고 있었다. 그중 하나가 두 손으로 돌멩이를 들어 올려 무엇인가를 향해 냅다 던졌다. 얼른 보아도 용갑이에 틀림없었다. 용갑이의 손에서 돌멩이가 날아가자, 아이들은 와아 소리를 지르며 후닥닥 두어 걸음씩 뒤로 물러선다.

"뱀인갑다. 그지?"

윤이의 말에 종덕이는 고개를 두어 번 끄덕이기만 했다. 그리고 가만히 숨을 몰아쉬었다. 어쩐지 자꾸 가슴이 벌떡벌떡 뛰는 것이었다. 아이들 가운데 하나가 무심히 이쪽을 돌아보더니 무어라고 지껄여댄다. 그러자 웅성거리던 아이들이 일제히 이쪽으로 얼굴을 돌린다. 종덕이는 꿀꺽 침을 삼키며 그 자리에 멈추어 섰다. 윤이도 걸음을 멈추고 양쪽 흰 운동화를 가만히 한데 모았다.

종덕이와 윤이가 나란히 멈추어 서는 것을 보고, 저희들끼리 뭐라고 잠시 지껄여쌓더니, 우우 하고 모두 소리 높이 웃었다. 그리고 용갑이가 냅다 고함을 지르는 것이었다.

"신랑 각시—"

그러자 다른 아이들도 따라서,

"신랑 각시—"

하고, 소리를 질렀다.

"종덕이하고 윤이하고 신랑 각시—"

"종덕이하고 윤이하고 신랑 각시—"

"머머 했나네—"

"머머 했나네—"

"얼래— 숭 보세, 머머 했나네—"

"얼래— 숭 보세, 머머 했나네—"

뭐뭐 했다는 소리가 무엇을 어떻게 했다는 뜻인지 잘 알 수는 없었으나, 종덕이는 어쩐지 얼굴이 화끈 달아오르는 것 같았다. 얼른 윤이를 돌아보았다. 윤이 역시 귓밥언저리가 발그레 물들어 있었다. 그리고 화가 난 듯 입을 빼물고 눈을 대고 깜작거리다가, 그만 흰 운동화 한 쪽을 번쩍 들어 냅다 차는 시늉을 하며,

“나쁜 자식들! 선생님한테 일러!”

하고, 고함을 질렀다.

종덕이는 킥! 웃음이 나는 것을 참고, 가만히 숨을 몰아쉬었다.

용갑이의 심술은 날이 가도 조금도 누그러지지가 않았다. 나중에는 그렇게 놀려대기만 하는 것이 아니라, 아무 데나 닥치는 대로 낙서를 시작하는 것이었다. 선생님의 분필통에서 훔쳐낸 분필을 가지고 다니며 교실 모퉁이나 변소 안 같은 데에다 ‘종덕이와 윤이 신랑 각시’라느니, ‘종덕이와 윤이 그것 했다’느니, 혹은 ‘누렁이와 복실이 죽인다’ 하고 서투른 솜씨로 마구 갈겨놓는 것이었다. 그런 낙서를 볼 때마다 종덕이는 여간 부끄럽고 난처한 것이 아니었다. 그러나 혼자 가만히 생각할 때는 윤이와 자기가 별안간 무엇이 된 것만 같아 입 안에 달짝지근한 침이 돌기도 했다.

용갑이의 그런 고약한 낙서는 오래 가지를 못했다. 학교가 별안간 문을 닫아버리고 만 것이다. 여느 해 같으면 아직 열흘쯤 더 있어야 여름방학이 시작되는데, 뜻밖에도 하루는 교장 선생이 지휘대 위에 올라서더니, 초조한 표정으로 오늘부터 방학이니 모두 집으로 돌아가라는 것이었다. 교장 선생뿐 아니라 여러 선생들의 얼굴에도 초조하고 불안한 빛이 감돌고 있었다.

교실에 들어가서였다.

“선생님, 개학은 언제부텁니꽈?”

“공산군들이 쳐내려오기 때문에 언제 다시 개학을 하게 될지 모

른다. 학교에서 통지가 있을 때까지 집에서들 공부해라."

"숙제는 없습니꾜?"

"없다. 너거 마음대로 공부해라."

그러자 아이들은 모두 좋아서 와아 환성을 울렸다. 종덕이도 물론 좋았다. 학교에서 통지가 있을 때까지 숙제도 없이 집에서 제멋대로 공부한다는 것도 좋았지만, 그것보다도 용갑이의 고약한 낙서와 아이들의 놀림을 받지 않게 된 것이 더욱 좋았다.

그러나 용갑이의 심술은 그 후로도 여전히 계속되었다. 마을에서는 차마 종덕이에게 노상 어쩔 수가 없었던지, 이번에는 누렁이와 복실이를 못 살게 구는 것이었다. 누렁이를 보기만 하면 돌멩이질이었고, 새끼 밴 복실이의 배를 걷어차려고 기를 쓰는 것이었다. 그래서 종덕이와 윤이는 복실이와 누렁이를 되도록이면 용갑이에게 가까이 하지 않으려고 애를 썼다.

용갑이의 발질을 이따금 한 번씩 받아가면서도 복실이의 배는 날이 갈수록 눈에 띄기 시작했다. 그리고 날씨는 찌는 듯 무더워갔다. 북쪽 산줄기를 타고 울려오던 우렛소리 같은 산울림소리도 차츰 남쪽으로 멀어져갔다. 그러나 세상이 어떻게 되었는지, 이 산마을에는 바람결에 간간 소문이 들려올 뿐 아무런 변화가 일어나지 않았다. 산그늘이 내릴 무렵이면 손 노인은 마을 앞 밭둑에 나와 서서 멀리 남쪽 하늘가로 가물가물 뻗어나간 산줄기를 바라보며,

"임진란 때도 별일이 없었다니, 여기가 정말 피난 터지. 자린 썩 잘 잡았다니까. 암 명당 터고말고."

하고, 혼자 중얼거리며 너불너불한 수염을 쓰다듬어 내렸다. 그리

고 두 눈 언저리의 잔주름으로 엷은 웃음을 그리며, 나직하게 한숨을 쉬는 것이었다. 그러나 며칠이 안 가서 손 노인의 그 엷은 웃음도 무참하게 사라져버리지 않을 수 없었다.

대낮이었다. 손 노인은 마루에 벌렁 드러누워서 낮잠을 자고 있었다. 드릉드릉 코를 골 때마다 주먹만 한 배꼽이 적삼 밑으로 불거져 나왔다가 들어갔다가 했다.

종덕이는 윤이와 함께 뒤란 감나무 그늘에 가마니때기를 깔고 엎드려서 공부를 하고 있었다. 윤이가 잘 풀지 못하는 산수 문제를 종덕이는 열심히 풀어 보이며 가르쳐 쌓는다.

그 곁에서 누렁이와 복실이가 어울려 장난을 치고 있다. 누렁이가 복실이의 꼬리 밑께로 곧장 주둥이를 들이밀면 궁둥이를 사리며 돌아가는 것이다. 한참을 그렇게 히히닥거려 쌓더니 싫증이 났는지, 누렁이가 슬슬 사립문께로 걸어 나가자, 복실이도 뒤를 따른다.

사립문 쪽으로 걸어가는 누렁이와 복실이를 향해 종덕이가,

"용갑이 자식한테 가지 마래이!"

하고, 소리를 지르자, 윤이도,

"검둥이하고도 놀지 마래이!"

한다.

그러자 걸어 나가던 누렁이와 복실이가 멀뚱히 뒤를 돌아본다.

종덕이와 윤이는 서로 얼굴을 마주보며 씽긋 웃었다. 그리고 종덕이가 다시 산수 문제를 풀어 보이려 하자, 윤이는 연필을 내던지고 발딱 누워버리며,

"아이 덥다."
하고, 단발머리를 훌렁 뒤로 쓰다듬어 넘긴다. 까만 머리카락 밑에서 땀에 젖은 이마가 하얗게 드러나자 종덕이는,
"덥나? 부채 부쳐 줄까?"
하면서, 공책에 받쳤던 빨간 뿔로 만든 책받침을 꺼내 든다.
"내가 부치꾸마. 도고."
윤이가 한쪽 볼에 보조개를 짓자, 종덕이는,
"개않다. 내가 부쳐 주꾸마."
싱글 웃는다.
"누가 보면 우짤라고?"
"보긴 누가 보까 바."
"용갑이가 보면 우짤래?"
"짜식, 볼람 보라지 뭐."
"애가 달끼다. 그지?"
"응?"
"아이 시원해. 너무 시게 부치지 말고, 살살 부쳐."
윤이는 눈을 지그시 감으며, 두 다리를 쭉 뻗는다. 종덕이는 곧장 싱글싱글 웃으며, 윤이의 얼굴이랑 앞가슴께를 살살 부쳐준다.
잠시 그렇게 반듯하게 누워서 종덕이가 부쳐주는 바람을 쐬고 있던 윤이가 별안간 부채질하는 종덕이의 손목을 답삭 잡으며,
"저것 좀 보래?"
한다.
"뭐?"
"저것 말이다. 저것."

"어디?"

"저기 저 감나무 가지에 말이다."

종덕이는 윤이가 가리키는 감나무 가지를 우러러본다. 노란 빛깔에 초록색 무늬가 도는 산새가 두 마리 눈에 띄었다. 한 마리는 가만히 앉아 있는데, 한 마리는 그 주위를 파닥파닥 날개를 치며 돌아쌓다가 그, 새의 등 위로 살짝 내려앉으며 꼬리를 파르르 떠는 것이 아닌가. 감나무 잎 사이로 쏟아지는 눈부신 햇빛을 받아 두 마리의 산새는 마치 무슨 진귀한 보석처럼 빛났다.

"와 저캐쌓노?"

윤이가 눈이 부신 듯 두 눈을 가느다랗게 뜨며 묻자, 종덕이도 두 눈을 가느다랗게 하고 웃는다.

"그것도 모르나?"

"쌈하나?"

"히히히…… 쌈하긴. 지금 새끼 밸라고 안 저카나."

"참말이가?"

"그래. 요전에 복실이하고 누렁이도 안 저카더나. 그래서 복실이 새끼 안 뱄나."

"새도 그래야 새끼 배나?"

"그럼."

"아이, 히히히……."

윤이는 귓밥을 발그레 물들이며 킬킬 웃는다. 종덕이도 어쩐지 기분이 좋아서 싱글싱글 웃으며, 그만 윤이 곁에 벌떡 드러누워 버린다.

"덥다. 가까이 오지 마."

"개않다."

"누가 보면 우짤라고?"

"보긴 누가 보까 바."

종덕이와 윤이가 이렇게 나란히 누워서, 두 마리의 산새가 눈부시게 나부닥거려쌓는 광경을 숨을 죽여 가며 바라보고 있노라니까, 무슨 일인지 난데없이 개 짖는 소리가 요란하게 들려왔다. 분명히 세 마리의 개가 한꺼번에 악을 써대는 소리였다. 언젠가 누렁이와 검둥이가 복실이를 두고 으르렁거리며 짖어대는 때와는 달리, 좀 더 요란스럽고 겁에 질린 소리들이었다. 한낮의 고요한 산마을이 별안간 발칵 뒤집히는 것 같았다. 그리고 개 짖는 소리에 이어 귀를 째는 듯한 소리가 일어났다.

쾅!

총소리였다. 온 마을이 들썩하더니, 산줄기가 우루루 울려나가는 것이었다.

총소리에 두 마리의 산새도 질겁을 하고 어디론지 파르르 날아가 버렸다.

종덕이와 윤이도 용수철에 튕긴 것처럼 홀떡 뛰어 일어나 맨발로 앞마당으로 뛰어나갔다. 마루에 누워서 낮잠을 자던 손 노인도 벌떡 뛰어 일어나 벌겋게 핏발이 선 두 눈을 썩썩 문지르며 황급히 뜰로 내려서고 있었다. 종덕이와 윤이는 돌담께로 가서 발돋움을 하고 바깥을 내다보았다.

마을 앞, 밭둑길에 웬 군인 옷을 입은 사람이 두 사람 개들을 향해 총을 겨누고 있는 것이 보였다. 세 마리의 개는 질겁을 하고 저쪽 산비탈로 냅다 뺑소니를 치고 있었다.

콰쾅!

도망치는 개들의 뒤를 또 요란한 총소리가 따랐다. 산 옆구리가 와르르 무너지는 것 같았다.

“악!”

담 너머로 내다보고 있던 종덕이가 소리를 지름과 동시에 윤이도,

“오매야!”

질겁을 했다.

도망치던 세 마리의 개 가운데 한 마리가 콩 튀듯이 훌떡 뛰어오르더니, 그만 보기 좋게 나가떨어지고 말았던 것이다. 검둥이였다. 누렁이도 약간 비실거렸으나, 복실이와 함께 이내 산비탈을 돌아 사라지고 말았다.

“아이고 우짜노. 검둥이가 죽었다.”

윤이는 곧 울상이었다. 종덕이는 입술이 파랗게 질려 달달달 떨기만 했다.

밭에서 일을 하던 마을 사람들도 모두 겁을 집어먹고 산으로 도망치고 있었다.

개들이 사라져버리자, 총을 든 두 사람은 마을로 들어서기 시작했다. 그러자 지금까지 사립문에 붙어 서서 내다보고 있던 손 노인은 무슨 생각에서인지 고의춤을 발끈 추켜올리며 사립 밖으로 뚜벅뚜벅 걸어 나가는 것이었다.

“할부지!”

종덕이는 덜컥 겁이 나서 할아버지를 불렀다. 그러나 손 노인은 뒤도 돌아보지 않고 그냥 걸음을 옮겨 나가는 것이었다. 손 노인이

고샅을 뚜벅뚜벅 걸어 나가자, 총을 든 사람은 자리에 우뚝 멈추어 서며,

"손 들어!"

"손 들어!"

고함을 질렀다. 손 노인은 두 팔을 벌렁 옆으로 벌리듯 들어올렸다. 그러자 적삼이 약간 위로 쳐들리며 주먹만 한 배꼽이 불쑥 얼굴을 내밀었다. 총을 든 두 사람의 긴장된 표정이 손 노인의 그 배꼽을 보자 약간 풀리는 것 같았다. 한 사람은 눈언저리에 분명 웃음기 같은 것을 띠기까지 했다. 손 노인은 두 팔을 벌렁 들어 올린 채 걸어 나갔다. 마치 큰대(大)자가 뚜벅뚜벅 걸어가는 것 같았다. 종덕이는 숨도 크게 쉬지 못하고 할아버지의 뒷모습을 지켜보고 있었다.

총 든 두 사람에게로 가까이 간 손 노인은 손을 덜렁 내리고 고의춤을 추켜올렸다. 그리고,

"젊은네들 어디서 오는 길이오?"

하고, 입을 열었다.

두 사람은 얼른 뭐라고 대답은 하려 들지 않았다. 그러나 어딘지 모르게 얼굴에 부드러운 빛이 어리고 있었다.

"난리 터에서 오는 길이오?"

그러자 한 사람이 그에 대한 대답은 없이,

"이 마을에 빨갱인 없소?"

불쑥 묻는다. 그리고 총을 쥔 손에 힘을 준다. 손 노인은 헛헛허…… 걸걸한 목소리로 웃었다.

"우린 밭이나 뛰져*('일구다'의 방언) 묵고 사는 사람들이오. 빨갱

이가 뭔지 노랭이가 뭔지, 알지도 못하누마."

"그럼 할아버지, 우리 먹을 것 좀 주시오. 산으로 산으로 도망쳐 오는 길입니다. 우리 부대가 전멸을 당했어요."

"음— 그래 어디로 가는 길들인가?"

손 노인은 너불너불한 수염을 쓰다듬으며 말을 놓았다.

"남쪽으로 갑니다. 낙동강 쪽으로요. 거기 가면 아군이 있을 테니까요."

"음— 그럼 젊은네들 날 따라오게."

손 노인은 앞장을 서서 걷기 시작했다. 두 사람은 총의 멜빵을 어깨에 걸고 뒤를 따랐다. 할아버지가 두 사람을 데리고 오는 것을 보자, 종덕이는 좀 마음이 놓이는 듯 윤이를 돌아보며,

"국군인갑다. 그지?"

했다. 그러자 윤이도 나지막한 소리로,

"맞다. 국어책에 있는 국군아저씨 같은 옷이다. 근데 와 모자도 안 쓰고, 옷에 갈매기도 안 붙였노?"

하고, 미심쩍어 한다.

"도망가는 길인 모양이지."

"와 도망가노?"

"전쟁해서 졌으니까 도망가지."

"근데 개는 와 죽이노?"

"몰라. 전쟁에 져서 화가 나는 모양이지."

"화가 나면 남의 개를 막 죽이는강?"

"글씨 말이다."

"지랄이다. 그지?"

"응."

"아이 무서라. 저 얼굴 좀 보래."

윤이는 손 노인의 뒤를 따라오는 두 사람의 얼굴을 보자 질겁을 했다. 눈에는 핏발이 서서 온통 벌겋게 뒤집힌 것 같고, 몇 날 며칠 낯에 손질을 안 했는지 수염이 돼지털처럼 지저분한가 하면, 흙인지 먼지인지 온통 때가 눌어붙어 꼴이 말이 아니었다. 결코 교과서의 그림에서 보던 그런 국군아저씨는 아니었던 것이다.

손 노인이 그 두 사람을 데리고 와서 요기를 시킨 다음, 보리쌀과 옥수수를 조금씩 주어서 마을을 떠나보낸 것은 해가 서쪽으로 너웃이*('뉘엿뉘엿'의 방언) 기울어져, 어느덧 산그늘이 내릴 무렵이었다.

손 노인은 사립 밖까지 나가 서서 멀리 남쪽으로 뻗어나간 산줄기를 가리키며,

"저 산줄길 타고 곧장 가게. 그러면 강줄기가 나설 끼이니. 그게 낙동강 윗줄길세."

하고, 그들이 찾아가는 방향을 가리켜주었다. 그리고 끝으로 한마디 당부하듯이,

"가는 길에 아무쪼록 살생은 삼가도록 하게. 비록 하찮은 개라도 함부로 죽여서야 어디 쓰겠는가."

했다.

그러자 한 사람은 약간 미안한 듯한 표정을 지었으나, 한 사람의 얼굴에는 비웃는 듯한, 못마땅한 표정이 떠오르고 있었다.

총을 멘 두 사람의 그림자가 그늘지는 산허리를 돌아 사라질 때까지 손 노인은 그들의 뒷모습을 바라보고 서서,

"뉘 집 자식들인지, 젊은 놈들 참 안 됐다, 안 됐어. 음—"

무거운 신음소리를 토했다.

그리고,

"와 남의 집 개는 함부로 죽이노 말이다. 와 살생을 좋아하노 말이다. 불쌍한 놈들 같으니라고. 쯧쯧쯧……."

혀를 차기도 했다.

얼마 후, 총소리에 쫓겨 산기슭으로 뺑소니를 쳤던 누렁이와 복실이가 함께 돌아왔다. 그런데 누렁이는 다리 하나를 형편없이 절룩절룩 절고 있는 것이 아닌가. 총알이 스치고 지나간 모양이었다. 다리에 피가 끈적끈적하게 휘감겨 있었다.

"우리 개도 다릴 다쳤네!"

종덕이는 누렁이를 덥석 안으며 소리를 질렀고, 윤이도,

"아이고 우짜노!"

이맛살을 찌푸리며 안타까워했다. 복실이도 곧장 꼬리를 흔들고 킁킁거리며 누렁이를 싸고도는 것이었다.

산그늘이 무겁게 마을을 덮어 내려오고 있었다.

이 호젓한 산마을에 총소리가 울린 것은 마을이 생긴 이후로 처음 일이었다. 그래서 마을 사람들은 심심하면 그 이야기를 꺼내어 떠들어대곤 했다. 총소리가 우렛소리보다 크다느니 작다느니, 혹은 벼락 떨어지는 것보다 총이 더 무섭다느니, 안 그렇다느니 하고, 입씨름을 하기도 했다. 총에 맞아 죽은 검둥이의 이야기도 오래오래 마을 사람들의 입에서 떠나질 않았다. 장가 한 번 들어보지 못하고 그런 변을 당해서 아무리 짐승이지만 참 안됐다느니, 총에 맞

았을 때 왜 그렇게 하늘로 훌떡 뛰어오르는지 우습더라느니, 혹은 세 마리 가운데 하필 왜 검둥이를 쏘았는지 모르겠다느니 하고, 말들이 많았다. 그리고 손 노인의 담이 큰 데 대해서도 이야기가 많았다. 보통 사람 같으면 그런 때에 도저히 그렇게 나서질 못한다는 것이었다. 주먹만 한 배꼽만 보아도 보통 사람은 아니라는 것이었다. 만일 그때, 손 노인이 그와 같이 해서 그들을 보내지 않았더라면 마을에 무슨 변고가 났을지 모른다고 하면서, 모두 손 노인을 극구 우러러 받들었다.

검둥이가 그런 변을 당하자, 용갑이는 전보다 더 난폭해 갔다. 이젠 심술 정도가 아니었다. 쩔룩쩔룩 저는 누렁이를 보기만 하면 그 쩔룩거리는 다리를 마저 부러뜨려 놓을 듯이 덤비는 것이었다. 그래서 손 노인에게 되게 한 번 혼이 났다.

한 번은 윤이가 밭에 심부름 갔다 오다가 용갑이에게 붙들렸다. 용갑이는 윤이의 두 팔목을 불끈 틀어쥐고,

"너거 복실이 새끼 낳거든 한 마리 줄래, 안 줄래?"

으름장을 놓는 것이었다.

"안 줘!"

윤이는 쏘아붙이며, 용갑이의 손아귀에서 팔목을 빼려고 파닥거렸다.

"정말?"

"그래!"

용갑이는 윤이의 팔목을 놓아주면서, 그 대신 빰을 한 대 찰깍! 오지게 안기는 것이었다. 윤이는 얼른 두 손으로 얼굴을 감쌌다. 그러자 용갑이는 이번에는 짓궂게도 윤이의 치마를 훌렁 걷어붙이

는 것이 아닌가. 그리고 도망을 치면서,

"보았네, 보았네—"

하고, 소리를 질러댔다.

윤이는 얼굴이 홍당무가 되어 어쩔 줄을 모르다가, 그만 아앙 목을 놓아 울어버렸다. 그래서 용갑이는 윤이의 아버지에게도 한 번 되게 혼이 났다. 그러나 용갑이의 그 못된 심술은 좀처럼 수그러지지가 않았다.

무덥던 여름 볕이 어느덧 엷어지고, 서늘한 바람이 일기 시작했다. 산에도 하루하루 가을이 물들어갔다. 그리고 얼마 동안 잠잠하던 산줄기가 다시 남쪽으로부터 우루루— 우루루— 울려오기 시작했다. 몇 달 전, 북쪽으로부터 울려 내려오던 때와 비슷한 산울림이었다. 그런데 이번에는 그 소리가 남쪽으로부터 울려 올라오는가 했더니, 며칠 안 가서 북쪽 먼 산줄기에서도 울려대는 것이 아닌가. 쿵 우루루— 우루루— 쿵쿵 우루루— 온통 남쪽 북쪽에서 한꺼번에 울려대는 것이었다. 그러더니 얼마 안 가서 세상이 도로 뒤집혔다는 소문이 흘러왔다.

그런 어느 날, 세상이 도로 뒤집혔다는 소문보다도 더 귀가 번쩍 뜨이는 소문이 마을에 돌았다. 복실이가 새끼를 다섯 마리나 낳았다는 것이었다. 마을 사람들은 모두 마을을 위한 경사라고 좋아들 했다. 첫배에 어떻게 새끼를 다섯 마리나 배었는지 모르겠다고, 대견해하는 소리가 자자했다. 씨가 좋아서 그렇다고, 누렁이까지 곁들여 칭찬들을 해대는 것이었다. 누구보다도 좋아서 못 견디는 것은 종덕이었다. 종덕이는 복실이가 새끼를 낳은 뒤부터는 노상 윤이네 집에서 살다시피 했다.

"인제 너캉 나캉 개 사돈이다 아나?"

"히히…… 그래."

"난 바깥사돈, 넌 안사돈."

"바깥사돈은 뭐고, 안사돈은 뭐고?"

"바깥사돈은 남자고, 안사돈은 여자 앙이가."

"지랄! 히히히……."

윤이와 종덕이는 하루하루 달라져가는 강아지들을 들여다보며 재미있어 못 견디었다. 그리고 종덕이는 강아지가 젖 떨어지는 날*(젖을 떼는 날)을 손꼽아 기다렸다. 젖이 떨어지면 한 마리 얻어다가 키우기로 이야기가 되어 있기 때문이었다. 여간 즐겁고 가슴이 부풀어 오르는 일이 아니었다. 그래서 종덕이는 밤으로도 곧잘 윤이네 집엘 찾아가는 것이었다.

달이 좋은 밤이었다. 그날 밤도 종덕이는 윤이네 집에 가서 놀고 있었다. 등잔불 아래 윤이와 나란히 앉아서 윤이네 어머니의 옛날 옛적 이야기를 듣고 있었다. 윤이네 어머니는 입담이 좋아서 옛날이야기를 퍽 구수하게 잘하는 것이었다. 가물가물한 등잔불 아래서 바느질을 하며, 들려주는 이야기가 한창 재미있는 고비로 들어서고 있었다. 건너 마을 딸네 집에 베 매어주러 간 어머니를 기다리고 있는 남매 이야기였다. 종덕이와 윤이는 무서우면서도 재미가 나서 어깨를 조그마하게 오그리고 침을 꿀꺽 삼켰다. 호랑이가 방문을 흔들면서 집을 지키고 있는 남매에게 어머니가 돌아왔으니어서 문 열어 달라는 대목에 이야기가 이르렀을 때였다. 밤바람이 산허리를 스치고 우수수 불어왔다. 그리고 뒷산 쪽에서 두런두런 사람소리가 들려오는 것 같았다.

윤이네 어머니는 뚝 이야기를 멈추고 문 밖으로 귀를 기울였다. 종덕이와 윤이도 숨을 죽이고 눈들을 깜짝거렸다. 그러자 별안간 개 짖는 소리가 밤하늘을 뒤흔들어 놓기 시작했다. 누렁이였다. 누렁이의 짖는 소리가 일어나자, 마루 밑에서 새끼들을 품고 있던 복실이도 마당으로 기어나가 뒷산을 향해 마구 짖어대기 시작했다. 윤이네 어머니는 얼른 바느질감을 놓았다. 윤이와 종덕이는 후닥닥 아랫목에 깔려 있는 이불 밑으로 파고 들어갔다. 건넌방에서 코를 골며 자고 있던 윤이네 아버지도 부스스 일어나는 기척이 났다. 두런두런 사람소리가 이쪽으로 가까워오는 것 같았다. 개 짖는 소리가 더 요란해졌다.

잠시 후, 마당으로 들어오는 사람의 발자국소리가 우두두두 들렸다. 그러자 복실이는 비슬비슬 마루 밑으로 기어 들어와서는 악을 써댄다. 혹시나 제 새끼를 어쩔까 봐 복실이의 목구멍은 찢어져 나가는 것 같다. 그러자,

"에이 썅!"

소리와 함께,

따쿵!

벼락 떨어지는 것 같은 소리가 일어났다. 그리고 잇달아,

따따따따…… 따따따…… 따쿵! 따쿵!

온 천지가 발칵 뒤집히는 것 같았다. 집 기둥뿌리가 우지끈 부러지는 듯, 혹은 방구들이 와르르 무너져 내려앉는 것 같기도 했다. 방문에 불이 번쩍번쩍 했다. 이불 밑으로 파고 들어간 종덕이는 그만 윤이를 불끈 끌어안아버렸다. 윤이도 질겁을 하고 종덕이를 끌어안으며, 종덕이의 겨드랑 밑으로 얼굴을 들이미는 것이었다. 윤

이네 어머니는 뒤로 벌떡 넘어졌다가 후닥닥 일어나 윗목 한쪽 구석에 가서 사시나무 떨 듯 떨었다. 등잔불도 깜박 숨을 거두어버렸다. 그리고 그렇게 악을 써대던 복실이가 이제 찍소리도 하지 않았다. 멀리서 누렁이만 혼자 짖어대고 있었다.

다시 발자국소리가 우두두두 몰려오더니, 쿵! 쿵! 마룻장이 울렸다. 그리고 방문이 찢어져 나가듯이 열리며,

"손 들어!"

"손 들어!"

매서운 고함소리와 함께 시꺼먼 작대기 같은 것이 방 안으로 불쑥 들이닥치는 것이었다.

"아이고매야!"

윤이네 어머니는 곧 자지러질 듯 와들와들 떨며 두 손을 들었다. 그러자 이번에는,

"불 켜, 불!"

한다.

윤이네 어머니는 성냥을 찾느라고 한참 애를 먹었다. 방에 불이 켜지자, 총을 든 두 사람이 신을 신은 채 저벅저벅 방 안으로 들어섰다. 한 사람은 지게작대기처럼 기다란 총을 들고 있었고, 한 사람은 꽹매기*('꽹과리'의 방언) 같은 것이 달린 작달막한 총을 들고 있었다. 방 안으로 들어오더니 꽹매기총은 얼른 건넌방으로 통하는 샛문을 박차고 들어갔다.

"손 들어!"

그 방에 있던 윤이네 아버지도 질겁을 한다.

"아이고, 나아리님! 목숨만 살려 주이소!"

"우린 나리가 아냐. 인민군이야."

"아이고 인민군 나아리님! 목숨만……."

"쌍! 나리가 아니래두."

퍽! 하고, 윤이네 아버지가 어디를 한 대 되게 얻어 질리는 소리가 났다.

이쪽 방에 있던 작대기총은 아랫목에 깔린 이불이 도도록한 것을 보자,

"이건 뭐야?"

총대로 이불을 훌렁 걷어붙여 버린다. 이불이 훌렁 벗겨지자, 불끈 끌어안고 있던 종덕이와 윤이는 깜짝 놀라 소리를 지르며 뛰어 일어났다. 그리고 윤이는 뿔뿔뿔 어머니 쪽으로 기어가면서 그만 앙— 파아랗게 질리며 울어버린다. 종덕이도 겁을 집어 먹고 엉— 울음을 터뜨렸다. 그러자 작대기총은 재미있다는 듯이 코로 히들히들 웃었다.

잠시 후, 바깥에서 휘파람 소리가 들려왔다. 망을 보고 있는 사람의 신호인 듯했다. 그러자, 방 안을 온통 벌집 쑤시듯 들쑤셔쌓던 두 사람이 후닥닥 밖으로 뛰어나갔다. 한 사람은 양식을 몽땅 털어 가지고 나갔고, 한 사람은 겨울에 입을 만한 옷가지를 죄다 보자기에 싸 들고 나갔다. 밖에서 망을 보던 사람까지 모두 다시 뒷산으로 사라져가자, 누렁이는 산을 향해 마구 짖어댔다. 그리고 우수수 밤바람이 그 뒤를 휩쓸어 갔다.

누렁이의 짖는 소리가 멎고 사방이 조용해지자, 마을 사람들은 한 사람 두 사람 조심조심 윤이네 집으로 모이기 시작했다. 윤이네 집은 초상을 치르고 난 뒤처럼 뒤숭숭하기만 했다. 윤이네 아버

지는 넋이 나간 사람처럼 방문턱에 걸터앉아 있었고, 윤이네 어머니는 이제 우리는 다 살았다고 하면서, 지저분하게 흩어진 방 안을 이리저리 왔다 갔다 하고 있었다. 윤이는 뜰에 내려서서 마루 밑을 바라보며 엉엉 소리높이 울어댔고, 종덕이도 윤이의 곁에 서서 훌쭉훌쭉 코를 자꾸 들이마시고 있었다. 마루 밑에는 참으로 끔찍한 광경이 벌어져 있었다. 벼락이 마루 밑에 떨어진 듯 온통 쑥대밭이 되어 있는 것이었다. 복실이는 배가 터져서 창자가 마구 비져 나왔고, 혀를 문 잇바디가 스며드는 달빛을 받아 무섭도록 허옇게 번뜩거렸다. 그리고 강아지들은 밟아 문질러 놓은 것처럼 죄다 으깨어져 나뒹굴고 있었다. 어미와 새끼가 온통 시꺼먼 피에 휘감겨 있는 것이었다. 뜰방에 놓인 윤이의 하얀 운동화에도 피가 시꺼멓게 젖어 있었다. 그래서 윤이는 더 서럽게 느껴 우는지도 몰랐다.

"아이고 저런 수가 있나."

"불쌍해라, 불쌍해라. 쯧쯧쯧……."

"천벌을 받을 놈들 같으니라고……. 개가 무신 죄가 있노 말이다."

"아이고 불쌍해라."

마루 밑의 끔찍한 광경을 들여다보는 사람들은 누구 없이 이맛살을 찌푸리며 얼굴을 내둘렀다. 용갑이는 참 신나는 일이라는 듯이 히죽히죽 웃으며 사람들 사이로 얼굴을 내밀었다. 그러나 그도 역시 복실이의 배에서 흘러나온 창자를 보자 그만 얼굴에서 웃음을 거두고,

"아이 더러버라!"

두 눈을 찔끔 감았다가 뜨는 것이었다.

마당에 깔린 싸늘한 달빛을 밟으며 손 노인이 관솔에 불을 켜 들고 나타났다. 손 노인이 들어서자, 모여 섰던 사람들은 얼른 길을 비켰다. 걸음을 멈추고, 마루 밑의 광경을 한참 바라보고 난 손 노인은,

"죽일 놈들."

노여움에 찬 한마디를 내뱉었다. 그리고 한 걸음 더 앞으로 다가가서 관솔불을 마루 밑으로 바짝 갖다 비추어보는 것이었다. 얼마 동안 그렇게 마루 밑을 비추어보고 있던 손 노인은 별안간,

"관셈보살……."

했다.

그리고 무엇을 보았는지 쭈그리고 앉으며, 마루 밑으로 한쪽 팔을 들이미는 것이었다. 손 노인의 손에 쥐여 나온 것은 피에 젖은 한 마리의 강아지였다. 그런데 그 강아지가 손 노인의 손바닥 위에서 꼼지락꼼지락 움직이고 있는 것이 아닌가. 그리고 까만 보석 같은 두 눈을 빼꼼이 뜨는 것이 아닌가.

"오매—"

"살았네, 살았네."

"야— 그것 참 천명이다. 천명……."

"쯧쯧쯧쯧……."

둘러섰던 사람들은 모두 대견하고 가련해서 어쩔 줄을 몰랐다. 손 노인은 관솔불을 곁의 사람에게 맡기고, 손바닥으로 강아지의 몸에 묻은 끈적끈적한 피를 말끔히 닦아냈다. 그리고 강아지의 사타구니께를 들추어보는 것이었다.

"암컷이구나. 음—"

손 노인은 두 눈에 약간 흐뭇한 빛을 담으며 고개를 대고 끄덕거렸다. 윤이도 어느덧 울음을 그치고, 눈물에 젖은 눈으로 손 노인의 손바닥 위에서 꼼지락거리는 강아지를 바라보고 있었다. 언제 왔는지 누렁이도 종덕이의 곁에 서서 마루 밑의 광경과 손 노인의 손바닥 위에 얹힌 강아지를 번갈아 바라보며 킁얼킁얼 곧장 신음소리 같은 소리를 질렀다.

산그늘이 내리기 시작한다. 가을이 깊어갈수록 해는 점점 짧아져서, 해가 중천을 지났는가 하면, 어느덧 산그늘이 내리고, 마을에 저녁연기가 나부끼기 시작하면 누렁이는 쩔룩쩔룩 다리를 절면서 실성한 것처럼 비슬비슬 고샅을 빠져나간다. 마을 앞 밭둑께로 비슬비슬 걸어나가서는 산을 향해 코를 쳐든다. 그늘이 진 산줄기는 무겁고 침울하기만 한다. 그 침울한 산을 향해 누렁이는 짖기 시작하는 것이다. 무엇에 놀라서 혼이 나간 것처럼 짖는 소리가 맥이 빠져 꼭 앓는 소리 같기도 하고, 우는 소리 같기도 하다. 그 앓는 것 같기도 하고, 우는 것 같기도 한 소리가 침울한 산허리를 타고 허전하게 울려나가면 마을 사람들의 얼굴에도 그늘이 서린다. 마을을 뒤흔들어놓고 지나간 총소리가 되살아나는 듯 모두 우울한 표정들이 되는 것이다. 어떤 사람은,

"개도 짝을 저렇게 못 잊는 모양이지, 쯧쯧쯧……."

혀를 차며 측은해하기도 하고,

"빌어묵을 놈의 난리!"

하고, 콧구멍을 벌름거리는 사람도 있다.

그럴 때마다 손 노인은,

"어서 커얄 낀데, 어서……. 용케 암컷이 한 마리 살아남았다니까."

하며, 너불너불한 수염을 약간 떨리는 손으로 쓰다듬어 내린다.

《사상계》(1964. 1)

붉은 언덕

이상하게도 풀이 잘 자라지 않는 언덕이다. 성깃성깃 더러 돋아나긴 해도, 그 자리에서 하늘거리다가 시들어질 뿐 잘 번져나가지를 못한다. 흙이 그런 흙인 모양이다. 모래처럼 버슬버슬한데다가 온통 붉은 빛깔이다. 그런데 어찌된 일인지, 진달래는 수없이 뿌리를 박고 있다. 버슬버슬한 땅에 뿌리를 박고도 봄이 되면 유난히 꽃잎이 큰 꽃들을 무더기무더기 구름처럼 피워서, 언덕을 온통 덮어버리는 것이다. 봄철뿐 아니라, 딴 때에도 이 언덕은 노상 붉은 빛깔이기 때문에, 사람들은 이 언덕을 흔히 '붉은 언덕'이라고 부른다.

이 붉은 언덕에 옛날에 무서운 일이 있었다. 사람들이 헤아릴 수 없이 많이 죽어간 것이다. 헤아릴 수 없이 많이 죽어간 사람들의 시체가 그대로 언덕에 묻힌 것이다. 6 · 25 때의 일이다. 6 · 25 때, 국군들과 인민군들이 그 언덕에서 무서운 싸움을 벌였었다. 국군들은 인민군들이 그 언덕을 넘어서지 못하도록 있는 힘을 다해 막았고, 인민군들은 그 언덕을 빼앗으려고 온갖 악을 다 썼었다. 마지막에는 서로 총 끝에 칼에 꽂고 아귀들처럼 맞부딪치기까지 했었다. 그래서 결국 언덕에는 인민군들과 국군들의 시체가 뒤섞여 즐비하게 나가뒹굴고 말았었다. 그런 일이 있은 뒤로 봄이 되면 그 언덕에는 진달래꽃이 전에 없이 무더기로 피어났다. 꽃잎이 해마다 더 커지는 것 같았고, 그 빛깔도 더 짙어지는 것 같았다. 그러나 세월이 흘러감에 따라 그 무서웠던 이야기도 차츰 사람들의 머리에서 희미해져 갔다. 지금은 이제 아무도 그때의 일을 기억하려 들지 않는다. 국민학교에 다니는 아이들은 그때의 일을 알지도 못한다. 그 무렵, 아직 그들은 태어나지도 않았던 것이다. 그래서 그들은 매일같이 즐겁게 언덕을 넘어 학교에 오가곤 한다.

오늘도 진달래꽃 덤불 사이로 요리조리 돌아가는 언덕길을 아이들의 한 떼가 히히덕거리며 학교에 가고 있다. 맨 앞장을 서서 곧장 꽃을 따 씹으며,

"맛 좋데이."

히죽히죽 웃는 것은 윤길이다. 꽃물이 묻어 입술이 가무잡잡하다.

"아이 더러. 야는 못 묵는 기 없어."

꽃을 가지런히 한 옴큼 꺾어 든 연이가 단발머리 밑의 하얀 이마를 살짝 찡그린다.

"묵어 바. 맛있다니까."

"싫어!"

"그럼 닌 그 꽃 머할라카노?"

"누가 묵을라고 꺾었나. 교실에 갖다 꼽아 놓지."

그러자 뒤따르던 인수가,

"나도 교실에 갖다 꼽아야겠다."

하고, 꽃을 꺾기 시작한다. 인수가 꽃을 꺾는 것을 보자, 윤길이는 별안간,

"학교 늦다. 빨리 가자!"

소리를 빽 지른다. 그리고 냅다 달리기 시작한다. 몇몇 아이들이 우르르 뒤를 따른다.

멀리 들판 가운데에 학교운동장이 학습장 한 장만 하게 깔려 있다.

유 선생은 직원실 창가에 앉아 첫 시간 시작종이 치기를 기다리며 담배를 한 대 피워 물었다. 그리고 사회 교과서를 펼쳐들고 차례를 죽 훑어본다. '아름답고 살기 좋은 우리 고장'이라는 단원이 눈에 띄자, 아름답고 살기 좋은 우리 고장이라…… 이 단원이 좋겠군, 싶었다.

유 선생은 사범학교를 나온 지 몇 해 되지 않은 젊은 교사로, 얼마 전에 이 학교로 전근을 왔다. 이 학교는 문교부지정연구학교이다. '어떻게 하면 보다 바람직한 향토 학교를 건설할 수 있을까?' 하는 것이 연구 주제다. 이 주제를 가지고 벌써 여러 해를 연구해왔기 때문에 그 실적이 현저하다. 그래서 문교부에서는 이 학교를 향토 학교 건설의 본보기로 삼고 있는 것이다. 언제, 어느 때, 누구 앞에 내놓아도 부끄러울 것이 없는 향토 학교라고 자부하고 있는 것이다. 이번에 외국 교육사절단에게 이 학교를 보이기로 한 것도 그

런 까닭에서이다. 아무 날 아무 시에 외국교육사절단이 시찰을 가니, 만반의 준비를 갖추라는 통고를 받자, 학교는 전에 없이 술렁거리기 시작했다. 여느 때의 연구수업과는 달리 모두 약간 흥분이 되어 돌아가는 것이었다. 교장은 무슨 거창한 사명이라도 띤 것처럼 곧장 이른 아침부터 눈을 굴렁거렸고, 교사들 역시 꽤 긴장이 되어서 제법들 서둘러대는 것이었다. 그 가운데서도 그날의 지정수업을 맡게 된 유 선생은 남달리 흥분이 되지 않을 수 없었다. 외국 교육전문가들 앞에서 수업을 할 생각을 하니 벌써부터 가슴이 두근거리고, 은근히 걱정이 되기도 했다.

"아름답고 살기 좋은 우리고장이라…… 연구 주제에도 맞고, 재미있는 학습이 되겠는데……."

유 선생은 이 단원을 가지고 연구수업을 하리라 마음먹으며 빙긋 웃었다. 그리고 담배연기를 푸— 기분 좋게 내뿜었다. 가슴이 설레었다.

땡땡 땡땡…… 시작을 알리는 종소리가 울리자, 유 선생은 담배를 재떨이에 썩 문질러버리고 자리에서 일어났다.

교실로 들어선 유 선생은 대뜸 하아 입을 벌렸다. 활짝 핀 진달래가 한 무더기 병에 꽂혀 교탁 위에 놓여 있는 것이었다.

"이 꽃 누가 가져왔지?"

"연이가 갖고 왔심더."

"연이가, 흠—"

연이는 가만히 고개를 숙인다.

"참 곱구나."

유 선생은 코를 꽃으로 바싹 가져가며 빙그레 웃는다.

유 선생은 칠판에 커다랗게 '아름답고 살기 좋은 우리고장'이라고 썼다. 아이들이 제가끔 조그만 소리로 중얼중얼 그것을 읽는다.

"자, 모두 아름답고 살기 좋은 우리 고장이란 델 펴라. 오늘부터 이 단원을 공부하기로 한다."

아이들은 모두 약간 의아스러운 듯이 수군거린다. 아직 이 단원을 배울 차례가 아닌 것이다.

"어제도 말했듯이 며칠 후에 우리 학교에 외국 손님들이 오신다. 외국 손님뿐 아니라, 문교부에서 장관님이라고 높은 선생님도 오신다. 그날 특히 우리 학급은 그 손님들을 모시고 연구수업을 하는데…… 너희들 모두 정신을 바싹 차리고 잘해야 한다. 알겠나?"

"예!"

"이 아름답고 살기 좋은 우리 고장을 가지고 연구수업을 할 테니 모두 잘해야 한다. 알겠지?"

"예!"

아이들은 모두 힘차게 대답을 하고는 좋아서 히히거리며 떠들어댄다. 유 선생은 떠들어대는 아이들을 가만히 보고 있다가,

"모두 이 진달래꽃을 보아라!"

소리를 질렀다. 아이들의 시선이 일제히 교탁 위의 진달래꽃으로 집중되자, 유 선생은 천천히 꽃을 한 송이 뽑아들었다.

"참 곱지?"

"예!"

"진달래꽃은 참 아름다운 꽃이다. 이 아름다운 꽃이 우리 고장에는 많이 핀다. 자아, 그럼 모두 저기 창밖을 내다보자."

말이 떨어지자, 아이들은 우르르 자리에서 일어났다. 유 선생은

창가로 가서 활짝 열린 창밖으로 멀리 손가락질을 한다.

“저기 저 언덕이 보이지?”

“예, 보입니더.”

“어떻노?”

그러자 아이들은 빨갛심더, 참 곱고 좋심더…… 제각기 한마디씩 떠들어댄다.

“그렇지, 아름답고 좋지? 자 모두 자리에 앉아라.”

아이들이 모두 자리에 앉자, 유 선생은 도로 교단 위로 올라간다.

“우리 고장은 이와 같이 아름답고 좋은 고장이다. 봄이 되면 진달래꽃이 피고…….”

“개나리꽃도 핍니더.”

윤길이다. 윤길이는 선생님이 보자 헤헤 웃었다.

“그래그래, 개나리꽃도 피고 여름이면 에— 나무에서 매미가 울고, 가을이 되면 오곡이 누우렇게 익는다. 그리고 겨울이 오면 흰 눈이 펑펑 쏟아지고…….”

“얼음이 얼어서 스케이트도 탑니더.”

“그래, 스케이트도 타고, 참 살기 좋은 고장이다. 우리 고장뿐 아니라 에—”

유 선생의 이야기는 비약되어 나간다.

“우리나라 전체가 이와 같이 아름답고 살기 좋은 곳이다. 봄이면 따뜻하고, 여름이면 덥고, 가을이 되면 시원하고, 겨울이 오면 춥고…… 참 살기 좋은 나라다. 에— 너희들 중에 서울 가본 사람 있나? 가 본 사람 있으면 손들어 봐!”

아무도 손을 드는 아이가 없다.

"아무도 못 가 봤구나. 서울에 가면 높은 집이 많이 있다. 몇 층이나 되는지 알겠나?"

누군가가,

"백 층입니더."

한다. 유 선생은 히죽 웃었다.

"백 층은 안 되지만, 좌우간 높은 집이 많다. 그리고 자동차도 굉장히 많다. 버스, 합승, 택시…… 그리고 전차도 있다. 전차가 뭔지 알지?"

"예, 압니더. 2학년 때 배웠심더."

"그래, 그 전차도 많고, 창경원이란 델 가면 호랑이도 있고, 코끼리도 있고, 원숭이도 있고……."

"햐아."

아이들은 좋아서 못 견딘다. 유 선생도 신이 나서 침이 입 밖으로 툭툭 튀어나오는 것도 아랑곳없이 곧장 열을 올린다.

"없는 기 없다. 참 살기 좋은 곳이다. 서울뿐 아니라 부산도 좋은 곳이다. 부산에는 항구가 있다. 여러 나라의 배가 짐을 싣고 왔다 갔다 한다. 그리고 대구, 대전, 광주…… 얼마든지 많다. 너희들 경주 가 봤지?"

"예, 가 봤심더."

대답하는 아이들이 꽤 된다.

"경주에는 불국사라는 훌륭한 절이 있고, 첨성대가 있고, 옛날 임금님들의 커다란 무덤이 많이 있다."

"왕릉입니더."

"그래, 그것을 왕릉이라고 한다."

"왕릉 속에 금관도 들어 있다 캅디더. 우리 아부지가예."

"그렇지, 금관이 들어 있는 왕릉도 있지."

그러자 한 아이가 눈을 반짝거리며 묻는다.

"금관이 뭡니꼬? 선생님."

"금관이란 금으로 만든 관이다. 옛날에 임금님이 머리에 쓰던 것인데, 요새 말로 하면 모자지. 금으로 만든 모자란 말이다."

"야아, 금으로 만든 모자!"

아이들이 감탄을 하자, 유 선생은 입가에 거품을 물고 다시 이야기를 비약시킨다.

"우리나라는 금이 많은 나라다. 금으로 모잘 만들 만큼 금이 많은 나라다. 땅 밑에 바윗덩이만 한 금이 얼마나 묻혀 있는지 모른다."

"햐아."

"금뿐 아니라, 은도 많다. 금덩어리, 은덩어리가 땅 밑에서 쿨쿨 낮잠을 자고 있다. 우리가 몰라서 그렇지, 바로 이 교실 밑에도 금덩어리, 은덩어리가 묻혀 있는지 모른다."

"……?"

아이들은 모두 눈이 휘둥그레진다. 유 선생은 손을 들어 멀리 창 밖을 가리킨다.

"저어 진달래꽃이 핀 언덕에는 틀림없이 금덩어리, 은덩어리가 묻혀 있을 것이다. 우리가 안 파봐서 그렇지, 틀림없이 묻혀 있을 것이다. 아름다운 진달래꽃이 저렇게 많이 피는 걸 보니 금덩어리, 은덩어리가 묻혀 있어도 아주 바윗덩이보다도 큰 것이 묻혀 있을 것이다."

"햐아."

아이들은 제각기 꿀꺽 침들을 삼켰다. 그 가운데서도 윤길이의 두 눈은 유난히 빛나고 있다. 윤길이와 한 책상에 나란히 앉은 인수도 손가락 하나를 입에 물고, 커다란 눈을 더욱 크게 뜨고, 좋아서 헤에 하고 있다. 윤길이와 시선이 마주치자 인수는 손가락을 입에서 빼며 히죽 웃는다. 윤길이도 씽긋 웃었다.

"우리 오늘 집에 갈 때 한 번 파보자?"

"응."

"신난다!"

"금이 나오면 팔아서 연필 사자."

"임마, 연필만 사. 난 공책도 사고, 운동화도 하나 살란다."

그러자 저만치 떨어진 곳에 앉은 연이가 힐끗 돌아보며 생글 하얀 앞니를 드러낸다.

유 선생은 아동들의 흥미를 환기시키기 위한 도입 단계가 너무 길어졌다는 생각이 들자, 이렇게 우리 고장뿐 아니라, 우리나라 전체가 살기 좋은 땅이라는 것으로 일단락을 짓고, 다음은 당일의 연구수업을 위한 준비로 들어갔다. 이 단원을 효과적으로 학습하기 위해서는 여러 가지 준비물이 필요하다. 우선 우리 고장의 지도를 만들어야 한다. 지도는 그냥 종이에 그리는 평면적인 것이 아니라, 입체적인 모형도를 만드는 것이 좋다. 그러면 그 안에 이 고장의 모든 공공기관과 도로, 부락, 그리고 산, 들, 냇물 같은 것이 일목요연하게 마련될 것이다. 물론 진달래가 핀 붉은 언덕도 한 자리를 차지하게 될 것이다. 이 모형도를 만들기 위해서는 여러 가지 재료가 필요하다. 그러나 그 재료도 가급적이면 돈이 안 드는 폐물을 이용하기로 하고, 제작도 아동들의 공동 작업으로 한다. 그리고 다음은 우리 고장에 있는 각종 자연물과 이 고장에서 나는 여러 가지 생산물을 수집해서 표본을 만드는 일이다. 우선 이 두 가지만 준비되면 이 단원 학습을 재미있게 전개할 수 있을 것 같았다. 그래서 유 선생은 아동들에게 이 두 가지 준비물을 만드는 일을 각각 분담시켰다. 윤길이와 인수는 딴 몇몇 아이와 함께 이 고장에 있는 암석과 광물을 수집하여 표본을 만드는 일을 맡게 되었다.

"돌을 모우란 말이제?"

"그래."

"히히히…… 돌멩일 모아서 뭐하노?"

"글씨 말이다. 히히히……."

"우린 금이나 캐자."

"그러자."

윤길이와 인수가 서로 웃으며 떠들어대자, 연이가 또 돌아보며 생글 웃는다. 연이는 여러 가지 꽃을 모아 표본을 만드는 일을 맡고 있었다.

청소가 끝나자, 윤길이와 인수는 책보를 허리에 질끈 동여매고 교문을 나섰다. 여느 때 같으면 한눈을 팔고 장난을 치면서 돌아가는 길을 오늘은 막 잰걸음인 것이다.

"좀 천천히 가자."

인수가 말하자,

"임마, 빨리 가서 금을 캐야지,"

하면서, 윤길이는 걸음을 더욱 재촉한다.

붉은 언덕에는 눈부신 햇빛이 쏟아지고 있었다. 햇빛을 받아 진달래는 더욱더 선명한 빛깔로 타고 있었다. 그러나 아직 바람결은 좀 쌀쌀한 편이었다. 윤길이는 우선 진달래꽃을 한 옴큼 뜯어서 입에 털어 넣었다. 그리고 길에서 벗어나 꽃덤불을 헤치며 비탈을 가로질러 나간다. 인수도 꽃잎사귀를 하나씩 따 씹으며 뒤를 따른다. 유난히 양지바른 둔덕에 이르자,

"여기 됐다. 여기 파보자."

윤길이는 허리에 동여맨 책보를 풀고 필통 속에서 책칼*('주머니칼'의 방언. 학생들이 연필을 깎기 위해 가지고 다니는 칼을 '책칼'이라 한다)을 꺼낸다. 인수도 책보를 풀었다. 인수는 칼이 없어서 잣대를 꺼내든다. 붕붕 어디선지 벌 한 마리가 동그라미를 그리며 날아든다.

모래처럼 버슬버슬한 흙이라 곧잘 파진다.

"얼마나 파야 나오노?"

"쪼끔만 더 파면 나올끼다."

"금은 누렇제. 그제?"

"응."

"니 금 본 일 있나?"

"있다. 우리 형수 시집 올 때 손가락에 금가락지 끼고 왔다. 아나?"

"누렇더나?"

"그래."

책칼과 잣대가 곧장 흙을 파헤쳐 들어간다.

잠시 후, 칼과 잣대 끝에 따그락! 하고 맞히는 것이 있었다. 그

감촉으로 보아 아무래도 돌은 아닌 것 같았다. 윤길이의 쭉 째진 눈과 인수의 놀란 듯한 커다란 두 눈이 서로 마주치며 반짝 빛났다.

"금인갑다."

"그런갑다."

칼과 잣대를 놓고 손으로 마구 흙을 헤쳤다. 버슬버슬하고 벌건 흙 속에서 꼭 바가지처럼 생긴 것이 불거졌다. 그 바가지처럼 생긴 물건을 둘이서 쑥 잡아 뽑았다.

"이기 뭐고?"

"글씨, 히히히……."

참 우습게 생긴 물건이었다. 무슨 물건이 이렇게 생긴 물건이 다 있는지…… 허연 바가지처럼 생기기는 생겼는데, 거기에 웬 구멍이 두 개 뻥 뚫려 있는 것이 아닌가. 그리고 바가지처럼 반듯하게 갈라진 것이 아니라, 울툭불툭 아무렇게나 쪼개 놓은, 이상한 물건이었다. 어쩌면 마구 짓부숴 놓은 물건 같기도 했다. 윤길이는 그 이상한 바가지를 손으로 어루만지며,

"꼭 중대가리 같대이."

킬킬 웃는다. 인수도 좋아서 헤헤헤 웃으며,

"맞다. 꼭 중대가리 같다."

맞장구를 친다.

윤길이와 인수는 그 중대가리 같은 이상한 바가지를 들고 앉아서 한참 동안 이리 뒤적 저리 뒤적 하며 고개를 기웃거렸으나, 도무지 처음 대하는 물건이라 그게 무엇인지 알 도리가 없었다. 중 밥그릇이라고도 했고, 옛날 사람들의 요강이라고도 해 보았고, 심

지어는 빛깔이 허옇기 때문에 금관이 아니라, 은관인가 보다고도 했다.

어쨌든 땅 속에서 나온 이상한 물건이니 보물임에는 틀림없을 것이라고, 내일 학교에 가지고 가서 선생님에게 물어보기로 했다. 선생님은 무슨 보물인지 알 것이며, 굉장히 칭찬해 줄 것이라고, 그들은 마주 보며 흐뭇한 웃음을 나누었다. 그러고 있는데 어디선지,

"인수야— 윤길아—"

부르는 소리가 들렸다. 연이의 목소리였다. 인수와 윤길이는 벌떡 일어섰다. 발갛게 타오르는 진달래꽃 덤불 사이로 연이가 까만 단발머리를 나풀거리며 뛰어오고 있었다. 연이는 꽃을 여러 가지 꺾어서 한 아름 안고 있었다. 윤길이는 그 이상한 바가지를 쳐들어 보이며 빙그레 웃는다.

"뭐고, 그기?"

연이는 뛰어오면서 두 눈을 반짝거렸다.

"보물이다, 보물."

"……?"

"우리가 캤다. 아나?"

인수는 헤에 입을 벌리고 곧장 자랑스러워서 못 견딘다. 호랑나비가 한 마리 인수의 어깨에 살짝 붙는다.

이튿날 아침, 윤길이와 인수는 여느 날보다 일찍 등교를 했다. 얼른 학교에 가서 어제 캔 그 이상한 보물을 아이들에게 자랑하고, 선생님에게 보여드리고 싶어서였다. 교실에 들어가니 먼저 온 아이가 네댓밖에 되지 않았다. 윤길이는 대뜸 그 아이들에게,

"우리 어제 보물 캤다. 아나?"
하자, 아이들은 그게 무슨 말인가 싶은지 모두 윤길이을 바라본다. 윤길이는 제자리에 가서 앉더니, 책상 위에 책보를 척 자랑스럽게 놓는다. 무엇이 들었는지 책보가 꼭 곱사등이 같다. 아이들의 호기심에 찬 눈이 그 둘레로 모인다. 인수는 아이들을 둘러보며,

"나하고 둘이 캤다. 아나?"

곧장 싱글거린다.

윤길이가 척척 책보를 헤치자, 아이들은 무엇이 나오는가 하고 모두 눈을 반들거리며 숨을 죽였다. 어떤 녀석은 꿀꺽 침을 삼키기도 했다. 책보 안에서 그 중대가리 같은 이상한 바가지가 불거져 나오자, 아이들은 이기 뭐고? 이기 뭐고? 무슨 보물이 이렇게 생겼노? 하고 호들갑을 떨어댄다. 어떤 녀석은 그만 히히히…… 웃어버린다. 뻥 뚫린 두 개의 구멍이 어쩐지 우습게 보이는 것이다. 그 뻥 뚫린 구멍에 손가락을 하나 쑥 찔러 보기도 한다. 그러자 한 아이가,

"아, 알았다. 이거 말이지……"
하고, 나선다. 윤길이는 약간 긴장이 되며, 그 아이의 얼굴을 똑바로 쳐다본다.

"이거 말이지…… 빼가지다, 빼가지. 아나?"

"뭐?"

"빼가지라니까."

"뭐 임마?"

뼈다귀라는 말에 윤길이는 바짝 약이 오른다. 쭉 째진 두 눈이 더 위로 치솟자, 그 아이는 그만 입 속으로 우물우물하며 슬금슬금

자리를 떠버린다.

"빼가지가 뭐고. 남의 보물을 갖다가…… 짜식, 까불면 죽인다구마."

윤길이는 그 아이의 뒷모습을 째렸다.

첫째 시간이 시작되어 선생님이 들어와도 윤길이는 그 이상한 바가지를 그대로 책상 위에 떡 엎어놓고 앉아 있었다. 오히려 자랑스럽게 앉아 있었다. 차려, 경례, 그리고 출석을 부르기 시작했다. 출석을 부르는 동안 아이들은 곧장 윤길이의 그 이상한 보물로 힐끗힐끗 시선을 보내곤 했다. 호명이 끝나고, 선생님이 출석부를 교탁 위에 놓자, 윤길이는 재빨리,

"선생님!"

손을 번쩍 들었다. 유 선생은 별안간 무슨 일인가 하고 윤길이를 바라보며,

"왜?"

턱을 약간 쳐든다. 그러자 윤길이는 자리에서 벌떡 일어나며 그 이상한 바가지를 쳐들어 보인다.

"이거 무슨 보물입니꺼? 선생님."

"그게 뭐고?"

"어제 붉은 언덕에서 캤심더."

그러자 인수가,

"나하고 둘이서 캤심더."

빙그레 웃는다. 연이도 까만 두 눈에 반짝반짝 웃음을 띠었다. 윤길이는 신이 나서 지껄여댄다.

"금을 캘라다 캤심더. 금을 캘라고 파니까 이기 안 나옵니꾜. 이

거 무슨 보물입니꺼? 선생님."

"어디, 이리 가져온나 보자."

"예."

윤길이는 그것을 두 손으로 받쳐 들고 자랑스럽게 뚜벅뚜벅 선생님 앞으로 걸어 나갔다. 교실 안의 모든 시선들이 일제히 윤길이의 거동을 따른다. 윤길이가 받쳐 들고 나오는 물건을 보자, 유 선생은 얼굴빛이 슬그머니 달라졌다. 그리고 두 눈을 곧장 깜짝거린다. 윤길이가 앞으로 바짝 다가서며 그 물건을 내밀자, 유 선생은 그것을 받을 생각은 않고 별안간 헛헛헛…… 큰 소리로 웃음을 터뜨려버린다.

"헛헛헛허……."

윤길이는 웬일인가 하고 약간 얼굴을 붉히며 선생님의 얼굴을 쳐다본다. 다른 아이들도 모두 선생님의 웃는 얼굴로 시선을 모은다. 개중에는 선생님을 따라 공연히 헤헤헤…… 웃어대는 아이도 있다. 한바탕 껄껄 웃고 난 유 선생은 윤길이의 손에서 그 바가지 같은 것을 살짝 집어 올려 교탁 위에 놓고 교실 안을 둘러본다.

"이거 뭔지 아는 사람 없나?"

"예!"

번쩍 손을 드는 아이가 하나 있다.

"응, 어디 말해 봐."

그러자 그 아이는 걸상을 차고 벌떡 일어나며,

"빼가집니더. 빼가지!"

교실 안이 쩌렁 울리도록 큰 소리를 질렀다. 아까 빼다귀라고 하다가 윤길이에게 핀잔을 먹은 그 아이였다.

"그래그래, 맞았다. 이것은 보물이 아니라, 사람의 뼈다귀다. 사람의 머릿속에는 이런 뼈다귀가 있는데, 이것을 해골이라고 한다. 해골바가지 알지?"

그러자, 아이들은 모두.

"예!"

별나게 힘찬 대답을 하고는 제각기 뭐라고 한마디씩 수군거린다.

"조용히! 바로 이게 그 해골바가지다. 해골바가지가 깨져서 절반은 떨어져나가 이렇다."

그 말을 듣자, 윤길이는 무슨 큰 배신이라도 당한 듯한 표정이 되며 한 손을 슬그머니 뒤통수로 가져간다. 뼈다귀라는 것을 알아맞힌 아이는 의기가 양양한 표정이다. 유 선생은 그 해골바가지를 한 손으로 가볍게 들어 올려 보이며,

"여기 두 개의 구멍이 뚫렸지? 이 구멍은 무슨 구멍인고 하면 눈구멍이다."

아이들이 좋아서 와아 웃는다.

"그리고 요 볼록 튀어 올라온 곳은 무엇인가 하면 코다 코, 알겠나?"

"예!"

힘찬 대답 소리가 교실 안에 쩌렁 울렸다. 그러자 유 선생은 별안간 또 헛헛허…… 웃어대기 시작했다. 윤길이는 어떤 참을 수 없는 것이 목구멍으로 불끈 솟구쳐 올라왔다. 그래서 이지러진 얼굴을 번쩍 쳐들고, 선생님을 똑바로 바라보며 뇌까렸다.

"금덩어리가 있을 끼라 해서 캐봤더니 금덩어린 하나도 안 나오고, 그 해골바가지만 안 나옵니꺼. 선생님 순 거짓말쟁입니더!"

유 선생은 얼굴빛이 홱 달라졌다. 그러나 잠시 푸르락누르락하다가 침착한 표정으로 돌아갔다.

"이놈아, 금덩어리가 그렇게 쉽게 캐지는 줄 아나? 금덩어린 그렇게 얕은 곳에 있는기 아니다. 훨씬 더 깊게 파야 돼. 깊게……."

윤길이는 어금니를 꽉 물고, 두 눈을 대고 깜작거리며 그 말을 가만히 듣고 있었다.

"알겠나?"

"예."

윤길이는 무슨 큰일을 무사히 치르고 난 것처럼 숨을 크게 쉬며 코를 훌쩍 들이마셨다.

토요일이라서 일찍 학교가 파했다. 윤길이와 인수는 오늘도 잰걸음으로 학교를 나섰다. 오늘은 연이도 함께였다. 붉은 언덕에 이르렀으나, 한눈을 팔지 않고 곧장 집으로 향했다. 언덕 내리막에서는 진달래꽃 덤불 사이로 요리조리 돌아가는 길을 다람쥐들처럼 마구 달렸다. 허리에 동여맨 책보에서 연필들이 나부대는 소리가 딸랑딸랑 호젓한 언덕 모퉁이에 퍼졌고, 연이의 까만 단발머리가 가볍게 나풀거렸다. 훨씬 더 깊게 파야 돼. 깊게…… 하던 선생님의 말소리가 지금도 귀에 쨍하는 것 같아, 윤길이는 어금니를 물고 맨 앞장을 서서 달렸다. 집에 가서 점심을 먹고, 괭이나 삽을 가지고 나와서 오늘은 아주 단단히 시작하기로 한 것이다.

그들이 집에 가서 점심을 한 숟가락씩 뜨고, 연장들을 가지고 마을을 나선 것은 얼마 후의 일이었다. 윤길이는 괭이를 둘러메고 나왔고, 인수는 삽을 들고 나왔다. 연이는 끝이 닳아서 밥주걱처럼 몽톡해진 호미를 하나 쥐고 나왔다. 그 호미를 보고 윤길이는 킬킬 웃었다.

"니 이 호맹이 갖고 금덩어릴 캘라 카나?"

그러자 연이는 하얀 앞니를 드러내 보이며,

"못 캐면 니가 캔 것 한 개 얻지."

했다.

"치! 누가 주까 바."

"니가 안 주면, 인수한테 얻지."

인수는 좋아서 헤헤 한다.

붉은 언덕에 당도한 그들은 길에서 벗어나 진달래꽃 덤불을 헤치고 이리저리 더듬어 다니며, 금덩어리가 묻혀 있음 직한 자리를 물색했다. 어제 파던 그 재수 없는 자리에서 훨씬 떨어진 후미진 골짜기를 오늘은 택해 보기로 했다. 자리를 잡고 나서, 윤길이는 우선 볼일을 보았다. 그 자리에 서서 바짓가랑이에서 고추를 꺼내어 물을 뽑는다. 그러자 인수도 고추를 꺼내어 별로 나오지도 않는 오줌을 찔끔찔끔 짠다. 연이는,

"아이고 지랄!"

하고는, 돌아앉아서 그 끝이 몽톡한 호미로 긁적이기 시작한다. 볼일을 보고 난 윤길이와 인수는 손바닥에 침을 묻힌 다음 각각 연장을 거머쥐었다.

해가 중천을 지나 너웃이 기울어져가고 있었다.

버슬버슬한 모래흙이라 금세 제법 구덩이가 되었다. 어제의 책칼과 잣대 유가 아니었다. 윤길이가 한참 괭이를 휘두르고 나면, 인수가 삽으로 흙을 퍼냈다. 연이의 호미는 있으나마나였다. 그러나

연이는 그 호미를 가지고 앉아서 벌겋게 쏟아져 나오는 흙을 대고 끌어낸다. 모두 이마에 땀방울이 맺혔다.

얼마 후, 흙을 퍼내고 있는 인수의 삽 끝에서 딸그락하는 소리가 났다.

"응?"

앉아서 쉬고 있던 윤길이는 얼른 일어나 인수에게서 삽을 받아 들고 눈을 반들거리며 소리 난 곳의 흙을 마구 퍼내기 시작했다. 인수는 흙 묻은 손으로 아무렇게나 이마를 닦으며 침을 꿀꺽 삼켰다. 그러자 연이도 꼴칵 삼켰다. 딸그락딸그락하는 소리에 윤길이는 얼른 삽을 던지고, 손으로 흙을 헤쳤다.

벌건 흙 속에서 불거져 나온 것은 분명히 돌멩이는 아니었다. 꼭 어른들의 주먹만 한데, 무엇인지 꽤 무거웠다. 윤길이는 그 물건에 묻은 흙을 싹싹 긁어냈다. 거죽이 우툴두툴한 것이 마치 솔방울 같았다. 그러나 솔방울 따위는 물론 아니었다. 그리고 이상한 것은 물건 꼭지에 고리 같은 것이 붙어 있는 것이다.

"뭐고? 금인가?"

인수가 커다란 두 눈을 껌벅거렸다.

"임마, 쇳덩어리 앙이가."

"쇳덩어리?"

"그래. 쇳덩어리는 맞는데……."

"선생님 순 엉터리다. 그지? 금덩어리가 나온다더니 쇳덩어리밖에 안 나오느만 그지?"

"엉터린 줄 인제 알았나. 근데 이거 뭐하는 쇳덩어린지 모르겠다."

윤길이는 곧장 고개를 기울인다.

윤길이의 손에서 그것을 받아 들어 보며 인수는,

"참 무겁데이."

헤에 웃는다.

연이도 조그만 손으로 그 물건의 꼭대기에 붙어 있는 고리 같은 것을 만지작거린다.

"가락지 같은 기 붙어 있다. 그지?"

그리고 잠시 후 연이는,

"아이 오줌 매라라."

하고, 자리를 떴다. 발갛게 타는 진달래꽃 덤불을 헤치고 가서, 연이는 치마를 걷어 올리고 꽃나무 그늘에 앉는다. 쪼그리고 앉아서 찍 볼일을 보기 시작했다. 그렇게 볼일을 보고 있던 연이는 그만 뒤로 벌떡 나가떨어지고 말았다. 정말 뜻밖의 일이었다. 난데없이,

꽝!

귀청을 찢는 듯한 소리가 나더니, 땅바닥이 들썩했던 것이다.

얼마 후, 연이는 비슬비슬 자리에서 일어나기는 했으나, 귀가 멍하고 눈앞이 어질어질하기만 했다. 누던 오줌 같은 것은 어디로 쏙 들어갔는지…… 도무지 정신을 차릴 수가 없었다. 가까스로 걸음을 옮겨 꽃덤불을 헤치고 나가던 연이는 그만 그 자리에서 우뚝 멈추어 서고 말았다. 그리고 두 눈을 무섭도록 번쩍 뜨고, 입을 딱 벌렸다. 잠시 그런 표정을 하고 있던 연이는 그만,

"악—"

새파랗게 질려 소리를 쳤다.

윤길이와 인수는 간 곳이 없고, 사람의 대가리와 몸뚱이와 팔다

리가 뒹굴고 있는 것이었다. 진달래 꽃빛보다 훨씬 붉은 빛깔에 젖어 아직도 꿈틀거리고 있는 것이었다. 그리고 고무신도 멀리 날아가 있고, 괭이와 삽도 부러져서 흩어져 있었다.

"으악—!"

연이는 그만 두 손으로 얼굴을 감싸고 그 자리에 팍 주저앉아버리고 말았다.

저만치 언덕 비탈을 사람들이 뛰어 올라오고 있었다.

붉은 언덕에서 세 아이가 수류탄을 캐 가지고 놀다가 폭발사고를 일으키는 바람에 며칠 동안 이 고장은 온통 야단이었다. 죽은 윤길이와 인수의 가족들은 말할 것도 없고, 천행으로 살아남은 연이의 부모네도 십년감수를 했다고 어쩔 줄을 몰라 했다. 학교가 발칵 뒤집혔다. 교장 선생의 이마에는 굵은 주름살이 내천 자를 그은 채 사라질 줄을 몰랐고, 직접 담임인 유 선생은 노랗게 질려 가지고 정신을 차리지 못하고 서성거렸다. 아이들도 그 수다스러운 입으로 곧장 그 이야기를 재잘거려댔다. 읍내에서 신문기자들이 드나들었고, 면장, 지서주임도 우리 고장의 수치라고 못마땅해서 고추 먹은 소리를 하곤 했다. 참으로 오랜만에 그 요란한 폭발 소리를 들은 고을 사람들은 무슨 신명나는 일이라도 있었던 듯이 심심하면 이야기를 끄집어내어 된 소리 안 된 소리 멋대로들 지껄여대는 것이었다.

그런 가운데 윤길이와 인수의 장례가 끝나고, 얼마 안 있어 이 고장에 또 하나 새로운 화제가 나돌았다. 서양 사람들이 온다는 얘기였다. 외국 교육사절단이 오는 것을 두고 하는 말이었다. 그 바람에 그 끔찍한 폭발사고 이야기는 슬그머니 사라지고 말았다.

윤길이와 인수의 장례를 치르고 나서 유 선생은 교장 선생에게 사표를 제출했다. 그러나 교장 선생은 그것을 수리하려 들지 않았다. 유 선생의 잘못이 무엇이냐고, 물론 간접적인 책임은 면할 수 없겠지만, 담임인들 그 많은 학급 아이들의 교외생활까지를 어떻게 하나하나 돌볼 수 있느냐고, 그 마음은 잘 알겠으나 사표까지 낼 것은 없다는 것이었다. 그리고 그런 걱정은 말고, 며칠 남지 않은 연구발표회의 준비나 잘 하라고, 유 선생의 지정연구수업이 이 학교의 연구 성과를 좌우하는 중요한 수업이니 아무쪼록 잘 부탁한다고, 오히려 격려를 아끼지 않는 것이었다. 교장 선생의 말에 유 선생은 약간 마음이 누그러지는 것 같긴 했으나, 역시 그 사고의 원인이 직접 자기에게 있는 것 같은 괴로움을 완전히 씻어버릴 수는 없었다. 그런대로 그는 부지런히 연구발표회의 준비를 서둘렀다.

마침내 외국 교육사절단이 오는 날이 되었다. 연구발표회의 만반 준비를 갖춘 학교는 이른 아침부터 교문을 활짝 열고 활기 있게 움직이기 시작했다. 교장 선생은 교내를 빙 한 바퀴 돌면서 혹시 쓰레기 같은 것이 떨어져 있으면 손수 줍기도 했고, 이따금 어깨를 쫙 펴며 심호흡을 하기도 했다. 다른 선생들도 모두 제법 생기 있는 얼굴로 사뿐사뿐 움직였다.

유 선생은 여느 날보다 월등히 일찍 출근하여 교실의 창문을 활짝활짝 열었다. 그리고 잘 갖추어진 환경 등을 하나하나 다시 한 번 돌아보았다. 큼지막하게 만들어진 이 고장의 입체 모형도가 제법 물건이었다. 그 모형도 가운데서 빨갛게 두드러진 지점이 눈에 띄자, 유 선생은 얼른 시선을 딴 데로 돌려버렸다. 붉은 언덕인 것이다.

이 고장의 여러 가지 생산물을 비롯해서, 각종 화초, 곤충, 쇠붙이, 돌멩이, 심지어는 새의 표본까지 만들어져 있어, 꼭 이 고장을 실내에다가 집약해놓은 것 같은 느낌이었다. 그런가 하면 갖가지 교편물도 다 잘 마련되어 있어, 손색없는 모범교실이었다. 유 선생은 흐뭇한 웃음을 얼굴에 띠며, 오늘 지정연구수업을 멋있게 해내야지 하고 있는데, 가만히 교실 문이 열렸다. 돌아보니 연이였다. 연이는 조용히 교실로 들어서더니, 인사랍시고 까딱 고개를 숙이고는 가만가만 제자리로 가는 것이다. 유 선생은 어쩐지 기분이 좋지가 않았다. 엷은 소름 같은 것이 등골을 타고 내려가는 것을 어쩌지 못했다. 그러나,

"연이, 오늘은 일등으로 왔구나."

부드럽게 말을 걸었다.

"……."

연이는 아무 대꾸도 없었다. 연이는 그 폭발사고가 있은 뒤부터 아이가 영 전과 달라졌다. 얼굴빛도 하루하루 창백해 갔고, 눈동자도 어딘지 모르게 빛을 잃어가는 것만 같았다. 부드럽고 곧잘 웃던 아이가 좀처럼 그 하얀 앞니를 드러내 보이는 일이 없이, 늘 얼굴에 그늘을 짓고 있었다. 그리고 선생님에게 인사를 할 때 나붓이 숙이던 까만 단발머리를 요즘은 그저 아무렇게나 까딱 숙여 인사랍시고 흉내만 내는 것이었다. 그럴 때마다 유 선생은 아물던 상처가 다시 쑤시는 것 같아 괴로웠다. 제 자리에 가 앉은 연이가 초점을 잃은 것 같은 눈으로 멀뚱히 바라보자, 유 선생은 기분이 나빠 그

만 슬그머니 교실을 빠져나가 버렸다.

외국 교육사절단과 문교부 장학관을 실은 택시가 학교운동장으로 미끄러져 들어온 것은 아동 조회가 끝나고 첫째 시간 수업이 시작될 무렵이었다. 세 대의 미끈하게 생긴 까만 자동차가 운동장으로 미끄러져 들어오자, 교장 선생은 두 손을 모아 쥐고 황급히 달려 나갔다. 교감이랑 군 교육청에서 나온 장학사도 잰걸음으로 뒤를 따랐다.

맨 앞 차에서 내린 것은 한 명의 서양 사람과 두 명의 한국 사람이었다. 서양 사람은 오늘 이 교육사절단의 단장인 브라운 박사이고, 한국 사람은 문교부 장학관과 통역이었다. 교장 선생은 그들 앞으로 가서 꾸벅꾸벅 절을 했다. 그러자 반짝반짝 은빛이 나는 가느다란 테의 안경을 낀 브라운 박사가 커다란 손을 불쑥 내밀었다. 교장 선생은 그 손을 황송한 듯이 두 손으로 받들어 흔들었다. 뒤따른 두 대의 차에서는 모두 서양 사람이 내렸다. 전부 일곱 명의 사절단이었다. 인사를 나누기가 바쁘게 교장 선생의 얼굴에다가 카메라를 들이대는 사람도 있었다. 학교 근처 마을 사람들이 운동장으로 몰려와서 이 광경을 멀찍이서 구경을 하고 있었다.

교장 선생의 안내로 학교를 한 바퀴 돌아보고, 첫째시간 수업참관을 했다. 그들은 조금만 묘한 것이 눈에 띄어도 '원더풀'을 연발하면서 카메라의 셔터를 누르곤 했다. 교육사절단이라기보다도 교육관광객이라고 하는 편이 옳을 것 같았다,

둘째 시간은 지정 연구수업이었다. 모두 유 선생네 교실로 안내되었다. 교실의 환경 구성을 보고 서양 사람들은 노란 혹은 파란 눈알들을 곧장 굴렁거리며 '원더풀'이었다. 특히 정면 흑판에 비스

듬히 기대어 세워 놓은, 이 시간의 주요 교편물인 커다란 입체 모형도에 흥미가 가는 모양이었다. 브라운 박사도 그 모형도를 열심히 바라보고 있었다. 교단 위에 오른 유 선생은 울렁거리는 가슴을 진정시키느라고 잠시 어금니를 꽉 물고 있었다. 그리고,

"이 시간은 아름답고 살기 좋은 우리 고장을 공부해 보기로 하자. 자아 모두 교과서를 펴라."

하고, 수업을 시작했다. 수업이 진행되어 나가는 동안 서양 사람들은 의자에 앉아서 호기심 어린 눈으로 유 선생과 아이들의 하는 수작을 번갈아 바라보고 있었다.

어떤 사람은 지금 한 말이 무슨 말이냐고 통역에게 물어보기도 했고, 어떤 이는 옆 사람의 귀에다 대고 뭐라고 소곤거리며 웃기도 했다. 개중에는 간밤에 무엇을 했는지, 손으로 입을 가리고 커다란 하품을 하는 사람도 있었다. 브라운 박사는 이따금 수첩에다가 무엇을 적어 넣으며 가만히 수업의 흐름을 지켜보고 있었다.

수업이 한창 고비에 다다르고 있었다. 유 선생은 화초 표본이 진열되어 있는 곳으로 가서 진달래꽃 표본을 한 장 집어 들었다.

"자아, 모두 이 표본을 보아라. 이 꽃은 무슨 꽃이지 ?"

"진달래꽃입니다."

아이들이 입을 모아 힘차게 대답했다.

"그래그래. 이 꽃은 진달래꽃이다. 이 아름다운 진달래꽃이 봄이 되면 피어나서 우리 고장을 아름답게 꾸며 준다. 자아 모두 지도를 보자."

유 선생은 입체 모형도 앞으로 가서,

"우리 고장에서 진달래꽃이 가장 많이 피는 곳이 어딘지 아는 사

람?"

하고 물었다. 그러자 예! 예! 예!…… 아이들은 다투어 손을 든다. 손을 안 드는 아이는 연이 하나뿐이다. 연이는 손을 드는 대신 가만히 앉아서 초점을 잃은 듯한 시선을 멀뚱히 지도 위로 던지고 있다. 발갛게 물든 모형도 위의 한 지점을 넋이 나간 사람처럼, 그러나 어딘지 모르게 원망스러운 듯한 표정으로 바라보고 있다. 눈 밑에 서린 그늘이 자꾸 짙어지는 것만 같고, 파랗게 질린 입술이 가느다랗게 떨렸다. 유 선생은 가슴이 섬뜩했으나, 얼른 시선을 돌리고, 아무 아이나 하나 지명을 했다. 그리고 태연한 체 하려고 애를 썼다. 지명을 받은 아이는 쪼르르 앞으로 나가서 손가락으로 모형도 위의 빨갛게 물든 지점을 가리키며,

"여깁니더. 이 붉은 언덕에 진달래꽃이 제일 많이 핍니더. 그래서 이렇게 빨간색을 칠해 놓았심더."

하고, 헤에 웃는다.

"지금도 붉은 언덕에는 많이 피어 있심더."

묻지도 않는 말까지 덧붙이고는 의기양양하게 자리로 뛰어 들어간다. 유 선생은 얼굴에 빙그레 웃음을 지었다.

"그래그래, 맞았다. 지금도 이 언덕에는 진달래꽃이 많이 피어 있다. 모두 자리에서 일어나 창밖을 내다보자."

아이들이 우르르 자리에서 일어났다. 유 선생은 창가로 가서 멀리 창밖을 가리킨다. 의자에 앉았던 서양 사람들도 모두 무슨 일인가 하고 부스스 자리에서 일어나 창밖으로 시선을 던진다.

바로 그때였다. 참으로 예기치 않았던 뜻밖의 일이 일어났다.

"악—"

계집아이의 찢어지는 듯한 목소리였다. 물론 연이였다. 자리에서 일어나 창밖으로 얼굴을 돌리던 연이는 별안간 발작을 일으킨 것처럼 소리를 지르고는 두 손으로 얼굴을 가리고 그만 앞으로 풀썩 꺾어져 버렸다. 뜻밖의 일에 실내의 모든 사람들은 눈이 휘둥그레졌다. 그리고 교실 안은 발칵 뒤집히고 말았다. 유 선생과 교장, 교감은 정신없이 연이에게로 달려들었고, 서양 사람들은 왓즈 해픈, 왓즈 메라…… 하고 노란 눈, 파란 눈들을 대고 굴렁거렸다. 그 떠들썩한 가운데서도 카메라를 얼굴로 가져가는 고약한 친구도 있었다.

연이가 그렇게 발작을 일으키는 바람에 수업은 그만 흐지부지 맥이 풀리고 말았다. 그러나 한참 후에 직원실에서 예정대로 연구협의회가 개최되었다. 교장 선생의 연구학교 운영에 대한 보고가 있었고, 이어서 문교부 장학관의 강평과 사절단 단장 브라운 박사의 스피치가 있었다.

교육학 박사인 브라운 씨는 간단한 인사의 말과 연구회 전반에 걸친 소감을 말한 다음, 지정 연구수업 시간에 일어난 발작사건에 대해서 언급을 하는 것이었다.

"나는 그 문제를 중요하게 압니다. 그 학생은 문제아동이겠습니다. 그 학생의 발작에는 반드시 이유가 있겠습니다. 그 이유를 알아내서 교정해주는 것이 교사의 임무입니다."

유 선생은 그 말을 들으며 얼굴에 웃음을 띠려고 애를 썼다. 그러나 어찌된 셈인지 얼굴 근육이 실룩실룩 경련을 일으킨 듯이 움직여, 웃음이 되어 주질 않고, 자꾸 이지러지기만 했다. 그리고 속이 와들와들 떨렸다. 악! 연이처럼 그런 소리를 냅다 질러버리고 싶은 충격을 느끼며 유 선생은 어금니를 물고 애꿎은 눈만 대고 껌벅거렸다. 두 눈 흰자위에 가느다란 핏발이 번지고 있었다. 그러나 그런 것은 아랑곳없이 브라운 박사의 스피치는 계속되었다.

"나는 그 학생이 정신분열증의 초기 환자라고 보겠습니다. 여러분도 아시다시피 문제아동을 교정하는 일은 먼저 그 학생의 심리적 갈등을 해소해주는 데서부터 시작해야 하겠습니다. 유 선생님은 그 점을 잘 아셔서 그 학생을 교정해 나가 주십시오. 그 학생은 반드시 큰 심리적 원인을 가지고 있을 것으로 압니다."

브라운 박사는 반짝반짝 빛나는 가느다란 은테 안경 속에서 노란 시선으로 유 선생을 부드럽게 어루만지고 있었다.

《사상계》(1964. 12)

삼각의 집

국내 사진 콘테스트에 두어 차례 입선한 일이 있는 친구 P군한테 놀러갔다가 책 한 권을 빌려가지고 왔다. 『국제 명작 사진첩』이라는, 뉴욕 무슨 신문사에서 발간한 책이었다. 예술 사진을 전공하는 친구라, 사진에 관한 책이 많았다. 책꽂이에서 아무거나 한 권 뽑아 펼쳐 보다가, 꽤 재미있는 것이 있어서 좀 차근차근 보고 싶은 생각이 들었던 것이다.

이 사진 책을 보자, 나보다도 국민학교 2학년짜리 영일이가 더 좋아했다. 엎드려서 책을 펼쳐 보고 있는 내 곁으로 바싹 다가앉으며,

"이 책 사온 거예요? 아버지."

묻는다.

"아니."

"그럼?"

"빌려온 거야."

"야! 이 자식, 깡통하고 꽃하고 들고 있다!"

〈알제리아의 소년〉이라는 제목의 사진을 보고 하는 말이었다. 중동아시아나 북아프리카 사막지대에 흔히 있는 소도시의 뒷골목, 그 비뚜름하고 희끄무레한 담벼락에 남루한 옷을 걸친 소년이 한 손에는 불란서 문자가 선명하게 찍혀 있는 깡통을 들고, 한 손에는 하얀 꽃을 한 송이 들고 기대 서 있는 사진이었다. 영일이가

"야! 이 자식."

하고 두 눈을 반짝거린 것처럼 나에게도 무엇인가 생각하게 하는 사진이었다.

나는 단순한 미적 감각만을 앞세우고 찍은 사진은 별로 높이 사지 않는다. 물론 미의식이 결여되어서는 작품이 되질 않지만, 그것과 함께 현실을 보는 눈이랄지, 인생과 역사를 생각하는 마음 같은 것이 잘 작용해 있지 않으면 깊은 맛이 우러나질 않는 것이다.

깡통과 꽃을 든 소년의 사진을 넘기자, 그 다음 역시 알제리아를 소재로 한 〈식민지의 봄〉이라는 제목이 붙은 것인데, 두 눈이 움푹 꺼져 들어간 젊은이가 쩍 벌어진 어깨에 소총을 둘러메고 서 있는 모습을 상반신만 크게 클로즈업시킨 것이었다. 푹 눌러쓴 전투모는 낡을 대로 낡았고, 허리에 두르고 있는 탄띠에는 총알이 서너 개 꽂혀 있을 뿐이었다. 피로한 표정이었다. 그러나 움푹 꺼져 들어간 눈자위 속에서 두 눈은 살아서 날카롭게 빛나고 있었다. 알제리아의 독립운동 단체인 FLN의 유격대원쯤 되는 모양이었다. 그런데, 이 사진이 어찌 '봄'이 되는 것일까?

자세히 보니, 젊은이의 어깻죽지에 조그만 나비가 한 마리 붙어

있는 것이었다. 흠— 나는 고개를 끄덕거리며,

"식민지의 봄이라……."

하고, 중얼거렸다.

영일이도 나비를 발견하자,

"총도 안 무서운가 봐. 이 나비."

손가락으로 쑥 문질러보는 것이었다.

그밖에도 재미있는 사진들이 많았다.

고양이의 다친 꼬리를 붕대로 조심스럽게 감고 있는 의사와 간호부, 그 곁에서 근심스러운 표정으로 지켜보고 있는 노파의 사진. 보석으로 엮어 만든 브래지어를 앞가슴에 대보며 혼자 미소를 짓고 있는 중년부인의 사진. 그런 사진이 있는가 하면, 지나가던 어린애가 던져주는 은화를 모자로 받으며 좋아서 헤벌쭉 웃고 있는, 병신 같은 늙은이의 사진도 있고, 푸줏간에 매달아 놓은 소의 큼직한 뒷다리를 반달형의 섬뜩한 칼로 뭉텅 도려내고 있는 처녀의 매끈한 얼굴과 그 곁에 매달려 있는 황소의 흉측한 대가리를 대조시킨 사진 등…… 한 장 한 장 넘겨 가는데,

"야, 이거 멋있다!"

영일이가 유난히 소리를 질렀다.

"아버지, 이거 크리스마스지요? 미국 크리스마스지요?"

좋아서 못 견디는 것이었다.

영일이의 말마따나 크리스마스를 소재로 한 미국의 작품이었다. 그러나, 크리스마스라고해서 흔히 볼 수 있는 화려한 실내 장식이나, 파티, 혹은 교회의 성가대 같은 그런 것이 아니었다.

개집이었다. 현관 옆에 있는 개집을 정면으로 크게 찍은 것이었

다. 큼직한 삼각형의 집이었다. 정확하게 말하면 오각형을 이루고 있었으나, 지붕이 삐쭉하게 위로 솟아 있기 때문에 얼른 보기에 삼각형이었다. 곁에 조그만 크리스마스트리가 세워져 있고, 지붕에는 십자가가 꽂혀 있었다. 그리고, 은종이 금종이로 여러 가지 장식이 되어 있는데, 그 장식들이 현관으로부터 흘러나오는 불빛을 받아 반짝반짝 빛나고 있었다. 그렇게 잘 장식된 집 속에 늙은 개가 한 마리 떡 엎드려서 밖으로 주둥이를 쑥 내밀고 졸고 있는 것이었다. 그 위로 방금 떨어지기 시작하는 듯 솜눈이 한두 송이 조용히 내리고 있었다.

"팔자 좋구나."

나는 절로 이런 소리가 나왔다.

그러자, 영일이도 킥 웃으며,

"기분 좋겠지요?"

했다.

그러고 있는데, 아내가 행주치마에 손을 닦으며 들어오더니,

"무슨 책이 그렇게 재미있어요?"

책을 들여다본다.

영일이가 얼른 사진 속의 개를 가리키며,

"엄마, 이 개 기분 좋겠지? 미국 크리스마스야."

한다.

"미국은 개도 저렇게 호강하는구나."

아내는 이렇게 중얼거리더니,

"참 여보, 종두 오빠 집 지었대요."

엉뚱한 소리를 꺼낸다.

"종두가 집을 지어? 먹고살기도 뭐하다더니……."
"그러니까 말이 집이지, 뭐 보잘 거야 있겠어요."
"오빠가 왔었소?"
"아니요. 언니가 왔었어요. 어제."
아내는 힉 웃더니,
"개집보다도 못하지만, 한 번 놀러 오라잖아요."
한다.
"그래?"
나도 힉 웃었다.
"한 번 가 봅시다. 집까지 지었다는데……."
"어디래?"
"미아리요. 약돌 그려놓고 갔어요."
그러자, 영일이가 발딱 일어나더니,
"약도 여깄어요. 아버지."
책상 서랍을 연다.
"그래그래, 한 번 가 보도록 하지."
"야, 신난다! 언제 가요? 아버지."
"내일 일요일이니까, 내일 갈까?"
"그래요, 그래요."
좋아서 못 견딘다. 아내도 빙그레 웃는다.
나는 성미가 이상해서 친척집에 가길 싫어한다. 친척집뿐 아니라, 대체로 남의 집에 가길 싫어한다. 남의 집엘 가면 어쩐지 멋쩍고 피로한 것이다. 이런 점을 아내는 몹시 못마땅하게 생각하고 있다. 사촌오빠이긴 하지만, 서울에서 하나밖에 없는 자기네 친척을 꼭 한 번 방문했을 뿐이니, 그럴 만도 한 일이다. 사람이 무정하기 때문이라는 것이다. 그러나 하는 수 없는 노릇이다. 그런 성미인 내가 선선히 고개를 끄덕거렸으니, 좋을 수밖에 없다.

아내는 방구석에 놓인 걸레를 가서 집어 들더니, 아무렇지도 않은 방바닥을 곧장 문질러 대면서,

"오늘 저녁엔 무슨 국을 끓여 드릴까요? 벌써 아욱이 나왔더군요. 당신 좋아하시는 아욱국이나 끓일까요?"

수다를 떤다.

그러자,

"나 아욱국 싫어. 맛없어!"

영일이가 내질러 버린다.

이튿날, 아침나절엔 구름이 끼어 후덥지근하더니, 오후로 접어들면서부터는 조금씩 걷히기 시작했다

점심을 먹고, 우리가 집을 나섰을 때는 햇빛이 알맞게 쏟아져 내리고 있었다. 새로 산 흰 운동화를 신은 영일이는 좋아서 버스 안에서도 곧장 운동화를 흔들어댔다.

미아리시장 입구에서 버스를 내렸을 때는 햇볕이 제법 쨍쨍해져 있었다.

"엄마, 이 길로 가는 거지?"

"그래."

"이 길로 가면 엄마 친구 아짐마네 집도 있잖아?"

영일이는 씽긋 웃고는 까딱까딱 앞장을 선다.

"당신 약도 가져왔소?"

"예."

그러나, 아직 약도를 꺼낼 생각은 하지 않는다. 아내는 이 근처의 지리에 비교적 밝았다. 영일이의 말마따나 친구 아줌마네 집이 이 근처에 있어서 자주 왕래를 하고 있는 것이었다. 나는 호주머니에 손을 찌르고 어슬렁어슬렁 따라가기만 하면 되는 것이다.

"참, 성냥을 한 통 사야죠. 그래도 새로 집을 지었다는데, 그냥 갈 수가 있어요?"

아내는 나를 보고 히죽 웃는다.

"그래그래, 좋도록 해요."

길은 차츰 좁아드는 것 같긴 했으나, 이리 구불 저리 구불 좀처럼 끝이 날 것 같지가 않았다. 그리고, 점점 오르막이 되는 것이었다. 영일이는 여전히 흰 운동화를 가볍게 내딛고 있었으나, 나는 어느덧 무르팍이 뻐근해 왔다. 아내도 약간 숨이 찬 듯했다.

"아직 멀었소?"

그러자, 아내는 힉 웃으며,

"아직 멀었어요. 아직 절반도 못 왔어요."

하는 것이었다.

"아니, 어딘데 그렇게 먼 거야?"

"저 산비탈을 넘어야 돼요."

"저 산비탈을?"

나는 어이가 없었다. 그리고, 슬그머니 화가 나는 것이었다.

"약돌 좀 꺼내보란 말이야."

"보나마나 뻔한 걸요 뭐. 아이 오빠도 참, 어쩌자고 이런 데다 자릴 잡았을까…… 글쎄, 언니가 지겔 지고 여기까지 넘어와서 물을 길어 간다잖아요."

"……."

오늘 재수 없게 되었구나 싶었지만, 화를 낼 일도 아니고 해서,

"어디서 좀 쉬어 가지."

하고, 마침 길가에 있는 빵집으로 들어갔다.

나는 만두를 한 개 먹었고, 영일이와 아내는 찐빵과 도넛을 먹었다. 좀 앉았다 일어나니 한결 다리가 가벼웠다.

길은 차츰 더 가팔라졌다. 그리고, 햇볕이 이마에 맞바로 와 닿았다. 나는 웃옷을 벗어 어깨에 걸쳤다. 옷을 어깨에 걸치고 건들건들 걸어 올라가면서, 나는 무슨 새로운 사실이라도 발견한 것처럼 길 아래쪽을 돌아보기도 하고, 사방을 둘러보기도 했다. 지대가 차츰 높아질수록 집들의 꼬락서니가 점점 을씨년스러워져 가는 것이었다. 어디에서나 뻔한 현상이었다. 그러나, 나는 조금씩 조금씩 못해져 가는 그 변모의 차도가 퍽 재미있게 생각되어 집들의 지붕이랄지 대문의 생김새, 그리고 문패 같은 것을 슬슬 살펴보며, 별로 고된 줄을 모르고 걸었다.

그렇게 한참을 올라가니, 이젠 집은 끊어지고, 벌건 산비탈만이 눈앞으로 다가들었다. 나무 한 그루, 풀 한 포기 보기 힘 드는 가파른 비탈이었다. 그 비탈에 그어진 위태위태한 길을 조심조심 디디고 올라가며,

"아니, 이 길을 물지겔 지고 넘어 다닌단 말이야?"

아내를 돌아보았다.

"예. 저쪽엔 수돗물이 없다나요."

아내는 또 힉 하고 웃는다.

영일이는 어느새 올라갔는지, 고갯마루에 올라서서,

"야아, 경치 좋다!"

소리를 지르고 있었다.

고갯마루에 올라서니 바람이 부는 것은 아니었으나, 그래도 좀 시원한 것 같았다. 경치야 뭐 별로 좋을 게 없었다. 손수건을 꺼내 이마를 닦았다. 아내는 핸드백을 열고 종이쪽지를 꺼내는 것이었다. 이제 약도가 필요한 모양이었다. 아내는 꺼내든 약도와 지형을 번갈아 바라보며 고개를 기웃거리는 것이었다.

"어디, 이리 줘 봐요."

나는 아내에게서 약도라는 그 종이쪽지를 받아들자,

"이게 약도야?"

허어— 절로 웃음이 나왔다.

이걸 약도라고 그려준 사람이나, 그걸 약도라고 간직해 온 사람이나 다 똑같다고 생각하며, 오늘 괜한 고생을 하는 거나 아닌가 싶었다. 그러나, 그 일대를 두루 살펴보고 난 나는 약도가 이렇게 되는 것도 무리가 아니라고 고개를 끄덕거렸다. 도대체 집들이 어떻게 어수선하게 깔려 있는지…… 길이라는 것도 분명하게 내세울 만한 것이 없고, 집과 집 사이의 공지가 그대로 길 구실을 하고 있는 형편이며, 남의 집 마당을 길이라고 지나다니는 그런 판국인 것이었다.

공중촬영이라도 하기 전에는 이 일대를 약도에 담아서 처음길인 사람에게 집을 찾도록 한다는 것은 거의 불가능에 가까운 노릇이었다. 그러나 여기까지 와서 그냥 되돌아간다는 것도 말이 아니어서, 약도에 그려져 있는 '우리 집'이라는 표지의 위치를 대충 짐작

해가며 더듬어 내려가 보는 수밖에 없었다.

남의 집 마당을 지나, 어디선지 쿠리쿠리한 냄새가 나는 좁은 길을 내려가며 나는 불현듯 산다는 것…… 이런 우울한 생각이 들어,

"음—"

신음소리 비슷한 소리를 입 밖으로 냈다.

그러자, 뒤따라오던 아내가,

"산보 나온 셈 칩시다. 여보."

한다. 내 기분이 언짢아진 줄을 아는 모양이다.

"산보할 데가 없어서 이런 쿠리쿠리한 냄새나는 곳을 찾아온단 말이야?"

그러나, 나는 아내를 돌아보며 부드럽게 웃었다.

"아이 냄새 지독해."

영일이는 코를 거머쥐고 덩달아 야단이다.

잠시 후, 우리는 생각했던 것보다는 수월하게 집을 찾을 수가 있었다. 안종두 씨네 집이 어디냐고 묻기도 하며 대충 짐작으로 더듬어 나가는데,

"저기 저 집 아닌지 모르겠어요."

아내가 별안간 저쪽 비탈을 가리키는 것이었다.

그쪽 비탈은 솔밭이었다. 자잘한 소나무들이 어설프게나마 솔밭을 이루어가고 있는 것이었다. 솔밭 근처 조금 외떨어진 곳에 집이 하나 보였다. 집이라기보다도 조그마한 움막이었다.

"아니 저 집이란 말이야?"

"그런 것 같애요. 솔밭 근처라고 하는 것 같더군요."

"솔밭 근처라면 자린 잘 잡았군."

내가 히죽 웃자, 아내도 힉 따라 웃었다.

집이 가까워지자, 누가 먼저랄 것도 없이 우리는 모두 걸음을 멈추었다. 대체로 처음 남의 집을 찾아갈 때, 막상 당도해보면 생각했던 것보다 못한 것이 상례지만, 이 집이 사실이라면 이건 좀 너무한 것이었다.

아내의 얼굴을 힐끗 돌아보니 불안한 빛이 역력했다. 이 집이 아니기를 바라는 그런 표정이었다.

"물어 볼까?"

"……."

아내는 표정이 약간 이지러질 뿐 대꾸를 하지 않았다. 그러고 있는데 방문으로 아이가 하나 나타났다. 그 계집아이를 보자 아내는,

"맞군요."

힘없이 말하는 것이었다. 그리고,

"오빠도 참……."

하는 것이었다.

계집아이는 우리를 보자, 퀭한 두 눈을 말똥거리더니, 씩 웃으며 뽀르르 도로 방 안으로 기어들어가 버리는 것이었다.

"맞는 거야?"

"맞아요. 재가 옥희잖아요. 애들도 많은데, 이런 데서 어떻게 할려고…… 오빠도 참……."

그러자, 영일이가 무슨 생각이 떠올랐는지,

"아버지!"

나를 쳐다보는 것이었다.

"응?"

"꼭 미국 개집 같죠?"

"뭐?"

"책에 있는 미국 개집 말이에요. 꼭 그 개집같이 생겼잖아요. 삐쭉하고……."

나는 얼른 두 눈을 부릅뜨며,

"그런 소리 하는 거 아냐!"

하고, 나무랐다.

그러나, 이미 나도 그런 생각을 하고 있었다.

삼각형인 것이었다. 물론 이 집도 정확하게 말하면 사진에 있는 그 개집처럼 오각형이었다. 지면에서 약 세 뼘가량 흙으로 벽을 쌓아서 그 위에 삐쭉하게 지붕을 얹었으니 말이다. 그러나, 얼른 보면 이것도 역시 그 개집처럼 삼각형으로 보이는 것이었다. 그리고, 재미있는 것은 지붕이었다. 천막 조각과 시꺼먼 유지(油紙) 조각으로 이어 맞추다가 모자라서 그랬는지, 혹은 빗물이 새서 그랬는지, 군데군데 레이션 박스 조각으로 땜질을 해놓은 것이었다. 꼭 시골 가난한 아낙네의 치마를 연상케 하는 것이었다. 검정 바탕에 흰 헝겊 조각으로 덕지덕지 기워 놓은 그런 치마 말이다. 그리고, 레이션 박스 조각에는 아직도 글자들이 그대로 선명하게 남아 있었다.

"흠—"

나는 괜히 고개를 자꾸 끄덕거렸다. 알제리아의 소년이 머리에 떠오르는 것이었다. 불란서 문자가 선명하게 찍혀 있는 깡통을 들고 담벼락에 기대 서 있는, 영일이가

"야 이 자식 깡통하고 꽃하고 들고 있다"

하던 그 소년 말이다.

그러고 있는데, 부스스 기어 나온 것은 처남 종두였다. 그리고 처남댁도 기어 나왔다. 옥희라는 애와 또 몇몇 꼬마들도 얼굴을 내밀었다.

"어, 어서 오게. 어서 오게. 그러잖아도 한 번 올 줄 알았지."

종두는 누런 잇바디를 드러내며 반기는 것이었다.

처남댁도,

"아유, 어서 오세요. 참 오래간만이군요. 우린 이런 데서 삽니다."
하고, 웃는 것이었다. 그 두 눈구석에는 어느덧 물기가 약간 어려 있었다.

나는 좀 멋쩍었으나,

"왜요, 참 좋습니다. 공기도 좋고……."

아무렇지도 않은 듯이 사방을 한 번 둘러보았다.

그러자, 종두는 헛헛허 웃고 나서,

"이래 봬도 내가 이 집을 짓느라고 얼마나 고생했는지 아나? 손바닥이 다 부르텄지. 그리고 자본이 자그만치 삼천 원이나 들었단 말씀이야."
하는 것이었다.

우리는 모두 웃었다. 우리가 웃자, 아이들도 덩달아 좋아서 야단이었다.

방 안으로 들어가니, 밖에서 생각하던 것보다는 괜찮았다. 꽤 넓은 방에 반들반들한 장판이 깔려 있었고, 벽에는 조그마한 창도 마련되어 있었다. 그리로 햇빛이 솔솔 흘러 들어오고 있는 것이었다. 그리고, 지면에서 두어 뼘가량 파 들어가서 방을 만들었기 때문에 천정도 그다지 낮지는 않았다. 천정이래야 물론 네모반듯하게 해서 천정지를 바른 것이 아니고 그냥 지붕을 올린 그대로니까, 양쪽에서 한가운데로 곳간처럼 치솟아 오른 것이었다. 아무튼 꽤 키가 큰 나지만, 한가운데서는 허리를 굽히지 않아도 되었다.

"이만하면 훌륭하군."

내가 말하자,

"훌륭해? 헛헛허……."

종두는 또 껄껄껄 웃는 것이었다. 처남댁도 아랫목에 방석을 내놓으며,

"자, 이리 앉으세요. 밖에서 보는 것보단 그래도 낫지요?"

킥 웃었다.

"이게 뭐야?"

영일이가 별안간 소리를 지르는 바람에 우리는 모두 그쪽으로 시선을 돌렸다.

방 맨 구석 쪽이었다. 햇볕에 있다가 방에 들어왔기 때문에 나는 얼른 보질 못했는데, 거기에 무엇인지 조막만한 것들이 소복하게 모여서 고물거리고 있는 것이었다. 병아리들이었다.

"병아리 아냐."

내가 말하자, 종두와 처남댁은 빙그레 웃었다. 그러자 옥희가 빠끔한 코를 쳐들며,

"병아리 아니야. 아저씨, 꿩 새끼야."

또랑또랑한 목소리로 말하는 것이었다. 두 눈이 퀭하긴 했으나, 퍽 귀여웠다.

"꿩 새끼야?"

나는 그쪽으로 바싹 다가가 보았다. 아내도 다가왔다. 그러나,

나는 그것이 병아리로밖에 보이지가 않았다. 병아리와 어디가 어떻게 다른지 분간할 수가 없었다. 색깔도 같고, 모양도 같고, 심지어 빡빡빡 우는 소리까지 같았다.

"병아리와 꼭 같군."

하자, 종두가 웃으며 곁으로 다가왔다.

"자세히 보면 좀 다르지. 봐, 털이 좀 병아리보단 까칠까칠해 보이잖아. 그리고, 주둥이도 좀 뾰족하고……."

그렇게 말하니 그런가 싶을 따름이었다.

"꿩을 기를 생각인가?"

나는 퍽 호기심이 갔다.

"그렇지. 꿩을 칠 생각으로 여기에다 자릴 잡은 거야. 나중에 보면 알겠지만, 바깥에 있는 저 솔밭이 전부 우리 꿩밭이 되는 거야."

"꿩밭이 되다니, 그럼 저 솔밭을 전부 산단 말인가?"

속으로 웃음이 나왔다.

"그렇지. 그러나, 당장엔 무슨 재주로 사겠나. 다 장래의 원대한 계획이지. 우선은 그냥 공짜로 이용해 먹는 거야."

"공짜로 이용해 먹다니, 어떻게?"

"솔밭에다 꿩을 놓아서 기른단 그 말이야."

"놓아서? 놓아주면 다 날아가 버릴 게 아닌가."

"헛헛허…… 그러니까 아이디어라는 게 귀중한 거지. 새로운 아이디어는 일종의 자본이란 말이야."

종두는 제법 득의연해 가지고 음— 하며, 한쪽 방구석에 걸려 있는 물건을 가리키는 것이었다.

트럼펫이었다. 고물장수가 걷어갈 법한 낡은 트럼펫이 하나 덜

렁 걸려 있었다. 그 트럼펫을 보자 아내는,

"저것이 아직 남아 있군요. 오빠."

하며, 히히 웃었다.

언젠가 아내에게서 들은 얘기가 생각났다.

종두는 중학교 때, 밴드부원으로 트럼펫을 불었는데, 없는 처지에 기어이 자기 트럼펫을 하나 마련했다는 것이다.

여름방학이 되면 꼭 그 트럼펫을 가지고 시골에 있는 아내네 집, 그러니까 종두로서는 백부네 집에 놀러오곤 했다는 것이다. 아내는 그때, 국민학교 상급반이었는데, 사촌오빠인 종두가 오면 좋아서 늘 그 뒤를 따라다녔다는 것이다. 오빠가 좋기도 했지만, 지금 생각하면 그보다도 트럼펫이 신기해서 그렇게 따라다닌 것 같다는 것이었다. 한 번은 종두가 마을 사람들을 모아놓고, 트럼펫으로 〈아리랑〉이니, 〈양산도〉니, 혹은 〈홍도야 우지 마라〉 같은 것을 멋들어지게 불고 있는데, 아버지가 오셨다는 것이다. 종두는 백부가 온 줄도 모르고 고개를 흔들어가면서 신명을 떨어댔다 한다. 그러자, 완고한 시골 노인인 아버지는,

"저 녀석이 나중에 곡마단을 따라다닐려고 저러나……."

하시며, 쯧쯧쯧…… 혀를 차시더라는 것이다. 그리고 아내의 머리빡에 큰 꿀밤을 한 개 먹이면서,

"이년아! 너도 나중에 곡마단 따라다니고 싶으냐? 썩 집으로 못 들어갈까?"

호령이시더라는 것이다.

그런 종두였으나, 중학교를 졸업하고, 군대엘 갔다 오더니, 요즘 세상에는 영어가 제일이라고, 영어를 배워야 출세를 한다고, 미

군부대 하우스보이로 들어갔다는 것이다. 미군부대에 꽤 오래 붙어 있어서 영어는 제법 지껄이게 되었으나, 이렇다 할 뾰족한 수도 보지 못하고, 결국 무슨 사고를 저질러서 쫓겨나고 말았다는 것이다. 제법 지껄이게 된 영어나 한 번 팔아먹어 볼까 했으나, 이미 그런 것만으로는 쉽사리 밥을 먹을 수가 없는 세상이 되어 있어서, 하는 수 없이 시작한 것이 외래품 장사였다 한다. 한때는 그것으로 꽤 재미를 보았는데, 그만 오지게 들통이 나서 홀랑 털어버리고 말았다는 것이다. 그래서, 끼니조차 끓이기가 힘들게 되었다더니…… 이젠 엉뚱하게 이런 곳에 자리를 잡고, 꿩을 기르겠다고 나선 것이다.

"아니, 트럼펫이 꿩 기르는 데 무슨 소용이 있나?"

"기가 막히는 아이디어지. 아마, 자네 같은 사람은 글이나 쓰람 잘 쓸까, 이런 아이디어는 백년 가도 못 생각해 낼걸. 헛헛허……."

그러고 있는데 상이 들어왔다. 언제 나갔는지 처남댁이 소주 한 병을 사 가지고 온 것이었다. 술상을 가운데 놓고 종두와 나는 홀짝홀짝 마시기 시작했다. 아내는 처남댁에게 사가지고 온 성냥과 과자를 내놓으며 웃고 있었다. 과자는 안주로 우리 상에도 조금 올라왔다. 소주라 취기가 빨랐다. 종두는 눈언저리가 발그레 물들며 열을 올리기 시작했다.

"내가 그동안 살아오면서 느낀 철학은 말이야, 무슨 철학인고 하니, 사람은 믿을 수 없다는 철학이란 말이야."

"그렇지."

"내가 취체*(규칙이나 법령, 명령 등을 어기지 않게 통제하는 것)에 걸려서 장사 밑천까지 몽땅 날려버린 것도 함께 장사하던 사람의 배신 때문이었단 말이야. 죽이고 싶더군. 미군부대에서 쫓겨난 것도 가깝게 지내던 친구의 밀고 때문이었지. 사람은 누구나 믿을 수 없단 말이야."

"그렇지."

"그러면 믿을 수 있는 것은 무엇인가? 동물이란 말이야. 동물. 사람 이외의 동물은 전부 믿을 수 있단 말이야. 동물은 절대로 배신을 안 한단 말이야."

"그렇지."

나는 대고 그렇지, 그렇지 했다. 술기가 제법 혼혼하게 오르고 있었다.

"그래서 앞으로는 동물을 믿고 살아가기로 했지. 동물은 시키는 대로 한단 말이야. 절대로 안심이란 말이야."

"알겠어. 그런데, 꿩과 트럼펫은?"

"그건 간단한 아이디어야. 트럼펫이 아니라도 상관없어. 마침 내게 트럼펫이 있고, 옛날에 내가 그것을 불었기 때문에 그걸로 하는 거야. 무엇이든지 한 가지 악기를 가지고 새끼 때부터 길을 들인단 말이야. 어떻게 하는가 하면 모이를 줄 때, 꼭 일정한 소리를 내거든. 일정한 곡을 분단 말이야. 그렇게 길을 들여 나가면 언제 어디서나 그 소리만 나면 모여들게 되거든. 절대로 배신을 하지 않지. 절대로, 헛헛허……."

"그래서 놓아기른단 말이지?"

"그렇지. 새끼 때부터 그렇게 인공으로 길러 놓으면 혼자서 먼 데로 날아 갈 생각을 않게 되지. 그리고 나팔만 불면 모여든단 말이야. 그런 식으로 하면 수백 마리, 수천 마리도 문제가 없지. 어떤

가, 아이디어가?"

"그럴 듯한데. 순전한 창안인가?"

"허헛헛……."

대답은 않고, 몇 해를 안 닦은 것 같은 누런 앞니를 드러내며 웃기만 했다. 그리고,

"그렇게 되면 솔밭뿐 아니라, 이 근처 일대를 불하받아서 꿩의 왕국을 만든단 말이야. 꿩의 왕국을…… 장래의 원대한 계획이지."

하는 것이다.

"좋지."

그러나, 나는 속으로 우습기만 했다. 그의 잇바디가 너무 누렇기 때문에 그런지, 허황한 이야기로밖에 들리지가 않았다.

그러자, 과자를 씹고 있던 옥희가 퀭한 두 눈에 반짝 웃음을 띠며,

"아버지! 그럼 우리 부자 되지?"

하는 것이었다.

모두 웃었다.

이홉짜리였으나 별 안주도 없이 마셔서 그런지 병이 말랐을 때는 종두는 두 눈이 벌겋게 상기되어 누르스름한 눈곱까지 빚어내고 있었다. 나도 꽤 얼근했다.

상이 나가자, 종두는 벌겋게 상기된 눈을 껌벅거리면서 자리에서 일어나더니,

"여보! 모이 줄 시간 됐지? 모이 줄 시간."

약간 혀 꼬부라진 소리를 했다.

"아직 멀었어요. 아직 한 시간이나 남았는걸요."

"한 시간? 괜찮아, 지금 줘도. 빨리 주면 빨리 크지. 자아, 모이 가져와, 모이."

종두는 벽에 걸린 트럼펫을 벗기는 것이었다.

"주책이야, 주책. 아이 참!"

처남댁은 혀를 탁 찼다.

종두가 트럼펫을 물자, 영일이는 신기한 듯 두 눈을 말똥거리며 바싹 다가앉는다.

종두는 트럼펫을 문 채 벌건 눈으로 나를 보며, 히죽 웃었다.

"자아, 들어 보게. 모이 주는 노랠세. 모이 주는 노래."

그리고 빠—ㅇ 소리를 내기 시작했다. 나는 무슨 노래일까, 꽤 호기심이 갔다.

빠—ㅇ 빠빵 빠—ㅇ 빠빵 빠응 빠응 빵빠빠—ㅇ

〈아리랑〉이었다. 〈아리랑〉 곡조로 모이 주는 훈련을 시키고 있는 것이었다. 나는 그가 미군부대에 오래 다녔기 때문에 필시 재즈나 맘보 같은 방정맞은 곡이 아니면, 요즘 유행하는 대중가요 나부랭이일 것이라고 생각했는데, 뜻밖이었다. 제법이라는 생각이 들었다. 트럼펫이 워낙 낡아서 소리가 부드럽지는 않았으나, 옛날 불던 가락이 있어서 그런 대로 들을 만하게 넘어갔다.

빠—ㅇ 빠빠응 빠응빠응빠응빠—ㅇ 빠빵빵

꿩 새끼들이 일제히 주둥이를 쳐들고 앞으로 나오고 있었다. 나는 그 미물들의 반응이 어찌나 신기한지, 대고 고개를 끄덕거리며 감탄했다. 아내도 곁으로 와서 그것을 보고,

"참 별일도 다 있네."

혀를 내둘렀다.

우리가 그렇게 신기해하자, 종두는 신명이 나는 듯 더욱 힘껏 가락을 뽑는 것이었다. 나를 버리고 가시는 님은 십리로 못 가서 발병이 나는 것이었다. 방 안이 온통 떠나갈 듯 왕왕거렸다.

"아이 여보! 그만 해요. 손님이 왔는데 그게 뭐예요."

처남댁은 시간이 덜 돼서 그런지 모이를 갖다 줄 생각은 하지도 않고, 눈을 허옇게 흘기기만 했다. 그러나 종두는 벌겋게 상기된 두 눈에 아까보다도 훨씬 굵은 눈곱을 물고, 여전히 신명을 돋우어대는 것이었다.

나와 시선이 마주치자, 빙그레 웃는 것이었다. 나는 저 눈곱이나 좀 닦고 불었으면 싶어서,

"헛헛허……."

큰소리로 웃었다. 서글픈 것이었다.

아내도 민망스러운지,

"오빠, 이제 그만해요."

하고는, 슬그머니 고개를 돌렸다.

나는 직접 무슨 일을 당했을 때는 감동도 잘하고, 충격도 많이 받으나, 그 감동이나 충격이 오래 가질 못하고, 어지간한 일이면 곧 잊어버리는 그런 희미한 성미이다.

그래서 매사가 흐리멍덩하다.

그러나, 종두네 집에 다녀온 뒤로 제법 한동안 그에 대한 일이 머리에서 떠나질 않았다. 정말 그의 말마따나 그런 식으로 꿩을 기를 수가 있을까? 솔밭에 그냥 꿩들을 내놓아도 날아가 버리지 않을까? 그래서, 하다못해 그 레이션 박스 조각으로 더덕더덕 땜질을

한 삼각형의 집이나마 면하게 될 것인가? 누런 눈곱이 빚어 나오는 줄도 모르고 신명이 나서 나팔을 불어대던 그 모습이 머리에서 떠나질 않는 것이었다.

그리고, 그날 우리가 떠나올 때, 벌겋게 상기된 얼굴로 언덕 위까지 따라 나와서,

"또 놀러 와 주겠나?"

하고, 쓸쓸하게 웃던 그 표정을 잊을 수가 없었다.

그러면서도 어찌된 셈인지 그만 그 후로 한 번도 찾아가보질 못하고 여름을 넘기고 말았다. 그리고, 엄벙덤벙 가을도 깊어 갔다. 그의 일도 어느덧 머리에서 희미해져 갔다.

가을바람이 스산하게 불어대는 어느 날 오후, 나는 별 볼일도 없이 광화문 거리를 걸어가고 있었다. 바람이 스산하긴 했으나, 일요일이어서 그런지 마음이 한가해서 좋았다. 건들건들 걸어가는데, 누군가가 뒤에서 어깨를 툭 치며,

"어디 가는 거야?"

한다.

P군이었다. 베레모를 납작하게 눌러쓰고, 카메라를 걸치고 있었다.

"그 베레모 좋군."

나는 웃었다.

"베레모고 뭐고, 소재가 없어 야단인데……."

"어디 또 출품하나?"

"이번엔 멀리 한 번 보내 볼려고 하는데, 마땅한 소재가 있어야지."

"멀리라니? 미국인가?"

"아냐, 빠리에서 콘테스트가 있거든. 거기 한 번 보내 볼려고 그러는데……."

"그래서 카메랄 메고 다니는군."

"아침부터 이러고 돌아다니고 있지. 핫핫하……."

"열심히 해야지."

"이러지 마."

P군은 담배를 꺼내 불을 붙여 가지고, 푸우 연기를 허공으로 내뿜으며,

"한국적인 멋있는 소재가 없을까?"

한다.

한국적인 소재란 말에 피뜩 나는 종두네 집이 머리에 떠올랐다. 틀림없이 좋은 소재가 될 것 같았다.

"좋은 게 있지."

내가 씽긋 웃자,

"뭔데? 응? 뭔데?"

귀가 번쩍하는 모양이었다.

"소잴 그렇게 쉽게 제공할 수 있나. 한 턱 단단히 내야지."

"좋은 소재면 한 턱 뿐이겠나. 뭔데? 응?"

"삼각형의 집이야. 삼각형."

"삼각형의 집이라니…… 판잣집이란 말인가?"

"그렇지. 머리 좋은데?"

"이러지 마."

"헛헛허……. 일종의 판잣집인데 말이야, 지붕이 아주 그럴듯하

거든."

"……."

"지붕에 레이션 박스로 땜질을 해 놓았는데 말이지, 아직도 글자가 선명하게 남아 있단 말이야."

"어딘가?"

"소재가 되겠지?"

"좋은데."

"미아리야."

"당장 좀 가 보세."

P군은 내 사정은 알아볼 생각도 하지 않고, 벌써 지나가는 택시를 향해 손을 들고 있었다.

택시가 스르르 미끄러지기 시작하자, 나는 뒤로 편안하게 몸을 눕혔다. 그러나, 얼마 가지 않아서 슬그머니 후회를 했다. 이럴 일이 아니었는데 싶은 것이었다. 그 후로 한 번도 찾아가 보진 않고, 돌연 이렇게 남을 데리고 그 을씨년스러운 꼬락서니를 사진으로 찍으려고 찾아가다니, 너무한 것 같았다. 기껏 소재로밖에 생각하지 않았던가 싶으니 미안하기 짝이 없었다. 그러나, 이미 택시는 전속력으로 달리고 있었다. 이렇게라도 찾아가 보는 것이 안 찾아가는 것보다는 낫겠지. 그 새끼 꿩들은 이미 장끼 혹은 까투리가 되었을 텐데. 정말 솔밭에 놓아 기르고 있을까? 나는 애써 생각을 돌리려고 했다.

택시에서 내리자, 우선 소주를 큰 놈으로 한 병 샀다. 그리고, 과자도 두두룩하게 샀다. 그래야만 좀 덜 미안할 것 같은 것이었다.

"아니, 뭐할려고 그렇게 사는 거야?"

"친척 되는 집이야."

"그래―?"

P군은 약간 어색한 표정을 짓더니,

"하난 이리 줘."

과자 봉지를 받아 드는 것이었다.

지난번에 와 봤는데도 길이 어쩐지 생소하기만 했다. 대충 짐작으로 자꾸 가보는 수밖에 없었다. 차츰 오르막이 되더니, 저만치 산비탈이 보였다. 그리고, 빵집도 나타났다. 나는 빵집에 들어가 좀 쉬어 갈까 하고 P군을 보니, P군은 별로 피로한 기색이 없었다.

"저 산비탈 너머야."

"좋아."

예사로 생각하는 것이었다. 베레모를 납작하게 눌러쓴 얼굴이 여간 깐깐하게 보이는 것이 아니었다. 나도 빵집에 들어갈 생각을 그만두고 아랫배에 힘을 주며 뚜벅뚜벅 계속 걸음을 옮겼다.

산비탈은 스산한 바람 때문인지 어설프기만 했다. 길바닥에 굵은 모래가 흘러내려 자칫하면 발이 쭉쭉 미끄러졌다.

그러나 P군은,

"아라비아에라도 온 것 같은 기분인데?"

하고, 웃는 것이었다.

빼근한 다리를 이끌고 비탈길을 올라가고 있는데, 어디선지 아우성치는 것 같은 시끌짝한 소리가 가물가물 들려왔다. 그 시끌짝한 소리에 섞여 분명히 나팔소리도 들려오고 있는 것이었다. 언덕 너머였다. 트럼펫소리에 틀림없는 것 같았다. 무슨 일일까?

나는 허겁지겁 언덕 마루로 달려 올라갔다.

언덕 마루에 올라선 나는 그만 뒤통수를 한 대 얻어맞은 사람처럼 되고 말았다. 참으로 뜻밖의 광경이 눈 아래 벌어지고 있는 것이었다. 무슨 영문인가 하고 뒤따라 뛰어 올라온 P군도 입을 딱 벌렸다.

집들을 부숴내고 있는 것이었다. 허옇게 사람들이 들끓으며 아우성을 치고 있는 가운데, 집들이 마구 부서지고 있었다. 무허가 판잣집 철거인 모양이었다. 저 건너 솔밭 쪽도 예외가 아니었다. 그을씨년스러운 종두네 삼각형의 집도 벌써 납작해져 버린 듯 잘 눈에 띄지가 않았다. 트럼펫소리만이 처량하게 흘러오고 있었다. 물론 〈아리랑〉이었다. 꿩들을 부르고 있는 모양이었다. 정말 그동안에 꿩들을 솔밭에 놓아기르고 있었던 모양이다. 이렇게 수라장이 벌어져 있는데, 꿩들을 불러 모으면 어떻게 할 셈인지, 그러나 정신없이 그저 빵빵거리고 있는 것이었다.

빠—ㅇ 빠빵 빠—ㅇ 빠빵 빠웅빠웅 빵빠빠—ㅇ

빠—ㅇ 빠빠웅 빠웅빠웅빠웅 빠—ㅇ 빠빵빵

…….

나는 콧잔등이 시큰해지는 것을 어쩌지 못했다. 그리고, 속이 와들와들 떨려오기 시작했다. 한참 속이 와들와들 떨리더니, 그만 깔딱깔딱 하고 딸꾹질로 변하고 마는 것이었다. 나는 덜렁 소주병을 든 채 멀뚱하게 서서 종두네 집이 있던 쪽을 바라보며 깔딱깔딱 대고 딸꾹질을 하기만 했다.

P군은 좋은 소재라도 얻었다는 듯이 카메라를 꺼내 이리저리 열심히 핀트를 맞추고 있었다.

해마다 나는 남들보다 일찍 오버를 입는다. 유달리 추위를 타기 때문이다. 그러면서도 감기도 또 남들에게 뒤지지 않는다. 그래서, 아내는 나를 보고 순 밥통이라고 한다. 그런지도 모른다.

어떤 친구는 아직 내의도 안 입고 다니는데, 나는 벌써 오버를 꺼내 걸쳤다. 그리고 하루는 교정 볼 일이 좀 있어서 인쇄소엘 나갔다. 인쇄소의 교정실에 앉아서 교정이 나오기를 기다리면서 나는 책상 위에 아무렇게나 흩어져 있는 신문 나부랭이를 손에 닿는 대로 아무거나 한 장 집어 들었다.

손에 집힌 것은《복음주보》라는 기독교 계통에서 발행하는 2면짜리 주간신문이었다. 별 흥미가 없었으나, 그냥 들고 큼직한 제목만 건성으로 훑어보았다. 그러다가, 뒷면 상단에 크게 자리 잡고 있는 교회 사진에 눈이 멎었다. 사진이 아니라, 새로 건립할 교회의 입체투시도였다. 그것을 보는 순간 어찌된 까닭인지 나는 뜯겨 버린 종두네 그 삼각형의 집이 머리에 떠오르는 것이었다. 교회의 지붕이 뾰족하게 위로 솟구쳐 있기 때문에 얼른 보면 삼각형의 집처럼 보이기 때문인지도 몰랐다. 그리고, 그 사진 곁에 있는 제목을 보자, 어떤 예측이 번쩍 머리를 스치는 것이었다. '가난한 자에게 하나님의 은혜를' 하고 큰 고딕 활자로 박아놓고, 그 곁에 부제로 '미아리에 새 교회 건립 확실시'라고 해놓은 것이었다. 나는 얼른 그 기사를 읽어보았다. 예측이 딱 들어맞는 것이었다. 무허가 판잣집을 철거해낸 대지 천오백 평을 불하받기로 거의 확정이 되었다는 것이었다. 거기에 새 교회를 세워서 변두리의 가난한 사람들에게 하나님의 은혜를 골고루 베풀어 나갈 것이라는 것이었다.

나는 별안간 웬일인지 콧구멍이 간질간질해 왔다. 그리고,

"어취!"

재채기가 나오는 것이었다.

"어취! 어취! 어취!……."

되게 또 감기에 걸리는 모양이었다.

《사상계》(1966. 1)

족제비

처음으로 휘파람소리가 후익— 두 입술 사이로 흘러 나왔을 때, 윤길이는 좋아서 어쩔 줄을 몰랐다. 해방되기 한 해 전의 가을이었다. 국민학교 5학년이었다.

윤길이는 곧 학섭이네 집을 향해 달렸다.

학섭이는 같은 학급으로, 이웃에 살기 때문에 남달리 친했다. 나이는 두 살 위였다. 그래 그런지 몰라도, 그는 벌써 오래 전부터 휘파람을 아주 멋있게 잘 불었다. 그가 입을 동그랗게 오므려 가지고, 휙— 휙— 가볍게 휘파람을 날릴 때마다 윤길이는 부러워서 못 견디었다. 더구나 고개까지 까닥거리며 신명을 낼 것 같으면 완전히 야코가 죽기도 했다.

학섭이가 가장 신명을 내는 곡은 군대에서 취침신호로 부는 나팔소리의 곡조였다. 그때의 군대란 말할 것도 없이 일본 군대였다. 일본 군대에서 취침신호로 부는 나팔소리의 곡조에다가 가사를 붙인 것을 그들은 곧잘 노래처럼 불렀던 것이다. '신빼이상(신병新兵님)은 불쌍하고나—, 오늘밤도 누워 울겠지—' 이런 것이었다. 물론 그들이 만들어 붙인 가사는 아니었다. 어디서 누가 맨 먼저 지어서 퍼뜨린 것인지는 몰라도, 그들이 사는 시골구석까지 그 가사는 퍼져와 있었던 것이다. 신빼이상은 불쌍하고나—, 오늘밤도 누워 울겠지—. 곡이 경쾌하면서 어딘지 모르게 애수 같은 것을 띠고 있기 때문에 언제 들어도 싫증이 나지 않았다. 학섭이가 이 곡을 휘파람으로 곧잘 신명을 낼 때마다 윤길이는 저도 한 번 그렇게 멋있게 불어보았으면 해서, 입술을 동그랗게 오므려 가지고 후— 후— 열심히 숨을 불어내 보았으나, 번번이 헛바람만 새나올 뿐 좀처럼 휘파람소리는 나와 주질 않았다. 그러던 것이 우연히 어떻게 후익— 고운 소리가 되어 나왔으니, 정말 대견하고 기분 좋은 노릇이 아닐 수 없었다. 신빼이상은 불쌍하고나—를 휘파람으로 학섭이처럼 멋있게 뽑을 날도 이제 머지않았으니 말이다.

학섭이네 집을 향해 고샅을 달리면서도 윤길이는 곧장 휙— 휙— 휘파람을 불어댔다. 아직 처음이어서 곡조 같은 것을 맞추어 불 수는 없었으나, 어쨌든 이제 휙— 소리만은 곧잘 흘러나왔다. 어쩌다가 소리가 나지 않고, 그냥 헛바람만 새나올 것 같으면 윤길이는 얼른 그 자리에 멈추어 서서 조심스럽게 후익 소리를 내보곤 다시 달렸다.

학섭이는 저녁을 먹고 있었다. 아침저녁으로 날씨가 제법 선득해졌는데도 방문을 열어놓고 앉아서 저녁을 먹고 있었다. 몇 달 만에 한 번씩 한 애국반(그때는 반을 이렇게 불렀다)에 비룻병*(맥주병) 하나만큼의 석유가 배급되어 나오더니, 이젠 그것마저 숫제 끊어져버리고 만 것이다. 불같은 건 아예 켤 생각도 안하던 시절이었다. 불뿐이 아니었다. 먹는 것도 마찬가지였다. 공출량이 어찌나 겁나게 때려매겨지는지, 아무리 풍년이 들어도 헛일이었다. 시래기죽이나마 거르지 않고 끓이게 되면 다행이었다.

"학섭아—"

윤길이의 부르는 소리에 잠시 후,

"응, 밥 묵었나?"

한 것은 학섭이가 아니라, 학섭이 아버지 고 생원이었다.

학섭이는 힐끗 한 번 이쪽을 돌아보곤 그대로 홀짝홀짝 숟가락질이었다. 별로 씹는 일도 없이 홀짝거리고 있는 것을 보니 오늘 저녁도 죽인 모양이었다. 고 생원은 숟가락을 놓고, 그래도 잘 먹었다는 듯이 그르르— 크게 트림을 하고는,

"다 묵었다. 들어온나."

빙긋 웃었다.

고 생원은 웃으면 어찌된 셈인지, 두 개의 콧구멍이 벌룸벌룸 움직였다. 우선 코의 생김새부터가 유별났다. 무엇에 밟히기라도 한 듯 허리는 푹 꺼져 들어가고, 끝만 뭉툭 위로 쳐들려 있었다. 그리고 그 끝대가리는 노상 빨갛게 물들어 있었다. 주독이 올라서 그렇다는 것이었다. 그러나 요즘은 좀처럼 술맛을 얻어 볼 수가 없기 때문에 그런지, 꼭 고드러진 대추처럼 되어 있었다. 그 밑에 구멍 두 개가 겁나게 크게 뚫려 있는데, 그것이 웃을 때면 벌룸벌룸 움직이는 판이니, 보는 사람들이 가만히 있을 도리가 없었다. 고 생원이 아니라 '코 생원'이라는 것이었다. '콧구멍 생원', 혹은 '구멍 생원'이라고도 했다.

학섭이도 숟가락을 놓았다. 숟가락을 놓고 자리에서 일어나는 학섭이를 향해 윤길이는 후이익— 길게 휘파람을 보냈다. 학섭이는 이것 봐라 싶은 듯 힐끗 윤길이를 바라보았다. 윤길이는 우쭐해지며 씩 웃었다. 그러나 학섭이는 그까짓 것 가지고 어디서 감히 까부느냐는 듯이 싹 묵살한 표정으로 걸어 나갔다.

사립을 나서자, 학섭이는 앞장을 서며 냅다, 신빼이상은 불쌍하고나—를 어느 때보다 훨씬 빠른 속도로 불어대기 시작했다. 학섭이의 그 경쾌하고 거침없는 휘파람소리에 윤길이는 팍 야코가 죽었다. 그러나 그도 이제 가만히 죽고만 있진 않았다. 휙! 휙! 휙! 고저도 장단도 없는 짤막짤막한 휘파람을 곧장 내지르며 뒤따랐다.

두 휘파람소리는 고샅을 돌아, 마을 앞 들녘으로 빠져나갔다.

추수가 끝난 들은 한없이 넓었다. 그 넓은 들 여기저기에 볏가리가 조그만 산봉우리들처럼 마련되어 있었다. 저녁이 되면 마을 아이들은 들로 쏟아져 나왔다. 숨바꼭질도 하고, 진 뺏기도 하고, 때로는 '센소곡꼬'(전쟁놀이)를 한다고 막대기들을 들고 야— 야— 소리를 질러대기도 했다. 여기저기 마련되어 있는 볏가리가 그들의 놀이에 없어서는 안 될 물건이었다. 그 뒤에 숨기도 했고, 그것을 진지로 삼기도 했고, 때로는 그 한 무더기 한 무더기가 일본, 독일, 이태리, 그리고 미국, 영국, 지나(支那)가 되기도 했다. 그래서 세계대전이 벌어지기도 하는 것이었다.

놀이에 열중되면 아이들은 밤이 깊어가는 줄을 몰랐다. 으레 누군가 마을 어른이 나와서 자기 집 애 이름을 부르며 고래고래 고함을 질러야만 끝이 났다.

이 저녁 들녘의 대장은 학섭이었다. 키가 제일 크기도 했고, 힘이 제일 세기도 했기 때문이다. 그가 숨바꼭질이다 하면 그날 밤의 놀이는 숨바꼭질이었고, 센소곡꼬다 하면 센소곡꼬였다. 아무도 감히 다른 것을 하자고 이의를 내세울 수가 없었다.

6학년생이 하나 있었다. 일웅이었다. 눈이 유달리 크고, 목이 가늘고 길었다. 그래 그런지 몰라도 한 학년 아래인 학섭이에게 꼼짝 못했다. 매사에 순종할 뿐 아니라, 곧잘 비위까지 맞추려들었다. 찐 고구마 같은 것을 가지고 와서는 슬그머니 손에 쥐어주기도 했다.

편이 갈라지고, 놀이가 시작되면 학섭이는 으레 휘파람을 날렸다. 신빼이상은 불쌍하고나—를 마치 놀이가 시작되는 신호인 듯 내뽑았다. 그러면 아이들은 절로 신이 나서 와— 소리를 지르기도 했고, 홀짝홀짝 뛰기도 했다. 휘파람소리를 낼 줄 아는 아이는 제각기 덩달아서 획획거렸다.

아이들은 거의 모두가 맨발이었다. 맨발로 예사로 벼 밑동을 밟으며 달리는 것이었다. 마을에서뿐 아니었다. 학교에 갈 때도 맨발이었다. 간혹 신었다고 해야 짚신이 아니면 게다짝 나부랭이였다. 운동화나 고무신 같은 것은 약에 쓸래도 구할 수 없는 시절이었다. 학교를 통해서 드문드문 몇 켤레씩 배급되어 나오던 검정 운동화도 어느덧 자취를 감추고 만 뒤였다.

그런데 오직 한 사람 일웅이 만은 발에 운동화를 꿰고 있었다. 그의 아버지가 '하시모도농장'(橋本農場)에 서기로 다니고 있는 것이었다.

하시모도농장은 마을에서 조금 떨어진 곳에 자리 잡고 있었다. 물론 일본 사람의 농장이었다. 농장이라고 하면 흔히 넓은 밭이 있어서 채소나 가꾸고, 과수나 기르고, 닭이나 치는 정도로 생각하기 쉬우나, 이건 그게 아니었다. 철망이 둘러쳐진 넓은 터전에 큼직큼직한 창고가 들어서 있고, 사무실이 있고, 그리고 그 안쪽 깊숙한 곳에 저택이 있었다. 말하자면 농사를 짓는 농장이 아니라, 지은 농사를 걷어들이는 농장이었다.

저택 뒤는 조그만 동산이었고, 대나무 숲이 우거져 있었다. 그 깊숙한 저택에 '하시모도'라는 일인이 살고 있는 것이었다.

그 하시모도라는 일인이 어떻게 생겼는지, 똑똑히 본 사람은 아무도 없었다. 마을 사람들은 그저 막연히 머리가 허옇게 센 노인이라는 정도로만 알고 있었다. 무엇을 하는지, 깊숙한 저택에 들어박혀서 일체 바깥엘 나오지 않았다. 간혹 출타를 할 때도 읍에서 일부러 '다꾸시'(택시)를 불러서 차 안에 엇비슷이 누워 있기 때문에 아무도 그 생김새를 볼 수가 없었다. 농장의 직원들마저 가까이 대할 기회가 전혀 없었다. 대리인이 모든 일을 관장하고 있기 때문이었다. 대리인이 하시모도의 사위라는 말도 있었고, 처남이라는 설도 있었다. 이 대리인 역시 종잡을 수가 없었다. 그리고 하시모도네 가족이 몇 사람인지도 분명치 않았다. 실은 진짜 하시모도는 이 저택에 있는 것이 아니라, 일본 동경에 살고 있다는 얘기도 있었다. 여기 있는 하시모도는 진짜 하시모도의 동생이라는 것이었다. 알쏭달쏭한 얘기였다. 말하자면 이 농장 주인인 하시모도는 안개에 싸인 것 같은 존재였다.

또 한 가지 알 수 없는 것이 있었다. 그것은 족제비였다. 저택 뒤에 있는 대나무 숲은 대낮에도 그 속을 분간할 수 없을 정도로 우거져 있었다. 그 대나무 숲속에 삼십 년 묵은 족제비가 살고 있다는 것이었다. 그 족제비 역시 똑똑히 본 사람은 없었다. 막연한 얘기였다. 그러나 마을 사람들은 그 말을 믿고 있었다. 그렇지 않으면 어째서 때때로 마을의 닭이 감쪽같이 자취를 감추며, 논밭의 곡식이 흩어지기 일쑤냐는 것이었다. 뱀을 물고 대숲으로 쏜살같이 사라지는, 개만한 족제비를 보았다고 떠들어대는 사람도 있었다.

그런데 두 가지 설이 있었다. 족제비굴이 대나무 숲속에 있다는 설과, 그렇지 않고 창고 밑에 있다는 설이었다. 대체로 대나무 숲속에 있다는 설을 사람들은 지지하는 편이었으나, 창고 밑에 있다는 설도 묵살될 아무런 까닭이 없었다. 그럴지도 모르지, 이렇게들 생각했다.

족제비에 대해서는 어른들보다도 아이들이 더 열심이었다. 아이들은 족제비굴이 대나무 숲속에 있다는 설을 절대로 좋아했다. 대낮에도 어두컴컴한 대나무 숲속에 두 눈을 반질거리며 도사리고 있어야 그럴듯하지, 그렇지 않고, 삼십 년이나 묵은 족제비가 창고 밑 같은 데 엎드려 있대서야 말씀이 아니었다.

이렇게 하시모도와 족제비에 관해서뿐 아니라, 그 큼직큼직한 창고 속도 마을 사람들은 궁금했다. 그 속에 벼가 들어 있다는 것은 누구나 아는 일이었다. 그러나 얼마나 되는 벼가 들어 있는 것인지 알 수 없었다. 창고 하나에 천 가마니는 들어 있을 것이라는 사람도 있었고, 족히 오천 가마니는 들어간다는 주장도 있었다. 그런가 하면 천가마니의 절반을 주장하는 사람도 있었다. 허망한 얘기들이었다.

아무튼 이런 거창한 농장에 일웅이의 아버지가 서기로 다니고 있는 것이었다. 그러니 다른 아이들이 모두 맨발 아니면 짚신이나

게다짝 같은 것을 끌고 다닐 때 일웅이만은 운동화를 신고 다닐 법도 한 일이었다.

신빼이상은 불쌍하고나—, 학섭이의 휘파람소리가 저녁들에 퍼졌다. 윤길이도 휙! 휙! 휙! 냅다 불어댔다. 윤길이의 휘파람소리에 눈이 휘둥그레지는 아이도 있었다. 오늘 저녁은 센소곡꼬였다. 추축국(樞軸國)*(2차대전 중 연합군에 대항해 싸운 세력. 독일, 이탈리아, 일본을 말함), 연합국 두 편으로 갈라진 아이들은 제각기 막대기를 한 개씩 들고 와— 기세를 올리며 진을 쳤다. 논바닥의 세계대전이 또 벌어지는 것이다.

맨 처음엔 양편에서 졸때기가 하나씩 나와 막대기를 휘두르며 칼싸움을 시작한다. 지면 전사자가 되어 물러나고, 이기면 다음 사람을 상대한다. 그러다가 나중에는 두 사람 세 사람씩 한목 나가 싸우게 되고, 마침내는 무더기로 백병전이 전개된다. 결국 이긴 편도 진 편도 없는 것이다. 서로 만세를 불러대는 것이다. 이런 전쟁을 두어 차례 치르고 나면 모두 지쳐서 나가떨어진다. 더러는 한두 군데 혹이 생겨서 끙끙거리기도 한다.

오늘 저녁도 이런 전쟁을 두 차례 치르고 모두 늘어져 있을 때,

"저 불 봐라!"

누군가가 소리를 질렀다. 모두 그쪽으로 시선을 돌렸다.

파아란 불이 좍 옆으로 흩어지고 있었다. 반짝반짝 빛나며 옆으로 점점이 흩어진 불이 도로 한데 커다랗게 모여들어 서글서글 타다가, 이번에는 무슨 재주를 부리는 것처럼 위로 쭈욱 뻗어 올라가는 것이 아닌가.

"도깨비불이다!"

학섭이가 외치며 자리에서 벌떡 일어났다. 다른 아이들도 덩달아,

"도깨비불이야—"

"도깨비불 봐라—"

"도깨비불! 도깨비불!"

떠들어대며 뛰어 일어났다.

달이 있었다. 그러나 달빛 아래서도 그 파아란 불들은 선명하게 움직이고 있었다. 하시모도농장 쪽이었다.

위로 쭈욱 뻗어 올라가던 불이 순식간에 좌르르 무너지며 픽픽 꺼져버리는가 싶더니, 번쩍 다시 한 덩어리로 살아나서 빙글빙글 맴을 도는 것이었다. 잠시 맴을 돌다가는 다시 옆으로 가볍게 흩어지자, 누군가가 그만 킬 웃으며,

"도깨비가 사아까스한다!"

소리를 질렀다.

아닌 게 아니라 꼭 곡예를 하는 것 같았다. 숨을 죽이고 바라보고 있던 아이들은 그만 긴장이 풀리며 좋아서 웃기도 하고, 된 소리 안 된 소리 지껄여대기도 했다.

"사아까스 참 잘한다. 그지?"

"도깨비니까 잘하지."

"도깨비 한 마리가 저카나?"

"도깨빈 한 마리가 두 마리도 됐다가 세 마리도 됐다가 그런다. 아나?"

"누가 카더노?"

"우라부지가……."

"너거 아부지 도깨비 대장이가? 우얘 아노?"

"뭐, 이 짜식!"

"헤헤……."

불은 여전히 재주를 부리고 있었다. 이번에는 두 덩어리로 갈라져서 나불나불 춤을 추었다.

우뚝 서서 바라보고 있던 학섭이가,

"지랄하네. 억씨기!"

한마디 뱉었다.

그러자, 일웅이가 얼른 받았다.

"참말로 지랄한대이. 저놈의 도깨비……."

윤길이는 일웅이의 맞장구에 킥 웃음이 나왔으나 삼키고, 그 대신 휙— 휘파람을 날렸다.

잠시 후, 학섭이가 아이들을 휘둘러보며,

"어떻노? 저놈의 도깨비, 오늘밤에 안 잡아버릴래구마!"

했다.

너무나 뜻밖의 말에 아무도 입이 떨어지지 않는 모양이었다.

"응? 안 잡아버릴래? 그렇게 모두 '유우끼(용기)'가 죽었나?"

윤길이는 겁이 안 나는 것은 아니었으나,

"가자!"

거머쥔 작대기에 불끈 힘을 주었다.

한 사람이 나서자, 너도나도 뒤따랐다.

"가자!"

"가자!"

"도깨비 잡자—"

"잡자—"

"잡자—"

덩달아서 졸때기들이 더 신이 났다.

일웅이도 하는 수 없는 듯, 커다란 두 눈을 껌벅거리며,

"그러자—"

했다.

학섭이는 막대기 칼을 번쩍 쳐들었다.

"도쓰게끼(돌격)— 도깨비를 향해서 도쓰께끼—"

그리고 냅다, 신빼이상은 불쌍하고나— 휘파람을 불어댔다.

와— 함성이 저녁들에 울려 퍼졌다. 추축군과 연합군이 그만 한 덩어리가 되어 도깨비를 잡으러 달리는 것이었다. 막대기 칼들이 달빛 아래 춤을 추었다.

참 이상한 일이었다. 그처럼 선명하게 곡예를 부려쌓던 불이 어느 결에 말끔히 사라지고, 들에는 달빛만 휑하게 깔려 있었다. 도쓰게끼는 맥이 풀리고 말았다. 도깨비가 겁이 나서 뺑소니를 친 것이라고, 모두 좋아서 떠들어대며 걸어서 계속 전진하고 있었다.

그런데 누군가가,

"저기 뭐고!"

소리를 질렀다.

아이들은 모두 우뚝 걸음을 멈추었다.

"도깨비다—"

"어매—"

질겁을 하는 아이도 있었다. 학섭이도 이마에 식은땀이 흘렀다.

하시모도 농장의 창고가 논바닥에 그늘을 던지고 있었다. 그늘 속은 어두웠다. 그런데 그 어두운 그늘 속에서 휘청휘청 걸어 나오는 희끔한 것이 있었던 것이다. 그 희끔한 것은 잠시 멈추어 서는 듯하더니, 계속 이쪽으로 걸어오고 있었다.

"사람이제?"

"맞다. 사람이다."

"도깨비도 꼭 사람같이 생겼다 카더라."

"아이, 무서라."

비실비실 뒷걸음을 치는 아이도 있었다.

가만히 바라보고 있던 윤길이는 그만 웃음을 터뜨렸다.

"학섭아, 너거 아부지다."

"뭐라?"

"보래, 너거 아부지지."

"……."

"기제?"

"……."

고 생원이었던 것이다. 아이들은 모두 어리둥절했다.

고 생원이 무슨 일로 이 밤중에 하시모도농장 근처를 서성거리고 있었는지, 이상했다. 그 근처에 논이 있긴 했지만, 추수가 끝난 지금, 더구나 밤중에 무슨 일이 있을 까닭이 없는데, 알 수 없는 노릇이었다. 그리고 그것보다도, 그렇게 도깨비불이 설쳐쌓는 바로 그 근처에서 무서워서 어떻게 서성거리고 있었는지, 참 별일이었다.

고 생원은 두 손을 뒷짐 지고 빙글빙글 웃으면서 다가왔다. 달빛 아래서도 두 개의 콧구멍이 벌룸벌룸 선명하게 움직였다.

"아저씨, 거기서 뭐 했어예?"

윤길이가 물었다.

"응, 그저……."

"밤에 일 했어예?"

"응."

"나락도 다 빘는데, 무슨 일 합니꾜? 밤에……."

"그저……."

고 생원은 건성으로 대꾸를 하며, 어색하게 웃기만 했다.

"도깨비 못 봤어예?"

"도깨비?"

"예."

"우짠 도깨비는……."

그러자 아이들은 제각기 한마디씩 떠들어댔다.

"도깨비불이 막 사까스하던데예."

"바로 저기서예."

"새파란 불이 막 우로 올라갔다 옆으로 흩어졌다 하던데, 못 봤습니꾜?"

고 생원은 한쪽 콧구멍을 눌러 찍! 코를 풀었다.

"몰라. 난 못 봤대이."

"정말이예?"

"정말이다. 그럼 너거들은 도깨빌 봤담서 뭐하로 여기까지 왔노?"

"도깨비 잡을라고예."

"뭐? 도깨빌 잡아? 헛헛헛허……."

고 생원은 어이가 없는 듯 껄껄껄 웃었다. 그리고 또 코를 찍 풀어 던지며,

"도깨비가 얼매나 무서분지 너거들 아나? 너거들 같은 거 백 명이라도 소용없다. 도깨비한테 홀리면 냇물도 행길*('한길'의 방언)같이 보이고, 시궁창도 안방같이 보인단다. 겁나지?"

하고는, 무슨 생각이 떠올랐는지, 갑자기 목소리를 약간 높여가지고,

"너거들 놀더라도 이런 데까지 오면 안 된다. 저 하시모도농장 근방에는 정말로 도깨비가 있다 카더라. 저 근방에는 낮에도 가면 안 된대이! 알겠제?"

울림장을 놓는 것이었다.

아이들은 "낮에도 가면 안 된다"는 말을 조금도 이상하게 생각하지 않았다. 그저 무서운 도깨비를 조심해야 된다는 말로만 알아들었다.

그날 밤, 집에 돌아간 아이들은 저마다 도깨비불 이야기로 꽃을 피웠다. 자연히 고 생원 이야기도 나왔다. 어떤 아이는 고 생원이 바로 도깨비가 아닌지 모르겠다고 해서 어른들을 웃기기도 했다.

일웅이도 예외는 아니었다. 오히려 딴 아이들보다 더 나불거렸다.

고 생원은 도깨비가 무섭지도 않은지, 밤중에 무슨 일로 농장 근처에서 나타나더라는 얘기를 듣자, 일웅이 아버지 최 서기는,

"그래? 정말이가?"

웬일인지, 귀가 번쩍하는 모양이었다.

"정말이예."

"흠—"

최 서기는 잠시 생각에 잠기는 듯하더니, 두 눈을 가늘게 뜨며 웃었다. 그리고 무슨 짐작이 가는 일이라도 있는 듯, 고개를 끄덕거리더니,

"농장 어디쯤이더노?"

하고 남달리 조그마한 코를 일웅이 얼굴 앞으로 바싹 가져가는 것이었다.

까마귀 떼가 뜨기 시작했다. 어디서 몰려왔는지, 수 없이 많은 까마귀들이 까맣게 하늘에 묻어서 휘— 휘— 바람을 일으켰다. 그러다가는 우수수 논바닥에 내려앉아 까욱까욱까욱 울어대기도 했다. 밤이면 까마귀들은 하시모도농장의 뒷동산으로 몰렸다. 그리고 이른 아침부터 또 날아올랐다. 하얗게 서리가 내린 아침이면 까마귀들은 논바닥에 깔려서 유난히 까욱거렸다. 이 들녘의 추위는 이렇게 까마귀들의 울음소리로부터 시작되는 것 같았다.

그런 어느 날, 군에서 공출 독려반이 나왔다. 하늘이 찌뿌듯하게 흐리고, 으슬으슬 추운 날이었다. 공출 독려가 이것이 처음은 물론 아니었다. 가을 들면서부터 시작해서 벌써 얼마나 그 소리를 들어왔는지 몰랐다. 애국반장의 입을 통해서, 구장의 입을 통해서, 그리고 직접 면서기들한테서 귀가 아프도록 들어왔다. 그러나 군에서 독려반이 나오기는 처음이었다.

그렇게 귀가 아프도록 들어왔지만, 할당된 책임량을 완수하다가는 굶어죽기 십상인 사정들이었다. 개중에는 공출을 대고도 볏가

리가 봄까지 남아 있는 집도 더러 있긴 했으나, 그런 집은 자기 논을 꽤 가진 집이었고, 대개는 그게 아니었다. 대개는 남의 논을 얻어 짓고 있는 형편이었다. 남이란 주로 하시모도였다. 그러니 하라는 대로 고분고분 좇다가는 곱다시 앉아서 굶는 도리밖에 없었다. 어떻게 하면 조금이라도 덜 뜯길 것인가, 어떻게 해서 조금이라도 더 남길 것인가 하는 것이 가을 들면서부터의 대부분 농가의 궁리였다.

상대적으로 공출 독려도 그냥 말로만 끝날 수는 없는 모양이었다. 군에서 공출 독려반이 나왔다는 것은 마지막 수단이 동원되었다는 것을 뜻한다. 아무래도 성적이 오르지 않는 그런 면, 그런 부락을 사정없이 마구 덮치는 것이다. 독려란 말뿐, 이제 본색을 드러내는 셈이었다.

군에서 독려반이 나오면 면직원은 물론 구장, 반장까지 동원이 된다. 주재소의 순사까지 나선다. 그리고 어찌된 영문인지 아무런 상관도 없을 터인데, 하시모도농장의 직원들까지 동원되는 것이다.

"군에서 나온다메?"

"벌써 안 나와 있나. 면소에……."

"일찍도 왔대이. 자식들."

"쑥대밭을 만들 모양이지."

"내사 쑥대밭을 만들어도 할 수 없다. 털어봤자 불알밖에 나올기 없으이."

"헛헛허, 불알은 남아 있구만."

"불알은 남아 있지."

고 생원도 콧구멍을 벌룸거리며 히들히들 웃었다. 그러나 고들고들한 대추 같은 코끝은 오늘따라 거무죽죽하기까지 했다.

그날 오후, 윤길이는 하시모도농장의 뒷동산에서 놀고 있었다. 학섭이, 일웅이도 함께였다. 토요일이어서 학교가 일찍 파했던 것이다.

날씨가 쌀쌀해지면서부터 아이들은 곧잘 하시모도농장의 뒷동산에서 놀았다. 남향인데다가 동산 한가운데가 오목하게 파여 있어서 여간한 날씨에도 별로 추운 줄을 몰랐다. 그리고 거기에는 나무는 한 그루도 없고, 잔디만 잘 깔려 있었다. 그래서 아이들은 거기서 구슬치기, 자치기, 혹은 제기차기 같은 것을 하기도 했고, 비탈을 이용해서 미끄럼을 타기도 했다. 말하자면 그곳은 아이들의 겨울철 놀이터인 셈이었다.

미끄럼 타기는 꽤 위험한 장난이었다. 경사가 급한데다가 잔디가 돋아나 있다고는 하지만, 미끄럼틀처럼 잘 다듬어진 것이 아니기 때문에 자칫하면 넘어지거나 앞으로 곤두박질하기 마련이었다. 그래서 무르팍이나 팔꿈치, 혹은 이마빼기 같은 데를 깎기가 십상이었다. 그러나 아이들은 구슬치기, 제기차기 같은 얌전한 놀이에 싫증이 나면 곧잘 미끄럼 타기를 감행하는 것이었다. 한 아이가 시작하면 너도나도 뒤따랐다.

학섭이는 송판쪼가리 같은 것을 깔고 앉아서 미끄러져 내렸다. 그것은 무서운 속도였다. 보통 간덩어리로는 엄두를 낼 수가 없었다. 윤길이는 발바닥과 손바닥으로 조심조심 미끄러져 내리는 축이었다. 일웅이는 그것도 잘 안 되고 겁이 나서, 아예 궁둥이를 땅에 편안히 붙이고 앉아서 두 다리를 쭉 뻗은 채 미끄러져 내는 것이었다. 양복 궁둥이야 어떻게 되든 아랑곳없었다.

오늘도 그렇게 궁둥이를 떡 붙이고 앉아서 줄줄줄 미끄러져 내려가던 일웅이가,

"저기 저 사람들 뭐하고 있노?"

소리를 질렀다

"어디?"

"저기."

"글씨, 뭐하는고?"

"땅 파는 모양이다. 그제?"

"순사도 있대이."

"맞다. 순사도 있다."

하시모도농장의 철망 바깥쪽이었다. 대여섯 사람이 둘러서서 지켜보는 가운데 누군가가 쭈그리고 앉아서 괭이질을 하고 있는 게 보였다. 철망 둑 밑을 파고 있는 것이었다. 창고가 있는 근처였다. 얼마 전 고 생원이 밤중에 서성거리던 바로 그 자리였다.

윤길이와 일웅이는 약속이라도 한 듯 학섭이를 돌아보았다. 학섭이는 새파랗게 질리고 있었다.

"가보자!"

"그러자!"

윤길이와 일웅이가 냅다 뛰기 시작했으나, 학섭이는 움직이지 않았다. 그냥 그 자리에 서서 떨리는 손으로 곧장 조끼 단추를 만지작거리기만 했다.

쭈그리고 앉아서 괭이질을 한 것은 고 생원이었고, 둘러선 사람들은 말할 것도 없이 공출 독려반들이었다. 그리고 둑 밑에서 나온 것은 벼 세 가마니였다.

볏가마니가 불거져 나오자, 둘러섰던 사람들은,

"야— 땅속에서 쌀이 나오네."

"그것 참 신기한 노릇인데……."

"기적이지, 기적."

어쩌고 하며, 모두 비뚤어진 웃음을 웃어댔다. 그리고 그 가운데 검정 제복을 입은 순사가, '게에또르'에 '지까다비'를 신은 다리를 번쩍 들어,

"코노야로!"(이 새끼야!)

하고, 냅다 고 생원의 엉덩이를 걷어찼다.

고 생원은 땅에서 꺼낸 볏가마니 위에 고꾸라졌다. 그러자 고꾸라진 고 생원의 뒷덜미를 가서 불끈 잡아 일으키며,

"이꼬!"(가자!)

"순사는 두 눈을 부라렸다.

주재소는 마을 앞 한길 가에 있었다. 빨간 벽돌로 나지막한 담을 두르고 있었다.

정문을 들어서면 한쪽에는 국기게양대가 비뚜름하게 서 있고, 한쪽에는 종대(鐘臺)가 서 있었다. 종대는 전봇대 같은 굵은 통나무 꼭대기에 종을 매달아놓은 것이었다. 제법 동이만 한 종이 매달려 있었다. 그런데 재미있는 것은, 밑에서 잡아당기면 종이 울리도록 되어 있는 것이 아니라, 그때그때 사다리를 놓고 올라가서 망치로 두들기는 것이었다. 말하자면 별로 요긴한 물건이 아니었다. 마을에 불이 나거나, 아니면 경계경보, 공습경보 때나 두들기게 되는데, 화재가 그렇게 흔히 발생하는 것도 아니고, 또 일본 본토는 매일같

이 폭탄 세례를 받고 있었으나, 이곳에는 경계경보를 내릴 만한 사태도 별로 일어나지 않았다.

한 번, 경계경보를 거쳐 공습경보까지 일어난 일이 있었다. 그때 이 주재소의 종은 오래간만에 제 구실을 하느라고 신나게 울렸었다. B29가 지나갔던 것이다. 맑은 하늘에 하얀 비행운을 그리며 두 대의 B29가 고공을 지나 멀리 자취를 감출 때까지 깡깡깡깡깡깡깡깡깡…… 끝없이 울렸었다.

주재소 부장은 그때 종대 밑에 두 다리를 떡 버티고, 주먹을 쥐고 서서 이마에 여덟팔자를 주름잡으며 B29를 노려보고 있었다. 부장의 코밑에는 언제나 까만 나비가 한 마리 앉아 있는 것 같았다. 수염이었다. 수염을 코 바로 밑에만 까맣게 남겨놓고 있는 것이었다. 그 까만 나비 같은 수염이 파르르 떨리고 있었다. 부장의 그 나비 수염은 화가 나거나 긴장이 되면 곧장 파르르 떨렸다.

오늘도 부장의 나비수염은 파르르 떨리고 있었다. 공출 독려반에 적발되어 끌려오는 자가 한두 사람이 아니었던 것이다.

"고노야로모까?"(이 새끼돈가?)

"하이."(예)

고 생원이었다. 고 생원은 팔을 앞으로 축 늘어뜨리고 겁먹은 소처럼 두 눈을 끔벅거리기만 했다.

순사부장의 시선이 고 생원의 얼굴 한가운데 멎었다.

"난다, 고노 하나와?"(뭐야, 이 코는?)

"……."

"오모시로이 하나다나."(재미있는 코로군)

"핫핫하……."

"헛헛허……."

그리고 부장은,

"새끼닝깐노 나이 야로다찌!"(책임감이 없는 새끼들!)

하고, 싹 웃음을 거두더니, 이런 '히고꾸밍(비국민)'은 실컷 좀 본때를 보여주어야 된다고 호통을 치는 것이었다.

고 생원은 한쪽 구석으로 콱 처박히고 말았다.

밤이 되어도 고 생원은 놓여나오지 않았다. 고 생원뿐 아니라, 여러 사람이 그대로 주재소에 묶여 있었다.

밤은 깊어가고 있었다. 주재소의 어두운 담 그늘에서 조그만 그림자가 움직였다. 윤길이었다. 윤길이는 담에서 한 걸음 뒤로 물러서더니 고추를 끄집어냈다. 찍— 오줌을 깔기는 것이었다. 오줌줄기는 담벼락을 가서 들이받고 부서져 줄줄줄 흘렀다. 곁에 섰던 일웅이가 킥 웃었다. 그리고 저도 얼른 뒤로 한 걸음 물러서며 재빨리 고추를 끄집어냈다.

두 오줌줄기가 담벼락을 기분 좋게 갈기고 있었으나, 학섭이는 힐끗 한 번 돌아보았을 뿐 웃지도 않고 담에 딱 붙어 서서 계속 발돋움을 하고 있었다. 담이 야트막해서 발돋움을 하면 곧잘 안이 넘어다보였다. 희미한 남폿불이 켜져 있는 사무실 유리 창문을 가만히 바라보며 귀를 기울이고 있었다.

아이고 아이고— 또 곧 넘어가는 소리가 흘러나왔다. 아이크흐흐흐— 오지게 얻어걸린 모양이었다. 윤길이와 일웅이의 오줌줄기도 뚝 그치고, 세 개의 까만 그림자는 담벼락에 딱 얼어붙은 것 같았다.

아이크 아이크흐흐흐— 신음소리는 계속되고 있었다.

어둠속에서 일웅이가 학섭이를 빤히 쳐다보았다.

"너거 아부지제?"

"……."

학섭이는 아무 대꾸를 하지 않았다.

"너거 아부지제. 그제?"

"……."

이번에도 못 들은 척했다. 그러자 일웅이는 기어이 학섭이의 옆구리를 집적거리기까지 하며,

"그제, 너 아부지 맞제?"

했다.

순간, 학섭이는 일웅이를 향해 돌아서기가 무섭게 냅다 따귀를 한 대 후려갈겼다. 꼭 발작을 한 것 같았다.

눈에 불이 번쩍하자, 일웅이는 어찌된 영문인지 모르고 비슬거리다가 생각이 난 듯이,

"와 때리노, 와 때려? 앙! 앙!"

악을 썼다.

학섭이는 다짜고짜로 이번에는 일웅이의 멱살을 움켜쥐었다. 일웅이도 가만히 있진 않았다. 저도 겁 없이 학섭이의 멱살을 쥐었다.

놀란 것은 윤길이었다.

"와 이카노, 와 이카노, 와 이캐!"

주재소 담 모퉁이에서 난데없는 드잡이가 벌어지는 것이었다.

잠시 후,

"난다, 고노야로다찌!"(뭐야, 이 새끼들!)

고함소리가 버럭 담을 넘어왔다.

그러나 일웅이의 울부짖는 소리는 쉬 누그러질 줄을 몰랐다.

"코노 쿠소매!"(이 똥강아지들!)

저벅저벅 걸어 나오는 기척이 들렸다.

"순사 나온다!"

윤길이가 소리를 지르자, 일웅이도 학섭이도 서로 먹살을 놓기가 바쁘게 어둠속으로 줄행랑을 쳤다. 윤길이도 뒤따라 마구 뛰었다.

마을 골목으로 깊숙이 들어서자, 학섭이는 뒤를 돌아보며 걸음을 멈추었다. 윤길이도 멈추었다. 그러나 일웅이는 그 길로 사뭇 저의 집 쪽으로 사라져버리는 것이었다. 윤길이도 이제 집으로 돌아갈까 하는데, 학섭이는 말없이 달려온 골목 쪽을 바라보고 있더니, 윤길이를 한 번 힐끗 돌아보았다. 그리고 달려온 쪽으로 도로 천천히 걸음을 떼놓는 것이었다. 윤길이는 잠시 망설이다가 하는 수 없는 듯, 저도 뒤따라 걸음을 떼놓았다.

고샅을 빠져나가, 주재소의 불빛이 저만큼 가까워지자, 학섭이는 걸음을 멈추었다. 자연히 윤길이도 걸음을 멈추었다. 더 가까이 갈 생각을 않고, 학섭이는 그 자리에 꼿꼿하게 서서 언제까지나 주재소의 불빛을 바라보고만 있었다. 윤길이도 학섭이 곁에 서서 이따금 학섭이 얼굴을 힐끗힐끗 훔쳐보며 언제까지나 말이 없었다.

얼마나 지났을까. 학섭이는 무슨 생각이 떠올랐는지 두 손을 얼른 양쪽 조끼주머니에 찌르고는 주둥이를 쑥 앞으로 내밀었다. 느닷없이 휘파람을 내뿜는 것이었다.

휘이익— 휘이익—

날카로운 휘파람소리였다.

윤길이는 처음엔 얼떨떨했으나, 곧 웃음이 나오며, 이거 재미있다 싶었다. 그래서 저도 덩달아 휘익— 휘익— 냅다 합세를 했다.

휘이익— 휘이익—

휘익— 휘휘익— 휘휘익—

두 휘파람소리는 어둠속으로 주재소를 향해 열심히 날았다. 그리고 숨이 차자 휘파람을 멈추었다.

잠시 조용히 서 있다가, 이번에는 또 학섭이가, 신빼이상은 불쌍하고나—를 불기 시작했다.

신빼이상은 불쌍하고나—, 오늘밤도 누워 울겠지. 신빼이상은 불쌍하고나—, 오늘밤도 누워 울겠지—, 신빼이상은 불쌍하고나—

똑 같은 곡을 되풀이 불어대는 것이었다. 경쾌하면서 어딘지 모르게 애수 같은 것을 띠고 있는 그 곡이 차츰 이상하게 덜덜덜 떨렸다.

윤길이는 학섭이를 가만히 돌아보았다. 울고 있는 것이었다. 학섭이는 조끼주머니에 두 손을 찌른 채 꼿꼿이 서서 울고 있었다. 신빼이상은 불쌍하고나—를 계속하면서 울고 있었다. 눈물과 콧물이 뒤범벅이 되어 흐르고 있었다.

이튿날 고 생원은 놓여 나왔다. 한쪽 다리를 절름절름 절고 있었다. 그러나 고 생원은 주재소에 대해서는 이렇다 한마디 말도 없었다. 하룻밤으로 놓여 나온 것을 오히려 다행하게 여기는 그런 눈치였다. 다만 그곳에 볏가마니를 묻은 것을 누가 어떻게 알았을까, 그것만이 궁금한 모양이었다. 누가 냄새를 맡고 고자질을 했을까. 도대체 어떤 놈이 그랬을까…… 아무리 생각해도 집히는 게 없었다.

하시모도농장의 철망은 제법 두두룩한 둑 위에 마련되어 있었다. 그래서 고 생원은 그 둑 밑을 비스듬히 파들어 갔던 것이다. 그리고 감쪽같이 덮어버렸던 것이다. 아무리 샅샅이 뒤진다고 하지만, 설마 거기까지야 눈을 돌리겠느냐, 더구나 하시모도농장의 둑인데, 생각했던 것이다.

혹시 아이들이 눈치를 챈 것이나 아닐까 싶기도 했다. 그러나 그날 밤, 아이들은 현장까지 접근하진 않았고, 그때 구덩이는 다 되어 뻐꿈*('빠끔'의 방언)하게 아가리를 벌리고 있었으나, 창고 그늘에 묻혀서 보일 까닭이 만무했다. 아이들이 오고 있는 것을 발견하자, 얼른 삽을 구덩이에 던져놓고 손을 털었으며, 아이들에게 도깨비가 살고 있으니 낮에도 이 근처에 오면 안 된다고 다짐까지 하지 않았던가.

그리고 아무의 눈에도 띄지 않기 위해서 볏가마니를 져다가 묻은 것은 첫닭이 울 무렵이었다. 힘에 겨웠으나 단번에 두 가마니를 지게에 지고 일어섰었다. 그러니까 벼 세 가마니와 구덩이에 깔고 덮을 짚 스무남*(스물이 조금 넘는 수)은 단을 두 지게로 날랐던 것이다. 그렇게 쥐도 새도 모르게 해치운 일인데, 어떻게 들통이 나고 말았는지 참 기가 찰 노릇이었다.

고 생원은 아랫목에 누워서 이따금 끙끙 앓는 소리를 하며, 천장에 앙상하게 불거져 있는 서까래를 이것저것 바라보고만 있었다. 그러다가 언뜻 머리에 무슨 와 닿는 게 있는지, 벌떡 일어나 앉으며,

"옳다! 고놈이다!"

소리를 질렀다.

"고놈 아니고 누가 있겠노. 고놈이 보았을 끼라. 고놈이……."

이제 알았다는 듯이 싱그레 웃기까지 했다.

족제비라는 것이었다. 족제비가 보았다는 것이다. 어둠속에서도 곧잘 앞을 내다보는 놈이니, 창고 밑에 웅크리고 앉아서 보았을 게 틀림없다는 것이다. 그래서 심술궂게 고 늙은 것이 그 자리를 파헤쳤을 게 분명하다는 것이다.

족제비 굴이 대나무 숲속에 있느냐, 창고 밑에 있느냐 하는 두 가지 설 가운데서 고 생원은 이제 단연 창고 밑 설을 지지하게 되었다, 그리고 삼십 년 묵었다는 늙은 족제비를 잡아야지, 잡아서 껍데기를 벗겨야지, 마음먹는 것이었다.

몸이 좀 풀린 어느 날 오후, 고 생원은 양지바른 뜰에 앉아서 새끼로 막대기를 얽어매어 궤짝 같은 것을 만들고 있었다. 족제비 틀인 것이었다.

학교에서 돌아온 학섭이가,

"아부지, 뭐 하십니꾜?"

물었다.

"쪽쩨비 잡는다."

"예? 이기 쪽쩨비 잡는 깁니꾜?"

"그래. 쪽쩨비 틀 앙이가."

학섭이는 족제비 틀이라는 게 뭐 이렇게 어설프노, 싶었다.

"이거 갖고 우예 잡습니꾜?"

"그것도 모르나?"

"……."

"바보야, 여기다 쥐나 참새나 멩태 대가리 같은 걸 끼놓는 기라. 그럼 쪽쩨비란 놈이 와서 차갈라 칼 끼 앙이가. 이걸 건디리기만 하면 이기 탁 닫기는 기라. 그러면 지가 어디로 가겠노."

고 생원은 기분이 좋은 듯 슬그머니 코를 들어 멀리 찍 풀었다.

윤길이가 집에 책보를 갖다 놓고, 제법 신빼이상은 불쌍하고나—를 불며 사립으로 들어섰다. 이제 윤길이도 곧잘 휘파람으로 곡조를 맞추었다.

"이기 뭐고?"

윤길이는 두 눈을 반짝거리며, 완성되어 가고 있는 족제비 틀 앞에 쪼그리고 앉았다.

"쪽쩨비 틀 앙이가. 첨 봤제?"

학섭이가 이번에는 우쭐했다.

"쪽쩨비 틀?"

"그래, 쪽쩨비 잡는 거 앙이가."

"이 안에 쪽쩨비가 들어오는강?"

"그래, 여기다 묵을 걸 끼 놓면 와서 탁 잡아땡긴다 말이다. 그럼 이 문이 탁 닫긴다. 아나?"

"정말이가?"

"그래."

"아저씨, 정말인교?"

"정말이다. 고놈의 삼십 년 묵은 쪽쩨빌 잡아서 껍디길 홀랑 빗길 끼다."

그러자 윤길이는,

"야, 신난다!"

소리를 질렀다.

학섭이도 좋아서 킬킬킬 웃었다. 고 생원도 콧구멍을 벌룸거리며 소처럼 소리없이 웃었다.

그러나 족제비는 잡히지 않았다. 볏가마니를 묻었던 바로 그 둑 위 철망 가에 족제비 틀을 놓고, 아침저녁으로 나가보았으나, 족제비는 걸려 있지 않았다. 미끼를 갈아보기도 했으나, 헛일이었다.

아침저녁으로 고 생원을 따라 열심히 족제비 틀을 찾아가곤 하던 학섭이와 윤길이는 차츰 흥미를 잃고 말았다. 뭐 이러노, 싶었다. 학섭이가 먼저 떨어져나갔다. 윤길이는 족제비가 도대체 어떻게 생겼는지 궁금해서 혹시나 혹시나 하고 나서는 것이었다. 그러나 한 번 거르고 두 번 거르더니, 결국 윤길이도 떨어져버렸다.

나중에는 고 생원도 식전으로 한 번만 나가보는 것이었다. 간밤의 꿈을 되새겨보기도 하면서, 혹시 오늘은, 혹시 오늘은 했으나, 끝내 족제비는 걸려주질 않았다.

"헤, 그것 참, 고놈을 잡아서 껍디길 빗기면 돈도 몇 푼 생기는 긴데…… 헤 참."

고 생원은 싸늘한 새벽바람 속에서 쿨룩쿨룩 기침을 하기도 했다.

늦은 기러기 떼가 끼르륵끼르륵 날아들면서 첫눈이 내렸다. 그 해는 눈이 많은 해였다. 첫눈이 벌써 함박눈이었다. 온 들녘은 하얗게 덮어버리고 말았다. 족제비 틀도 눈에 소복이 묻히고 말았다.

이듬해 여름, 더위도 고비를 치닫고 있을 무렵, 아이들의 휘파람 곡조는 바뀌었다. 이제 신빼이상은 불쌍하고나—, 오늘밤도 누워 울고 있겠지—가 아니었다. 그것은 하루아침에 옛날의 딴 세상 노래가 되고 말았다. 듣기만 해도 신기하고, 신나는 노래가 어디선지 자꾸자꾸 밀어닥치고 있었다. 동해물과 백두산이……가 울려오고, 백두산 벋어나려……가 울려오고, 어둡고 괴로워라……가, 아리랑 아리랑……이, 도라지 도라지……가, 또 무엇이, 무엇이…… 끝없이 밀어닥치는 파도 같은 음률 속에서 아이들은 제 세상을 만난 것 같았다. 노래로 부르고, 휘파람으로 부르고, 또 몸으로 우쭐우쭐 박자를 맞추기도 했다.

아이들뿐이 아니었다. 어른들도 마찬가지였다. 어디서 쏟아져 나왔는지, 집집마다 술이 철철철 넘쳤다. 먹는 사람도 못 먹는 사람도 모두 벌겋게 취해서 너울거렸다. 꽹과리가 나오고, 징이 나오고…… 장구가 나오고, 벅구가 나오고…… 유기 공출도 심했는데, 어디서 나왔는지, 깨갱깨갱 징징 깨갱깨갱 둥더꿍…… 밤도 없고 낮도 없이 뚱땅거렸다.

고드러진 대추처럼 오그라들던 고 생원의 코가 피둥피둥 살아난 것은 물론이다. 참으로 오래간만에 실컷 주기가 배어들고 보니, 그것은 마치 잘 익은 자두처럼 보였다. 그 피둥피둥 살아난 코를 흔들고, 콧구멍을 벌룸거리며 고 생원은 누구 못지않게 들떠서 우쭐거렸다. 꽹과리도 남 못지않게 많이 쳤고, 소리도 남 못지않게 높이 질렀다. 어깨춤도 누구 못지않게 구성지게 추었다.

이렇게 온 마을, 온 고을이 들떠서 풍성풍성 돌아가고 있는데, 일웅이 아버지 최 서기는 처음엔 어디로 피신이라도 했는지, 도무지 볼 수가 없었다. 그러다가 어디서 슬금슬금 나타나서, 마을 사람들이 모여 뚱땅거리는 자리에 조심조심 얼굴을 내밀었다. 나타난 최 서기를 보고 반기는 사람은 없었으나, 그렇다고 굳이 시비를 걸려고 드는 사람도 없었다. 그런 줄을 알자, 최 서기는 그 뒤부턴 곧잘 나타나서 한몫 휩쓸리려고 애를 쓰는 것이었다.

그런 어느 날, 마을에 큰 구경거리가 생겼다. 하시모도가 일본으로 돌아가기 위해서 오늘 떠난다는 것이었다. 하시모도뿐 아니라, 이 근방에 사는 일인들은 모두 오늘 한데 모여서 떠난다는 것이다.

일인들이 간다. 특히 하시모도가 간다— 이 넓은 들녘을 거의 다 차지하다시피 하고 있던 하시모도가 떠난다는 것은 정말 감격적인 일이었다. 비로소 해방을 실감하는 것 같았다. 그러나 마을 사람들은 그런 감격보다도 우선 하시모도가 어떻게 생긴 사람인가, 구경 좀 하는데 더 흥미가 있는 모양이었다. 얼마나 늙은 영감이며, 어떻게 생긴 얼굴일까? 지금까지의 궁금증을 좀 풀어보자는 듯이 마을 사람들은 희희낙락 떼를 지어서 하시모도농장 쪽으로 몰려가기도 했다.

물론 고 생원도 나섰고, 윤길이, 학섭이, 일웅이도 앞장을 섰다. 고 생원은 벌써 몇 잔 좋게 들이켠 듯 얼굴이 불그레 물들어 있었다.

농장 정문 앞에는 어느새 많은 사람들이 모여 있었다. 모여서 안을 기웃거리며 수군거리고 있을 뿐, 아무도 안으로 들어가 볼 생각은 않고 있었다. 고 생원은 두 손을 뒷짐 진 채,

"좀 들어가 보자구마."

하고, 어정어정 정문 안으로 걸음을 들여놓았다.

고 생원이 어정어정 걸어 들어가자, 킥킥 웃으며 아이들이 얼른 뒤를 따랐고, 이어서 어른들도 슬금슬금 몰려 들어갔다.

농장 사무실을 지나 그 안쪽 저택이 있는 근처까지 접근했을 때, 저택 문 안에서 총을 멘 병정이 한 사람 내다보았다. 물론 일본 병정이었다. 계급장 같은 것은 다 떼버리고, 그저 군복에 총만 메고 있었다. 오늘 혹시 무슨 변이나 일어날까 해서 읍에서 나온 병정인 모양이었다. 마을 사람들은 주춤하고, 두어 걸음씩 물러서기도 했다. 그러나 아무 변도 일어나지는 않았다.

하시모도가 모습을 나타낸 것은 한참 뒤의 일이었다. 총을 멘 병정 두 사람이 앞뒤로 호위를 한 가운데 하시모도는 가족들에게 부축을 받으며 걸어 나왔다. '유가다'(여름에 입는 두루마기 같은 홑옷)에 '게다'를 신고, 어린애 걸음마처럼 짜박짜박 걷고 있었다. 키도 여느 사람의 어깨까지밖에 안 왔다. 훅 불면 넘어질 것 같은 늙은이였다. 듣던 말과 같이 머리는 하얗게 세었고, 얼굴은 쪼그라들어서 얼른 보니 꼭 주먹만 했다. 주먹만 한 얼굴에 두 눈썹은 붓으로 답삭 먹을 묻혀놓은 듯 새까맸다. 턱수염은 밀어버렸는지, 처음부터 돋아나지 않았는지 맨숭맨숭했고, 입술 위에만 하얀 수염이 양쪽으로 가느다랗게 흐르고 있었다.

이 넓은 들녘을 온통 다 차지하다시피한 사람이면 신수도 그만큼 훤할 줄 알았는데, 그게 아니라, 풍신이라는 것이 꼭 이 모양이니, 마을 사람들은 무엇에 속은 것 같은 묘한 기분이었다. 그래서 모두 기침소리 하나 없이 바라보고 있는데, 난데없이 웃음소리가 터졌다.

"왓핫핫핫하……."

고 생원이었다. 무엇이 그렇게 우스운지, 커다란 콧구멍을 사정없이 벌름거리며,

"우앗핫핫하……."

벌겋게 핏대가 돋아나도록 웃어젖히는 것이었다.

난데없는 유난한 웃음소리에 모두 어리둥절했다. 고 생원은 웃음을 뚝 그치더니, 이번에는,

"쪽쩨비다! 쪽쩨비!"

냅다 고함을 질렀다.

"우짜먼 저렇게 꼭 쪽쩨비 같노! 우짜먼…… 왓핫핫하……."

그러자, 모두 와— 크게 웃음을 터뜨렸다. 아이들은 좋아서 못 견디었다. 윤길이와 학섭이는 훽훽— 훽훽— 휘파람을 불어대기도 했다.

"삼십 년 묵은 쪽쩨비가 아니라, 백 년 묵은 쪽쩨비세."

"대밭 속이 아니었네그려."

"창고 밑도 아니었구마는."

"글씨 말이지. 핫핫핫……."

"헛헛헛……."

웃음은 그칠 줄을 몰랐다.

두 병정이 잠시 긴장한 빛을 띠었으나, 별일은 없었다. 하시모도는 가족들에게 부축을 받으면서 짜박짜박 걸음을 옮기기에만 여념이 없었다.

주재소 앞 한길에 '도라꾸'(트럭)가 한 대 와 있었다. 이 근방의 일인들을 실어가기 위해서 읍에서 나온 군용 '도라꾸'였다. 울긋불긋한 봇짐 나부랭이와 함께 남녀노소 할 것 없이 모두 도라꾸 위에 오르고 있었다. 교장네 가족도 오르고 있었고, 선생네도 오르고 있었고, 우편국장네도, 눈깔사탕을 팔던 잡화상네도 오르고 있었다.

주재소 부장네 가족들도 오르고 있었다. 그러나 코밑에 까만 나비 같은 수염을 달고 있던 부장은 보이지 않았다. 그는 일본이 항복을 하자, 재빨리 어디론지 자취를 감추고 말았던 것이다. 모두 '도라꾸' 위에 올랐으나, 하시모도만은 운전대에 실렸다.

부르릉 부르릉…… 도라꾸가 발동을 걸자, 둘러서서 구경을 하고 있던 마을 사람들은 조용해졌다. 그리고 길을 비켰다. 도라꾸는 구경꾼들 사이를 서서히 빠져나가 차츰 속력을 놓기 시작했다. 그러자 아이들은 도라꾸를 쫓아 마구 달리기도 했다.

도라꾸가 먼지를 일으키며 달려가고 있을 때, 별안간 주재소의 종이 울렸다.

깡깡깡 깡깡깡 깡깡깡…….

고 생원이었다. 고 생원이 종대에 올라가서 망치로 종을 두들겨 대는 것이었다. 온통 자기 세상인 듯이 벌죽벌죽 웃으며, 우쭐우쭐 어깨춤까지 추기 시작했다. 벌겋게 술이 오른 얼굴 한가운데서 잘 익은 자두 같은 코가 벌룸벌룸 벌룸거렸고, 삼베 중의 속에서 배꼽도 불거져 나와 춤을 추었다.

"핫핫하……저 코생원 좀 보소."

"과연 콧구멍생원이 다르구마는."

"저 배꾸무 좀 보라니까."

"핫핫하……."

"헛헛허……."

모두 기분 좋게 웃었다.

사람들 속에 섞여 서서 최 서기도 두 눈을 가늘게 뜨고 고 생원을 쳐다보며, 헤헤헤…… 노오랗게 웃고 있었다. 남달리 조그마한 코가 오늘따라 더욱 잔망스러워 보였다.

어른들보다도 아이들이 더 좋아서 날뛰었다. 어떤 아이는 그만 만세를 불러대기도 했다.

윤길이는 실컷 웃고 나서 학섭이에게,

"너거 아부지 최고다! 최고!"

장난스럽게 말했다.

그러나 학섭이는 화를 내지 않았다. 멋쩍은 듯,

"술이 취해서 안 그러나. 아부지도 주책이지."

하고는, 저도 그만 씩 웃었다.

윤길이는 더욱 기분이 나서 냅다 휘파람을 불어대기 시작했다. 새로 쏟아져 나온 노래를 닥치는 대로 마구 불었다. 학섭이도 부르기 시작했다. 이제 윤길이의 휘파람도 학섭이 못지않게 가볍고 부드러웠다.

깡깡깡 깡깡깡 깡깡깡…….

종은 여전히 울리고 있었고, 신작로 멀리 뽀얀 먼지와 함께 도라꾸는 사라져가고 있었다.

《월간문학》(1970. 1)

부록

최초 발표《한국일보》본 수난이대
개작『산울림』본 수난이대

수난이대

최초 발표《한국일보》본

(아들이 돌아온다. 아들 진수(鎭守)가 살아서 돌아온다. 아무개는 전사했다는 통지가 왔고 아무개 아무개는 죽었는지 살았는지 통 소식도 없는데 우리 진수는 살아서 오늘 돌아오는 것이다.)

생각할쑤록 어깨ㅅ바람이 날 일이었다. 그래 그런지 몰라도 박만도(朴萬道)는 여니 때 같으면 아무래도 한두 군데 앉아 쉬어야 넘어설 수 있는 용머릿재를 단숨에 올라채고 만 것이다. 가슴이 펄럭거리고 허벅지가 뻐근했다. 그러나 그는 고개마루에서도 좀 쉴 생각을 하지 않았다. 들 건너 멀리 바라보이는 정거장에서 연기가 몰씬몰씬 피어오르며 삐익— 하고 기적소리가 들려왔기 때문이다. 아들이 타고 내려올 기차는 점심때가 가까워서야 도착한다는 것을 모르는 바 아니었다. 해가 이제 겨우 산등성이 위로 한 뼈ㅁ 가량 떠올랐으니 오정이 될랴면 아직 차례 멀은 것이다. 그러나 그는 공연히 마음이 바빴다.

(까짓것 잠시 앉아 쉬면 뭐ㅅ할 것이고.)

손가락으로 한쪽 코구멍을 찍 누르면서 팽하고 마른코를 풀어 던졌다. 다른 쪽도 그렇게 했다. 그리고 휘청휘청 고개ㅅ길을 내려가는 것이었다. 내리막은 오르막에 비하면 아무것도 아니었다. 대구 팔을 흔들라치면 절로 굴러 내려가는 것이다. 만도는 오른쪽 팔만을 앞뒤로 흔들고 있었다. 왼쪽 팔은 조끼주머니에 아무렇게나 쑤셔 넣고 있는 것이다.

(삼대독자가 죽다니 말이 되나 살아서 돌아와야 일이 옳고말고. 그런데 병원에서 나온다하니 어디를 좀 다치기는 다친 모양이지만 설마 나같이 이렇게사 되지 않았겠지.)

만도는 왼쪽 조끼주머니에 꽂힌 소맷자락을 내려다보았다. 그 소매ㅅ자락 속에는 아무 것도 들은 것이 없었다. 거저 소매ㅅ자락 그것뿐이 어깨 밑으로 덜렁 처져있는 것이다. 그래서 노상 그쪽은 조끼주머니 속에 꽂혀있는 것이다.

(볼기짝이나 장단지 같은 데를 총알이 약간 스쳐갔을 따름이겠지. 나처럼 팔뚝 하나가 몽땅 달아날 지경이었다면 그 엄살스런 놈이 견디어냈을 턱이 없고말고.)

슬며시 걱정이 되기도 하는 듯, 그는 속으로 이런 소리를 줏어섬겼다. 내리막길은 빨랐다. 벌써 고개마루가 저만큼 높이 쳐다보이는 것이다. 산모퉁이를 돌아서면 이제 들판이였다. 내리막길을 쏘아 내려온 기운 그대로, 만도는 들길을 잰걸음 쳐나가다가, 개천뚝에 이르러서야 걸음을 멈추었다.

외나무다리가 놓여있는 조그마한 시냇물이었다. 한여름 장마철에는 들어설라치면 배꼽이 묻히는 수도 있었지마는, 요즈막엔 무릎이 잠길 듯 말 듯한 물인 것이다. 가을이 깊어지면서부터 물은 밑바닥이 환히 들여다 보일만큼 맑아져갔다. 소리도 없이 미끌어져 내려가는 물을 가만히 내려다보고 있으면, 절로 이뿌리가 시려오는 것이다.

만도는 물기슭에 내려가서 쭈구리고 앉아 한 손으로 고의춤을 풀어헤쳤다. 오줌을 찌익— 갈기는 것이었다. 거울 면처럼 맑은 물위에 오줌이 가서 부글부글 끓어오르며, 뿌우연 거품을 이루니 여기저기서 물고기 떼가 모여들었다. 제법 엄지손가락만씩 한 파리도 여러 마리였다. (한 바가치 잡아서 회 쳐놓고 쭈욱 들이켰으면……)

군침이 목구멍에서 꿀컥하였다. 고기떼를 향해서 마른코를 팽팽 풀어 던지고, 그는 외나무다리를 조심히 딛는 것이었다.

얼마 길이가 되지 않는 다리었으나 아래로 물을 내려다보면, 제법 어찔하기도 했다. 그는 이 외나무다리를 퍽 조심하는 것이다. 언젠가 한 번 읍에서 술이 꽤 되어가지고 흥청거리며 돌아오다가, 물에 굴러 떨어진 일이 있었던 것이다. 지나치는 사람이 없었기에 망정이지, 누가 보았더라면 큰 웃음꺼리가 될 번했었다. 발목 하나를 약간 접쳤을 뿐, 크게 다친 데는 없었다. 이른 가을철이었기 때문에 옷을 벗어 뚝에 늘어놓고 말릴 수는 있었으나, 여간 창피스러운 것이 아니었다. 옷이 말짜ㅇ 젖었다거나, 옷이 마를 때까지 발가벗고 기다려야 한다거나, 해서가 아니었다. 팔뚝 하나가 몽땅 짤라져 나간 숭한 몸뚱아리를, 하늘 앞에 들어내 놓고 있어야 했기 때문이었다. 지나치는 사람이 있을라치면, 하는 수 없이 물속으로 뛰어 들어가서 얼굴만 내놓고 앉아 있었다. 물이 썬득해서 아랫턱이 덜덜거렸으나, 오그라붙는 사타구니께를 두 손으로 꽉 움켜쥐고, 버티는 수밖에 없었다.

"흐흐흐……"

그때 일을 생각하면, 지금도 곧 웃음이 터져 나오는 것이다. 하늘로 쳐들린 코구멍이 연신 벌름거렸다.

개천을 건너서 논두렁길을 한참 부지런히 걸어가노라면 읍으로 들어가는 행길이 나선다. 도로변에 먼지를 부여ㅎ게 덮어쓰고 도사리고 앉아 있는 초가집은 주막이었다. 만도가 읍에 나올 때마다 꼭 한 번씩 들리곤 하는 당골집*('단골집'의 방언)인 것이다. 이 집 눈섭이 지ㅌ은 여편네와는 예사로 농을 주고받는 사이었다. 술방 문턱을 넘어서며 만도가,

"서방님 들어가신다."

하면, 여편네는

"아이 문둥아 어서 오느라."

하는 것이 인사처럼 되어 있었다. 만도는 여간 언짢은 일이 있어도 이 여편네의 궁둥이 곁에 가서 붙어 앉으면 속이 저절로 쑥 내려가는 것이었다.

주막 앞을 지나치면서 만도는 술방 문을 열어볼까 했으나, 방문 앞에 신이 여러 켤레 널려 있고 방 안에서는 지금 웃음소리가 요란하기 때문에 돌아오는 길에 들리기로 하였다.

신작로에 나서면 금시 읍이었다.

만도는 읍 들머리에서 잠시 망서리다가, 정거장 쪽과는 반대되는 방향으로 걸음을 놓았다. 장거리를 찾아가는 것이었다.

(진수가 돌아오는데 고등어나 한 손 사가지고 가야 될 거 아니가.)

싶어서였다. 장날은 아니었으나, 고깃전에는 없는 고기가 없었다.

이것을 살까하면 저것이 좋아 보이고, 그것을 사러 가면 또 그 옆에 것이 먹음직해 보이는 것이었다. 한참 이리저리 서성거리다가 결국은 고등어 한 손이었다. 그것을 달랑달랑 들고 정거장을 향해 가는데, 겨드랑 밑이 간질간질해 왔다. 그러나 한쪽 밖에 없는 손에 고등어를 들었으니 참 딱했다. 어깨죽지를 연신 위아래로 움직거리는 수밖이었다.

정거장 대합실에 들어선 만도는 먼저 벽에 걸린 시계부터 바라보았다. 두 시 이십 분이었다.

(벌써 두 시 이십 분이라니 내가 잘못 보나.)

아무리 두 눈을 씻고 보아도, 시계는 틀림없는 두 시 이십 분인 것이다. 한쪽 걸상에 가서 궁둥이를 붙이면서도 곧장 미심쩍어 했다.

(두 시 이십 분이라니, 그러면 벌써 점심때가 지웠단 말이가?)

말도 아닌 것이다. 자세히 보니 시계는 유리가 깨어졌고, 먼지가 꺼머ㅎ게 앉아 있었다.

(그러면 그렇지.)

엉터리였다. 벌써 그렇게 되었을 리가 없는 것이다.

"여보이소 지금 몇 싱교?"

맞ㅁ편에 앉은 양복쟁이한테 물어보았다.

"열 시 사십 분이요."

"예, 그렁교."

만도는 고개를 굽신하고는 두 눈을 연신 꺼ㅁ벅거렸다.

(열 시 사십 분이라, 보자 그러면 아직도 한 시간이나 넘어 남았구나.)

그는 이제 안심이 되는 듯 후유 하고 숨을 내쉬었다. 궐연을 한 개 빼물고 불을 당겼다. 정거장 대합실에 와서 이렇게 도사리고 앉아 있노라면, 만도는 곧장 생각히는 일이 한 가지 있었다. 그 일이 머리에 떠오르면, 등골을 찬 기운이 좍 스쳐 내려가는 것이다. 손가락이 시퍼렇게 굳어져서 마치 이끼 낀 나무토막 같은 팔뚝이 지금도 저만큼 눈앞에 보이는 듯하였다.

바로 이 정거장 마당에 백 명 남짓한 사람들이 모여 웅성거리고 있었다. 그 중에는 만도도 섞여 있었다. 기차를 기다리고 있는 것이었으나, 그들은 모두 자기네들이 어디로 가는 것인지 모르는 것이었다. 그저 차를 타라면 탈 사람들인 것이었다. 징용에 끌려 나가는 사람들이었다. 그러니까, 지금으로부터 십이삼 년 옛날의 이야기인 것이다.

북해도 탄광으로 갈 것이라는 사람도 있었고 틀림없이 남양군도로 간다는 사람도 있었다. 더러는 만주로 갔으면 좋겠다고 하는 것이었다. 만도는 북해도가 아니면 남양군도일 것이고 거기도 아니면 만주겠지 설마 저의들이 하늘 밖으로사 끌고 갈까부냐고 아무렇지도 않은 듯이 그 들창코로 담배연기를 푹푹 내뿜ㅁ고 있었다. 그런데 마음이 좀 덜 좋은 것은 마누라가 저쪽 변소 모퉁이 사구라나무 밑에 우두커니 서서 한눈도 안 팔고 이쪽만을 바라보고 있는 때문이었다. 그래서 그는 주머니 속에 성냥을 두고도 옆에ㅅ 사람에게 불을 빌리자고 하며 슬며시 돌아서버리곤 했었다. 홈으로 나가면서 뒤를 돌아보니 마누라는 울 밖에 서서 수건으로 코를 눌러대고 있는 것이었다. 만도는 코허리가 씨ㅇ했다. 기차가 꽥ㄱ꽥ㄱ 소리를 지르면서 덜커덩하고 움직이기 시작했을 때는 정말 속이 덜 좋았다. 눈앞이 뿌우여ㅎ게 흘여지는 것을 어쩌지 못했다. 그러나 정거장이 가아마ㅎ게 멀어져가고 차창 밖으로 새로운 풍경이 휙휙 날라들자 이제 아무렇지도 않아지는 것이었다. 오히려 기분이 유쾌해지는 듯하였다.

바다를 본 것도 처음이었고, 그처럼 큰 배에 몸을 실어 본 것은 더구나 처음이었다. 배 밑창에 엎뜨려서 패ㄱ패ㄱ 게워내는 사람들이 많았으나, 만도는 거저 골이 좀 띠ㅇ했을 뿐 아무렇지도 않았다. 더러는 하루에 두 개씩 주는 뭉치ㅅ밥을 남기기도 했으나, 그는 한 꺼번에 하루 것을 뚝딱해도 시원찮았다. 모두들 내릴 준비를 하라는 명령이 내린 것은 사흘째 되는 날 황혼 때였다. 제가끔 봇짐을 챙기기에 바빴다. 만도는 호박 한 덩이만한 보따리를 옆구리에 덜렁 찼다. 갑판 위에 올라가보니, 하늘은 활활 타오르고 있고, 바닷물은 불에 녹은 쇠처럼 벌거ㅎ게 우쭐렁거리고 있었다. 지금 막 태양이 물 위로 뚜욱 떨어져가는 것이었다. 햇덩어리가 어쩌면 그렇게 크고 붉은지 정말 처음이었다. 그리고, 바다 위에 주황빛으로 번쩍거리는 커다란 산이 동동 떠 있는 것이었다. 무시무시하도록 황홀한 광경에 일동은 딱 벌어진 입을 다물 줄을 몰랐다. 만도는 어깨마루를 버쩍 들어 올리면서, 히야— 하고 고함을 질러댓다. 그러나, 그처럼 좋아할 건덕지는 못되는 것이었다. 섬에서 그들을 기다리고 있는 것은 숨 막히는 더위와 강제노동과 그리고, 잠자리만씩이나 한 모기떼였던 것이다.

섬에다가 비행장을 닦는 것이었다. 모기에게 물려 혹이 된 곳을 벅벅 긁으며, 비 오듯 쏟아지는 땀을 무릅쓰고, 아침부터 해가 떨어질 때까지 산을 허물어내고, 흙을 나르고 하기란, 고향에서 농사

일에 뼈가 굳어진 몸에도 이만저만한 고역이 아니었다. 물도 입에 맞지 않았고 음식도 이내 변하곤 해서, 도저이 견디어낼 것 같지 않았다. 게다가 병까지 돌았다. 일을 하다가도 벌떡 자빠라지기가 예사였다. 그러나, 만도는 아침저녁으로 약간씩 설사를 했을 뿐, 너머지지는 않았다. 물도 차츰 입에 맞아갔고, 고된 일도 날이 감에 따라 몸에 베여버리는 것이었다. 밤에 날개를 치며 몰려드는 모기때만 아니면, 그냥저냥 배겨내겠는데 정말 그놈의 모기들만은 질색이었다.

사람의 힘이란 무서운 것이었다. 그처럼 험산하던 산과 산 틈바구니에 비행장을 다듬어내고야 말았던 것이다.

그러나 일은 그것으로 끝이 나는 것이 아니고 오히려 더 벅찬 일이 닥치는 것이었다. 연합군의 비행기가 날라들면서부터, 일은 밤중까지 계속되었다. 산허리에 굴을 파고 들어가는 것인데 비행기를 집어넣을 굴이었던 것이다. 그리고, 모든 시설을 다 굴속으로 옮겨야 했던 것이다.

여기저기서 다이나마이트 튀는 소리가 산을 흔들어댔다. 앵앵앵— 하고 공습경보가 나면 일을 하던 손을 놓고 모두 굴 바닥에 납짝납짝 엎드려 있어야 했다. 비행기가 돌아갈 때까지 그리고 있는 것이었다. 어떤 때는 근 한 시간 가까이나 엎드려 있어야 하는 때도 있었는데 차라리 그것이 얼마나 편한지 몰랐다. 그래서 더러는 공습이 있기를 은근히 기다리기도 하였다. 때로는 공습경보의 싸이레ㅇ을 듣지 못하고 그냥 일을 계속하는 수도 있었다. 그럴 때는 모두 큰 손해를 보았다고 야단들이었다. 어떻게 된 셈인지 싸이레ㅇ도 미쳐 불기 전에 비행기가 산등성이를 넘어 달려드는 수도 있었다. 그럴 때는 정말 질겁을 하는 것이었다. 가장 많은 손해를 입는 것도 그런 경우였다. 만도가 한쪽 팔뚝을 잃어버린 것도 바로 그런 때의 일이었다.

여니 날과 다름없이 굴속에서 바위를 허물어내고 있었다. 바위 틈서리에 구멍을 뚫어서 다이나마이트 장치를 하는 것이었다. 장치가 다 되면 모두 바까ㅌ으로 나가고 한 사람만 남아서 불을 당기는 것이다. 그리고 그것이 터지기 전에 얼른 밖으로 뛰어나와야 되었다.

만도가 불을 당기는 차례였다. 모두 바깥으로 나가버린 다음 그는 성냥을 끄내었다. 그런데 왼 영문인지 기분이 께름직했다. 모기에게 물린 자리가 자꾸 쑥쑥 쑤시는 것이다. 긁죽긁죽 긁어댔으나 도모지 시원한 맛이 없었다. 그는 이맛살을 찌프리면서 성냥을 득 그었다. 그래 그런지 몰라도 불은 이내 픽 하고 꺼져버렸다. 성냥 알맹이 네 개째에사 겨우 심지에 불이 담겨졌다. 심지에 불이 붙는 것을 보자 그는 얼른 몸을 굴 밖으로 날렸다. 바깥으로 막 나서려는 때였다. 산이 무너지는 듯한 소리와 함께 사나운 바람이 귓전을 후리갈기는 것이었다. 만도는 정신이 아찔하였다. 공습이었던 것이다. 산등성이를 넘어 달려든 비행기가 머리 위로 아슬아슬하게 지나가는 것이었다. 미쳐 정신을 차리기도 전에 또 한 대가 뒤따라 날라드는 것이 아닌가. 만도는 그만 넋을 잃고 굴 안으로 도루 달려 들어갔다. 달려 들어가서 굴 바닥에 아무렇게나 팍 엎드려져버리고 말았다. 그 순간이었다. 쾅! 굴 안이 미여지는 듯하면서 다이나마이트가 터졌다. 만도의 두 눈에서 불이 번쩍 났다.

만도가 어렴풋이 눈을 떠보니, 바로 거기 눈앞에 누구의 것인지 모를 팔뚝이 하나 놓여 있었다. 손가락이 시퍼렇게 굳어져서 마치 이끼 낀 나무토막처럼 보이는 것이었다. 만도는 그것이 자기의 어깨에 붙어 있던 것인 줄을 알자 그만 으악— 하고 정신을 잃어버렸다.

재차 눈을 떴을 때는 그는 푹삭한 담요 속에 누워 있었고, 한쪽 어깨쭉지가 못 견디게 콕콕 쑤셔댔다. 절단수술은 이미 끝난 뒤였다.

꽤액— 기차소리였다. 멀리 산모퉁이를 돌아오는가 부였다. 만도는 앉았던 자리를 털고 벌떡 일어서며, 옆에 놓아두었던 고등어를 집어 들었다. 기적소리가 가까워질쑤록 그의 가슴은 울렁거렸다. 대합실 밖으로 뛰어나가, 홈이 잘 보이는 울타리 쪽으로 가서 발돋움을 하였다. 째랑째랑 하고 종이 울자, 한참 만에 차는 소리를 지르면서 달려들었다. 기관차의 옆구리에서는 김이 픽픽 풍겨 나왔다. 만도의 얼굴은 바짝 긴장되었다. 시꺼먼 열차 속에서 꾸역꾸역 사람들이 밀려 나왔다. 꽤 많은 손님이 쏟아져 내리는 것이었다. 만도의 두 눈은 곧장 이리저리 굴렀다. 그러나 아들의 모습은 쉽사리 눈에 띄지 않았다. 저쪽 출찰구로 밀려가는 사람의 물결 속에 두 개의 지팡이를 의지하고 절룩거리면서 걸어 나가는 상이군인이 있었으나, 만도는 그 사람에게 주의를 기울이지는 않안다. 기차에서 내릴 사람은 모두 내렸는가부다. 이제 미처 차에 오르지 못한 사람들이 홈을 이리저리 서성거리고 있을 뿐인 것이다.

'그놈이 거짓으로 편지를 띄웠을 리 없을 낀데!'

그는 자꾸 가슴이 떨렸다.

'이상한 일이다,'

하고 있을 때였다. 분명히 뒤에서

"아부지—"

부르는 소리가 들렸다. 만도는 깜짝 놀라며, 얼른 뒤를 돌아보았다. 그 순간, 만도의 두 눈은 무섭도록 크게 떠지고, 입은 짝 벌어졌다. 틀림없는 아들이었으나, 옛날과 같은 진수는 아니었다. 양쪽 겨드랑이에 지팽이를 끼고 서 있는데 스쳐가는 바람결에 한쪽 바지가랭이가 펄럭거리는 것이 아닌가.

만도는 눈앞이 노오래지는 것을 어쩌지 못했다. 한참 동안 거저 멍멍하기만 하다가, 코허리가 씽해지면서 두 눈에 뜨거운 기운이 핑 도는 것이었다. 그러나, 그는 여니 때처럼 코를 팽팽 풀어 던지지는 않았다.

"애라이 이놈아—"

만도의 입술에서 모지게 튀어나온 첫마디었다. 떨리는 목소리었다. 고등어를 든 손이 불끈 주먹을 쥐고 있었다.

"이게 무슨 꼴이고, 이게."

"아부지—"

"이놈아 이놈아—"

만도의 들창코가 크게 벌름하다가 훌쩍 물코를 들어마셨다. 진수의 얼굴에는 어느 결에 눈물이 괴죄죄하게 흘려 있었다. 만도는 진수의 잘못이기나 한 듯 험한 얼굴로

"가자 어서."

무뚝뚝한 한마디를 던지고는 성큼성큼 앞장을 서 가는 것이었다. 진수는 입술에 나려와 묻는 짭짤한 것을 혀끝으로 날름 핥아버리면서, 절름절름 아버지의 뒤를 따랐다.

앞장서 가는 만도는 뒤따라오는 진수를 한 번도 돌아보지 않았다. 한눈을 파는 법도 없었다. 무겁디무거운 짐을 진 사람처럼 땅바닥을 응시하고, 이따금 끄ㅇ끄ㅇ거리면서 부지런히 걸어만 가는 것이었다. 지팡이에 몸을 의지하고 걷는 진수가 성한 사람의, 게다가 부지런히 걷는 걸음을 당해낼 수는 도저이 없었다. 한 걸음 두 걸음씩 뒤처지기 시작한 것이 그만, 작은 소리로 불러서는 들리지 않을 만큼 떨어져버리고 말았다.

진수는 목구멍을 왈칵 넘어 올려는 뜨거운 기운을 꾹 참노라고, 어금니를 야물게 깨물어보기도 하였다. 그리고, 두 개의 지팡이와 한 개의 다리를 열심히 움직여대는 것이었다.

앞서 간 만도는 주막집 앞에 이르자, 비로소 한 번 뒤를 돌아보았다. 진수는 오다가 나무 밑에 서서 오줌을 누고 있었다. 지팡이는 땅바닥에 던져놓고, 한쪽 손으로는 볼일을 보고, 한쪽 손으로는 나무둥치를 감싸 안고 있는 모양이 을씨년스럽기 이를 데 없는 꼬락서니었다. 만도는 눈살을 찌프리며, 으음— 하고 신음소리 비슷한 무거운 소리를 내었다. 그리고, 술방 앞으로 가서 방문을 왈칵 잡아당겼다.

기역자판 안에 도사리고 앉아서, 속옷을 뒤집어 까고 이를 잡고 있던 여편네가 킥 하고 웃으며, 후닥딱 옷섶을 여몄다.

그러나 만도는 웃지를 않았다. 방문턱을 넘어서며도 서방님 들어가신다는 소리를 지르지 않았다. 아마 이처럼 뚝뚝한 얼굴을 하고 이 술방에 들어서기란 처음일 것이다. 여편네가 멋도 모르고,

“오늘은 서방님 아닌가배.”

하고, 킬룩 웃었으나, 만도는 으음! 또 무거운 신음소리를 했을 뿐,

도시 기분을 내지 않았다. 기역자판 앞에 가서 쭈구리고 앉기가 바쁘게,

"빨리빨리."

재촉을 하였다.

"핫다나 어지간이도 바쁜가배."

"빨리 꼬빼기로 한 사발 달라니까구마."

"오늘은 와이카노?"

여편네가 쳐주는 술 사발을 받아들며, 만도는 후유— 하고 숨을 크게 내쉬었다. 그리고 입을 얼른 사발로 가져갔다. 꿀꿀꿀 잘도 넘어가는 것이다. 그 큰 사발을 단숨에 말려버리고는 도로 여편네 눈앞으로 불쑥 내밀었다. 그렇게 거들빼기로 서 잔을 해치우고사 으으윽— 하고 개트림을 하였다. 여편네가 눈을 휘둥굴 해가지고 혀를 내둘렀다.

빈속에 술을 그처럼 때리마시고 보니 금새 눈두덩이 확확 달아오르고 귀뿌리가 발갛게 익어갔다. 술기가 얼근하게 돌자 이제 좀 속이 풀리는 상싶어 방문을 열고 바깥을 내다보았다. 진수는 이마에 땀을 척척 흘리면서 다 와 가고 있었다.

"진수야—"

버럭 소리를 질렀다.

"이리 들어와 보래."

"……"

진수는 아무런 대꾸도 없이 어기적어기적 다가왔다. 다가와서 방문턱에 질러앉으니까, 여편네가 보고

"방으로 좀 들어오이소"

하였다.

"여기 좋심더."

그는 수세미 같은 손수건으로 이마와 코언저리를 싹싹 닦아 냈다.

"마 아무데서나 묵어라, 저— 국수 한 그릇 말아 주소."

"야."

"꼬빼기로 잘 좀… 참지름도 치소 알았능교?"

"야아."

여편네는 코로 히죽 웃으면서, 만도의 옆구리를 살짝 꼬집고는 소코리에서 삶은 국수 두 뭉테ㅇ이를 집어 들었다.

진수가 국수를 훌훌 끌어넣고 있을 때 여편네는 만도의 귓전으로 얼굴을 갖다 댔다.

"아들이가?"

만도는 고개를 약간 앞뒤로 끄덕거렸을 뿐, 좋은 기색을 하지 않았다. 진수가 국물을 훌쩍 들어마시고 나자, 만도는

"한 그릇 더 묵을래?"

하였다.

"아니예."

"한 그릇 더 묵지 와."

"고만 묵을랍니더."

진수는 입술을 싹 닦으며, 뿌시시 자리에서 일어났다.

주막을 나선 그들 부자는 논두렁길로 접어들었다. 아까와 같이 만도가 앞장을 서는 것이 아니라 이번에는 진수를 앞세웠다. 지팡이를 지프고 찌긋둥찌긋둥 앞서가는 아들의 뒷모습을 바라보며 팔

뚝이 하나밖에 없는 아버지가 느릿느릿 따라가는 것이다. 손에 매달린 고등어가 대구 달랑달랑 춤을 추었다. 너무 급하게 들어마셔서 그런지, 만도의 뱃속에서는 우굴우굴 술이 끓고 다리가 휘청거렸다. 코구멍으로 더운 숨을 훅훅 내불어보니 정신이 아른해서 역시 좋았다.

"진수야!"

"예."

"니 우야다가 그래 댔노?"

"전쟁하다가 이래 안 댓심니꾜, 수루탄 쬬가리에 맞았심더."

"응 그래서?"

"그래서, 얼른 낫지 않고 막 썩어 들어가기 땜에, 군의관이 짤라 버립띠더, 병원에서예. 아부지—"

"와."

"이래 가지고 나 우째 살까 싶습니더."

"우째 살긴 뭘 우째 살아? 목숨만 붙어 있으면 다 사는 기다. 그런 소리 하지 말아."

"……"

"나 바라, 팔뚝이 하나 없어도 잘만 안 사나. 남 봄에 좀 덜 좋아서 그렇지, 살기사 왜 못 살아."

"차라리 아부지같이 팔이 하나 없는 편이 낫겠어예, 다리가 없어 놓니 첫째 걸어 댕기기에 불편해서 똑 죽겠심더."

"야야 안 그렇다, 걸어 댕기기만 하면 뭐 하노, 손을 지대로 놀려야 일이 뜻대로 되지."

"그럴까예?"

"그렇다니, 그렇니까 집에 앉아서 할 일은 니가 하고, 나댕기메 할 일은 내가 하고, 그라면 안 대겠나, 그제?"

"예."

진수는 아버지를 돌아보며 대답했다. 만도는 돌아보는 아들의 얼굴을 향해서 지긋이 웃어 주었다. 술을 마시고나면 이내 오줌이 마려워지는 것이다. 만도는 길가에 아무 데나 쭈구리고 앉아서 고기 묶음을 입에 물려고 하였다.

그것을 본 진수는

"아부지 그 고등어 이리 주소."

하였다. 팔이 하나밖에 없는 몸으로 물건을 손에 든 채 소변을 볼 수는 없는 것이다. 아버지가 용변을 마칠 때까지는 진수는 저만큼 떨어져 서서, 지팡이를 한쪽 손에 모아 쥐고, 다른 손으로는 고등어를 들고 있었다. 볼일을 다 본 만도는 얼른 가서 아들의 손에서 고등어를 다시 받아들었다.

개천 뚝에 이르렀다. 외나무다리가 놓여 있는 시냇물인 것이다. 진수는 딱 걱정이 되었다. 물은 그렇게 깊은 것 같지 않지만, 밑바닥이 모래흙이어서, 지팡이를 짚고 건너가기 만만할 것 같지 않기 때문이었다. 외나무다리 위로는 도저이 건너갈 재주가 없고……

진수는 하는 수 없이 뚝에 퍼지고 앉아서 바지가랭이를 걷어 올리기 시작했다. 만도는 잠시 멀뚱히 서서 아들의 하는 양을 내려다보고 있다가

"진수야 그만두고 자아 업자."

하는 것이었다.

"업고 건느면 일이 다 대는 거 아니가 자아 이거 받아라."

고등어 묶음을 진수 앞으로 쑥 내밀었다.

"……"

진수는 퍽 난처해하면서 못 이기는 듯이 그것을 받아들었다. 만도는 등어리를 아들 앞에 갖다 대고 하나바께 없는 팔을 뒤로 버쩍 내밀며

"자아 어서—"

진수는 지팡이와 고등어를 각각 한 손에 쥐고 아버지의 등어리로 가서 슬그머니 업혔다. 만도는 팔뚝을 뒤로 돌려서 아들의 하나뿐인 다리를 꼭 안았다. 그리고

"팔로 내 목을 감아야 될 끼다."

하는 것이었다. 진수는 무척 황송한 듯 한쪽 눈을 찍 감으면서 고등어와 지팡이를 든 두 팔로 아버지의 굵은 목줄기를 부둥켜안았다. 만도는 아랫배에 힘을 주며 끄ㅇ— 하고 일어났다. 아랫도리가 약간 후들거렸으나 걸어갈 만은 하였다. 외나무다리 위로 조심조심 발을 내디디며 만도는 속으로

(인제 새파ㅁ게 젊은 놈이 벌써 이게 무슨 꼴이고, 세상을 잘못 타고나서 진수 니 신세도 참 똥이다 똥.)

이런 소리를 죽어섬겼고, 아부지의 등에 업힌 진수는 곧장 미안스러운 얼굴을 하며

(나꺼정 이렇게 되다니 아부지도 참 복도 더럽게 없지, 차라리 내가 죽어버렸더라면 나았을 낀데…)

하고 중얼거렸다.

만도는 아직 술기가 약간 있었으나, 용케 몸을 가누며, 아들을 업고, 외나무다리를 무사히 건너가는 것이었다. 눈앞에 우뚝 솟은

용머릿재가 이 광경을 가만이 내려다보고 있었다.

《한국일보》(1957. 1. 1)

수난이대

개작 『산울림』본

진수가 돌아온다. 진수가 살아서 돌아온다. 아무개는 전사했다는 통지가 왔고, 아무개 아무개는 죽었는지 살았는지 통 소식이 없는데, 우리 진수는 살아서 오늘 돌아오는 것이다. 생각할수록 어깻바람이 날 일이다. 그래 그런지 몰라도 박만도는 여느 때 같으면 아무래도 한두 군데 앉아 쉬어야 넘을 수 있는 용머리재를 단숨에 올라채고 만 것이다. 가슴이 펄럭거리고, 허벅지가 뻐근했다.

그러나 그는 고갯마루에서도 쉴 생각을 하지 않았다. 들 건너 멀리 바라보이는 정거장에서 연기가 물씬물씬 피어오르며 삐익 기적소리가 들려왔기 때문이다. 아들이 타고 내려올 기차는 점심때가 가까워야 도착한다는 것을 모르는 바 아니다. 해가 이제 겨우 산등성이 위로 한 뼘가량 떠올랐으니, 오정이 되려면 아직 차례가 먼 것이다. 그러나 그는 공연히 마음이 바빴다. 까짓것, 잠시 앉아 쉬면 뭐 할끼고, 싶었다.

손가락으로 한쪽 콧구멍을 찍 누르면서 팽! 마른코를 풀어 던졌다. 그리고 휘청휘청 고갯길을 내려가는 것이다.

내리막은 오르막에 비하면 아무것도 아니었다. 대고 팔을 흔들라치면 절로 굴러 내려가는 것이다. 만도는 오른쪽 팔만을 앞뒤로 흔들고 있었다. 왼쪽 팔은 조끼주머니에 아무렇게나 쑤셔 넣고 있는 것이다. 삼대독자가 죽다니 말이 되나, 살아서 돌아와야 일이 옳고말고, 그런데 병원에서 나온다 하니 어디를 다치기는 다친 모양이지만 설마 나같이 이렇게는 되지 않았겠지. 만도는 왼쪽 조끼주머니에 꽂힌 소맷자락을 내려다보았다. 그 소맷자락 속에는 아무 것도 든 것이 없었다. 그저 소맷자락만이 어깨 밑으로 덜렁 처져 있는 것이다. 그래서 노상 그쪽은 조끼주머니 속에 꽂혀 있는 것이다. 볼기짝이나 장딴지 같은 데를 총알이 약간 스쳐갔을 따름이겠지. 나처럼 팔뚝 하나가 몽땅 달아날 지경이었다면 엄살스런 놈이 견뎌냈을 턱이 없고말고, 슬며시 걱정이 되기도 하는 듯 그는 속으로 이런 소리를 주워섬겼다.

내리막길은 빨랐다. 벌써 고갯마루가 저만큼 높이 쳐다보이는 것이다. 산모퉁이를 돌아서면 이제 들판이다. 내리막길을 쏘아 내려온 기운 그대로 만도는 들길을 잰걸음 쳐나가다가 개천 둑에 이르러서야 걸음을 멈추었다. 외나무다리가 놓여있는 조그마한 시냇물이었다. 한여름 장마철에는 들어설라치면 배꼽이 묻히는 수도 있었지만은, 요즈막엔 무릎이 잠길 듯 말 듯한 물인 것이다. 가을이 깊어지면서부터 물은 밑바닥이 환히 들여다 보일만큼 맑아져갔다. 소리도 없이 미끄러져 내려가는 물을 가만히 내려다보고 있으면 절로 이빨이 시려온다.

만도는 물기슭에 내려가서 쭈그리고 앉아 한 손으로 고의춤을 풀어헤쳤다. 오줌을 찌익 갈기는 것이다. 거울 면처럼 맑은 물 위에 오줌이 가서 부글부글 끓어오르며 뿌우연 거품을 이루니 여기저기서 물고기 떼가 모여든다. 제법 엄지손가락만씩 한 피라미도 여러 마리다. 한 바가지 잡아서 회 쳐놓고 한 잔 쭈욱 들이켰으면……. 군침이 목구멍에서 꿀꺽했다. 고기떼를 향해서 마른코를 팽팽 풀어 던지고, 그는 외나무다리를 조심히 디뎠다.

길이가 얼마 되지 않는 다리였으나, 아래로 물을 내려다보면 제법 어찔했다. 그는 이 외나무다리를 퍽 조심했다.

언젠가 한 번, 읍에서 술이 꽤 되어가지고 흥청거리며 돌아오다가 물에 굴러 떨어진 일이 있었던 것이다. 지나치는 사람이 없었기에 망정이지, 누가 보았더라면 큰 웃음거리가 될 뻔했었다.

발목 하나를 약간 접쳤을 뿐 크게 다친 데는 없었다. 이른 가을철이었기 때문에 옷을 벗어 둑에 널어놓고 말릴 수는 있었으나, 여간 창피스러운 것이 아니었다. 옷이 말짱 젖었다거나 옷이 마를 때까지 발가벗고 기다려야 한다거나 해서가 아니었다. 팔뚝 하나가 몽땅 잘려져 나간 흉측한 몸뚱이를 하늘 앞에 드러내놓고 있어야 했기 때문이었다. 지나치는 사람이 있을라치면 하는 수 없이 물속으로 뛰어 들어가서 얼굴만 내놓고 앉아 있었다. 물이 선득해서 아래턱이 덜덜거렸으나, 오그라붙는 사타구니께를 한 손으로 꽉 움켜쥐고 버티는 수밖에 없었다.

"흐흐흐……"

그때 일을 생각하면 지금도 웃음이 터져 나오는 것이다. 하늘로 쳐들린 콧구멍이 연방 벌름거렸다. 개천을 건너서 논두렁길을 한참 부지런히 걸어가노라면 읍으로 들어가는 한길이 나선다. 도로변에 먼지를 부옇게 덮어쓰고 도사리고 앉아 있는 초가집은 주막이다. 만도가 읍내에 나올 때마다 꼭 한 번씩 들르곤 하는 단골집인 것이다. 이 집 눈썹이 짙은 여편네와는 예사로 농을 주고받는 사이다.

술방 문턱을 들어서며 만도가,

"서방님 들어가신다."

하면 여편네는,

"아이, 문둥아 어서 오느라."

하는 것이 인사처럼 되어 있었다. 만도는 여간 언짢은 일이 있어도 이 여편네의 궁둥이 곁에 가서 앉으면 속이 절로 쑥 내려가는 것이었다.

주막 앞을 지나치면서 만도는 술방 문을 열어볼까 했으나, 방문 앞에 신이 여러 켤레 널려 있고, 방 안에서 웃음소리가 요란하기 때문에 돌아오는 길에 들르기로 했다. 신작로에 나서면 금세 읍이었다. 만도는 읍 들머리에서 잠시 망설이다가, 정거장 쪽과는 반대되는 방향으로 걸음을 옮겼다. 장거리를 찾아가는 것이었다. 진수가 돌아오는데 고등어나 한 손 사가지고 가야 될 거 아닌가 싶어서였다. 장날은 아니었으나, 고깃전에는 없는 고기가 없었다. 이것을 살까하면 저것이 좋아 보이고, 그것을 사러 가면 또 그 옆의 것이 먹음직해 보였다. 한참 이리저리 서성거리다가 결국은 고등어 한 손이었다. 그것을 달랑달랑 들고 정거장을 향해 가는데, 겨드랑 밑이 간질간질해 왔다. 그러나 한쪽 밖에 없는 손에 고등어를 들었으니 참 딱했다. 어깻죽지를 연방 위아래로 움직거리는 수밖에 없었다. 정거장 대합실에 들어선 만도는 먼저 벽에 걸린 시계부터 바라보았다. 두 시 이십 분이었다. 벌써 두 시 이십 분이라니, 내가 잘못

봤나? 아무리 두 눈을 씻고 보아도 시계는 틀림없는 두 시 이십 분이었다. 한쪽 걸상에 가서 궁둥이를 붙이면서도 곧장 미심쩍어 했다. 두 시 이십 분이라니. 그럼 벌써 점심때가 겨웠단 말인가. 말도 아닌 것이다. 자세히 보니 시계는 유리가 깨어졌고, 먼지가 꺼멓게 앉아 있었다. 그러면 그렇지, 엉터리였다. 벌써 그렇게 되었을 리가 없는 것이다.

"여보이소, 지금 몇 싱교?"

맞은편에 앉은 양복장이한테 물어보았다.

"열 시 사십 분이오."

"예, 그렇교."

만도는 고개를 굽실하고는 두 눈을 연방 껌벅거렸다. 열 시 사십 분이라. 보자, 그럼 아직도 한 시간이나 남았구나. 그는 안심이 되는 듯 후유 숨을 내쉬었다. 궐련을 한 개 빼물고 불을 댕겼다. 정거장 대합실에 와서 이렇게 도사리고 앉아 있노라면, 만도는 곧잘 생각나는 일이 한 가지 있었다. 그 일이 머리에 떠오르면 등골을 찬 기운이 쫙 스쳐 내려가는 것이었다. 손가락이 시퍼렇게 굳어진 이끼 낀 나무토막 같은 팔뚝이 지금도 저만큼 눈앞에 보이는 듯 했다.

바로 이 정거장 마당에 백 명 남짓한 사람들이 모여 웅성거리고 있었다. 그 중에는 만도도 섞여 있었다.

기차를 기다리고 있는 것이었으나, 그들은 모두 자기네들이 어디로 가는 것인지 알지를 못했다. 그저 차를 타라면 탈 사람들이었다. 징용에 끌려 나가는 사람들이었다. 그러니까 지금으로부터 십이삼 년 옛날의 이야기인 것이다.

북해도 탄광으로 갈 것이라는 사람도 있었고, 틀림없이 남양군도로 간다는 사람도 있었다. 더러는 만주로 가면 좋겠다고 하기도 했다. 만도는 북해도가 아니면 남양군도일 것이고, 거기도 아니면 만주겠지, 설마 저희들이 하늘 밖으로야 끌고 가겠느냐고 아무렇지도 않은 듯이 그 들창코로 담배연기를 푹푹 내뿜고 있었다. 그러나 마음이 좀 덜 좋은 것은 마누라가 저쪽 변소 모퉁이 벚나무 밑에 우두커니 서서 한눈도 안 팔고 이쪽만을 바라보고 있는 때문이었다. 그래서 그는 주머니 속에 성냥을 두고도 옆 사람에게 불을 빌자고 하며 슬며시 돌아서 버리곤 했다. 플랫폼으로 나가면서 뒤를 돌아보니 마누라는 울 밖에 서서 수건으로 코를 눌러대고 있는 것이었다. 만도는 코허리가 찡했다.

기차가 꽥꽥 소리를 지르면서 덜커덩! 하고 움직이기 시작했을 때는 정말 덜 좋았다. 눈앞이 뿌우옇게 흐려지는 것을 어쩌지 못했다. 그러나 정거장이 까맣게 멀어져가고, 차창 밖으로 새로운 풍경이 휙휙 날아들자, 그만 아무렇지도 않아지는 것이었다. 오히려 기분이 유쾌해지는 것 같기도 했다.

바다를 본 것도 처음이었고, 그처럼 큰 배에 몸을 실어 본 것은 더구나 처음이었다. 배 밑창에 엎드려서 꽥꽥 게워내는 사람들이 많았으나, 만도는 그저 골이 좀 띵했을 뿐 아무렇지도 않았다. 더러는 하루에 두 개씩 주는 주먹밥을 남기기도 했으나, 그는 한꺼번에 하루치를 뚝딱해도 시원찮았다. 모두들 내릴 준비를 하라는 명령이 떨어진 것은 사흘째 되는 날 황혼 때였다. 제각기 봇짐을 챙기기에 바빴다. 만도도 호박덩이만한 보따리를 옆구리에 덜렁 찼다. 갑판 위에 올라가보니 하늘은 활활 타오르고 있고, 바닷물은 불에 녹은 쇠처럼 벌겋게 출렁거리고 있었다. 지금 막 태양이 물 위로 뚝 떨어져가는 것이었다. 햇덩어리가 어쩌면 그렇게 크고 붉은지 정말 처음이었다. 그리고 바다 위에 주황빛으로 번쩍거리는 커다란 산이 둥둥 떠 있는 것이었다. 무시무시하도록 황홀한 광경에 모두들 딱 벌어진 입을 다물 줄 몰랐다. 만도는 어깨를 번쩍 들어 올리면서 히야, 고함을 질러댔다. 그러나 섬에서 그들을 기다리고 있는 것은 숨 막히는 더위와 강제노동과, 그리고 잠자리 만큼씩이나 한 모기떼…… 그런 것뿐이었다.

섬에다가 비행장을 닦는 것이었다. 모기에게 물려 혹이 된 자리를 벅벅 긁으며, 비 오듯 쏟아지는 땀을 무릅쓰고, 아침부터 해가 떨어질 때까지 산을 허물어내고, 흙을 나르고 하기란 고향에서 농사일에 뼈가 굳어진 몸에도 이만저만한 고역이 아니었다. 물도 입에 맞지 않았고, 음식도 이내 변하곤 해서 도저히 견디어낼 것 같지가 않았다. 게다가 병까지 돌았다. 일을 하다가도 벌떡 자빠지기가 예사였다. 그러나 만도는 아침저녁으로 약간씩 설사를 했을 뿐, 넘어지지는 않았다. 물도 차츰 입에 맞아갔고, 고된 일도 날이 감에 따라 몸에 배어드는 것이었다. 밤에 날개를 치며 몰려드는 모기떼만 아니면 그냥저냥 배겨내겠는데, 정말 그놈의 모기들만은 질색이었다.

사람의 힘이란 무서운 것이었다. 그처럼 험난하던 산과 산 틈바구니에 비행장을 다듬어내고야 말았던 것이다. 그러나 일은 그것으로 끝나는 것이 아니고, 오히려 더 벅찬 일이 닥치는 것이었다. 연합군의 비행기가 날아들면서부터 일은 밤중까지 계속되었다. 산허리에 굴을 파 들어가는 것이었다. 비행기를 집어넣을 굴이었다.

그리고 모든 시설을 굴속으로 옮겨야 했다.

여기저기서 다이너마이트 터지는 소리가 산을 흔들어댔다. 앵앵앵 하고 공습경보가 나면 일을 하던 손을 놓고 모두 굴 바닥에 납작납작 엎드려야 했다. 비행기가 돌아갈 때까지 그러고 있는 것이었다. 어떤 때는 근 한 시간 가까이나 엎드려 있어야 하는 때도 있었는데, 차라리 그것이 얼마나 편한지 몰랐다. 그래서 더러는 공습이 있기를 은근히 기다리기도 했다. 때로는 공습경보의 사이렌을 듣지 못하고 그냥 일을 계속하는 수도 있었다.

그럴 때는 모두 큰 손해를 보았다고 야단들이었다. 어떻게 된 셈인지 사이렌이 미처 불기 전에 비행기가 산등성이를 넘어 달려드는 수도 있었다. 그럴 때는 정말 질겁을 하는 것이었다. 가장 많이 피해를 입는 것도 그런 경우였다. 만도가 한쪽 팔뚝을 잃어버린 것도 바로 그런 때의 일이었다.

여느 날과 다름없이 굴속에서 바위를 허물어내고 있었다. 바위 틈서리에 구멍을 뚫어서 다이너마이트 장치를 하는 것이었다. 장치가 다 되면 모두 바깥으로 나가고, 한 사람만 남아서 불을 댕기는 것이었다. 그리고 그것이 터지기 전에 얼른 밖으로 뛰어나와야 한다. 만도가 불을 댕기는 차례였다. 모두 바깥으로 나가버린 다음, 그는 성냥을 꺼내었다. 그런데 웬 영문인지 기분이 꺼림칙했다. 모기에 물린 자리가 자꾸 쑥쑥 쑤시는 것이었다. 긁적긁적 긁어댔으나, 도무지 시원한 맛이 없었다. 그는 이맛살을 찌푸리면서 성냥을 득! 그었다. 그래 그런지 몰라도 불은 이내 픽 하고 꺼져버렸다. 성냥 알맹이 네 개째에야 겨우 심지에 불이 댕겨졌다. 심지에 불이 붙는 것을 보자 그는 얼른 몸을 굴 밖으로 날렸다. 바깥으로 막 나서려는 때였다. 산이 무너지는 듯한 소리와 함께 사나운 바람이 귓전을 후려갈기는 것이었다. 만도는 정신이 아찔했다. 공습이었던 것이다. 산등성이를 넘어 달려든 비행기가 머리 위로 아슬아슬하게 지나가는 것이었다. 미처 정신을 차리기도 전에 또 한 대가 뒤따라 날아드는 것이 아닌가. 만도는 그만 넋을 잃고 굴 안으로 도로 달려 들어갔다. 달려 들어가서 굴 바닥에 엎드리고 말았다. 그 순간이었다. 쾅! 굴 안이 미어지는 듯 하면서 다이너마이트가 터졌다. 만도의 두 눈에서 불이 번쩍했다.

만도가 어렴풋이 눈을 떠보니 바로 거기 눈앞에 누구의 것인지 모를 팔뚝이 하나 아무렇게나 던져져 있었다. 손가락이 시퍼렇게 굳어져서 마치 이끼 낀 나무토막처럼 보이는 팔뚝이었다. 만도는 그것이 자기의 어깨에 붙어 있던 것인 줄을 알자 그만 으악! 정신을 잃어버렸다. 재차 눈을 떴을 때 그는 푹신한 담요 속에 누워 있었고, 한쪽 어깻죽지가 못 견디게 쿡쿡 쑤셔댔다. 절단수술은 이미 끝난 뒤였다.

꽤애액— 기차소리였다. 멀리 산모퉁이를 돌아오는가 보다. 만도는 자리를 털고 일어서며 옆에 놓아 둔 고등어를 집어 들었다. 기적소리가 가까워질수록 가슴이 울렁거렸다. 대합실 밖으로 뛰어나가 플랫폼이 잘 보이는 울타리 쪽으로 가서 발돋움을 했다. 땡땡땡…… 종이 울리자 잠시 후 차는 소리를 지르면서 달려들었다. 기관차의 옆구리에서는 김이 픽픽 풍겨 나왔다. 만도의 얼굴은 바짝 긴장되었다. 시커먼 열차 속에서 꾸역꾸역 사람들이 밀려나왔다. 꽤 많은 손님이 쏟아져 내리는 것이었다. 만도의 두 눈은 곧장 이리저리 굴렀다. 그러나 아들의 모습은 쉽사리 눈에 띄지 않았다. 저쪽 개찰구로 밀려가는 사람들의 물결 속에 두 개의 지팡이를 짚고 절룩거리면서 걸어 나가는 상이군인이 있었으나, 만도는 그 사람에게 주의가 가지는 않았다. 기차에서 내릴 사람은 모두 내렸는가 보다. 이제 미처 차에 오르지 못한 사람들이 플랫폼을 이리저리 서성거리고 있을 뿐인 것이다. 그놈이 거짓으로 편지를 띄웠을 리 없을 건데…… 만도는 자꾸 가슴이 떨렸다. 이상한 일이다, 하고 있을 때였다. 분명히 뒤에서,

"아부지!"

부르는 소리가 들렸다. 만도는 깜짝 놀라며 얼른 뒤를 돌아보았다. 그 순간 만도의 두 눈은 무섭도록 크게 떠지고 입은 딱 벌어졌다. 틀림없는 아들이었으나, 옛날과 같은 진수는 아니었다. 양쪽 겨드랑이에 지팡이를 끼고 서 있는데 스쳐가는 바람결에 한쪽 바짓가랑이가 펄럭거리는 것이 아닌가. 만도는 눈앞이 노오래지는 것을 어쩌지 못했다. 한참 동안 그저 멍멍하기만 하다가 코허리가 찡해지면서 두 눈에 뜨거운 것이 핑 도는 것이었다.

"에라이 이놈아!"

만도의 입술에서 모질게 튀어나온 첫마디였다. 떨리는 목소리였다. 고등어를 든 손이 불끈 주먹을 쥐고 있었다.

"이기 무슨 꼴이고, 이기."

"아부지!"

"이놈아, 이놈아……."

만도의 들창코가 크게 벌름거리다가 물코를 들이마셨다. 진수의 두 눈에서는 어느 결에 눈물이 꾀죄죄하게 흘러내리고 있었다. 만도는 모든 게 진수의 잘못이기나 한 듯 험한 얼굴로,

"가자, 어서!"

무뚝뚝한 한마디를 던지고는 성큼성큼 앞장을 서 가는 것이었다. 진수는 입술에 내려와 묻는 짭짤한 것을 혀끝으로 핥아버리면서 절름절름 아버지의 뒤를 따랐다. 앞장서 가는 만도는 뒤따라오는 진수를 한 번도 돌아보지 않았다. 한눈을 파는 법도 없었다. 무겁디무거운 짐을 진 사람처럼 땅바닥만을 내려다보며 이따금 끙끙거리면서 부지런히 걸어만 가는 것이다. 지팡이에 몸을 의지하고 걷는 진수가 성한 사람의, 게다가, 부지런히 걷는 걸음을 당해낼 수는 도저히 없었다. 한 걸음 두 걸음씩 뒤지기 시작한 것이 그만 작은 소리로 불러서는 들리지 않을 만큼 떨어져버리고 말았다. 진수는 목구멍을 왈칵 넘어오려는 뜨거운 기운을 참느라고 어금니를 야물게 깨물어보기도 했다. 그리고 두 개의 지팡이와 한 개의 다리를 열심히 움직여대는 것이었다. 앞서 간 만도는 주막집 앞에 이르자 비로소 한 번 뒤를 돌아보았다. 진수는 오다가 나무 밑에 서서 오줌을 누고 있었다. 지팡이는 땅바닥에 던져놓고, 한쪽 손으로는 볼일을 보고, 한쪽 손으로는 나무 둥치를 안고 있는 꼬락서니가 을씨년스럽기 이를 데 없었다. 만도는 눈살을 찌푸리며, 으음! 신음소리 비슷한 무거운 소리를 토했다. 그리고 술방 앞으로 가서 방문을 왈칵 잡아당겼다.

기역자판 안에 도사리고 앉아서 속옷을 뒤집어 이를 잡고 있던 여편네가 킥! 웃으며 후닥닥 옷섶을 여몄다. 그러나 만도는 웃지 않았다. 방문턱을 넘어서면서도 서방님 들어가신다는 소리를 지르지 않았다. 이처럼 무뚝뚝한 얼굴을 하고 이 술방에 들어서기란 아마 처음 일일 것이다. 여편네가 멋도 모르고,

"오늘은 서방님 아닌가베."

하고 킬룩 웃었으나, 만도는 으음— 또 무거운 신음소리를 토하고는 기역자판 앞에 가서 쭈그리고 앉기가 바쁘게, "빨리빨리" 재촉이었다.

"핫다나, 어지간히도 바쁜가베."

"빨리 곱배기로 한 사발 달라니까구마."

"오늘은 와 이카노?"

여편네가 건네주는 술 사발을 받아들며, 만도는 후유 한숨을 크게 내쉬었다. 그리고 입을 얼른 사발로 가져갔다. 꿀꿀꿀 잘도 넘어간다. 그 큰 사발을 단숨에 비워버리고는 도로 여편네 앞으로 불쑥 내민다. 그렇게 거들빼기로 석 잔을 해치우고서야 으으윽! 게트림을 했다. 여편네가 눈을 휘둥그레 가지고 혀를 내둘렀다. 빈속에 술을 그처럼 때려마시고 보니 금세 눈두덩이 확확 달아오르고 귀뿌리가 발갛게 익어갔다. 술기가 얼근하게 돌자, 이제 좀 속이 풀리는 것 같아 방문을 열고 바깥을 내다보았다. 진수는 땀을 척척 흘리면서 다 와 가고 있었다.

"진수야!"

버럭 소리를 질렀다.

"좀 쉬었다 가자."

"……."

진수는 아무런 대꾸도 없이 어기적어기적 다가왔다.

다가와서 방문턱에 걸터앉으니까 여편네가 보고, "방으로 좀 들어오이소" 한다.

"여기 좋심더."

그는 수세미 같은 수건으로 이마와 코언저리를 아무렇게나 훔친다.

“마 아무데서나 묵어라. 저 국수 한 그릇 말아 주소.”

“야.”

“곱배기로 잘 좀……. 참기름도 치소, 잉?”

“야아.”

여편네는 코로 히죽 웃으면서 만도의 옆구리를 살짝 꼬집고는 소쿠리에서 삶은 국수 두 뭉텅이를 집어 든다.

진수가 국수를 훌훌 끌어넣고 있을 때, 여편네는 만도의 귓전으로 얼굴을 살짝 갖다 댄다.

“아들이가?”

만도는 고개를 약간 앞뒤로 끄덕거렸을 뿐, 좋은 기색을 하지 않았다. 진수가 국물을 훌쩍 들이마시고 나자 만도는, “한 그릇 더 묵을래?” 한다.

“아니예.”

“한 그릇 더 묵지 와?”

“고만 묵을랍니더.”

진수는 입을 썩 닦으며 부스스 자리에서 일어났다.

주막을 나선 그들 부자는 논둑길로 접어들었다. 아까와 같이 만도가 앞장을 서는 것이 아니라, 이번에는 진수를 앞세웠다. 지팡이를 짚고 기우뚱기우뚱 앞서가는 아들의 뒷모습을 바라보며, 팔뚝이 하나밖에 없는 아버지가 느릿느릿 따라가는 것이다. 손에 매달린 고등어가 대고 달랑달랑 춤을 춘다. 너무 급하게 들이부어서 그런지, 만도의 뱃속에선 우글우글 술이 끓고, 다리가 휘청거린다. 콧구멍으로 더운 숨을 훅훅 내뿜어본다. 정신이 아른하다. 좋다.

"진수야!"

"예?"

"니 우짜다가 그래 댔노?"

"전쟁하다가 이래 안 댔심니꼬. 수류탄 쪼가리에 맞았심더."

"수류탄 쪼가리에?"

"예."

"음—"

"얼른 낫지 않고 막 썩어 들어가기 땜에 군의관이 짤라버립띠더. 병원에서예."

"……."

"아부지!"

"와?

"이래 가지고 나 우째 살까 싶습니더."

"우째 살긴 뭐 우째 살아. 목숨만 붙어 있으면 다 사는기다. 그런 소리 하지 마라."

"……."

"나 봐라. 팔뚝이 하나 없어도 잘만 안 사나. 남 봄에 좀 덜 좋아서 그렇지. 살기사 와 못 살아."

"차라리 아부지같이 팔이 하나 없는 편이 낫겠어예. 다리가 없어 놓니 첫째 걸어댕기기에 불편해서 똑 죽겠심더."

'야야 안 그렇다. 걸어댕기기만 하면 뭐 하노. 손을 제대로 놀려야 일이 뜻대로 되지.'

"그럴까예?"

"그렇다니까. 그러니까 집에 앉아서 할 일은 니가 하고, 나댕기는 일은 내가 하고, 그라면 안 되겠나, 그제?"

"예."

진수는 가벼운 한숨을 내쉬며 아버지를 돌아보았다. 만도는 돌아보는 아들의 얼굴을 향해서 지그시 웃어 주었다. 술을 마시고 나면 이내 오줌이 마려워진다. 만도는 길가에 아무렇게나 쭈그리고 앉아서 고기 묶음을 입에 물려고 한다. 그것을 본 진수는, "아부지, 그 고등어 이리 주이소" 한다. 팔이 하나밖에 없는 몸으로 물건을 손에 든 채 소변을 볼 수는 없는 것이다. 아버지가 볼일을 마칠 때까지 진수는 저만큼 떨어져 서서 지팡이를 한쪽 손에 모아 쥐고, 다른 손으로 고등어를 들고 있었다. 볼일을 다 본 만도는 얼른 가서 아들의 손에서 고등어를 다시 받아든다.

개천 둑에 이르렀다. 외나무다리가 놓여 있는 그 시냇물이다. 진수는 슬그머니 걱정이 되었다. 물은 그렇게 깊은 것 같지 않지만, 밑바닥이 모래흙이어서 지팡이를 짚고 건너가기가 만만할 것 같지 않기 때문이다. 외나무다리는 도저히 건너갈 재주가 없고……. 진수는 하는 수 없이 둑에 퍼지고 앉아서 바짓가랑이를 걷어 올리기 시작했다. 만도는 잠시 멀뚱히 서서 아들의 하는 양을 내려다보고 있다가 "진수야, 그만두고, 자아 업자" 하는 것이었다.

"업고 건너면 일이 다 되는 거 앙이가. 자아, 이거 받아라."

고등어 묶음을 진수 앞으로 내민다.

"……."

진수는 퍽 난처해하면서 못 이기는 듯이 그것을 받아들었다. 만도는 등허리를 아들 앞에 갖다 대고 하나밖에 없는 팔을 뒤로 번쩍 내밀며 말했다.

"자아, 어서!"

진수는 지팡이와 고등어를 각각 한 손에 쥐고 아버지의 등허리로 가서 슬그머니 업혔다. 만도는 팔뚝을 뒤로 돌려서 아들의 하나뿐인 다리를 꽉 안았다. 그리고, "팔로 내 목을 감아야 될 끼다" 했다. 진수는 무척 황송한 듯 한쪽 눈을 찍 감으면서, 고등어와 지팡이를 든 두 팔로 아버지의 굵은 목줄기를 부둥켜안았다. 만도는 아랫배에 힘을 주며 끙! 하고 있어났다. 아랫도리가 약간 후들거렸으나 걸어갈 만은 했다. 외나무다리 위로 조심조심 발을 내디디며 만도는 속으로, 이제 새파랗게 젊은 놈이 벌써 이게 무슨 꼴이고, 세상을 잘못 만나서 진수 니 신세도 참 똥이다, 똥. 이런 소리를 주워섬겼고, 아버지의 등에 업힌 진수는 곧장 미안스러운 얼굴을 하며, 나꺼정 이렇게 되다니, 아부지도 참 복도 더럽게 없지, 차라리 내가 죽어버렸더라면 나았을 낀데⋯⋯ 하고 중얼거렸다.

만도는 아직 술기가 약간 있었으나, 용케 몸을 가누며 아들을 업고 외나무다리를 조심조심 건너가는 것이었다. 눈앞에 우뚝 솟은 용머리재가 이 광경을 가만히 내려다보고 있었다.

『산울림』(한겨레출판사, 1988)

해설

민중의 삶에 뿌리내린 치유의 미학

오창은(문학평론가, 중앙대 교수)

1. 하근찬의 삶과 소설 미학의 뿌리

'안태고향'은 '자기가 태어나서 자란 곳'을 일컫는 말이다. 안태(安胎)는 '태아를 잘 보호하여 편안하게 한다'라는 의미이다. 작가 하근찬은 '영천'을 안태고향이라고 했다. 그는 1931년 경북 영천에서 태어났다. 나기는 했지만, 문경 · 칠곡 · 대구로 이주했다가 전라북도 김제에서 성장했다. 집안 어른들이 고향 영천에서 뿌리를 내리고 있어서 유년시절부터 줄곧 영천을 방문하며 시간을 보냈다. 하근찬은 영천에 대한 각별한 그리움을 소설 작품에서 자주 표현했다.

하근찬의 초기 소설 속 등장인물들은 대부분 경상도 영천 지역 사투리를 쓴다. 그는 어린 시절에도 경상도 고향 사투리가 들리면 '야릇한 감동'을 느꼈다고 했다. 그 느낌은 "무슨 포근하고 훈훈한 것이 나를 감싸는 듯한 느낌"이라고 했다. 소설 속 배경도 영천과 그 인근인 경우가 많다. 한국전쟁 이후의 지역사회에 기반한 토착적 민중 정서가 그의 소설 정신에 깊이 스며있다. 토착적 민중정서와 근대화는 상충하는 요소가 있다. 근대적 질서가 구축되는 과정에서 고유한 것, 토착적인 것은 파괴되었다. 민중의 관점에서 바라보았을 때, 근대화가 민중 삶에 어떤 영향을 미쳤는가를 성찰하는 것이 중요하다. 그런 의미에서 하근찬 소설 미학의 뿌리는 토착어에 기반해 민중적 관점에서 세계를 바라보는 태도와 깊이 연관되어 있다고 볼 수 있다. 그의 소설에 등장하는 인물들도 영천과 그 인근에 사는 토착민들, 민중들이다. 그의 소설에는 전쟁의 폭력, 권력의 억압, 그리고 역사의 거센 파도 속에 몸을 내맡긴 민중들의 아픔이 잘 담겨져 있다.

하근찬 소설은 토착어에 기반한 '민중의 형상화'로 다시 해석하고, 의미부여할 필요가 있다. 그의 소설에 그려진 민중 형상은 토착민의 정서와 깊은 관련을 맺고 있다. 토속어, 토착성은 근대화, 도시화, 세계화로 인해 점점 희미해져가고 있기에 재발견되어야 할 가치다. 근대인의 시선으로 바라보면, 민중의 형상은 전근대적 존재로 보일 수 있다. 근대적 변화에서 소외된 존재이자, 시대에 적응하지 못하는 사람들로 간주된다. 안태고향 사람들의 관점에서 볼 때, 근대적 변화는 꼭 따라야만 할 숙명적인 변화라고만은 볼 수 없다.

하근찬은 단편소설 미학의 건축가이다. 그는 소설의 서사를 구조적으로 완미하게 짜냄으로써, 읽는 사람들이 서사의 밀도에 감탄하게 만든다. 그의 소설 미학의 뿌리는 일제강점기와 한국전쟁 시기의 고통을 극복하는 과정에서 습득된 토착적이고 민중적인 정서에 기반해 있다. 우선, 하근찬의 삶을 통해 그의 문학을 이해하는 길을 열어보려 한다.

하근찬은 1931년 10월 21일에 경북 영천읍 금노동 462번지에서 아버지 하재중 씨와 어머니 박연학 씨의 장남으로 태어났다. 아버지 하재중 씨는 당시 공립보통학교 교사였기에 근무지가 자주 바뀌었다. 하근찬은 아버지를 따라 초등학교 2학년 즈음에는 전라북도로 이주했고, 1945년 일제강점기의 마지막 해에 전주사범에 진학했다. 일제강점기 조선에는 총 15개의 사범학교가 있었다. 그 중 전주사범은 경성사범, 평양사범, 대구사범, 신의주사범과 함께 명문으로 꼽히는 교원양성학교였다. 하근찬은 신동엽과 함께 전주사범에서 동문수학했다. 하근찬은 아버지의 권유에 따라 전주사범에 진학했다. 전주사범 재학 중에 교원 시험에 합격하여 학교를 그만두고 전북 장수군 산서면에 있는 초등학교에서 1948년부터 교사 생활을 시작했다.

하근찬은 한국전쟁기에 겪은 폭력적 상황으로 인해 삶에 엄청난 변화를 경험했다. 그 첫 번째는 아버지의 비극적 죽음이었다. 한국전쟁 당시 국민학교 교장이었던 하근찬의 아버지는 인민군에 의해 전주형무소에 수감되었다. 전세가 바뀌어 인민군이 철수했다는 소식을 듣고, 하근찬은 전주형무소로 아버지 석방을 기대하며 마중을 나갔다. 하지만, 아버지는 이미 학살당한 뒤였다. 하근찬은 어머니와 함께 인근 야산에 아버지의 시신을 매장해야 했다. 하근찬은 그때를 회고하며 '사람이 만든 지옥'을 보았고, 아버지의 처참한 죽음이 '문학적 성향에 적지 않은 영향'을 미쳤다고 했다. 두 번째는 국민방위군으로 소집되어 겪었던 고통이었다. 국민방위군은 한국전쟁 중 장정 50만 명을 갑자기 소집하여 편성되었다. 소집 이후

제대로 된 훈련과 인원관리를 하지 않았고, 국민방위군 간부들이 금품을 착복하고 양곡을 부정적인 방법으로 처분해 소집된 장정들이 굶어죽는 사태까지 발생했다. 국민방위군 사건은 한국군 역사상 가장 참혹한 비리 사건이라고 알려져 있으며, 이 사건으로 1천여 명의 장정들이 굶주림과 추위로 인해 사망했다고 한다. 하근찬은 1950년 12월에 국민방위군에 소집되어 '서너 달 동안'이나 엄동설한에 노천과 다를 바 없는 막사에서 굶주림과 싸우며 훈련을 받았다고 했다. 그때를 회상하며 '살아온 세월 가운데서 가장 혹독했던 고통의 기간'이었다고 했다. 국민방위군으로 징집되어 전쟁을 가장 밑바닥에서 참혹한 현실을 경험했다. 그의 초기 소설이 한국전쟁의 폭력성과 민중들의 고통을 그리면서도, 여기서 더 나아가 치유와 위로의 서사로 펼쳐져 있는 것도 한국전쟁이 그의 삶에 드리운 짙은 그림자 때문이었다.

하근찬은 1952년부터 2년여 동안 고향의 영천국민학교에서 교편을 잡다가 1954년 동아대 토목과에 입학했다. 동아대 재학 중이던 1957년에 《한국일보》 신춘문예에 단편 「수난이대」가 당선되어 등단했다. 같은 해 스물일곱이라는 늦은 나이에 군대에 입대하여 1958년 폐결핵으로 의병 제대했다. 그는 소설가로 등단한 이후 교사로서의 경험을 바탕으로 교육관련 매체의 기자로 근무했다. 1959년에 교육주보사 기자, 1961년에는 교육자료사 편집부 기자, 1963년부터는 대한교육연합회공제조합에서 발행하는 《새교실》 편집부 기자로 일하다, 1969년 직장을 그만두고 전업작가로서 집필 활동에만 전념했다.

하근찬의 문학세계는 전쟁의 비극적 상처를 치유의 서사로 그려낸 작품들, 교사 경험을 바탕으로 교육현실의 부조리를 비판한 작품들, 일제강점기를 탈식민주의적 관점에서 재현한 작품들, 역사 주제의 작품들 등 네 영역으로 구분할 수 있다.

첫 번째 소설 경향으로는 '전쟁의 상처'에 관한 작품들이다. 한국전쟁에 징집되어 전사하거나 신체를 훼손당한 젊은이들의 이야기나, 아들을 징집당해 고통 받는 민중들의 모습이 그려진다. 또한 농촌공동체가 남북의 군인들의 폭력에 의해 처참하게 짓밟히는 모습을 소설화하기도 했다. '전쟁의 상처'를 그린 작품들은 신체 훼손의 비극성, 몸을 특징화해 과장되게 표현하여 희화하거나, 민중의 '웃음'을 통해 치유와 극복을 지향하기도 했다. 이들 소설은 농촌공동체에 기반해 민중적 시각으로 권력에 맞선다는 공통점을 갖고 있다. 이 계열에 속하는 작품들이 하근찬의 대표작으로 꼽힌다. 「수난이대」(1957), 「나룻배 이야기」(1959), 「흰 종이수염」(1959), 「홍소」(1960), 「분」(1961), 「산울림」(1964) 등이 이 계열의 작품들이다.

두 번째, 하근찬은 교사로 재직하면서 겪은 사건들을 소설로 그렸다. 서구중심적인 교육으로 인해 학생들이 겪는 내적 갈등을 포착했고, 교사들 사이에서 발생하는 갈등을 그려내기도 했다. 그는 교육현장에서 겪은 사회 부조리를 직접적으로 또는 우회적으로 소설 속에 담아내 획일화된 근대교육의 문제점을 비판했다. 한국전쟁의 여파가 학생들에게도 미쳐 비극적 희생으로 이어지는 소설로는 「붉은 언덕」(1964) 등이 있고, 사범학교 시절 감내해야 했던 어려움을 그린 소설로는 「그 욕된 시절」((1964) 등이 대표적이다. 학교에서 구호급식을 둘러싸고 벌어지는 갈등을 그린 작품으로는

「온혈적」(1960)과 「바람과 노교사」(1964) 등이 있고, 섬에서 벌어지는 학교와 교회의 갈등을 그린 「낙도」(1965) 등이 있다. 교사의 경제적 어려움을 그려낸 「승부」(1964) 같은 작품도 주목할 만하다.

세 번째 작품 경향으로는 '일제강점기 기억하고 재구성하는 작품'을 들 수 있다. 하근찬은 일제강점기에 겪은 '식민지적 기억'을 지속적으로 서사화했다. 유년기에 겪은 군국주의의 폭력은 무의식의 세계에도 영향을 미친다. 하근찬은 일제강점기에 겪은 사건들을 서사화함으로써, 기억을 통한 회상적 성찰이라는 탈식민주의적 문제의식을 표현했다. 이 경향의 소설로는 「족제비」(1970), 「그 해의 삽화」(1970), 「일본도」(1971), 「죽창을 버리던 날」(1971), 「삼십이 매의 엽서」(1972), 「조랑말」((1973), 「필례 이야기」(1973), 「노은사」((1977) 등의 단편소설이 있다. 장편연재소설로는 하근찬의 대표작으로 꼽히며 일본군 '위안부' 문제를 그린 문제작 『야호』(1970~1971), '월례'를 통해 일제강점기 여성이 겪어야 했던 수난을 서사한 『월례소전』(1973~75), 일본제국주의의 민중에 대한 수탈과 그로 인해 고향을 떠나야 했던 민중들의 삶을 다룬 『산에 들에』(1981~1983)가 이 계열을 대표하는 작품들이다. 이와는 별도로 탈식민주의적 문제의식이 돋보이는 작품으로 「왕릉과 주둔군」(1963), 「삼각의 집」(1966) 등이 있다.

네 번째 작품 경향은 비교적 말년의 장편 역사소설들을 꼽을 수 있다. 하근찬은 1980년대에는 주로 장편소설 창작에 집중했다. 그의 장편소설은 대부분은 역사소설이었으며, 동학혁명부터 한국전쟁의 시기까지 역사적 흐름 속에서 개인이 겪는 운명의 격동을 그렸다. 이 계열의 작품으로는 한국전쟁을 시기에 결함이 있는 인간의 비극적 운명을 그려낸 『작은 용』(1989), 동학혁명에서부터 한국전쟁까지의 시기 동안 개인들 간의 사랑을 서사화한 『징깽맨이』(1990), 한일관계를 역사적 맥락에서 재구성한 『제국의 칼』(1995) 등이 있다.

하근찬은 1957년《한국일보》신춘문예로 등단한 이후, 2002년까지 45년 여 동안 쉬지 않고 집필활동을 했다. 1972년 정음사에서 『수난이대』를 간행한 이후 단편집 여섯 권과 장편소설은 12편을 창작하여 발표했다. 그의 작품세계를 네 부분으로 분류했을 때, 첫 번째 계열인 '전쟁의 상처'와 관련한 부분에 집중적인 의미부여가 이뤄졌다. 일제강점기 일본군 '위안부' 문제를 다룬 『야호』와 『월례소전』은 2010년대에 이르러서야 젊은 연구자들에게 주목을 받기 시작했다. 하근찬은 작품 활동을 활발히 하던 시기에 한국문학상(1970), 조연현문학상(1983), 요산문학상(1984), 유주현문학상(1989) 등을 수상하였다. 그는 2007년 11월 25일 75세에 노환으로 세상을 떠나, 충북 음성군 진달래 공원묘지에 안장되었다.

하근찬은 근대적 질서가 형성되고, 국가기구가 민중의 삶에 폭력적으로 개입하는 것에 대해, 안태고향 사람들의 시선으로 세계를 비판적으로 바라보았다. 그의 작품은 한국전쟁의 폭력, 근대적 교육의 획일성, 외부로부터 유입되어온 변화에 대한 성찰(탈식민성)을 담고 있다. 하근찬의 문학을 현대적 관점에서 새롭게 읽고 의미부여 해야 하는 이유가 여기에 있다.

2. 한국전쟁과 민중 삶의 위기

하근찬은 한국전쟁의 상처를 민중의 관점에서 그려낸 작가다. 한국전쟁 이후 1950년대 문학은 전쟁의 참상을 서사적으로 실체화하지 못하는 경향이 있었다. 숱한 생명들의 죽음으로 인한 인간성 상실의 폭력이 주체를 압도했다. 1950년대 대표작가 손창섭은 밀폐된 공간에서 갇혀 심리적 혼돈에 빠진 인간 형상을 그렸다. 장용학의 경우도 인간 실존의 위기를 관념적으로 탐색하는 서사를 펼쳐보였다. 이에 비해 하근찬 소설은 민중의 관점에서 전쟁의 상처를 치유하는 소설을 썼다. 하근찬 소설에서 그려지는 전쟁의 폭력은 '마을공동체의 파괴와 상실의 고통'으로 구체화되어 있다. 이러한 경향의 대표적인 작품들이 「나룻배 이야기」·「홍소」·「산울림」이다.

「나룻배 이야기」는 《사상계》 1959년 7월호에 발표한 작품이다. 중심인물인 삼바우는 마을과 읍을 잇는 나룻배 사공이다. '초가가 스물아홉 채와 기와집 두 채'뿐인 마을 앞으로 강물이 흐르고 있다. 이 강물로 인해 동네는 항상 고요하고 평온했다. 하지만, 전쟁은 모든 것을 바꿔놓았다. 처음에는 삼바우의 아들 용팔이와 모량댁의 아들 두칠이, 양생원의 아들 천달이는 순녀와 결혼한 상태에서 징집되었다. 삼바우는 자신의 아들을 포함해 징집된 장정들을 나룻배로 실어 날라야 하는 고통스러운 상황에 직면한다. 봄, 여름, 가을이 지나고는 영장이 나온 동식이와 수만이가 군대 갈 때도 다시 나룻배로 실어 나른다. 비극은 여기서 끝나지 않는다. 삼바우는 딸 갑분이를 군대 간 두칠이와 맺어주려고 마음을 먹고 있었다. 그 두칠이가 팔을 잃고, 한쪽 눈마저 없어졌으며, 얼굴도 흉측하게 변한 상태로 돌아온다. 지뢰를 밟아 겨우 목숨만 부지한 것이다. 삼바우는 두칠이를 보며 "멀쩡한 놈을 데려다가 저게 무슨 꼬라지고, 세상에…… 분한 생각에 아랫도리가 후들 떨"릴 정도였다. 다시 한 해가 가고 천달이마저 전사하여 "네모반듯한 상자'에 유골이 되어 돌아온다. 마을은 온통 슬픔에 휩싸인다. 삼바우는 아들 용팔이에 대한 걱정과 불안감은 더 커진다. 삼바우는 천달이의 유골이 땅에 묻힌 날 누구보다 막걸리를 많이 마신다. 마침 그날 '총을 어깨에 맨' 사람과 '양복쟁이'가 나룻배를 타려고 한다. 삼바우는 또 다시 마을 청년들을 징집해 군대로 끌고 가려한다고 생각한다. 삼바우는 이들을 태우지 않고 강길을 끊어버리고 만다. 삼바우는 "마을에서 나룻배를 만들 때는 마을 사람들 편하라고 만들었지 누가 어디 저거 자식 잡아가라고 만든 줄 아나? 흥! 안되지 안 돼"라고 큰 용기를 낸 것이다.

「홍소」도 「나룻배 이야기」와 비슷한 이야기를 담고 있다. 「홍소」는 《현대문학》 1960년 9월호에 실린 작품이다. 이 작품에는 삼바우와 비슷한 인물로 조판수가 등장한다. 조판수는 30여 년 동안 '엽서 한 장을 무책임하게 어째 버린 일이 없'었던 성실한 우편배달부다. 배달부 일을 하면서 두 아들을 중학교까지 마치게 했고, 올해는 딸을 중학에 입학시켰다. 걱정이 있다면 군대에 나가 있는 큰아들 춘식이의 안부다. 조판수는 '군청 병사계'에서 보낸 '노란 빛깔'의 편지를 수암리로 배달한다. 노란 빛깔의 편지들은 모두 전사통지서였고, 세 통이나 되었다. 게다가 공교롭게도 첫 전사자의 이름이 '박춘식'이어서 조판수의 마음이 더 불안해져만 간다. 그간 일을 끝내고 막걸리 한잔을 걸치던 단골 주막에서, 조판수는 처음으로 일하는 도중 낮술을 세 잔이나 걸치게 된다. 가방에는 아직도 아홉 장이나 되는 전사통지서가 있었고, 이를 전해야 하는 그의 마음은 고통스럽기만 하다. 조판수는 술 마신 여파로 한 장의 편지를 냇물에 떨어뜨리고, 충동적으로 아홉 장을 모두 물에 띄워 보냄으로써 자신의 곤란한 처지를 벗어나려 한다. 그는 "50여 년이라는 세월을 살아왔지만, 이런 통쾌한 맛은 단 한 번도 느껴보지 못"했다며 후련한 웃음을 터뜨렸다. 하지만, 조판수가 떠나보낸 편지들은 냇물 아랫녘에서 낚시를 하던 우체국장에게 발견되고, 다음 날 그는 파면을 당해 '실성한 것 같은 울음'을 터트린다.

「나룻배 이야기」의 삼바우와 「홍소」의 조판수는 자신의 아들을 생각하며, 아들을 잃은 마을 사람들의 슬픔에 깊이 공감하게 된다. 삼바우와 조판수는 비극적 상황을 회피하기 위해 충동적으로 행동한다. 삼바우는 뱃길를 끊고, 조판수는 전사통지서 아홉 통을 냇물에 띄워버린다. 삼바우와 조판수의 선택은 술을 마신 상태에서 이뤄진 즉흥적인 것으로 볼 수 있다. 뱃길을 끊는다고 징집이 철회되지 않으며, 전사통지서를 전달하지 않는다고 전사한 젊은이들이 살아 돌아오지는 않는다. 전쟁 중에 이루지는 국가의 명령은 꼭 따라야만 하는 압도적인 것이다. 그 절대적인 명령에는 국가의 폭력성이 내재되어 있다. 이는 상당한 정치적 의미를 지닌다. 이야기의 흐름상 삼바우와 조판수는 국가의 명령에 술기운을 빌어 회피한 것이지만, 실질적으로는 자신의 의지에 따라 국가의 명령에 저항한 것으로 해석할 수 있다. 전쟁에 참여하는 것을 거부하고, 마을 사람들에게 고통을 안기는 폭력적 상황에 저항했다. 삼바우와 조판수가 우스꽝스러운 상황에서 어리석은 판단을 한 것으로 그려지지만, 그 의미는 징집 거부이고 젊은이들이 전사한 폭력적 상황에 대한 부정이다. 작가 하근찬은 삼바우와 조판수의 행위를 통해 전쟁이라는 폭력적 상황으로 인해 아들을 잃은 사람들의 고통을 더 비극적으로 극화했다. 「나룻배 이야기」와 「홍소」는 전쟁으로 인한 생명 절멸의 폭력을 어리석은 듯이 보이는 사람들을 등장시켜 비판하고 있는 작품이다. 하근찬은 전쟁을 야유하고 희화화함으로써, 민중의 관점에서 전쟁 이전의 평화 상태를 갈망했다.

또 다른 작품인 「산울림」에 등장하는 산마을은 '임진왜란 때도 별일이 없었'을 정도로 평화로웠다. 세상의 풍파로부터 동떨어져 있던 '산마을'이 한국전쟁의 격랑에 휩싸인다. 이 작품은 《사상계》 1964년 1월호에 발표했다.

「산울림」은 동화적 색채를 띤 작품이다. 중심인물이 어린이인 종덕이와 윤이이고, 둘의 집에서는 누렁이와 복실이라는 개를 기른다. 종덕이와 윤이를 괴롭히는 또 다른 어린이는 용갑이다. 용갑이네는 검둥이를 키운다. 비극적 상황은 개들의 죽음을 통해 비유적으로 표현했다. 한국전쟁의 여파는 국군 패잔병 두 명이 마을에 들이닥치면서 시작된다. 그들은 마을에 들어서자마자 시끄럽게 짖어대는 개들에게 총질을 해대자 검둥이가 죽고 누렁이가 다리에 부상을 입는다. 그 다음에는 인민군 패잔병 세 명이 윤이네 집에 들이닥쳐 더 폭력적인 상황이 발생한다. 복실이가 다섯 마리의 새끼를 낳았다고 마을 사람들이 대견해 했는데, 시끄럽게 짖는다는 이유만으로 무차별 총격으로 살상을 가한다. 종덕이의 할아버지이자 마을의 큰 어른인 손 노인은 그 극심한 총격의 와중에도 살아남은 강아지 암컷을 건져낸다. 손 노인은 "어서 커얄 낀데, 어서…… 용케 암컷이 한 마리 살아남았다니까"라고 말한다. 이는 한국 전쟁 이후 산마을에 다시 평화가 깃들기를 바라는 마음을 담은 것이고, 강한 생명력으로 지속될 미래에 대한 희망을 이야기하는 것이기도 하다.

「산울림」의 동화적인 색채에도 불구하고, 평화로운 산마을에 들이닥친 전쟁의 폭력에 대해 강한 비판을 하고 있다. 국군과 인민군의 폭력성이 모두 개들에 대한 위해로 그려져 있다. 인민군의 행위가 더 잔혹하고 참혹하지만, 국군의 행위도 그에 못지않게 부정적이다. 국군 패잔병들이 개가 짖는다고 내지른 총질로 검둥이가 죽자 손 노인은 '살생을 삼가도록' 훈계를 했다. 손 노인의 말에 한 병사는 "약간 미안한 듯한 표정"을 지었지만, 다른 한 사람은 "비웃는 듯한, 못마땅한 표정" 짓는 것으로 그렸다. 하근찬이 국군과 인민군을 모두 생명을 경시하는 가해자로 보고 있음을 알 수 있다. 남북의 군인들이 개와 같은 동물에게 함부로 총격을 가함으로써, 실제로도 산마을 사람들의 생명을 위협하는 것에 대해 비판했다.

「나룻배 이야기」, 「홍소」, 「산울림」은 모두 전쟁의 위협으로 평화로웠던 마을이 곤란에 처하는 모습을 그렸다. 세 소설에 등장하는 인물들은 현대적 관점에서 어리석은 것처럼 보이거나(삼바우), 충동적으로 돌이킬 수 없는 실수를 하거나(조판수), 어린이여서 순진한 태도로 세상을 바라보기도 한다(종덕이). 하근찬은 작중인물을 통해 국가 간의 폭력적인 전쟁으로 인해 '자치적인 마을'이 어떻게 위협을 받는가를 보여준다. 어리석은 듯한 민중들을 주요 인물로 내세워 오히려 전쟁의 폭력성을 부각시켰고, 전쟁 이전의 평화로웠던 마을을 그림으로써 전통적이고 토착적인 것의 가치를 귀하게 환기했다.

3. 웃음, 배설, 카타르시스

하근찬은 자신의 소설은 "전쟁 때문에 고통 받는 시골 사람들의 이야기"가 기둥이라고 했다. 1950~60년대 그의 작품들은 '전쟁 치유'라는 일관된 주제를 담고 있다. 그 이유에 대해 「수난 이대, 산에 들에」라는 수필에서 '태평양전쟁과 6·25를 직접 체험했기' 때문이라고 밝혔다. 소년시절과 청년시절의 고통스러웠던 체험이 문학적 우회를 거쳐 '시골 사람들의 피해와 희생'에 대한 치유의 서사로 형상화되었다. 그의 소설 속 전쟁은 총을 든 전방이 아니라, 젊은이들이 떠났던 후방을 배경으로 한다. 다리를 잃고, 팔을 잃고 귀환해야 했던 이들을 감싸 안아야 했던 후방의 고통에 더 오래 눈길을 둔다. 고통을 더 아프게 견뎌야 했던 후방 사람들을 그림으로써, 오히려 더 슬프게 전쟁의 비극을 그려냈다.

전쟁이 끝난 이후인 1950년대 후반, 전쟁의 비극성은 끝나지 않고 지속되었다. 전장에서 죽은 아들을 둔 부모의 슬픔, 신체가 훼손되어 육체적·정신적 상처로 인해 삶의 의욕을 상실한 젊은이들, 그리고 그들을 바라보며 공포에 떨어야 했던 이웃들도 고통을 겪었다. 전쟁의 폭력은 순간적 파괴이자 절멸이지만, 살아남은 자들의 고통은 장구하게 지속되었다. 하근찬은 민중들의 고통을 통해 전쟁을 발생하지 말았어야 할 사건으로 의미화한다. 전쟁을 권력과 권력의 충돌로 바라보지 말고, 전쟁으로 인해 민중이 감내해야 하는 고통으로 바라봐야 한다. 민중이 겪는 고통의 한가운데에서 치유적 카타르시스를 기획한 작품이 「수난이대」와 「분」이다. 치유는 사건을 회피하는 것이 아니라, 스스로 그 사건에 대해 이야기할 때 이뤄진다. 하근찬이 「수난이대」와 「분」에서 그린 한국전쟁 이야기는 과거 사건을 이야기함으로써 현재까지 이어지는 상처를 대면하고 치유하려는 시도이다.

하근찬의 등단작인 「수난이대」는 신춘문예 당선작으로 《한국일보》 1957년 1월 1일자에 실렸다. 이 작품은 하근찬의 대표작이며, 한국문학사에서도 단편소설 미학의 정수로 꼽힌다. 소설에는 아버지 만도와 아들 진수가 등장한다. 만도는 일제강점기 징용에 끌려갔다가 팔을 잃고 귀환했고, 진수는 한국전쟁에 참전했다가 수류탄에 의해 다리를 잃고 막 고향으로 돌아온 참이다. 만도는 아들이 전쟁터에서 돌아온다는 소식에 한껏 들떠 있다가, 기차역에서 상이군인이 된 아들을 만난 후 크게 낙담한다. 아들 진수를 퉁명스럽게만 대하던 만도는 함께 집으로 걸어오면서 점차 화해의 마음을 갖게 된다.

「수난이대」를 더 깊게 이해하기 위해서는 공간적 이동 경로에 주목할 필요가 있다. 소설의 초반부는 용머리, 산모퉁이, 들판, 개천의 외나무다리, 주막, 신작로, 장거리, 정거장에 이르는 길을 보여준다. 만도는 이 여정을 거쳐 오면서 아들을 만날 희망에 부풀어 오른다. 다리를 잃은 진수와 만난 이후에는 신작로, 주막에 이를 때까지는 실망감이 최고조에 이른다. 그래서 만도는 다리를 잃은 진수를 배려하지 않고 화난 마음에 '앞서만 걷'는다. 하지만, 만도는 주막집에 들러 만수와 함께 다리쉼을 한 이후 마음을 누그러뜨린다. 그때부터 '진수를 앞세워' 천천히 걷는다.

「수난이대」에서 오줌 누기는 소설의 전체적 흐름에서 영향을 미친다. 소설 초반에 만도의 오줌 누기는 희극적 분위기를 만들어낸다. 만도는 예전에 술에 취한 채 외나무다리를 건너다 굴러 떨어진 적이 있었다. 그 냇물에 대고 만도는 한 손만으로 고의춤을 풀어 헤치고 "오줌을 찌익 갈"긴다. 반면, 아들 진수는 "지팡이는 땅에 던져"놓고 "한 쪽 손으로는 나무둥치를 끌어안고" 한 발만으로 버티고 오줌을 눈다. 한 손만을 사용해야 하는 만도와 한 다리로만 버텨야 하는 진수가 대비를 이룬다. 이는 소설의 마지막 부분과 연결된다. 만도가 고등어를 들고 오줌을 누려하자, 진수가 "아부지, 그 고등어 이리 주이소"하고 손을 내민다. 한 쪽 팔이 없는 만도가 고등어를 든 채 소변을 볼 수 없기에, 진수가 고등어를 받아듬으로써 서로를 돕게 된다. 만도는 진수를 위로하며 "집에 앉아서 할 일은 니가 하고, 나댕기메 할 일은 내가 하고"라고 역할을 나눔으로써 살 방도를 찾자고 제안한다. 만도와 진수의 협력은 외나무다리를 건널 때, 진수가 지팡이와 고등어를 한손에 쥐고, 만도는 진수를 업은 채로 몸을 가누며 조심스럽게 건너는 아름다운 장면을 만들어낸다.

「수난이대」는 전쟁으로 인한 상처를 그리고 있음에도 긍정적 정서가 깊게 스며들어 있다. 이는 만도의 낙관적인 태도 때문이다. 만도는 어린이의 순진성에 비교할 만큼 낙천적인 태도로 세계를 대한다. 일제강점기와 한국전쟁의 폭력적인 현실 속에서도, 만도는 긍정적인 웃음을 잃지 않는다. 이러한 민중적 낙관성은 소설의 마지막 문장에 잘 표현되어 있다. 소설은 "눈앞에 솟은 용머리재가 이 광경을 가만히 내려다보고 있었다"로 끝을 맺는다. 이는 소설의 첫 머리에서 만도가 단숨에 올라챘던 '용머리'재와 연결됨으로써, 소설 미학적 완결성을 획득하게 된다. '용머리재'를 의인화해 '가만히 내려다보고 있었다'고 표현함으로써, 긍정적 미래에 대한 응원을 담아낸 것이다.

「분(糞)」은 급진적이고, 저항적인 소설이다. 이 작품은 4·19혁명 이후인 1961년 6월호 《현대문학》에 게재되었다. '분(糞)'은 '똥'을 의미하며, 작품의 직접적인 소재이다. 똥과 오줌은 민중 정서와 연결되어 반권위주의를 상징하는 저항적 의미를 지닌다. 아들을 징집당한 여인이 관공서와 똥으로 대항한다는 설정부터가 불온하다. 「분」은 이야기의 급진적 성격에도 불구하고, 한국문학사에서 덜 주목을 받은 하근찬의 작품 중 하나이다.

소설 속 중심인물인 덕이네는 일찍 결혼을 하여 열일곱 살에 아들을 낳았다. 하지만, 남편이 돌림병으로 세상을 떠나자 홀로 3년 동안 아이를 키웠다. 더 버틸 수가 없어서 남의 집 머슴을 살던 노총각과 다시 결혼을 했다. 7년 동안 함께 살며 행복을 느껴가던 중에, 그 서방마저도 북해도로 징용에 끌려가 죽었는지 살았는지 소식이 끊겼다. 덕이네에는 이제 스물한 살의 호덕이만이 유일한 희망이다. 덕이네는 면사무소 앞 밥집인 '대추나무집'에서 부엌데기로 일하며 애지중지 호덕이를 키워냈다. 그런데 호덕이와 대추나무집 주인 화산댁의 아들 동철이가 동시에 영장을 받았다. 화산댁은 동철이의 징집 보류를 위해 닭을 잡아 면장과 지서주임에게 청탁을 넣는다. 하지만, 덕이네는 돈도 없고, 후원자도 없어서 화산댁에게도 애걸하고 면장과의 인연에 실낱같은 희망을 걸어보기도 한다.

남편을 일제강점기 징용으로 잃은 덕이네는 절박한 상태에서 막무가내로 면장에게 징집 보류를 청탁한다. 호덕이만은 전쟁으로 잃고 싶지 않은 간절함 때문이다. 연줄을 동원해 권력을 매수한 화산댁은 동철이의 징집을 보류하는데 성공하지만, 부엌데기에 불과한 덕이네는 호덕이를 지켜내지 못한다. 전쟁의 고통은 가장 약한 자들에게는 가혹하고, 권력을 가진 자들은 수단과 방법을 가리지 않고 그 고통으로부터 빠져나간다. 하근찬은 약자에게 가혹한 전쟁의 실상을 「분」을 통해 풍자적으로 그려냈다. 이 소설은 여기에서 멈추지 않고 더 나아간다. 덕이네는 호덕이를 군대로 보낸 그날 밤, '뒤가 마려운' 꿈을 꾸고 깨어난 후에도 면장이 자신을 모욕하던 장면이 떠올라 분한 마음을 참지 못한다. 덕이네는 변소에 가려던 생각을 바꿔 바로 면장실 앞의 현관 한가운데 '뜨뜻한 것 한 무더기'를 쌌다. 그러면서 내심으로 면장을 향해 "문둥이 자식, 내일 출근하다가 저걸 물컹 밟아야 될낀데"라며 분풀이를 한다. 덕이네의 행위는 엉뚱하지만, 약자가 강자에게 할 수 있는 상징적 복수이기에 통쾌하다. 면장으로 상징되는 권위주의적 질서에 대항하는 덕이네의 행위는 야유와 풍자를 내장한 급진적 공격성을 담고 있다. 분이네의 복수는 응어리진 마음의 상처를 배설을 통해 치유해내는 것이기도 하다.

하근찬 소설에 등장하는 배설행위를 조금 더 적극적으로 해설해낼 수도 있다. 하근찬은 전쟁으로 인한 신체 훼손, 징집에 따르는 죽음의 공포, 전쟁 상황에서 벌어지는 절대적 폭력에 저항하는 상징적 행위로 '오줌 누기' 혹은 '변 보기'를 배치했다. 초기 하근찬 소설에 모두 배설의 장면이 등장하지만, 「수난이대」와 「분」은 전체 이야기 전개에 '오줌과 똥'이 결정적 영향을 미치는 작품이이다. 러시아의 문학이론가 미하일 바흐찐은 권위주의적 질서에 대항하는 민중의 행위가 '음식 · 음주, 배설, 성(性)' 등과 연관된다고 했다. 하근찬 소설에 자주 등장하는 배설행위도 권위적이고 계층적인 위계질서에 대항하여 평등주의적 가치를 강조한 것으로 볼 수 있다. 하근찬은 전쟁이라는 극단적 폭력을 조장하는 권위주의적 국가권력을 야유하기 위해, 자연의 일부로서 인간이라면 누구나 해야 하는 배설행위를 등장시켰다. 이를 웃음과 연결시키고, 낙천적 세계관으로 확장함으로써 민중의 건강한 생명력을 긍정했다.

4. 식민지적 무의식과 서구 근대 비판

1984년 5월 14일에 일본 도쿄에서 '세계펜대회'가 개최되었다. 하근찬은 한국 작가의 일원으로 '세계펜대회'에 참여하기 위해 처음으로 일본 땅에 발을 디뎠다. 그때 "시종 착잡한 기분"이 들었다고 했다. 하근찬은 일제강점기에 초등학교를 졸업하고, 전주사범학교 1학년 때 8 · 15를 맞았다. 하근찬은 "감수성이 예민한 소년시절의 머릿속에 일본의 교육이 짙게 주입된 게 사실"이라고 「나라와의 인연」이라는 수필에서 토로했다. 그러면서 '식민지 학생으로서의 괴로움'이 적지 않았지만, "소년시절을 회상할 때면 아련한 그리움이 가슴속에 아지랑이처럼" 피어오른다고도 했다. 그의 내면에는 일본에 대한 '친근함과 거부감'이라는 상반된 감정이 자리하고 있었다. 함께 존재할 수 없을 것 같은 감정, 그것도 식민지 경험과 연관된 감정을 일컫는 용어가 있다. '식민지적 무의식'이 그것이다. 이 용어는 탈식민주의 이론가인 호미 바바가 쓴 것이다. 그 의미는 제국의 지배 아래에 있는 식민지인은 제국의 문화를 모방하려는 '식민지적 무의식'을 갖게 된다는 것이다. 다만, 그 모방은 무조건적인 따라하기가 아니라, 거부하면서도 따라하기가 되어 뒤섞이는 형태를 띠게 된다. 호미 바바는 차이를 안고 있는 '혼종성'(hybrity)이라는 개념도 제시했다. 혼종성은 '차이'를 제거하지 않으면서도 사회적, 경제적, 문화적 공존을 협상하면서 탐색하는 것이다. 순수한 것을 거부하고, 서로 뒤섞이면서 긴장하는 관계를 지향한다. 보편성과 고유성(토착성)의 공존을 지향하는 혼종성이 하근찬의 1960년대 이후 소설에서도 발견된다.

하근찬은 1960년대에 '식민지적 무의식'과 관련이 있는 작품들을 많이 썼다. 하근찬의 서구에 대한 태도, 미국과의 관계, 일본제국주의 지배에 대한 기억들과 관련한 소설은 '탈식민주의 소설'로도 해석할 수 있다. 대표적인 작품은 「족제비」, 「붉은 언덕」, 「왕릉과 주둔군」, 「삼각의 집」을 꼽을 수 있다.

하근찬은 「수난이대」와 같이 전쟁의 아픔을 그린 작품들을 쓰다가, 1969년 「낙발」을 《신동아》 10월호에 발표했다. 이 작품 이후 일제강점기 말엽 소년시절의 체험을 그린 작품들을 지속적으로 발표했다. 하근찬은 일제강점기 말엽을 배경으로 한 작품들을 '제2기의 소설'이라고 했다. 대표작으로는 「족제비」, 「일본도」, 「죽창을 버리던 날」 등이 있다. 그 중 「족제비」는 《월간문학》 1970년 1월호에 발표한 작품으로 '국민학교 5학년' 어린이의 시선으로 그린 해방의 풍경화라고 할 수 있다.

「족제비」에는 어린이의 세계와 어른의 세계가 비유적 관계를 형성한다. 소설은 윤길이의 시선으로 그려지고, 학섭과 일웅이 등장한다. 윤길은 놀이에서 대장 노릇을 하는 학섭을 동경하지만, 학섭의 아버지 고 생원은 소작농에 술에 취해 지내던 약자이다. 일웅은 학섭에게 꼼짝 못하지만, 일웅의 아버지인 최 서기는 하시모토 농장의 대리인으로서 큰 행세를 한다. 이 소설은 '하시모토 농장(橋本農場)'이라는 독특한 곳이 그려진다. 이 농장은 하시모토라는 일본인의 것으로 주변 농지를 모두 관리하는 대저택이다. 하시모토는 마을 사람들마저도 똑똑히 본 적이 없는 인물로, 숨겨진 마을의 통치자라고 할 수 있다. 소설에는 독특하게 '삼십 년 묵은 족제비'의 전설도 등장한다. 이 족제비는 하시모토처럼 존재한다고는 하는데 똑똑하게 본 사람이 없는 존재이다. 소설에서는 '공출'사건이 발생하면서, 고 생원이 큰 고욕을 치르는 사건이 나온다. 소설은 해방이 되자 그간 아무도 본 적 없었던 하시모토가 일본으로 떠나기 위해 마을 사람들 앞에 모습을 드러내는 데서 절정에 이른다. 하시모토는 "키도 여느 사람의 어깨"에 미칠 정도로 작고, "훅 불면 넘어질 것 같은" 여린 늙은이였다. 그 모습을 보고 고 생원은 하시모토가 바로 '족제비'라고 크게 웃어재낀다. 일본으로 떠나는 트럭에는 그간 마을의 지배자들이었던 하시모토를 포함해 '교장네 가족, 선생네 가족, 우편국장네, 잡화상네, 주재소 순사부장네'들도 오른다. 그 트럭이 떠나자 비로소 마을사람들은 해방의 기쁨을 맘껏 만끽하게 된다.

이 소설에서 '삼십 년 묵은 족제비'는 일제강점기의 통치기간을 말하며, 하시모토의 족제비 형상은 '쇼와 일본천황'의 모습을 비유적으로 표현한 것이기도 하다. 「족제비」는 보이지 않는 존재로서 막강한 권력을 행사하던 권력자들이 탈신비화 되는 과정을 그려냈다. 하시모토처럼 실제 모습은 볼품이 없었지만, 주재소 순사들의 무력을 앞세워 통치 질서를 유지했다. 그 억압체제가 붕괴되자 고생원으로 대표되는 조선의 민중들이 기존의 지배질서를 신랄하게 야유한다. 소설에는 공출당하지 않기 위해 곡식을 숨겼던 고 생원과, 하시모토의 지배를 대리하여 민중을 억압하던 최 서기가 등장한다. 최 서기는 일본제국주의에 동화되었던 인물이라면, 고 생원은 체제와 불화하고 갈등하던 인물이다. 최 서기는 세련된 인물의 형상을 하고 있고, 고생원은 희화적인 인물로 그려진다. 하지만, 이러한 형상화는 일제강점기를 살아왔던 조선인의 모습에 대한 진실을 담고 있다. 일본제국주의의 지배 현실에 동화했던 지식인들은 직간접적으로 협력의 길을 걸었고, 오로지 수탈을 당하지 않기 위해 꾀를 쓰고 그로 인해 고통을 당했던 민중들은 삶에 충실하고자 하는 것 자체가 저항이었다.

「족제비」가 일제강점기 기억을 다시 환기하는 작품이라면, 「붉은 언덕」, 「왕릉과 주둔군」, 「삼각의 집」은 미국으로 대표되는 서구적 보편성과 한국이라는 저개발국가의 상황을 대비시켜 그려낸 작품들이다. 이 작품들은 하근찬 소설이 리얼리즘 정신에 입각한 지식인 작가의 면모를 보여준다. 하근찬은 1960년대 현실을 '근대의 보편적 가치'와 '우리 것이라는 고유성'이 긴장하고 있다고 보았다. 근대적인 것이 세계적이고 보편적인 것으로 간주되던 시기에, 서구적 근대에 대한 비판적 인식이 그의 소설에 드러난다.

「붉은 언덕」은《사상계》1964년 12월호에 발표한 작품이다. '국민학교'에 다니는 아이들은 한국전쟁의 비극을 모를 정도로 10여 년의 시간이 흐른 뒤의 이야기다. 학교가 있는 곳에서 멀지 않는 곳에 "이상하게도 풀이 잘 자라지 않는" 언덕이 있는데, 그곳에는 특별한 사연이 있었다. 6·25때 국군들과 인민군들이 무서운 싸움을 벌였고, 시체들이 그곳에 즐비하게 묻혔다. 사람들은 그 비극을 기억하려 들지 않았고, 오로지 진달래만이 수없이 뿌리를 박아서 '붉은 언덕'이 되었다.

아무것도 모르는 윤길이, 연이, 인수는 매일 같이 즐겁게 그 언덕을 넘어 학교에 오가곤 했다. '모른다'는 것, 기억을 회피한다는 것은 비극의 출발점이 된다. 윤길이네 반을 맡은 유 선생은 사범학교를 나온 지 몇 해 되지 않은 젊은 교사로, 이 학교로 전근해 온지도 얼마 되지 않았다. 문교부 지정 연구학교에 마침 '외국 교육 사절단'이 방문하는 일정이 잡힌다. 젊은 유 선생은 의욕에 넘쳐 '아름답고 살기 좋은 우리 고장'을 주제로 시범 수업을 준비하고, 그 과정에서 윤길이, 연이, 인수에게 '암석과 광물 같은 표본' 채집을 시켰다. 유 선생은 별 생각 없이 "저어 진달래꽃이 핀 언덕에는 틀림없이 금덩어리, 은덩어리가 묻혀 있을 것이다"라며 아이들을 부추기는 실수를 저지르고 만다. 유 선생의 이야기를 믿고, 윤길이, 연이, 인수가 붉은 언덕을 파다가 수류탄을 발견한다. 폭발 사고가 발생해 윤길이와 인수가 죽고, 잠깐 오줌을 누러 자리를 피했던 윤이만이 생존하게 된다. 윤이는 그 때의 충격으로 밝은 모습은 사라지고 전혀 딴 사람이 된 것처럼 행동한다.

외국 교육 사절단 앞에서 이뤄진 지정 연구수업에서 유 선생이 '붉은 언덕'을 짚으며 '아름다운 고장'에 대해 설명을 하자, 윤이가 발작을 일으키며 기절하고 만다. 윤이의 아픔에 대해 교장도 외면하고, 유 선생도 외면한다. 외국 교육 사절단의 브라운 단장은 '윤이의 처지'를 전혀 이해하지 못한 상태에서 '정신분열증 초기 환자'라고 진단하며, "그 학생은 반드시 큰 심리적 원인을 가지고 있을 것"이라고 말한다. 브라운 단장의 말은 공허할 뿐이고, 윤이의 치료에도 도움이 되지 않는다. 윤이의 정신적 고통은 6·25라는 역사적 사건과 관련이 있고, 더 구체적으로는 윤길이와 인수의 비극적 죽음으로 인한 것이다. 그 비극은 브라운 단장의 방문을 준비하기 위해 학생들이 동원되는 과정에서 발생했다는 점에서 아이러니적 요소까지 안고 있다. 어린이들의 처지와 생각을 배려해 교육이 이뤄지지 않고, 외국 사절단이나 문교부 장학관에게 보여주기 위해 교육이 이뤄지는 것이야말로 식민주의적 속물성이라고 할 수 있다. 이 작품은 한국 교육 현실에 대한 냉정한 비판을 담고 있는 문제작이다.

「왕릉과 주둔군」과 「삼각의 집」은 하근찬 문학세계를 탈식민주의와 연결해 해석할 수 있도록 이끄는 작품들이다. 「왕릉과 주둔군」은 1963년에 간행된 『전후 정예작가 신작 15인집』에 실렸고, 「삼각의 집」은 《사상계》 1966년 1월호에 실렸다.

「왕릉과 주둔군」에는 세 개의 세계가 등장한다. 하나는 박 첨지가 구축한 왕릉 중심의 세계이다. 박 첨지는 '박 씨 왕릉'을 지키는 무덤지기이다. 자신의 조상이 왕족이었다는 자부심으로, 현재를 사는 인물이다. 자신의 처지는 '손바닥만 한 논배미'를 부치는 빈

곤한 상태이지만, 왕릉을 돌보는 것을 큰 낙으로 삼고 있다. 평소에도 왕릉을 살피는 일에 정성이었지만, 왕릉 주변에 미군이 주둔지를 만들자 더 긴장하여 왕릉 보호에 안간힘을 쓴다. 급기야는 문중에 제기하여 왕릉 둘레에 담장을 쌓는 일까지 추진한다. 두 번째는 미군의 세계이다. 왕릉이 정주민의 세계라면, 미군의 세계는 이주민이자 점령군의 세계이다. 미군은 압도적인 기계문명으로 마을 사람들을 놀라게 한다, 미군들은 마을의 문화를 바꾸고, 생활양식을 변화시킨다. 그들은 마을을 약탈하지는 않지만, 마을의 고유한 삶의 방식을 바꿔버린다. 그 영향을 박 첨지의 딸 금례가 직접적으로 받는다. 세 번째는 금례의 세계이다. 금례는 서양 병정들의 주둔 이후 마을에 들어온 '도깨비 같은 계집들'에 매혹된다. 이방인의 음악, 복장, 화장에 정신을 송두리째 빼앗겨 주둔군이 마을을 떠난 이후에는 가출을 한다. 박 첨지는 왕릉에 들어왔던 미군들에게는 담장 쌓기를 통해 대항했지만, 정작 자신의 딸 금례는 미군들에게 빼앗기는 상황에 처했다. 금례는 세월이 흘러 노란 눈동자를 가진 '철이'를 박 첨지에게 데려온다. 철이는 서양 병정의 아이로, 박 첨지의 세계와 미군의 세계와 금례의 세계가 함께 어우러진 새로운 존재이다.

박 첨지로서는 금례의 세계도 버거운데, 철이의 세계는 도저히 받아들일 수 없다고 본다. 박 첨지가 기력이 쇄약해진 몸으로 왕릉의 담장을 지키겠다고 안간힘을 쓰는 것은, 되돌릴 수 없는 시간에 대한 무력한 저항이라고 할 수 있다. 하근찬은 박 첨지의 봉건적 태도를 풍자하면서도, 미군의 점령군적 태도에 대해서도 비판한다. 리얼리즘적 시선으로 금례와 철이의 존재를 그려낸 것이 인상

적이다. 이 작품이 문제적인 이유는 하근찬의 냉정한 서사 전개 때문이다. 하근찬은 박 첨지의 시선을 취하면서도, 연민을 갖되 옹호는 하지 않는다. 「왕릉과 주둔군」은 1963년 즈음에 한국 지식인의 미군 인식에 대한 냉정한 문학적 기록이라고 할 수 있다.

「삼각의 집」은 초기 하근찬 작품에서는 드물게 지식인 화자가 등장하는 작품이다. 공간적 배경도 서울 미아리 산동네이기에 독특한 도시소설의 면모를 보여준다. '나'가 화자로 등장해, 에세이적으로 서사가 전개되는 것도 이색적이다.

'나'는 사진작가인 친구 P군에게 빌려온 '국제 명작 사진첩'에서 미국 크리스마스를 소재로 한 사진작품을 보게 된다. 그 작품에는 큼지막한 삼각형의 개집에 크리스마스트리 장식을 했고, 지붕에는 십자가가 꽂혀 있는 장면이 담겨있었다. 아들 영일이는 미국 개의 처지를 부러워한다. 아내도 그 사진을 보고는, 아내의 사촌인 종두 오빠가 집을 지었다는 얘기를 '나'에게 한다. 아내는 그 집이 '개집보다 못하'다지만, 서울에 하나뿐인 종두 오빠이기에 같이 방문하자고 권유한다. 다음 날 세 식구는 미아리의 종두 오빠 집을 찾아길을 나선다. 어렵게 찾아간 솔밭 근처의 외떨어진 집은 사진 속 '미국 개집' 같은 모습이어서 '나'에게 충격을 준다.

종두의 인생 또한 그 '삼각의 집'처럼 땜질되어 있었다. 종두는 중학교를 졸업하고 군대에 들어갔고, 제대 후에는 미군 하우스보이가 되어 영어를 배웠다. 그때 배운 영어 실력으로 외래품 장사를 하다 큰돈을 만지기도 했으나, 동업자의 배신으로 모든 재산을 탕진하게 되었다. 종두는 미아라 솔밭 근처에 삼각의 집을 짓고, 꿩들을 키우겠다는 새로운 모색을 하고 있었다. 트럼펫으로 아리랑을 연주하면서 모이를 주어, 꿩을 길들이는 것이 그의 목표다. '나'는 종두의 모습에서 서글픈 감정을 느낀다. 그 감정에는 인생의 바닥에 선 친척을 바라보는 연민이 있었고, 또 다른 한편에서는 잘 되었으면 하는 응원의 마음도 포함되었다.

종두의 집을 방문한 지 한참의 시간이 지난 뒤, '나'는 '한국적인 소재'를 찾는 사진작가 P군을 시내에서 다시 만나게 된다. 미군 레이션 박스로 만든 '삼각의 집'이야말로 한국적인 소재라는 생각에 함께 방문하여 사진을 찍기로 한 것이다. 공교롭게도 '나'와 P가 방문하던 때에 무허가였던 종두의 '삼각의 집'이 철거반원들에게 마구 부서지고 있었다. 종두는 트럼펫으로 처량하게 아리랑을 불고 있었고, '나'는 콧잔등이 시큰해지면서 '속이 와들와들 떨려 오'는 감정의 격동에 휩싸이게 된다.

「삼각의 집」의 소설의 마지막 부분에서 반전이 발생한다. '나'는 교정 볼 있어 인쇄소에 들렀다가 '복음주보'라는 기독교 계통에서 발행하는 주간 신문을 보게 된다. 그 신문에는 새로 건립할 교회의 입체투시도가 그려져 있는데, 교회 지붕이 뾰족한 '삼각형의 집'처럼 보였다. 어떤 예감에서 더 살펴보니, 바로 종두의 무허가 판잣집을 철거한 자리에 새 교회가 들어설 예정이라는 것이다. 그 교회의 목표는 '가난한 사람들에게 하나님의 은혜를 골고루 베풀어'나가는 것이라고 했다. '나'는 몸 깊은 곳에서 발생하는 거역반응에 '재채기'를 심하게 하면서 소설은 마무리 된다.

「삼각의 집」에는 비서구 지식인의 관점에서 서구적 근대화를 비판적으로 인식하고 있다. 서구적 근대화는 계몽 담론과 함께 모두가 지향해야 할 개발주의의 가치를 이야기했다. 서구적 풍요는 근대화를 통해 획득될 수 있고, 비서구 지역은 부유한 미국 사회를 동경했다. 온 세계가 미국식 근대화를 향해 나아가는 것이 당연하다고 이야기하는 것, 그것이야말로 문화제국주의이다. 하근찬은 「삼각의 집」을 통해 미국식 풍요가 감추고 있는 제3세계의 가난을 파헤쳤다. '삼각의 집'은 미국 교회의 상징이자, 무언가 부조리해 보이는 미국 개의 집을 은유적으로 지시한다. 하근찬은 소설을 통해 서구적 풍요는 제3세계 가난한 빈민들의 터전을 허물어 이룩된 것이라고 말한다. 더 나아가 가난한 이들을 그들의 터전에서 몰아내면서 '구원의 약속'을 퍼뜨리고 있는 서구적 근대가 과연 모든 이들이 지향해야 할 보편적 가치인가에 대해서 강하게 문제제기한다.

하근찬은 「새벽 산행에서」라는 산문에서 시골 초가지붕에 대해 이야기했다. '우리 고유의 정취가 풍기는 초가지붕'이 어느 한순간에 사라진 것을 안타까워했다. 그는 초가삼간의 지붕만을 벗겨내고, 거기에다가 온통 슬레이트 지붕이나 기와만을 얹은 집들이 '을씨년스러'울 정도로 보기 흉하다고 했다. 마음 같아서는 '초가지붕 되살리기 운동'이라도 하고 싶은 심정이라는 것이다. 하근찬은 모두가 슬레이트 지붕만을 덮는 시대에, 초가지붕을 얹고 싶어 하는 농가가 있다면 그렇게 하도록 권장해야 한다고 주장한다. 하근찬의 초가지붕 예찬론에는 '세계적인 보편적 가치'라는 것이 어떻게 '고유한 우리의 것'을 파괴하고 있는가에 대한 문제의식이 담겨 있다. 그는 "근대화니, 국제화 혹은 세계화"가 시대의 당연한 과제처럼 이야기되고 있지만, "남의 것의 모방과 추종"만으로는 결코 보편성에 도달할 수 없다고 단호하게 말한다. 그는 "고유성을 바탕에

깐 보편성"이야말로 알맹이를 지켜내는 것이라는 주장에는 토착성에 대한 옹호가 담겨 있다.

하근찬은 「족제비」에서 오염되어 있는 식민지적 기억을 비판적으로 환기했다. 그는 민중의 관점에서 일제강점기를 기억해내야만 식민지적 무의식을 객관화할 수 있다는 주장을 펼쳤다. 「붉은 언덕」에서도 서구의 시선만을 의식하는 교육이, 한국의 현실을 왜곡하는 것에 대해 비판했다. 서구중심의 사고는 한국의 미래 세대를 불행으로 이끈다는 인식을 보여준 것으로도 해석할 수 있다. 「왕릉과 주둔군」과 「삼각의 집」은 탈식민주의적 문제의식이 직접적으로 표현된 작품이다. 하근찬은 서구의 풍요가 제3세계 민중들의 가난을 디디고 이룩된 것임을 소설을 통해 그려냈다. 한국의 현실에 뿌리내린 '고유성(토착성)에 기반한 보편성'이 하근찬 탈식민주의 문학의 지향점이었다.

5. 현실을 보는 눈, 아름다움에 이르는 길

하근찬은 민중의 눈으로 현실을 보고, 민중을 생각하는 마음을 갖고 인생과 역사를 살피는 것을 중시했다. 미적 감각, 미의식도 현실을 바라보는 정확한 눈을 중시했다. 민중의 입장에서 인생과 역사를 바라보려는 노력 속에서 하근찬 문학은 중요한 미적 성취를 획득했다.

하근찬은 「삼각의 집」에서 사진에 빗대어 자신의 소설 미학을 다음과 같이 표현했다.

나는 단순한 미적 감각만을 앞세우고 찍은 사진은 별로 높이 사지 않는다. 물론 미의식이 결여되어서는 작품이 되질 않지만, 그것과 함께 현실을 보는 눈이랄지, 인생과 역사를 생각하는 마음 같은 것이 잘 작용해 있지 않으면 깊은 맛이 우러나질 않는 것이다.

하근찬에게 현실은 민중이 어디에 있는가라는 문제와 닿아 있었다. 세계를 아름답게 포착할 수는 있다. 하지만 누구의 눈으로 아름다움을 보느냐가 더 중요하다. 아름다움에도 깊이가 있다면, 그 심도는 인생관과 역사의식과 관련이 있다. 하근찬은 현실을 보는 눈을 민중적 토착성과 연결시킴으로써, '깊은 아름다움'을 창조해 냈다.

하근찬은 1950~60년대 한국 문학에서 반공주의가 압도적인 시대에 창작활동을 했다. 그는 존경하는 아버지가 반동으로 몰려 인민군에게 학살당한 개인적 상처를 안고 있었다. 그런데도 반공주의 문학에 경도되지 않고, 분단의 상처를 치유하는 소설 미학에 도달했다. 하근찬의 문학적 성취는 개인적 상처를 극복하고, 여기서 더 나아가 민중의 상처를 치유하는 보편적 서사에 도달한 귀한 사례이다. 민중주의적 낙관성으로 세계를 긍정하고, 토착적인 민중 정서를 소설의 서사에 사실적으로 담아냈다. 하근찬의 민중주의적 토착성은 '안태고향'에 크게 빚지고 있다. 그는 경상도 영천지역 사투리라는 민중 언어 세계를 통해 서구적 근대라는 문화제국주의를 비판적으로 인식했다.

결론적으로 하근찬 문학은 다음 세 가지 측면에서 그 의미를 강조할 수 있다.

첫째, 하근찬 문학은 한국전쟁의 현장이 아닌 후방의 이야기를 민중적 관점에서 형상화함으로써, 치유의 상상력을 펼쳤다. 그의 작품 「나룻배 이야기」, 「홍소」, 「산울림」은 국가 기구의 억압적 동원체제 속에서 농촌공동체 사회가 위협받는 양상을 보여준다. 국가는 민중들에게 평화를 지켜주겠다고 약속을 한다. 민중들은 국가를 향해 '그냥 내버려두는 것'이 평화라고 말한다. 이 세 작품은 생명을 절멸시키는 압도적 국가 폭력 아래 민중(삼바우, 조판수, 손노인)의 순진한 대응을 그리는 것처럼 보인다. 어리석은 듯이 보이는 민중의 저항이, 사실은 국가 기구의 폭력성을 부각시키기 위한 희화적 서사였다고 해석할 수 있다. 자연의 일부로서 근대적 폭력과 거리를 두고 살던 민중들의 토착적이고 전통적인 삶의 태도가 이들 작품에 잘 그려져 있다.

둘째, 하근찬 문학의 초기 미학적 성취는 공간적으로 잘 짜여진 구성과, 민중의 긍정적이고 낙천적인 세계관을 성공적으로 표현함으로써 얻어진 것이었다. 「수난이대」에서 아버지 만도와 아들 진수의 화해 과정은 공간적 이동과 긴밀하게 연결되어 있으며, 신체적 훼손이 상호협력을 통해 보완되는 연대의 감수성도 잘 그려져 있다. 「분」은 한국전쟁시기에 아들을 징집에서 빼내려는 어머니의 간절한 노력을 그린 불온한 작품처럼 보인다. 이 작품은 덕이네의 간절함으로 통해 전쟁이 가장 하위계층에 속한 민중에게 더 가혹했음을 그려냈다. 이 두 작품은 배설의 서사를 중요한 모티프로 활용해 민중 문화의 전복적 성격과 반권위주의적 정서를 형상화했다는 점도 주목할 만하다.

셋째, 하근찬 문학은 '식민지적 기억'에 대해 문제제기하며, 서구적 근대화에 대해 비판적으로 접근했다. 「족제비」는 일제강점기의 경험이 무의식에 남긴 상처를 성찰한 작품이다. 「붉은 언덕」은 서구인의 시선을 의식하며 짜여진 보여주기식 교육이 만든 비극을 그려냈다. 「왕릉과 주둔군」과 「삼각의 집」은 서구적 근대화의 그늘을 비판한 탈식민주의 텍스트로 볼 수 있다. 하근찬은 '고유성에 기반한 보편성'을 그의 문학적 지향점으로 삼아 한국 민중의 삶의 방향을 탐색했다.

하근찬은 민중문화의 전통을 경상도 영천 지역 사투리로 재현해 냄으로써, 전쟁과 같은 국가 폭력을 희화하는 민중서사를 펼쳐보였다. 그는 민중적 낙관성과 웃음에 기반해, 삶의 상처를 치유하는 긍정적 웃음과 평등주의적 세계관을 그려냈다. 하근찬의 초기 소설은 한국전쟁의 상처를 민중적 정서와 민중주의 미학을 통해 치유해낸 귀한 문학적 사례이다.

작가연보

1931년(1세)	10월 21일 경북 영천군 영천읍 금노동 462번지에서 아버지 하재중과 어머니 박연학의 장남으로 태어나다. 아버지의 고향은 영천군 신녕면 매양리, 조부 때까지 그곳에 살았다.
1932년(2세)	국민학교 교사인 아버지의 전근으로 영천을 떠나 경북 문경군 점촌, 칠곡군 동명동 등지로 옮겨 다녔다.
1937년(7세)	아버지가 칠곡군의 학교에서 일본인 교장과의 싸움으로 파면당하자 할아버지가 한약방을 운영하는 대구 칠성동으로 이사하다. 이때 아버지는 중학교 진학에 실패한 아이들을 가르치는 사설강습소인 실습학원 강사였다.
1938년(8세)	대구의 미까사마찌(三笠町)공립국민학교(현 삼덕초등학교)에 입학하다. 제3차 조선교육령으로 한국어 교육이 폐지된다.
1939년(9세)	파면당했던 아버지가 전라북도 김제군 백구면으로 옮겨가 사립 치문학교에서 교편을 잡다. 김제군의 죽산과 봉남, 장수군의 산서 등지에서 십여 년을 살았다.
1940년(10세)	《동아일보》 주최 전조선 학생작품전 초등 도화부와 초등 수공부에 입선하다.

1944년(14세) 초등학교 6학년 때, 5학년 여학생이 정신대에 끌려가지 않으려고 시집을 가는 일을 목도하다. 이 무렵을 전후하여 어느 날 밤 부모님이 주고받는 대화를 통해 '일본'이 '우리나라'가 아니라는 사실을 처음으로 자각하다.

1945년(15세) 전주사범학교 입학. 사범학교 1학년 1학기 시절에 대해서는 「그 욕된 시절」 「일본도」 「죽창을 버리던 날」 「삼십이 매의 엽서」 「수양일기」 등에서 반복적으로 이야기하고 있다.

1948년(18세) 전주사범학교 재학 중 교원 시험에 합격하자 학교를 중퇴하고 아버지가 교장으로 재직하고 있는 전라북도 장수군 산서면의 국민학교에서 교편을 잡다.

1950년(20세) 전주형무소(당시는 인민교화소)로 끌려갔던 아버지가 추석 무렵 좌익으로부터 학살당하다. 이때 장수에서 전주까지 두 번이나 걸어가 아버지의 시신을 수습했는데, 그때 상황은 단편 「핏빛 황혼」(전라도 사투리로 말하는 유일한 단편소설)에서 이야기하고 있으며 『야호』의 '정면장' 학살 장면에서도 짙게 반영되어 있다, 이후 「발가락은 멍들고」라는 소설을 습작하기도 하다. 12월 속칭 '보따리부대'라고 불린 국민방위군에 소집되다. 소집 장정들의 행선지가 제주도 혹은 대만으로 갈지도 모른다는 소문 속에서 서너 달 동안 혹독한 추위와 굶주림 속에서 훈련을 받다가 거의 반신불수가 되다시피 해서 귀향하다.

1952년(22세) 전북에서 사표를 내고 영천으로 돌아가 고향 마을에 있는 영천국민학교에 복직해 휴전 무렵까지 2년간 교편을 잡다. 이때, 같은 학교에 근무하는 이종순 교사와 사귀다. 영천국민학교에는 부친이 8년, 작가가 2년, 아내와 누이동생도 몇 해 교사로 있었다.

1954년(24세) 학교에 사표를 내고 부산 동아대학교 공학부 토목과에 입학, 등록금은 약혼녀가 보태주는 형편이었다.

1955년(25세) 《신태양》 주최 전국학생문예 작품 모집에 「혈육」이 당선.

1956년(26세) 교육주보사 주최 교육소설 모집에 「메뚜기」가 당선(현재 이 작품은 찾을 수 없는데, 《세계》(1960. 4)에 발표한 「온혈적」은 교육소설이면서 '메뚜기'를 다루고 있다는 점에서 「메뚜기」의 개작일 것으로 추정된다). 가을 어느 날, 영천과 부산을 오가는 동해남부선 열차 속에서 물건을 강매하는 상이군인을 통해 「수난이대」를 착상하다. 12월 27일 영천국민학교에서 만나 약혼한 이종순과 결혼하고 영천읍 성내동에서 신혼살림을 꾸리다.

1957년(27세) 《한국일보》 신춘문예에 「수난이대」 당선. 아내가 경주의 학교로 전근, 동아대학교 중퇴하고 영천에 집이 있었으나 징집영장을 기다리며 경주 황성공원 근처에서 과수원을 하는 처가에 머물다. 군에 입대. 장남 승일 태어나다.

1958년(28세) 대구에서 발행한 《문학계》 창간호에 「육식동물」을 발표하다. 논산에서 훈련을 마치고 군의학교로 가서 위생병 교육을 받던 7월, 폐결핵에 걸려 밀양에 있는 육군병원에 입원하다. 그때 병동 근처 무덤 곁에서 쓴 「산중 고발」을 《사상계》에 발표하다. 군에서 의병제대.

1959년(29세) 《교육주보》사 입사, 홀로 상경하다. 신동엽, 박봉우 시인과 백운대를 오르고 수락산과 도봉산을 등반하다.

1960년(30세) 《교육주보》사 퇴사.

1961년(31세) 교육자료사 편집부 기자로 입사. 이 무렵 아내가 경주에서 교직을 사임하고 서울로 와서 세 식구가 세검정에 솥단지를 걸었다. 세 식구가 서울 생활을 시작한 세검정의 집은 춘원 이광수가 살았던 집 사랑채였는데 그 집이 흉가라는 소문이 돌았다.

1963년(33세) 교육자료사 퇴사. 대한교육연합회공제조합 발행《새교실》편집부 기자로 입사. 이 무렵 편집실에서 성냥개비에 먹물을 찍어 원고를 고치는 버릇이 있었다.

1964년(34세) 장편『석가』(문장각)를 간행하다.

1966년(36세) 학생 잡지에 '포토스토리'「비 개인 날의 목마」(《학원》 6)를 발표하다.

1969년(39세) 4월 사범학교 동기인 시인 신동엽이 사망하자 노제 때 조사를 낭독하다. 7월 대한교육연합회공제조합《새교실》편집부를 그만두고 전업 작가의 길로 나서면서 신촌에서 수색으로 독채 전셋집을 얻어 이사하다.

1972년(42세) 순정소설「소야곡」을《학원》7,8월호 2회 연재 후에 작가 사정으로 중단되다.《신동아》9월호에「모일 소묘」를《월간문학》9월호에「모일 축가」를 발표하는데 이 두 작품은 제목만 다른 같은 작품이다.

1973년(43세) 장편「직녀기織女記」를《현대문학》9월부터 12월까지, 1974년 5월에 제1부 5회 연재 후 중단.「족제비」가 '신(新)항일문학'으로 선정되어《상황》봄호에 재수록되다.

1976년(46세) 《새농민》에 중편 「십오야」를 7월부터 12월까지 연재하다.

1977년(47세) 장편 「외기러기」를 《국제식량농업》에 10월부터 1980년 12월까지 연재하다.

1979년(49세) 경장편 역사소설 「남한산성」 집필, 『민족문학대계 14』(한국문화진흥원편, 동화출판공사)에 수록하다. 이 책에는 전병순의 「논개」 승지행의 「잡초 속에서」가 함께 수록되었다. 장편 『석가』(무등출판사) 재간행하다. 실명소설(박경수 소설가)「삼베 바지와 장자기질」(《한국문학》 8)을 발표하다. 이때 박경수는 하근찬 실명소설 「술 끊는 약」 발표. KBS 라디오 단막극으로 「노은사」(3월 9일) 방송.

1980년(50세) 《국제신문》에 장편 「산중 눈보라」를 1월 1일부터 11월 25일까지(225회) 연재하던 중 언론 통폐합으로 중단되다. 장편 『석가』(인문출판사)를 재간행하다. KBS 문예극장에 「흰 종이수염」이 방영(2월 8일)되다.

1981년(51세) 장편 「외기러기」를 개제한 『제복의 상처』, 『월례소전』을 개제한 『월례는 본시 그런 여자가 아니었습니다-월례소전』 간행. TV문학관에 「나룻배 이야기」가 방영(4월 11일)되다.

1982년(52세) 문인해외관광단의 일원으로 태국, 그리스, 이탈리아, 프랑스를 여행하다. 가와바타 야스나리의 『설국』(학원사)을 번역해 간행하다.

1983년(53세) 「산에 들에」로 제2회 조연현문학상 수상.

1984년(54세) 제1회 요산문학상 수상. 동화 「다람쥐와 강아지」 집필하다. 「소년 유령」을 「어린 넋」으로 개제해 『수난이대』(범우사)에 수록하다.

1985년(55세) '문제작의 주인공, 다시 돌아오다' 주제로 한 「일본도」의 주인공 한원길의 일본 여행기인 「사십 년이 흘러간 뒤에」(《한국인》 3)를 발표하다. MBC 문제작 시리즈 드라마에 「그해의 삽화」가 8월 16일 방영.

1986년 (56세) 장편 「은장도 이야기」를 《2000년》 1월부터 1987년 5월까지 1부만 연재하다. 장편 『석가』를 개제 · 개작한 『소설 석가모니』(도서출판 사사연) 간행하다. 《한국일보》에서 연재한 '명작의 무대-문학기행'에 『야호』가 선정되어 박래부 기자와 작품 무대를 둘러보다. TV문학관에 「노은사」, MBC 문제작 시리즈 드라마로 「그해의 삽화」가 방영(8월 16일)되다.

1987년(57세) 장편 『야호1~3』를 지식산업사와 중앙일보사에서 각각 재간행하다. 이 해 여름 중앙일보사 기자와 영천을 찾아 『야호』 「흰 종이수염」 「수난이대」 「나룻배 이야기」의 무대를 둘러보다. 중편집 『여제자』 간행하다. 『야호』가 MBC 8부작 드라마로 방영(3월 8~31일)되다.

1988년(58세) 유주현문학상 수상.

1989년(59세) 《한국경제신문》에 「금병매」 연재하다.

1990년(60세) 『삼성당 메아리 한국문학전집 26』에 개작한 「월례소전」을 수록하다.

1992년(62세) 『금병매1~5』 간행하다. 8인 콩트집 『뭘 봐요?』(도서출판 아름다운 세상) 간행. 『검은 자화상』이 KBS 2TV 수목 미니시리즈로 방영(6월 24일~8월 6일)되다.

1993년(63세) 장편 『소설 석가모니』를 개제한 『싯다르타』(한벗) 간행하다.

1997년(67세) 산문집 『내 안에 내가 있다』 간행하다.

1998년(68세) 10월 20일 보관문화훈장 수훈.

1999년(69세) 영화 제안을 받고 중편 「여제자」를 개작한 장편 『내 마음의 풍금』 간행하다.

2007년(77세) 11월 25일 타계하다. 묘지는 충북 음성군 진달래공원.

작품연보

1957년 「수난이대」(《한국일보》 1. 1)
「낙뢰」(《신태양》 6)
1958년 「육식동물」(《문학계》 3)—「이지러진 입」(《문예》 1960. 1)으로 개작 개제
「산중고발」(《사상계》 10)—「죽음의 골짜기」(《시사》 1966. 6)로 개작 개제
1959년 「나룻배 이야기」(《사상계》 7)
「흰 종이수염」(《사상계》 10)
1960년 「절규」(《새벽》 2)
「온혈적」(《세계》 4)—「메뚜기」(《교육주보》 1956)의 개작 개제로 추정
「산까마귀」(《새벽》 7)—「산중우화」(『현대한국문학전집 13』, 신구문화사, 1967)로 개제
「위령제」(《사상계》 9)—「두 원혼」(《시사》 1967. 3)으로 개작 개제
「홍소哄笑」(《현대문학》 9)
1961년 「분」(《현대문학》 6)
1962년 「나무 열매」(《사상계》 2)—「오동 열매」(『흰 종이수염』, 삼중당, 1977)로 개제
「벽지행」(《신사조》 7)—「벽지로 가는 길」(《세대》 1965. 3~4)로 개작 개제
1963년 「왕릉과 주둔군」(『전후 정예작가 신작 15인집』)

「기아선상에서」(《소설계》 7)—「혈육」(《신태양》 1955. 8)의 개작 개제

「두 아낙네」(《세대》 11)

1964년 「산울림」(《사상계》 1)

「승부」(《현대문학》 5)

「도적」(《문학춘추》 7)

「바람과 노교사」(《시청각교육》 9)—「바람 속에서」(《청맥》 1966. 4)로 개작 개제

「그 욕된 시절」(《문학춘추》 10)

「붉은 언덕」(《사상계》 12)

1965년 「낙도」(《신동아》 3)

1966년 「삼각의 집」(《사상계》 1)

「봄타령」(《창작과비평》 여름)

1969년 「낙발」(《신동아》 10)—중편 「기울어지는 강」(《한양》 1972. 8,9~10,11)으로 개작 개제

1970년 「족제비」(《월간문학》 1)

「너무나 짧은 봄」(《여성동아》 8)—「섬 엘레지」(《한양》 1971. 6,7)로 개작 개제

「그해의 삽화」(《창작과비평》 가을)

1971년 「일본도」(《현대문학》 9)

「죽창을 버리던 날」(《창조》 10)

「특근비와 팁」(《한양》 10,11)

1972년 「우산」(《한양》 2,3)—「삽미의 비」(《문화비평》 1973. 가을)로 개작 개제

「핏빛 황혼」(《북한》 4)

「삼십이 매의 엽서」(《월간중앙》 6)

「소야곡」(《학원》 7~8)—하이틴 소설. 2회 연재 후 중단

「모일 소묘」(《신동아》 9)—「모일 찬가」(《월간문학》, 1972. 9)와 같은 작품

1973년 「원 선생의 수업」(《현대문학》 1)

「조랑말」(《문학사상》 3)

「필례 이야기」(《세대》 3)

「주연기」(《한양》 6,7)—「후일담」(《시문학》 1977. 5)으로 개작 개제

「서울 개구리」(《문학사상》 12)

1975년 「수양일기」(《소설문예》 12)

1976년 「전차 구경」(《문학사상》 1)

「임진강 오리 떼」(《뿌리깊은나무》 5)

「남을 위한 땀」(《월간중앙》 5)

「보랏빛 연가」(《통운 동아》 1~6)—중편

「십오야」(《새농민》 7~12)—중편

「탈춤 구경」(《한국문학》 8)

「일야기」(《신동아》 9)

1977년 「노은사」(《현대문학》 1)

「준동화」(《소설문예》 3)

「남행로」(《문학사상》 5)

「장사」(《한국문학》 12)

1978년 「간이주점 주인」(《현대문학》 2)

「성묘행」(《월간중앙》 7)

「유령 이야기」(《월간문학》 7)

「소년 유령」(『화가 남궁 씨의 수염』 수록)

1979년 「두 축하연」(《문학사상》 11)

「산길을 달리는 오토바이」(《한국문학》 11)

1980년 「두 죽음」(《소설문학》 12)

1981년 「겨울 저녁놀」(《문예중앙》 봄)

「고도행」(《세계의문학》 가을)

1982년 「신비한 물결」(《월간조선》 10)

1983년 「산의 동화」(《문학사상》 7)

「바다 밖 2제」(《소설문학》 12)

1984년 「가랑비」(《북한》 8)

「화초 갈무리」(《광장》 10)

「조상의 문집」(《한국문학》 12)

「잉어 이야기」(『화가 남궁 씨의 수염』 수록)

「여제자」(『수난이대(외)』 범우사, 1984)

1985년 「안개와 연꽃」(《금강》 1~4)—중편

「사십 년이 흘러간 뒤에」(《한국인》 3)

「화가 남궁 씨의 수염」(《월간조선》 5)

「이국의 신」(《외국문학》 6)

1986년 「공예가 심 씨의 집」(《동서문학》 12)

1991년 「심야의 세레나데」(『검은 자화상』 수록)

1996년 「두 일본인」(《한국소설》 여름)

2000년 「슬픈 장난감」(《한국문학》 6)

2001년 「나체 이러쿵저러쿵」(《문학사상》 11)

2002년 「헌책에서 대 전집으로」(《문예운동》 9)

장편 연재

「야호」(《신동아》 1970. 1~1971. 12)

「월례소전」(《여성동아》 1973. 6~1975. 12)

「직녀기」(《현대문학》 1973. 9~12. 1974. 5)—5회 연재 후 중단

「안개는 풍선처럼」(《부산일보》 1973. 11. 1~1974. 11. 11)—『사랑은 풍선처럼』으로 간행

「외기러기」(《국제식량농업》 1977. 10~1980. 12)—『제복의 상처』로 간행

「산중 눈보라」(《국제신문》 1980. 1. 1~11. 25)—언론 통폐합으로 연재 중단

「산에 들에」(《현대문학》 1981. 11~1983. 8)

「은장도 이야기」(《2000년》 1986. 1~1987. 5)—제1부만 연재

「작은 용」(《문학정신》 1986. 10~1988. 10)

「쇠붙이 속의 혼」(《전북도민신문》 1988. 11. 23~1989. 10. 31)—『징깽맨이』로 간행

「검은 고기」(《통일》 1988. 1~1989. 6)—『검은 자화상』으로 간행

「제국의 칼」(《한국경제신문》 1993.